粤派批评丛书

名家文丛

本项目受广东省宣传文化发展
专项资金资助出版

广东省作家协会
广东人民出版社 组编

# 江冰集

江冰 著

SPM
南方传媒 广东人民出版社

·广州·

图书在版编目（CIP）数据

江冰集 / 江冰著. —广州：广东人民出版社，2022.8
（粤派批评丛书. 名家文丛）
ISBN 978-7-218-15775-7

Ⅰ．①江…　Ⅱ．①江…　Ⅲ．①中国文学—当代文学—文学评论　Ⅳ．①I206.7

中国版本图书馆CIP数据核字（2022）第078394号

JIANG BING JI
# 江 冰 集

江 冰　著

版权所有　翻印必究

出 版 人：肖风华

责任编辑：钱飞遥
装帧设计：河马设计
责任技编：吴彦斌　周星奎

出版发行：广东人民出版社
地　　址：广州市越秀区大沙头四马路10号（邮政编码：510199）
电　　话：（020）85716809（总编室）
传　　真：（020）83289585
网　　址：http://www.gdpph.com
印　　刷：恒美印务（广州）有限公司
开　　本：787毫米×1092毫米　1/16
印　　张：21.5　字　　数：400千
版　　次：2022年8月第1版
印　　次：2022年8月第1次印刷
定　　价：88.00元

如发现印装质量问题，影响阅读，请与出版社（020-85716849）联系调换。
售书热线：（020）87716172

# "粤派批评"丛书编辑委员会

# 总　序

在近百年来的中国文坛，"京派批评""海派批评"以及20世纪80年代崛起的"闽派批评"已是大家公认的文学现象，但"粤派批评"却极少被人提起。其实，不论从地域精神文化气质，从文脉的历史传承，还是从批评的影响力来看，"粤派批评"都有着自己的精神气质和文化品格，有它的优势和辉煌。只不过，由于历史、现实、文化和地域的诸多原因，"粤派批评"一直被低估、忽视乃至遮蔽。正是有鉴于此，我们认为，以百年"粤派"文学以及美术、音乐、戏剧、影视等评论为切入点，出版一套"粤派批评"丛书，挖掘被历史和某种文化偏见所遮蔽的"粤派批评"的价值，彰显"粤派"文学与文化的独特内涵和深厚底蕴，这不仅能更好地展示广东文艺批评的力量，让"粤派批评"发出更响亮的声音，而且有助于增强广东文化的自信，提升广东文化的影响力，促进区域文化发展，从而在当前打造广东"文化强省"的进程中发挥积极的文化效应。

出版"粤派批评"丛书，有厚实的、充分的历史、现实、文化和地域等方面的依据。

1．传统文化的影响。岭南文化明显不同于北方文化。如汉代以降以陈钦、陈元为代表的"经学"注释，便明显不同于北方"经学"的严密深邃与繁复，呈现出轻灵简易的特点，因此被称为"简易之学"。六祖慧能则为佛学禅宗注进了日常化、世俗化的内涵。明代大儒陈白沙主张"学贵知疑"，强调独立思考，提倡较为自由开放的学风，逐渐形成一个有"粤派"特点的哲学学派。这种不同于北方的文化传统，势必对"粤派批评"的形成起到潜移默化的作用。

2．文论传统的依据。"粤派批评"的起源可追溯到晚清，黄遵宪的"诗界革命"，梁启超的"小说界革命"的倡导，开创了一个时代的风潮，在全国产生了普泛的影响。20世纪二三十年代，黄药眠在《创造周刊》发表大量文艺大众化、诗歌民族化文章，产生了很大影响。钟敬文则研究民间文学，被视为中国民间文学的创始人。中华人民共和国成立后的十七年，"粤派批评"的代表人物是黄秋耘、萧殷和梁宗岱。黄秋耘在"百花时代"勇猛向上，慷慨悲歌，疾恶如仇，高举着"写真实"与"干预生活"两面旗帜，大声呼吁"不要在人民疾苦面前闭上眼睛"。在中国当代文学理论批评史上，萧殷也许不是一流的评论家，但却是一流的编辑家。王蒙曾说过："我的第一个恩师是萧殷，是萧殷发现了我。"而梁宗岱通过中西诗学的贯通，建立起了现代性与本土经验相融汇的诗歌理论批评体系。新时期以来，"粤派批评"也涌现出不少在全国有一定知名度的批评家。如在广东本土，"30后"的有饶芃子、黄树森、黄修己、黄伟宗；"40后"的有刘斯奋、谢望新、李钟声；"50后"的有蒋述卓、程文超、林岗、陈剑晖、郭小东、金岱、宋剑华、徐肖楠、江冰；"60后""70后"的有彭玉平、谢有顺、贺仲明、钟晓毅、申霞艳、胡传吉、纪德君、陈希、杨汤琛；"80后"的有李德南、陈培浩、唐诗人；等等。在北京、上海、武汉及香港等地生活的"粤派批评"家的有杨义、洪子诚、温儒敏、陈平原、陈思和、吴亮、程德培、黄子平、古远清等，其阵容和影响力虽不及"京派批评"和"海派批评"，但其深厚力量堪比"闽派批评"，超越国内大多数地域的文学批评。如果将视野和范围再开放拓展，加上饶宗颐、王起、黄天骥等老一辈学者的纯学术研究，"粤派批评"更是蔚为壮观。

3．地理环境的优势。从地理上看，广东占有沿海之利，在沟通世界方面具有得天独厚的优势；同时，广东处于边缘，这既是劣势也是优势。近现代以来，粤派学者在中西文化交汇的背景下，感受并接受多种文明带来的思想启迪。他们视野开阔，思维活跃，不安现状，积极进取，敢为人先，因此能走在时代变革的前列。黄遵宪、康有为、梁启超、孙中山等是这方面的代表人物。他们秉承中国学术的传统，开创了"粤派批评"的先河。这种地缘、文化土壤的内在培植作用，在"粤派批评"的发展过程中是显而易见的。

"粤派批评"有属于自己的鲜明特点。

1．从总体看，除发生期的梁启超、黄遵宪外，"粤派批评"家不像北京的批评家那样关注现代性、全球化、后殖民等宏观问题，也不似"闽派批评"那样积极参与到"朦胧诗""方法论""主体性"的论争中。"粤派批评"家有自己的批评立场、批评观念，亦有自己的学术立足点和生长点。他们师承的是梁启超、黄遵宪、黄药眠、钟敬文这些大家的治学批评理路。他们既面向时代和生活，感受文艺风潮的脉动，又高度重视审美中的文化积累和文化传承；既追求批评的理论性、学理性和体系建构，注重文学史的梳理阐释，又强调批评的实践性，注重感性与诗性的个性呈现。比如，古远清的港台文学研究，饶芃子的海外华文文学研究，郭小东的中国知青研究，陈剑晖的散文研究，蒋述卓的文化诗学研究，宋剑华对经典的阐释重构，都各有专攻，各擅胜场，且处于国内领先地位。

2．中国现当代文学史写作，是"粤派批评"最为鲜亮的一道风景线。在这方面，"粤派批评"几乎占了文学史写作的半壁江山，而且处于前沿位置，有的甚至成为中国现当代文学史写作的高地。比如20世纪80年代，钱理群、陈平原、黄子平联合发表的著名论文《论"20世纪中国文学"》，其中的陈平原、黄子平均为粤人。洪子诚的《中国当代文学史》以方法先进、富于问题意识、善于整合中西传统资源和吸纳同时代前沿研究成果著称，它与陈思和的《中国当代文学史教程》被学界誉为中国现当代文学史的"南北双璧"。杨义的三卷本《中国现代小说史》是将比较方法运用于文学史写作的有效实践，该著材料扎实，眼光独到，文本分析有血有肉，堪与夏志清的《中国现代小说史》比肩。此外，温儒敏的《中国现代文学批评史》、黄修己的《中国现代文学发展史》、古远清的港台文学史写作也都各具特色，体现出自己的史观、史识和史德。

3．"粤派批评"还有一个亮点，即注重文学批评的日常化、本土经验和实践性。"粤派批评"家追求发现创新，但不拒绝深刻宽厚；追求实证内敛，而不喜凌空高蹈；追求灵动圆融，而厌恶哗众取宠。这就是前瞻视野与务实批评结合，经济文化与文学批评合流，全球眼光与岭南乡土文化挖掘齐头并进，灵活敏锐与学问学理相得益彰，多元开放与独立的文化人格互为表里。这既是广东本土批评家的批评践行，也是他们的共性和个性特征，是广东文化研究和文学批评的可贵品格。

"粤派批评"的这种特色，可以用八个字来概括：创新、实证、内敛、精致。

创新。从六祖慧能到陈白沙心学标榜"贵疑""自得"，再到康、梁，粤地便一直有创新的传统。这种创新精神在百年的"粤派批评"中也得到充分的践行和展示，这一点在当下应受到特别的重视。

实证。康有为的老师朱九江，其著述被称为"实学"，他倡导经世致用的实证研究，这一批评立场和方法，在后来的许多"粤派批评"家身上也清晰可见。

内敛。"粤派批评"虽注重创新，强调质疑批判精神，但它不事张扬作秀，它的总体基调是低调务实，是内敛型的。正是因此，它往往容易被忽视，被低估，甚至在某些时段被边缘化。

精致。"粤派批评"比较个人化，偏重民间的立场和姿态，也不热衷于宏观问题的发声和庞大理论体系的建构，但"粤派批评"家的批评实践具有"博"与"精"并举，"广"与"深"兼备，"奇"与"正"互补的特点，这形成了"粤派批评"细微却精致的特色。

建构"粤派批评"，不能沿袭传统的流派范畴与标准，而需要有一面旗帜、一个领袖、一套共同或相近的文学理论主张、一批作品或论著来证明、体现这些理论主张。事实上，在当今中国的文学语境下，纯粹的、传统意义上的文学流派或学派是不存在的。因此，"粤派批评"更多的是描述一个客观的文学事实，即"粤派批评"作为一个实践在先、命名在后的批评范畴，并非主观臆想、闭门造车的结果。它不是一个具有特定文学立场、主张和追求趋向一致性和自觉结社的理论阐释行动。它只是一个松散的、没有理论宣言与主张的群体。因此，没有必要纠结"粤派批评"究竟是一个学派，还是一个地域性的概念，但有一点可以肯定："粤派批评"已是一个特色鲜明的客观存在，即虽具有地方身份标志，却不是局限于一地之见的文艺理论家批评家群体。

"粤派批评"丛书不仅要具备相当规模，而且应做成一个开放、可持续发展的产品链，这样才能产生较大的规模效应，发出自己强有力的声音，并将这种声音辐射到全国。为此，丛书分为"文选"和"专题"两大板块。文选共38本，分"大家文存""名家文丛""中坚文汇""新锐文综"四个层次。

专题共12本。两大板块加起来共50本，计划在3年内完成。以后视情况再陆续补充，使之成为广东一张打得响，并在全国的文艺版图中占有一席之地的文化名片。

党的十九大报告指出："发展中国特色社会主义文化，就是以马克思主义为指导，坚守中华文化立场，立足当代中国现实，结合当今时代条件，发展面向现代化、面向世界、面向未来的，民族的科学的大众的社会主义文化，推动社会主义精神文明和物质文明协调发展。"在广东省委宣传部的指导支持下，广东省作家协会和广东人民出版社联合编纂出版"粤派批评"丛书，是贯彻落实十九大关于文化建设发展精神和习近平总书记关于文艺工作的重要指示的一项重要举措，是讲好中国故事、传播中国声音、阐发中国精神、展现中国风貌的一次文化实践。我们坚信，扎根广东、辐射全国的"粤派批评"必将成为新时代坚定文化自信、实现中华民族伟大复兴路上其中一块稳固的基石。

"粤派批评"丛书编辑委员会

2020年5月15日

作者照

## 作者简介：

江冰，广东财经大学教授，广州岭南文化研究会会长、广州都市文学与都市文化研究基地首席专家，广州市人民政府聘任广州城市形象品牌顾问。

曾任广东财经大学人文与传播学院院长，并先后兼任世界华文创意写作协会副会长、中国小说学会副秘书长、中国当代文学研究会常务理事、广东省中国文学学会副会长、中国小说年度排行榜评委、中国作家协会会员、广州文艺评论家协会副主席等。

入选中国作家协会新锐批评家、广东省十大优秀社会科学科普专家、中国哲学社会科学界最有影响力学者。著有《中华服饰文化》《新媒体时代的80后文学》《酷青春》《这座城，把所有人变成广州人》《老码头，千年流转这座城》《都市魔方》《都市先锋》等。

# 前　言

## 穿越三省五市，寻找粤派

我从自己的经历说说寻找"粤派"的感觉。

我在五个城市生活过，对广州有种特殊感觉：好像找到童年的故乡。我是没有故乡的人，在福州军区大院长大，父亲是军人，祖籍江苏。后随父亲到江西；我在江西读大学，留校任教于南昌大学，埋头学问；1994年评上教授，年轻气盛，劲头特别大，在南昌参与了"赣文化振兴"学术活动。吴官正时任江西省省长，突然打个电话到学校说要接见我们几个人，大家搞晕了，异常兴奋。由于省长支持，媒体介入——报纸广播电视一起上，阵势壮观。我也成为1995年"南昌大学文史哲三剑客"，红火一时。

20世纪90年代，赣文化记忆和粤派批评记忆奇妙地重叠了。

支撑"粤派批评"背景的广东文化，比赣文化更有独立存在的理由。当年我从大学调到中共江西省委宣传部管辖下的一个杂志当主编，参与了不少省级文化活动，对主流意识形态比较熟悉。感觉到江西的"红区气质"。但广东特殊——到广州以后喜欢一句话："广东离中原很远，离大海很近。"省委有一个杂志约稿，我就把这句话用上了，主编专门打电话说你文章写得不错，但是这句话要改一下，我说那就改成："广东离大海很近，离世界不远。"

2017年，中国邮政公司出了一版新邮票，把北京、上海、杭州、深圳作为代表城市，一线城市的广州被悄悄取代了。广州不少文化人很生气，有些议论，但本地人反应平淡。我专门在邻居中做了小范围的口头访问，小区里住有众多医生和农科院科研人员，我专找广东人调查，他们几乎众口一词：无所谓。意思说不管谁领导，只要能让我开档做生意就好。广东文化与中原文化向来有一点"不一样的烟火"。

1

我所在的广东财经大学人文与传播学院有一个社会学系，专门在佛山的顺德和乐从做田野调查：上天入地，"不放过一片树叶"；参与调查，审阅报告，由此获得一个深刻感受：几个村庄的家族在200年之内均已流向世界，他们的概念中甚至有第一祖国、第二祖国、第三祖国，国界已然淡化——这一切都造成了广东地方的特殊性，特殊性如气场弥散在生活中。不过，看似随意，但一旦动了粤语，民间反弹依旧厉害，广东人在散淡中有自己的坚持与固执。

种种特殊属性，让我更加觉得粤派有独立存在的必要。全球化时代，地方性的东西，文化个性的形态，从文化多元角度来讲，也是不可忽视的。我认为，广东文化的"海洋性"就是对中华文化的有益补充。再比如，中华文化传统主流谈的是"重农抑商""父母在，不远游"，广东则是反着来：重视商业；远走海外求生。《剑桥中华民国史》有一个观点：中国主流的中原文化，受到游牧和半游牧文化支持，一般轻视海洋文化。因此，沿海地区受到忽视。在整个历史的思想空间里，"反航海"形成了一个传统。

上述过程促使我明确：基于广东文化的"粤派批评"具有存在的合法性。而且有必要发展壮大，往前推进——至于在学术上如何站住脚我倒是不太着急——只要我们往前走，只要能作为一种文化存在，它就有意义。广东文化也有几次短暂的机会居于全国中心：比如，六祖慧能、明代陈白沙、近代康梁变法、孙中山革命，到20世纪80年代的改革开放，重开国门和"文化北伐"。但总的来说，还是一种次文化和次传统。可以说，广东的文化一直处在一种边缘的状态，广东的文学一直没有得到史家和评论家的足够重视。

再者，"粤派批评"有强大需求。2016年，我主持成立广州都市文学与都市文化研究基地，受到市社科联项目支持。20世纪90年代，广州的都市文学是中国"找到城市感觉最早"的一批作品，南国气息，清风扑面。还有"小女人散文"，对中国当代文学的发展具有推动力，可谓开风气之先。广东当代文学在"伤痕文学"之后即按照自己的节奏发展，并没有全国"一盘棋"——"伤痕文学""反思文学""改革文学""寻根文学"一路走下去，为什么？这个问题一直没有研究清楚。

我从2010年开始在《广州文艺》主持了六年半《广州人　广州事》栏

目，我发现广州的文学创作特别期盼获得推动。刚来广州的时候参加一个座谈会，我就随意讲了一下广州本土性，按照我在江西获得地域文化知识——其实是不太懂广东的。作家张梅十分关注，特意请我为她当年编的《广州文学十年选》写序。张梅是不太爱表达的人，话不多，但她内心觉得我们的创作要有人来说。我从《张梅自选集》中看到一句话："按照广州的原则生活，按照北京的原则写作。"我打听这句话什么意思？她的回答十分简单：写作要得到北京的承认，只能按照北京的原则写，但生活肯定要按照广州的——貌似一种"分裂"。我通过接触广州作家，发现他们创作内心跟北京乃至北方作家颇有差别。可见，粤派批评不但有学术上的需求，还有创作的需求。这一点怎么强调都不过分。

平台也是极其重要的，就是发声的地方。人的一生很短，1994年我在南昌大学被破格评为教授，就是因为《中国人民大学复印报刊资料》转载了我一组系列论文，整理后在中国人民大学出版社出了一本书；2003年我重返高校，花三个月时间找学术题目，感觉找不到了。我离开大学七年以后，整个学术领域已经布满了研究者，所有领域博士点和硕士点都占领了，似乎什么学术问题都没有了，我再三犹豫后选了"80后"文学作为学术题目，不料一炮打响。我转载率高的文章多是这个专题，还带了一个研究团队，即"80后"文学研究团队。

两个国家课题完成后，开始做都市文学研究，很快便碰到障碍：我写了几篇长文——我自认为有分量——包括研究"小女人散文"和广州都市文学；但一些刊物主编不认可，认为文章写得可以，但广东文学并没有那么高的地位，都市文学的感觉也不在广州，难道王安忆不是都市文学吗？"小女人散文"作用被夸大了。假如广州自己有个C刊(CSSCI核心期刊)的评论刊物，我就可以在上面正常发声，可惜没有。我专门同陈晓明、孟繁华和张志忠几位文学史名家交换看法，期望对他们有点影响。现有几部当代文学史，几乎没有提广东文学，尤其是20世纪90年代广州都市文学。我认为20世纪90年代广东文学跟整个新时期文学保持"不同步"，却是有意味的文学史现象，需要梳理，需要研究。2020年3月我主持完成了广州市社科联重点研究项目"都市先锋——张欣研究专集"，出版了学术专著，对广东文学自身特点与气质又有了进一步

的认识，也更加坚定了"粤派批评"的自信心。

简而言之，广东"粤派批评"不但有合法性——多元文化的合法性，同时也是广东文学艺术本土创作的需求所在。费尔巴哈说过：人没有对象，就没有价值。穿越三省五市，寻找粤派，我的个人体验也呼应了"粤派批评"，生命与职业的良好沟通与契合，或许也是一种幸福吧。

袒露心路历程，是为前言。

江　冰

# 目　录

1

# 附　录

# 第一辑

## 进入新时期文学大潮

# 小说的正宗

何谓小说的正宗？往小里说是追问一种文体，往大里说又是追问整个文学。今天错综复杂的文学形式，今天渐现颓势的文学教育，促使我们开始了这样的追问，既为我们的职业需求，也为文学的生存。

## 一、主流文坛支撑着一种小说正宗

不必讳言，主流文坛对小说的正宗其实相当清楚，这可以从以"茅盾文学奖"为首的各种主流评奖的标准中看出，即便是自诩"学院派"的中国小说学会的年度排行榜和学会奖，也依然相去不远。离读者比较近的各种文学期刊排行榜和年度奖，虽然也考虑了读者喜爱的因素，考虑了小说作品的社会影响因素，但由于刊物的体制、经费的来源以及它本身就是主流文坛的地盘，其评奖标准也是以正宗为主，略略掺入一些非正宗的元素，比如消费化的元素，比如"另类文化"的元素。

总体来说，评奖的主办者都是相当谨慎，他们对小说正宗的维护，除了主流意识形态的原因外，还有对以中国作家身份为自觉的精英立场的维护，假如把话再说得直白一点，也是对自己所熟悉所依赖的一套文学标准、一套话语体系的出于本能的维护，何谓本能？立场、理想、审美、趣味、爱好、职业感、话语权，都有那么一点——可以从几个文学事件中看到"小说正宗的反弹"：麦家的长篇小说入选"茅盾文学奖"，其作品的类型化大受争议，评委被界内人士质疑，作品质量被批评，相关的批评文章甚至被收进学术性的《中国人民大学复印报刊资料》。且不说麦家小说的质量和分量是否上得了"茅盾文学奖"的台面，关键还是这一类受到读者喜爱、有一定市场份额的作品艺术路数有别于正宗的标准。另一起事件虽然来得猛也去得快，但留下的问题仍然值得回味：被文坛公认为纯文学正宗刊物的《收获》，于2010年发表了"80后"作家郭敬明的小说，文学界反应强烈，评论家多有评说，加上媒体推波助澜，反映该事件四面反响的文章篇幅大大超过"小四"的作品，几乎是为这位文坛内外游走的翩翩少年做了一个大大的免费广告。这也使人回想起数年前郭敬明等人加入中国作家协会时引起的轩然大波，其内在原因之一也是触及了小说的正宗乃至文学的正宗。

## 二、大学文学教育：从支撑到质疑小说正宗

中国内地大学也从文学教育方面支撑着小说的正宗。

中华人民共和国成立以来，经过多少次教学改革，但文学教育的方式、文学课程的模块并没有根本的变化，文学理论中的马列文论、古代文论、西方文论；文学史中的三大块：中国文学史、中国现当代文学史、外国文学史。从文学标准看，西方文艺复兴的、批判现实主义的、苏俄的、中国古代的、五四新文学的、延安文艺的作品都成为小说正宗和文学正宗的参照。近二十年来，还有两个参照：西方20世纪现代派文学、20世纪80年代思想解放运动伴生的新时期文学。但是，自20世纪90年代以来，文学教育中的正宗地位在动摇。其原因可以到文学教育的大小环境中去寻找。

大学现场的现实是，内地大学文学教育背景发生了三个明显的变化——

首先，价值观由一元向多元变化。社会逐步开放，全球经济一体化，市场自由化，政治民主化，网络草根化，国际视野的冲击，社会包容风气的逐步形成，城市市民文化的兴起，世俗欲望的肯定，日常生活美学的流行，宏伟叙事的消解，精英文化的陨落，传统伦理的质疑——所有这些社会变化，使得价值观由一元趋向多元。

其次，社会结构由体制内向体制外变化。1997年以后，大学生毕业不包分配，体制内地盘的缩小与市场化地盘的扩大，"铁饭碗"被打破，终身制被放弃，人身依附性同时也被消解。当然，另一种情况在于社会不公的现实依然如故，"考碗族"超过"考研族"，大学生自主创业不到1%，大学生"蚁

族"遍布一线城市，"80后"大学生实际上面临比前辈更加严酷的生存环境：工作、房价、物价、医疗、环境污染、信息爆炸。

最后，也是最不可忽视的是文学教育的对象："80后""90后""网络一代"在变化。代际差异空前凸显，年青一代对家长及成人世界和现行教育制度的抵抗情绪愈加高涨。信息世界的开发使得大学生熟练掌握两套话语系统：应付教育者，中规中矩，就取分数；面对自我，则游戏狂欢，本我毕现。个人主义的崛起——"我时代"到来，青春期的叛逆，青年亚文化形成对一切正宗的天然抵抗。具体到文学教育领域，表现为一冷一热"两极情绪"明显：对文学经典冷，对青春文学热；对传统作家冷，对非主流作家热；对大学讲台上的教授冷，对网络青年"意见领袖"热。一句话，对传统正宗的近于不讲理由的一律排斥，似乎有一种"断裂"的文化现象存在。我在各大学几十场演讲，几乎都遇到一个相近的问题：为什么教授讲的我们都不喜欢，而我们喜欢的教授都不讲？

受制于大社会环境的大学教育的小环境，同样出现变化和动荡。传统的标准、经典的示范受到质疑，文学教育的明显滞后使得讲台上的说教变得愈加苍白无力，教育者与受教育者的沟通也在形成障碍。

## 三、中国内地文学形势变化挑战小说正宗

一直处于文学现场的评论家白烨是敏感于时代的先知之一，他的"文学三分天下"之说，用简洁的语言描述了当下文学的天下大势，也许，我们的学者可以用更加完备的论述加以更加准确的描述，但评论家白烨的强项就是一直与大众传媒保持亲密的接触，在利用传媒传播学术思想和学术观点方面，他是当代文学评论家中做得最成功的几人之一。看看白烨的说法——

在进入新世纪由整一的体制化文学分化为传统文学、市场化文学和新媒体文学之后，"三分天下"的格局基本成形并日益稳固。在这种结构性的巨大变化之中，不同板块都在碰撞中有所变异、有

所进取，但发展较快、影响甚大的，却是新兴的以文学图书为主轴的市场化文学和以网络文学为主体的新媒体文学。[①]

梁晓声曾经在一次研讨会上反问我，你说"80后""走上了市场，没走上文坛"，也许这些"80后"作者、作品和读者已经构成了一个另外的文坛。这话对我也有启发，他们也许还构不成一个文坛，但至少构成了属于学生阶层所独有的一个自足的文化现象。"80后"的悄然崛起和上面说的这些情况密切相关，也可以让我们从中反省很多东西。[②]

但种种迹象都向人们表明：各国文坛的"80后"们，确实在很多方面与此前的写作者有着很大的不同，正在形成自己的知识系统。因而，他们的纷纷登台亮相，在很大程度上是当代文学改朝换代的一个信号。[③]

文学现场的现实情况可能比白烨的描述还要错综复杂，还要斑驳陆离，主流文坛一块靠作协系统支撑，依然自成格局，尽管主流纯文学期刊已是举步维艰；市场化文学靠广阔的市场利润和庞大的消费者形成竞争力，其中人口基数也是优势之一，比如仅仅历史小说一块就有很大的图书市场前景；新媒体更是我们远没有清晰了解的一块原野，横跨现实与虚拟两个空间，借新技术日新月异，赖青少年"网络一代"热捧，无论是空间的张力，还是时间的冲劲，均是无与伦比，精彩纷呈，令人目不暇接，令人眼花缭乱，真所谓"太给力""太神马""太浮云"。传统的主流的文学评论家们，如何招架得了啊！

必须强调的是，文学阅读包括艺术消费的人群已经开始分流，全球化、市场化的年代，层出不穷的新现象，瞬息万变的新信息，都是我们原有知识系统涵盖不了的新领域，甚至是我们视野所无法抵达的新原野。你很难想象有上百万的青少年读者创作和阅读"同人小说"的文学作品，这个庞大的网络小

---

① 白烨：《我看"80后"》，社会科学文献出版社2011年版。
② 同上。
③ 同上。

说人群就在我们身边，就在大学宿舍的电脑里，就在中学生的书包里。这样一类具有非主流文化特征的小说在创作阅读之中，必然会产生对正宗小说艺术观的全面质疑、挑战和冲击！而我们的教育者和批评家常常处于或批评指责，或居高临下谆谆教诲的位置，跨越代沟消除隔阂有效沟通的可能性很小，效果甚微。

还应当看到的是"80后""90后"网络新一代自身的变化。除了精神上的变化以外，他们的身体也在变化——而这一点常常是成人社会所容易忽视的——假如与"80后"进行一下"换位"，我们还会发现一个关于"身体"的观察角度，即人类的身体如何面对急速变化的自然环境与生活方式。[①]大量的研究表明，无论从肯定还是反对的立场，科学家们都承认网络一代由于接受新的信息方式，使得他们的大脑也在发生变化，新一代孩子们的神经系统已经具有了新的质的变化。一句话，他们已经不是同父母完完全全一模一样的人了。这话听起来好像有点玄，但不离谱，是事实。关于这些，主流正宗的人们所知甚少啊！一个是观点不变，唯我独尊；一个是目力不及，一叶障目。

## 四、结语：文学转型时代如何把握小说正宗

试图在一篇短文中谈清楚何谓小说正宗几无可能，更何况其本身就是当下文学艺术界一大难题。不过，文学研究大家钱穆先生的态度和观点倒可以借鉴。在他看来，文学的正宗是存在的，比如中国文学的"雅化"进程，比如中国诗歌"作者第一"，即作品中必须有作者自己等。这位大家同时也承认文学有不同的层次，有上下之分，但即便是"文人之文，亦文中之一格"[②]而已，他一方面不赞成以一种取代另一种，但又肯定"下层文学亦必能通达于上层，乃始有意义，有价值"[③]。由此揣摩，启发良多。面对转型时代，我们当有包容精神、通达态度、宽广视野，在不断学习和不断探求中去维护和发展小说的

---

① 江冰：《"80后文学"的文学史意义》，《文艺争鸣》2009年第12期。
② 钱穆：《中国文学论丛》，生活·读书·新知三联书店2002年版。
③ 钱穆：《中国文学论丛》，生活·读书·新知三联书店2002年版。

正宗、文学的正宗。说易行难，因为这里还有一个对文学追求的信仰和境界问题。

（原载于《小说评论》2011年第3期）

# 价值的失落与寻找

## ——对文学现状的几点分析

五年前，在中国当代文学研究会无锡年会上，笔者参加了一场情绪投入的讨论，议题是对当时文学状况的评价，大会发言者大致可分为两种态度：失望痛苦于现状与期望超越于现状。无论持何种态度，参与讨论者普遍带有一种伤感情绪，不同之处在于，一些人于失望之中感到前途渺茫，一些人则于坚守文学的信念中期望超越。然而，即使是那些对文学重新选择自身位置并超越困境充满信心的发言者们，也无法预知此后几年文学界的巨大变化。真是忆当年太湖论文，衷肠倾吐，既记忆犹新，又恍如隔世。

## 一、面对市场：作家的三种抉择

商品大潮汹涌而至已是不必细说的事实，每个人都看到了比文学重要得多、更有价值的东西，公众与社会关注点的迅速转移，使文学界在社会中的地位直线下降，从前的伤感与惆怅已成为弥散于文坛的深深失落感，作家队伍开始分化，人们真正到了不是为文学而是为自身而选择的关头，归纳起来，当前作家大致有如下三种抉择：

1. 走出文学界，"下海"经商；
2. 占据文学界，迅速转向市场，将文学包装成商品进入流通消费领域；
3. 固守文学界，拒斥市场，淡泊世俗，坚持走纯文学的道路。

三种抉择各有其理由：

第一种抉择可称为"文人下海"。"下海"的理由很多，动机也各有不同，很难一概而论。比如像陆文夫、张贤亮走所谓"以商养文"的道路；比如一些作家仅仅是为了一试海水深浅，或体验生活，或证明自身能力。当然，也有一些彻底对文学失望的，他们大有从此告别文学，重新开始人生的气概，他们认定在这个世界上，文学一文不值，选择文学真是一个人生错误。

第二种抉择可称为"文学商品化"。理由很简单，既然面对市场，文学作品为什么不可以成为商品？作家为什么不可以以此养家糊口？这一理由在陷入生活贫困的作家中极易引起共鸣。面对作家清贫的普遍状况，诗人公刘发出这样的感叹："像王朔他们这样的人，才不愧是时代英雄！"而几度流行的"大腕"作家王朔则直言不讳地表白："有人批评我是钱串子，像蚂蚱一样，每一爪都捞钱，尤其反对我提出的'议价剧本'……我提出'议价'的更主要的内涵还不只为挣钱，我要为'爬格子'谋生的哥们儿出口气，争一争辛辛苦苦该得到的较高、较合理的报酬！《十五的月亮》16元、《祝酒歌》10元报酬，合理吗？"王朔的宣言也可看作是文学界对社会出现不公的一种反应，更为重要的是，王朔以及他领衔的"海马创作室"在商业上的成功，给了文学界一种启示。

第三种抉择可称为"拒绝世俗固守艺术"。这些作家可能对文学的看法不尽相同，但他们始终保持着对文学的一往情深。他们不为商业化的氛围所动，不以家徒四壁为耻，在一片喧嚣的"下海"声中默默地耕耘。他们在一种对文学自恋自爱中认定创作将是唯一的生存方式。

## 二、面对分化：我们应取何种态度

面对文学界的这种调整和分化局面，笔者的态度是宽容而不苛求，乐观而不悲观，积极而不消极。

首先，我们要充分认识时代的进步意义，要看到邓小平南方谈话和党的十四大之后，中国的改革进入了新的阶段，一向与共和国同欢乐共患难的中国文学界，应当为此而欢欣鼓舞，应当让文学和改革大潮一同前进。

明确了这个根本点，我们就不会对当前的文学处境过于忧心忡忡，就大环境来说，以经济建设为中心，将给文学界创造一个渐趋宽松的环境。就"文人下海"的情况来说，既然宽松的时代给每一个人提供了多种机会，作家个人也有选择机会的权利。"下海"并非坏事,文人仍是文人,也不见得会完全放弃文学。即使放弃也无妨大局,且不谈以往文学这条道拥挤的人过多,就说精简一下队伍也没什么不好,想借文学而获名得利之人,趁早改弦易辙,另行方便。

这里也还有一个观念转变的问题。

作家既可以将文学创作当作一种职业,也可以在创作的同时从事其他职业,文学创作仅仅是生存方式的一种,人生选择的一种。一个商人或者其他职业的人,同时也完全可能成为一个成功的作家。文学的价值是否被权力或金钱所污染,大概不完全受职业的影响。看看卡夫卡吧,有谁能否认这个白日平庸的小职员与夜晚伟大的作家之间的巨大反差呢?

即使在国内,不少文人作家"下海"也带来了经济效益和社会效益的良性循环,更不用说走出原有人生模式的作家,肯定将在前所未有的商品经济大潮中获得全新的感觉和新的生命驱动力,因为今天的神州是日行千里,日新月异。即将迈入新世纪门槛的作家们一定不要坐失良机,伟大的作品将诞生于伟大的时代。

对文学的前景我们也大可不必悲观。在新时期,文学的辉煌已成昔日的光荣。在今天以经济建设为中心的时代,文学的位置显然发生了变化:文学正在卸去它肩头过重的负担;它的功能也正在得到全面的恢复;雅俗文学的分流和通俗文学的发展,这些都属正常现象。由于经济大潮所带来的价值变化和热点转移,造成了对文学艺术的一时冷淡也并非失常,也许,任何一个亟待经济振兴的第三世界国家都会走过这个阶段。尽管作家要分化,文学要分化,但我们相信:真正的文学是永恒的。就像今天的文学已经经受了现代社会多种闲暇娱乐方式的挑战一样,它同样可以经受经济大潮的挑战,因为现代人需要它,中国的改革时代需要它。

在对现状采取宽容、对前景抱以乐观态度的同时,我们仍然要提倡一种积极的精神,所谓"让文学与改革大潮一同前进"并非一句轻松的口号,适应改革时代势在必行的文艺体制改革,肯定会触及文学界每一个人的利益。影响你的心态和生活,假如"砸三铁"砸到了你的头上,怎么办呢?我们说,这才真正叫作"改革,从我做起"。我们应当要有一点承受力,有一点自谋生存的生命力。有人把商品经济下知识分子自谋生存比喻成"婴儿脱离子宫"，脱离的过程是痛苦的，但要发展、要长大，就得经受这个过程。退一步说，即使因为全民族的利益而损失一些个人利益、局部利益，也是值得的。

我十分赞赏作家梁晓声豁达而乐观的态度。他认为，尽管印刷机每日将成百吨的纸印上商业的标记，造成"快餐"和"零食"一样的文化，但好书仍在出着，好刊物仍在办着，好作品时有问世，生机还是好的，希望还是有的。文学在商业大潮冲击下，原本的位置就应该是一种夹缝式的位置……据说，梁晓声已确立后半生奋斗的目标是拥有一个属于自己的小饭馆，30平方米左右，装修得温馨典雅，以此为生计，保障他写自己认为是小说的小说。①

在今天浮躁、骚动、失落、痛苦、彷徨、焦虑的心态中，我们是不是也要有一点梁晓声式的达观呢？虽然，这不是唯一的选择。

## 三、今天，文学还有没有价值?

20世纪末的今天，所谓纯文学、纯艺术的"滑坡"是一个世界性的现象，在中国内地，除了与世界其他国家有相近的原因外，文学逐步离开政治的依托，也是一个关键所在。

所有关注文学现状的人都不可能离开新时期十年的文学经验，尤其是曾经身在文学大潮中的"过来人"。他们完全有理由、有资格怀念文学的光荣时代，并据此对今天的现状表示失望。然而，引起我们深思的是，怀念者对文学价值的确立。

我们知道，中国文人自古就有"立德、立功、立言"三种功成名就的理想形态，而这三种成就形态又有层次高低之分，所谓"太上有立德，其次有立功，其次有立言，虽久不废，此之谓不朽。"（《左传·襄公二十四年》）立德立功，致君尧舜上，做一个杰出的政治家，便是古代文人的人生最高追求，"了却君王天下事，赢得生前身后名"。假如此路不通，只好以立言作为求其次的最后选择。故学术中人、文学中人，常常具有一种参政济世的"传统情结"。

---

① 严欣久：《中国作家侃市场》，《中国青年》1993年第2期。

此"情结"同样影响着21世纪的中国文人，加上政局波动、国势危难，国内外各种矛盾对抗此起彼伏，文人们参政济世的愿望也就更加强烈。即使像陈寅恪这样的大学者，也在诗歌中反复流露未能从政施展经邦济世之才的遗憾。于是，从孔子时代就具有"文以载道"传统的文学，也就自然成了作家手中实现从政思想的武器。新时期十年的文学也大抵如此，作家们对文学价值的确立也很难脱离传统的思路。

这样一来，文学的发展愈是能够从政和理想契合，作家的内心也就愈充实，也就愈拥有一种自我与文学价值得以实现的自豪感，至于文学和作家自身是处于顺境还是逆境倒并不重要。我在1988年的无锡年会上曾经写了这样一段文字：

> 我们不禁要发出以下疑问：中国作家一旦失去了文学对政治的依托，还准备寻求什么精神依托呢？脆弱的心态似乎一定要在寻求到某个外在东西作为内心精神支柱时才能获得平衡，他们精神世界的内驱力哪儿去了？

今天，文学界人们的心态是不是变得坚强一点了呢？从表层看，作家的失落感是由经济窘迫、艺术性遭冷落、社会热点转移、文化消费多元等诸多原因所导致，但从深层看，作家传统精神的失落、文学传统价值判断的失落才是当前作家精神普遍失衡的一个根本原因。看来，中国文学界需要一个重新寻找文学价值并恢复其精神平衡的历史过程。

当然，这并非易事。因为在今天，我们正处于一个被马斯洛称作是"价值观丧失"的时代，更勿论传统观念惯性力量的巨大与社会分配失衡的现实压力。

早几年就有人不断提出在文学界要有一点艺术宗教精神。如果我们从中西文化的所谓"此岸性"和"彼岸性"上来加以认识，或许可以理解谈论者的良苦用心。"此岸性"的追求是入世的、功利的，期望有所兑现与报答的；而"彼岸性"的追求相对来说却是超脱世俗、超越功利，无止境的、身心向往的。从对文学的追求或者说作家的使命感来看，今天的中国文学界是不是应当多一点"彼岸性"，多一点追求的理想呢？

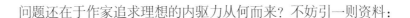

问题还在于作家追求理想的内驱力从何而来？不妨引一则资料：

瑞典诺贝尔文学委员会主要是以下列六条标准评价获奖作家：

（1）作品表达了高尚的理想和对真理的追求；

（2）作品表达了对人类的同情和深厚的人道主义精神；

（3）作品捕捉了时代的重大主题，写出了人类面临的困难和命运；

（4）作品特别突出了人类的精神困惑；

（5）作品以独特的民族性反映了人类面临的共性问题；

（6）实现了创造性的艺术突破和杰出艺术探索。

如果我们既不对诺贝尔文学奖给予超过其原价值的迷信赞赏，又不随意贬低其价值与权威性的话，那么，我们即可由此发现近100年的诺贝尔文学奖多是授予具有历史责任感和使命感的作家的。诺贝尔文学委员会对获奖作家创作观和创作追求的共同评价在于，这些作家应是时代的镜子、民族的代言人和人类的良心。[①]

今天的中国作家可以从上述几条标准中获得什么启示呢？他们能够在今天这个大变革的时代通过文学做些什么呢？想必不言自明。

价值的失落与寻找。这是一个超出文学的重大问题，也是一个一时无法说清说透的难题。对此，我们将不懈探索。因为我们坚信，值此世纪之交的苍茫时刻，人类将更需要文学这个维系灵魂的精神家园。

（原载于《文艺评论》1994年第2期）

---

① 孟宪忠：《20世纪文学轨迹——诺贝尔文学现象研究》，时代文艺出版社1992年版。

# "衣带渐宽终不悔"

## ——中国文人精神现象之二

兴盛一时的"寻根文学"以及评论界对它的种种评说已渐渐归于平静。想当年何等汹涌的文学大潮究竟在历史的海滩上留下了什么？抑或它就像循环往复时涨时落的海潮，来了也就来了，走了也就走了，没有留下一丝痕迹？我以为，至少对"寻根文学"不是这样，它由盛而衰、由热而冷的现象本身，就值得人们反复琢磨。它似乎就像一次采矿：一个蕴含丰富的矿床，仅仅被胡刨乱挖了一番，掘了一个表层就被随便地废弃了。然而，被轻易搁置的矿床是值得重新开采并深掘的，因为丰富的矿藏往往在岩层深处。

"寻根"意味着刨根问底，意味着终极追问，尽管"寻根文学"本身并非一次成功的追根溯源运动，但"寻根"口号的本身是对整个中国文坛乃至思想界的一个启示，它所昭示的"追问精神"已经留下了深刻而长远的影响。

被视为"寻根文学"代表作之一的王安忆的《小鲍庄》给人们以多方面的启示，对我来说，最能令人回味并诱发思索的是评论家李庆西对《小鲍庄》的一段评论文字：

> 这部作品的故事发生在一个古风犹存的礼义之乡，那个名叫"捞渣"的孩子，因为搭救别人自己丧生，被乡民们视为义举，引为宗族的骄傲，其事迹又被新闻工具大加渲染。于是，一种可以被称作"仁"的行为就硬是被纳入"礼"的规范中去了。"仁"和"礼"的对立，是中国儒家伦理思想的内在矛盾。[①]

---

① 李庆西：《寻根：回到事物本身》，《文学评论》1988年第4期。

这是一对怎样的矛盾呢？我试图追问——

在被人们同时称为"仁学"的孔子儒学中，"仁"是一个主要的范畴。有人做过统计，《论语》谈及"仁"，其中作为道德和道德标准含义的共有100次，而作为"君子道者三，我无能焉：仁者不忧，知者不惑，勇者不惧。"的"知"和"勇"出现的次数则要少得多，可见"仁"是很受孔子重视的。可是，由于"仁"在《论语》中的含义宽泛而多变，后人颇难把握，仔细揣摩品味，似乎又觉得孔子自己的言论也不无彼此矛盾之嫌。

孔子说"仁者爱人"，但当他的第一大弟子颜渊询问什么是"仁"时，孔子又明确地说"克己复礼为仁"。这似乎就成了一个悖论：孔子既要求人人讲仁义，爱他人，同时又以"礼"为第一规范。"礼"即周礼，是合乎孔子政治理想的统治者制定的秩序，也就是一种等级制度，尊卑、贵贱、亲疏、长幼、男女等都要按不同的礼义行事。孔子对下层人民也是有偏见的："民可使由之，不可使知之。"尊贵的人是不能爱他们所认为下贱的人。虽然孔子也要求君王要做仁君，但更要求人民必须臣服。可见孔子所倡导的"爱"不等于泛爱，而是必须合乎"礼"的爱，表面上看，它与基督教的"泛爱"似乎相通，实质上却是相去甚远。

由此看来，在孔子那里"克己复礼"是目的，"仁"则是手段，手段具有一定的伪善性，它为达到目的而存在。这似乎是一个结论。然而，著名学者李泽厚对"仁"字以及仁学结构的分析则启示我们进入新的认识层面。

首先，在孔子看来，"礼"与"仁"非但不是对立的关系，而且是相互融合的。孔子的一个重要企图就在于将"礼"建立在"人性"的基础上，努力地将"礼"从外在的规范约束解说成人心的内在要求，使伦理规范与心理欲望融为一体。"孔子用'仁'解'礼'，本来是为了'复礼'，然而其结果却使手段高于目的，被孔子所发掘所强调的'仁'——人性心理原则，反而成了更本质的东西，外的血缘（'礼'）服从于内的心理（'仁'）"①。

其次，由于"仁学"思想在外在方面突出了原始氏族体制中所具有的民主性和人道主义，即孟子所谓"仁也者，人也""老吾老，以及人之老；幼

---

① 参见李泽厚：《中国古代思想史论》，人民出版社1986年版。

吾幼，以及人之幼"等。因此，以社会性的交往要求和相互责任为主体内容的"仁"在孔子时代不能简单地斥之为"虚伪"和"伪善"，尽管这些思想在后代时时成为"伪善"的工具。

最后，"仁"在内在方面突出了个体人格的主动性和独立性。"孔子用心理原则的'仁'来解说'礼'，实际就是把复兴'周礼'的任务和要求直接交给了氏族贵族的个体成员（'君子'），要求他们自觉地、主动地、积极地去承担这一'历史重任'，把它作为个体存在的至高无上的目标和义务。"① "仁远乎哉？我欲仁，斯仁至矣。"（《论语·述而》）"为仁由己，而由乎人哉。"（《论语·颜渊》）就是孔子所提供的实现"仁"的具体方式，总之一切都落实到人的个体上。

由上述三点，我们可以比较清楚地理解孔子思想中"仁"字的含义了，理解问题的一个关键在于孔子早已意识并明确提出"从我做起"，即对于每一个人来说，道德的自我完善是通向"仁"的唯一途径，达到了"仁"的境界，"礼"也就复兴了。

进入20世纪80年代以来，国内报刊曾一度出现一批介绍曾国藩家书的文章，尽管不同的作者采取了不同的角度，不同的文章也有不同的立意，但几乎所有文章都体现出一种倾向：对曾国藩的治家方式不说是倍加赞赏，也是褒扬之意溢于字里行间，有的人甚至期望我们的高级干部也向曾国藩学习，对自己的子女严加管教。

曾国藩的家书贯穿了他的治家思想。他强调"以耕读二者为本，乃是长久之计"，希望家中子女要一边读书，一边参加农业劳动，要求他们"考、宝、早、扫、书、蔬、鱼、猪"，"早者，起早也；扫者，扫屋也；考者，祖先祭祀……也；宝者，亲族邻里，时时周旋……"另外，"书"，指读书；"蔬、鱼、猪"指种蔬菜、养鱼、喂猪。为什么呢？因为曾国藩认为："吾在外，既有权势，则家中子侄最易流于骄，流于佚，二字皆败家之道也。"正是出于败家的忧虑，曾国藩的确对子女管束得十分严格，甚至细致入微，婆婆妈妈地管到子女的一举一动。从新媳妇入门后应当"教之入厨作羹"，到督促

---

① 参见李泽厚：《中国古代思想史论》，人民出版社1986年版。

"诸女儿织布及缝制衣袜"，从要求"后辈诸儿须走路，不可坐轿骑马"，到说明扫屋抹桌凳、收粪除草不是有损架子的事，应当"少睡多做"。在家书中还一再询问儿子："尔走路近略重否？说话略钝否？""说话迟钝、行路厚重否？"[①]因为，说话、走路不能太急、太露、太匆忙，宁肯迟钝一些，因为迟钝才会"稳重"（这使我立刻联想到曾经轰动一时的电视连续剧《新星》中的一个细节，来县里视察的地委书记教导年轻的县委书记李向南应当如何"掸烟灰"）。

好一个谆谆教诲、循循善诱的严父的形象，这同我们在历史中看到的曾国藩形象，似乎难以联系。可是，当我们比较清楚地认识到"道德自我完善"以及由此所体现的"伦理至上"倾向的意义时，就会发现问题的实质并不这么简单，曾国藩之所以对子女如此千叮咛万嘱咐，在于他相信：封建统治阶级的子女通过遵循建立在封建性的小农生产和宗族团结基础上的一套封建道德，就能够获得"齐家治国平天下"之本。"修身"即个人的道德自我完善，是同捍卫整个封建统治阶级的利益，维持整个封建伦常政制有着密不可分的关系。

这正是曾国藩强调个人道德自我完善的实质所在。看重血缘关系、以家庭为本位、以崇尚祖先为宗教的中华民族，在具有"伦理至上"倾向的儒家文化中浸泡了几千年，各代的封建统治者又相当娴熟地运用着伦理秩序这一根本法则，于是"伦理至上"也就成为一种传统，一种渗透于我们民族生活各个领域的根深蒂固的传统。中国社会中的"知书识礼者"正是这一传统的主要承继者。

不容忽视的是，"伦理至上"的倾向发展到近代，已经到了严重扼杀个体生命力的地步。因为，伦理化儒学的中心课题是人格的完成，而它又是以身、心、灵、神的不同层次的修养以及正己、齐家、治国、平天下的不同层次实现为环节的。简而言之，就是通过个人的道德自我完善，来实现"仁"，推行"礼"，由己而推及他人，推及群体，推及社会。按照一些学者的意见，中国传统文化所设计的理想人格是一种"片面道德力量型人格"，它对于道德力

---

① 参见（清）曾国藩：《曾文正公家书》。

量的强调远胜过对智慧力量和意志力量的强调，这种内在人格发展的不均衡，加上外在传统文化的多方面制约，造成了"片面道德力量型人格"向"自我萎缩型人格"的过渡。在封建社会，中国传统文化与中国人的人格之间形成了一种恶性循环①：

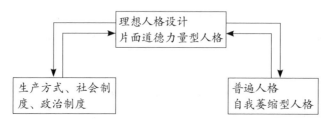

毫无疑问，此种恶性循环在中国知识分子身上表现得尤为明显，以至我们从现实生活中经常可以咀嚼出如下道理：道德感愈强，生命力愈弱；道德感愈弱，生命力愈强。

当代知识分子能够逃脱"恶性循环"的纠缠吗？不妨以两部当代艺术作品来透视知识分子的精神现象：

以擅长细致刻画知识分子内心世界而著称于当代文坛的北京女作家张洁，发表过一部有一定影响并获全国优秀中篇小说奖的作品——《祖母绿》。这部以一种宝石的名称命名的中篇小说讲述了一个动人的故事：在20多年前，女大学生曾令儿为了保住自己的爱人左葳，不惜独担了罪名，在度过了爱情的最后一夜后，她不辞而别，被遣送到偏远乡村劳动改造。由于她生下了与左葳的儿子，还扣上了一顶"坏分子"的帽子，她独自抚养儿子，同时没有放弃自己在事业上的追求。苦难给她带来痛苦，但却是一种具有崇高感的痛苦。因为曾令儿是"带着超凡入圣的快乐"，以殉教徒的精神去承受苦难的。张洁笔下的这位女主人公承受苦难的意志不能说不坚定："一生，够了吗？还可以再加上一生。只要没人戳爸爸的脊背，妈妈不论受什么苦，也是值得的。"可是，打击接踵而来，她唯一的精神依托——可爱的儿子溺水而死。然而，她并不后悔！

曾令儿——一个受了高等教育的当代女性知识分子，是否在重蹈中国妇

---

① 许金声：《从"人格三因素论"看中国传统文化与人格》，《学习与探索》1986年第4期。

女世世代代"夫为妇纲"的人生道路？况且，左葳的怯懦、自私以至卑劣的行径已经证明他是不值得爱的男人。表面上看，这一作品的女主人公似乎近于"爱情至上主义者"，为了爱情，她宁愿承受人间苦难。深究下去，支撑她生存的意志和信念又并非"无穷思爱"这样一个诗意的概括，而是一种以个人道德自我完善来解脱苦难的超越精神。曾令儿始终在寻找一个理由为她的一生辩护：爱是无穷的，苦难就是爱的证明，它同时可以在爱的怀抱中消解，我问心无愧，因为我的个人道德是无懈可击的！

显而易见，曾令儿成功地构筑了一个与现实世界相对的自足的道德世界。

作为一个女人，很难说曾令儿是不可爱的，毕竟她具有无私的献身精神，但是，她犯了一个错误，即在爱的过程中丧失了对爱本身的价值判断。支撑她去爱的不是上帝，不是救赎灵魂，也不是为了来世的幸福，而是中国式的"伦理至上"的道德追求，是中国知识分子"独善其身"的道德自我完善的人生信念。而《祖母绿》之所以受到推崇获全国大奖，不也恰好说明了它是在相当大的程度上暗合了我们民族的一种潜在的文化心理。不能忽视作品的结尾，且不论作者的情节设计有无匆匆拔高之嫌，有无掩饰苦难之嫌（作品有一个理想的光明的美好的结尾，女主人公曾令儿历经磨难，失而复得，不但知识分子自身价值没有丧失——竟然在边陲小城取得了计算机领域的新成就，而且连形象也更漂亮了，把"情敌"卢北河都比了下去），就看作者安排曾令儿面对大海获得精神升华从而真正地超越个人将生命"在更阔大的背景上，获得更大的意义"的情节里，不也潜伏着在个人道德自我完善之后进而推及他人、推及社会的思维模式吗？唯其如此，作品也就符合了时下流行的一种价值观念，这又何尝不是一种普遍的民族文化心理。

无独有偶。曾经获得全国单剧本电视剧奖的《丹姨》几乎重复了《祖母绿》的基本情节，女主人公为了保护她爱情的结晶——腹中的孩子，为了不使孩子的父亲——一个有妇之夫被人戳脊背，她从医学院毕业后独自背着"生活作风不好"的罪名，来到一个偏远的海岛，受尽磨难，抚养女儿。她挺住了女儿夭折的巨大打击，忍受了实际上被男方遗弃的情感孤独，艰难地生存下来，并逐渐地与岛上的渔民融为一体。这部电视剧以十分讲究的摄影画面，一再地突出女主人公的住处——一幢旧时代留下的天主教堂，以一种特殊的教堂氛围来衬托女主人公的殉道者情怀，以爱情支撑的人生在无休止的痛苦和磨难中挣扎着前行……又一曲哀怨动人的女性献身精神的颂歌。比起中国妇女的传统美德来，曾令儿们的献身精神只是更彻底、更无私罢了。

值得深究的依旧是作品的结尾，《丹姨》的结局使作品的思想境界一下子跃上了一个高度，即对于传统美德的肯定和颂扬瞬间转变为追问与质疑。当昔日年轻漂亮的女大学生丹姨变成一位貌似当地渔民老妪的时候，这位历经磨难、孑然一身的女性终于觉醒，她痛苦地发出"这一切值得吗？"的人生疑问，支撑苦难人生的精神支柱在这一追问的刹那轰然坍塌！如果说，在听到卢北河分析曾令儿与左葳的关系"如同一个随心所欲的主人，和一个唯命是从的奴隶"时，曾令儿竟拼命地否认而表现出九死而不悔的决心的话，那么，丹姨则不但开始反悔，而且开始反思；如果说，曾令儿在作者张洁安排的浪漫的理想的结尾中获得新生、获得精神升华，从而肯定了她苦难的一生的话，那么，丹姨则在严酷而无情的生活现实面前，否定了她的人生。这是何等艰难而痛苦的一步，丹姨虽然老了，但她毕竟迈出了这一步。

发人深省的是，曾令儿和丹姨的人生悲剧并非仅仅是艺术里的悲剧，它所表现的"伦理至上"的倾向与道德自我完善的方式在当代知识者身上表现得相当普遍，只是通过知识女性来表现，在我们这个注重伦理的国度的读者面前，更能够引起同情罢了。可惜，《丹姨》先扬后抑的进步意义并没有得到评论界和读者的足够注意，反而是《祖母绿》获得了广泛的社会认同，这种现象从一个侧面说明了当代知识者精神跋涉的艰难。

更为重要的是，以道德自我完善替代了对真理的探索，以伦理至上替代了真理至上的价值观念，致使伦理道德抑制了理性的生长，个体修养迁就了社会环境的压力，从而构成了中国知识分子自身现代化进程的延宕的主要障碍之一。胡适在半个世纪前说的话至今看来仍是一针见血：

> 古代的宗教大抵注重个人的拯救，古代的道德也大抵注重个人的修养。虽然也有自命普度众生的宗教，虽然也有自命兼济天下的道德，然而终苦于无法下手，无力实行，只好仍旧回到个人的身心上用功夫，做那向内的修养。越向内做功夫，越看不见外面的现实

世界；越在那不可捉摸的心性上玩把戏，越没有能力应付外面的实际问题。①

　　说到底，所谓的个人道德自我完善在中国文人那里，往往成了一种与现实世界相抗衡的手段与方式，但深究下去，它又可以看作是一种逃避现实的方式，一种自我安慰的心理，"衣带渐宽终不悔，为伊消得人憔悴"，曾令儿在她的人生历程中，找到了自己的精神支柱，即个人道德世界的自慰自足，并由此付出了她的一生。然而，毕竟还有丹姨，她始自慰终自审的精神历程无疑是一个希望所在。只是，在我隐隐忧虑的心间依旧存有一个疑问：

　　丹姨能否走出教堂？

（原载于《文艺评论》1990年第4期）

---

　　①　胡适：《胡适文选》，亚东图书馆1935年版。

# 新文学人口与新文学群体

"打工文学"兴起多年，早年《佛山文艺》高树旗帜，作者读者十分踊跃，一时名闻遐迩；后来深圳接过大旗，政府似乎有更大支持力度；东莞凭借经济实力，不甘示弱，也多有声响。总之，珠三角改革开放三十年，"打工文学"可谓风起云涌，此消彼长。但主流文坛对此还有争议，比如对命名，比如对意义的评估。近二十年出了不少中国当代文学史研究，但难见专章介绍，一是囿于地域，仅限于外来工比较集中的南方，比如广东；二是囿于观念，可否进入主流文学视野和评价体系，其实至今还是问题。如何把一个似乎属于地域、地方的问题，如何把这个问题提到一个全国的视野框架中去思考？如何把这个问题提到一个庞大的文学消费基数去考量，从而考虑一个新的文学人口和一个新的文学创作群体的出现？我以为，值得深入探索。从这一角度看，全国青年产业工人文学大奖的设立，意义非凡，可以载入史册。其意义还可以概括为"双新"，即新产业工人、新文学群体，包括写作者和文学作品特定题材的消费者与拥戴者。

2014年，我参加第二届"全国青年产业工人文学大奖"作品评选，感触不少，也再次确认了上述信息的重要性与当下性。仅就文学来说，主要有两点：一是这样一批特定题材的作品，很好地从一个侧面书写了中国内地近二十年的移民史，由广大乡村向城市迁徙的历史，可以视作"打工文学"的更新换代；二是丰富了中国当代文学史的内容，在当代中国内地作家写作方式上也颇见新意，草根身份与自我书写，恰好与网络写作相映成趣，构成当下文学写作的独特风景。

## 一、"草根写作"的亲历现场感

我在连续几届参加《广州文艺》"都市小说双年展"评奖时，强烈地感受到"70后"作家笔下的"写作焦虑"，他们成长略晚于中国内地城市化步伐，且大多生活在乡村或是"都市里的乡村"，缺少真正的在城市生活的经验，所以在作品里可以感受到与"50后""60后"相似的对城市的陌生、惊惧和怀疑，似乎更多是一种与农民工进城同步的心态。在他们的作品里，场景的出现也颇有意味：几乎少有大都市标志性场景，比如街道、大厦、地铁、机场、轻轨、车站、写字楼、大酒店、大商场，奢侈品、时尚场，少美女俊男，无时尚气息。在我看来，人在什么样的场景中，就拥有什么样的气场和心态。进城犹豫，举步维艰，生存挣扎，朝不保夕；生在城市，长在大街，乐在其中，坐享繁华——都可以用场景来烘托、来传达，可惜大部分作家很少描述城市，更不用说传达都市的气场，远没有张欣二十年前都市言情的眉飞色扬，也没有今天郭敬明《小时代》里上海滩的表面浮华。于是，这批面对都市的作家，进退失据，处境尴尬，陷入焦虑。然而，所有这些"写作焦虑"，在"全国青年产业工人文学大奖"的作品中变得轻飘了，可以忽略不计了，为何如此呢？我以为与写作者的身份有关。这个系列的作者大多是城乡迁徙的亲历者，他们身在其中，他们就是打工者，属于百分百的"草根写作"，而非旁观者，更非下基层采风的体验者。总之，他们写的就是他们的生活。不妨举作品说明：凌春杰的《跳舞的时装》写为城里人服务的小保姆的心态，以女房东衣橱里的时装打通乡下女孩与都市的认识途径。那些鲜亮时装在小保姆的世界里神奇地变成有生命的舞者，小保姆为此挣扎以至离去，她说："姐姐，我其实也不想离开你们，再不离开的话，我就真管不住自己了啊！"这是小保姆的心里话，一个来自乡村的花季女孩，因为喜欢女主人衣橱里的时装，偷偷试穿，这原本不是新鲜的细节。作家的高明之处有二：一是把时装拟人化了，写时装自己的寂寞；二是把城里主人与乡村保姆的关系进行了"温暖化"的处理，写不同人群之间的沟通，从而传达了人性的高尚和美好。全篇写得生机盎然，平实之间异峰崛起。更有意义的是它敞开了一种乡村人面对都市的友好态度，既基于淳朴的传统伦理，又出于美好的人性本然。

　　周家兵的《亚泰的密室》是一个平实的短篇，叙述着平实的故事。一个职业经理人在一家名为"亚泰"的企业找到一份称心的工作，其中有忘我的工作，这样的故事进程原本平常，但不平常处就在结尾：密室。这是"亚泰"的灵魂所在，是企业文化的核心所在。所有的"亚泰人"不但有了生存的平台，更有了安置心灵的所在，作品的立意由此升华。一个当代文学寻找民族灵魂的重大主题，在这里有了一个相当朴实的表现。我比较偏爱江北的《牡丹花被》，初读小说，不由地联想到当代小说名篇——茹志鹃的《百合花》。同样一床被子，承载着不同内容，时代巨变啊！江北的小说触及了当下外来工夫妇无法享受正常夫妻生活的题材，很家常，也很庸常。但因为有"牡丹花被"这样一个神来之笔，顿时有一种化腐朽为神奇的艺术效果，艺术地升华了欲望。年轻妻子对丈夫爱抚的渴望，与对牡丹花被的喜爱纠缠一道，相映生辉，既反映了现实问题，又传达了外来工对美好生活的向往——因为这样的要求并非奢侈，格外的感动也就随着"牡丹花的盛开"悄然降临了！

　　获奖作品中，王选的《南城根》具有艺术与文献的双重意义。"城中村"不但是中国内地城市发育历史进程中的一个特殊标志，而且因为它留居了大量的外来工，所以也是一个特殊的"文化集聚地"。《南城根》的文人视角和人文关怀，佐以老道文字、细致书写，给"城中村"留一剪影，为当下中国留一记录：真实而繁杂，心酸却不绝望。同时，还有一份试图解读南城根的冲动。作者始终保持一种客观的观察者的视角，为书写对象提供多种可能性，也为读者提供更多的现象空间，不失为一份具有社会文献意义的文学观察记。应该说，在这一类非虚构的作品中，作者表达的文字水准也算高层次的，显示了书写者的思想境界和艺术涵养。中国内地城市发展史中，"城中村"是一道极其独特的风景：都市里的村庄，村庄里的都市。人口混杂，身份多异：三教九流共存，蓝领、白领、"无领"（也就是无业游民）共存，除了本地人坐稳房东以外，其余人都是过客。因此，它就是当下中国内地最为活跃的"小舞台"，也是主流社会容易忽略或不屑一顾的社会角落。问题就在于，文学时常青睐的恰恰就是小人物、小舞台，无数中外文学名著可以证明这一点。

　　邝美艳的《青春的见证者：工衣》聚焦女性产业工人，写出了她们在日复一日的劳作中对青春和美的渴望。千篇一律的厂服变迁，庸常乏味的食堂场景，却在丰富的感受力下呈现出异样的色彩，并不人性化的工厂俨然成为她们曼妙青春的见证，其所包含的酸楚和遗憾是这部作品的意义所在。写一件工衣，细致入微；写一个时代，由此引入。妙在抽离，写作者身体的抽离，具体描写的抽离，个人境遇的抽离。抽离中有可贵的思考，有精神的升华，也有青春的唱叹。缺少神奇、原本平淡的工衣，偶然间也有智慧的发现，比如声音，比如眼神。工衣也因此焕发光彩，在深刻的人生体验中升腾、闪烁！

傅淑青的《打工妹手记》勾画了一个在生活边缘喘息着，痛苦挣扎于社会底层的打工妹的形象。用密集的细节、压抑而充沛的情感书写自己的青春生活，无尽悲伤，却没有绝望，因为还有文学温暖冰冷的心。这些作品不一定在文字上有多么高的造诣，甚至艺术结构上还略显粗糙，但可贵在内心情感的全情投入，你可以感觉到"我在现场"的真切，你更可以感觉到文字底下的心跳。日常生活即使是一块冰冷的石头，也被这些一线的工人作者用心捂热了！

## 二、新文学群体的身份特征

在此不妨将第二届"全国青年产业工人文学大奖"18位获奖者的职业等列表做一个简要的分析。

表1.1　第二届"全国青年产业工人文学大奖"获奖者信息

| 姓名 | 出生时间 | 出生地 | 现居地 | 职业 | 经历 |
|---|---|---|---|---|---|
| 管燕草 | 1979 | 上海 | 上海 | 编剧 | 上海戏剧学院毕业、在上海淮剧团工作 |
| 野歌 | 1975 | 湖南 | 广东深圳 | 创作者 | 小学学历、在广东打工 |
| 叶清河 | 1980 | 广东 | 广东清远 | 记者 | 做过教师、编辑、记者 |

（续上表）

| 姓名 | 出生时间 | 出生地 | 现居地 | 职业 | 经历 |
|---|---|---|---|---|---|
| 周家兵 | 1972 | 湖北 | 广东深圳 | 创作者 | 外地来深圳建设者 |
| 凌春杰 | 20世纪70年代 | 湖北 | 广东深圳 | 经理 | 外地来深圳建设者 |
| 戈铧 | 1969 | | 广东深圳 | 创作者 | 外地来深圳建设者 |
| 刘宏伟 | 1977 | 重庆 | | 编辑 | 中国作家协会会员、媒体人 |
| 邝美艳 | 1983 | 湖南 | 广东东莞 | 工人 | 南下打工 |
| 王选 | 1987 | 甘肃 | 甘肃 | 职员 | 中师毕业、在文管局工作 |
| 马行 | 1969 | 南京 | 胜利油田 | 教师 | 大学毕业、在石油地质系统工作 |
| 蓝紫 | 1976 | 湖南 | 广东东莞 | 工人 | 师专毕业、南下漂泊打工 |
| 泥人 | 20世纪70年代 | 四川 | 重庆 | 工人 | 多省漂泊打工 |
| 万传芳 | 1978 | 湖北 | 广东东莞 | 工人 | 南下漂泊打工 |
| 廖金鹏 | 1980 | 江西 | 广东深圳 | 工人 | 南下漂泊打工 |
| 马忠 | 1971 | 四川 | 广东清远 | 编辑 | 南下漂泊打工 |
| 王先佑 | 1970 | 湖北 | 广东深圳 | 编辑 | 南下漂泊打工 |
| 向明伟 | 1977 | 四川 | 广东清远 | 工人 | 南下漂泊打工 |
| 温海宇 | 1982 | 安徽 | 广东深圳 | 工人 | 当过兵、南下打工 |

据大奖组委会和各地作家协会网站提供的数据，我们综合成以上一览

表，从中不难了解第二届"全国青年产业工人文学大奖"18位获奖者的职业身份，除了极个别专业创作者以及少数计划经济时代工人身份外，绝大多数都是我们所说的"草根"，绝大多数有着流浪异乡、漂泊打工的经历，而且在社会底层工作、生活的经验比较复杂，个人生存的道路比较曲折。以我在深圳五年的漂泊感受来读他们的作品，可谓"别有一番滋味"，欲说还休的"苍凉"。因此，我认定他们获取了底层生活的无限感受，他们的所谓"体制外"生存，体现出与"体制内"不同的某种"无计划性"与"不安定感"，加上珠三角经济的高速发展所导致的社会动荡感与人生颠簸感，应该在相当程度上远胜过内陆城市。而据一些作家自述：初到异乡，生存压力极大，举目无亲，内心甚至恐惧。比如获网络文学奖的万传芳，"只身一人南下广东谋生，被偷过、被骗过、被抢过"；比如获文学新人奖的向明伟，初中肄业后南下打工，其间做过工厂流水线普工、文员甚至街头小贩等，至今依旧在一家鞋厂做内刊编辑。因此，他们可以说始终在产业第一线，而且是有别于计划经济时代国有企业的第一线。他们的作品有着从前工业题材没有的新鲜内容，同时也有着属于他们自己以及这个市场化时代的情绪和情感。也正是在此意义上，他们的文学有力量、有筋骨、有温度、有生命、有历史，并由此别于专业作家的、别具一格的"中国叙事与中国故事"。

所有上述不懈的文学努力，不但使得"被遮蔽的一群人"走进了社会舞台，走进了公众的视野，而且在写作者身份、进入生活的方式、新的文学消费群体等诸多方面均有突破性的新意。同时，为中国当代文学增添了新的内容，从一个侧面书写了中国内地近二十年由乡村向城市迁徙的历史。假如，我们再想想，这样一个空前绝后大迁徙人口基数之巨大，回头再看这样一批"草根写作者"，我们一定会倍感其珍贵，倍感其难得。这也是新产业工人文学必将写入文学史的依据所在。

（原载于《小说评论》2015年第4期）

# 复活一座城市的记忆

## ——读梁凤莲长篇小说《东山大少》

梁凤莲的长篇小说《东山大少》（花城出版社2009年出版）以最具广州地缘特色的东山为切入点，以广州百年历史风云为背景，以一群活跃在羊城历史舞台上的男人为主角，以灵动的文字复活了历史场景，唤醒了城市记忆，生动地再现了这座南国城市的百年进程，并以众多的人物形象再次探求了羊城以及岭南文化性格，为文坛再添一幅颇具岭南风采的文学长卷。在"提升文化软实力"渐成国家发展重大战略，"重拾岭南文化自信"之声再次响起的今天，梁凤莲的本土创作尤为珍贵，意义非凡。

## 一、岭南经验："本土言说"的珍贵

我在近两年开始接触广东作家的小说，一个突出的印象是入粤外地作家不少，今年参加广东省"鲁迅文学艺术奖"评选，其所占比例之大，使我意外。改革开放30年，大量人才入粤，"新客家""新移民"称呼已不新鲜，但非本土作家的数量比例恐怕也是全国各个省份绝无仅有的。这是广东独有的现象："青年女作家群""青年诗人群""深圳作家群"业已成形，共同构成广东的"新移民写作"。评论家张燕玲称誉其为"充满时代感与丰富性的新的文学板块"，可谓有创见的总结。

但是，这些来自外地的移民作家，优势在于故乡与移居地的文化反差，劣势也在于此。来自内地的童年经验与成年经历所形成的世界观与价值观，必定与岭南有所差异、有所冲突、有所隔膜，这也从另一个侧面显示了岭南文化的独特性。"新移民写作"的创作资源来自反差，但仅此是远远不够的，对于整个广东文学艺术创作来说，对于独具一格的岭南文化继承与建设来说，还需要真正地进入、完全地融入。就此而言，本土作家具有天然优势。关于这一点，我在今年7月广东省作协举办的一次作品研讨会上，阐释了关于"地域文化的写作难度"的观点。在承认"以新客家身份移民南粤商业古都，其实也有借助一方水土崛起于文坛的可能，新客家自有新客家的视野与胸襟，不同文化熏陶形成反差就是优势"的同时，也质疑了不知地方方言，内心甚至始终怀有某种无法言说的拒斥或隔膜的客籍作家进入岭南文化的可能性。对方言等地方文化的熟悉程度，对南粤大地故乡情感的强烈程度，都可能成为客籍作家的创作障碍。况且，真正使得客籍作家心动与投入的是近30年的历史，是形成外在文化环境与内在心理反差的"移民生活"。因此，"新移民写作"与我所认可的文学创作的"本土言说"尚有距离。

何谓"本土言说"，理论上很难准确界定，但我认为一定与出生地、童年记忆、祖先记忆、故乡记忆密切相关，一定与你生于斯长于斯贯穿你生命的某种文化传统有关，一定与你所痴迷、所钟情、所热爱的乡土情感有关。仔细品味一下当代作家的作品，出生地的情感与文化烙印，常常在作品中留下这样一种东西：无论你走得多远，无论你漂泊到何处，你的情感归宿在你的"本土"，也许你会走得很远很远，天涯海角，千里之外，但艺术家内心的故乡在原处，在老地方，这是命定的归宿，游子的归宿。世界各国作家一概如此，中国作家基于传统尤此为甚。广东"新移民作家"的大部分作品皆可引为例证。

进而言之：广东文学艺术创作的"本土言说"的历史使命将更多地落在本土作家身上，他们有人脉，有地气，有天然优势，眼下又有"天时"。什么是"天时"？广东建设文化强省即是。以此思路看梁凤莲，她与她的作品均为珍贵。理由有三：一是梁凤莲是广州本土作家，生于西关、长于羊城，熟悉东山，不缺乡土情感，更有强烈依恋；二是梁凤莲学历至博士，且曾出洋游历，学养深厚，视野国际，晓岭南地理，知文化三昧，堪称"广州通"；三是梁凤莲苦干实干，二十年坚持不懈，著述丰富，小说、散文、理论、评论等多头并进，为识见拓展，为创作积累。梁凤莲志向远大，有"羊城烟雨四重奏"的长篇小说创作计划，可谓"雄心四部，长卷一幅"。工程浩大，业绩辉煌，其心其志，可圈可点！三点优势基于一身，人才珍贵可见一斑。

## 二、"东山叙述"与"橘瓣式结构"

梁凤莲在她的《西关小姐》面世四年之后，再推《东山大少》，其为广州羊城文化立传的用意始终不变。"西关的小姐，东山的少爷"，这是广州人熟悉的一句老话，因为西关、东山都是羊城最有底蕴、最有人缘、最有知名度的两块宝地。论历史悠久，西关可以上溯五代十国中的南汉，南汉在广州立国建都，共历五主。南汉王室林苑坐落西关，留存今日，西关建筑首推西关大屋，极具岭南特色；而东山呢，一栋一栋中西合璧的红砖洋楼，为羊城涂抹另一层文化底色。假如说，西关大屋代表清代以前羊城的千年历史，那么东山洋楼则代表近百年的广州历史。这个城市的时尚、风气、人脉、财源、权力都在这里上演一出出跌宕起伏的人间大戏。

《西关小姐》以女主人公若荷的人生命运主导全篇，而《东山大少》则以一群羊城男性支撑作品。假如说，前者是一枝独秀地刻画人物的话，那么后者就是群峰称雄，是一种为广州男人塑造群像的方式。作家梁凤莲除了改变创作路数，还有何种艺术构思方面的考虑呢？《东山大少》全书共分九章，前八章均以男人为主角，唯有第九章以女子范妮为主角。无论作者有意还是无意，男人戏男人唱是这部长篇的第一特色，第二特色也是十分醒目，即叙述方式，以每一章的主人公为第一人称视角分别展开叙述。全书九章就是九个"我"的视角，九个"我"的叙述。

重点谈谈作者着力塑造的"东山大少"们吧，先是父子三人，父亲史南成乃入粤军人，与羊城缘分颇深，生儿育子，拥兵护城，视广州为第二故乡。此人虽在东山，却更多地像一个历史道具，以其内心焦虑折射当年陈炯明兵变的复杂局面，由于缺少大的历史场面描写，内与外并不十分"贴"，作为文学形象父不如子。相比之下，其双胞胎儿子更显光彩：东山、东风，一武一文，哥哥直接以东山命名，也可见作者对东山的喜爱。两位青年由军门少爷成为职业军人、再为商人的成长经历，可以视作在东山这块特殊土地上走出去又回归、进退自如出入商界军界、有广州血性的少爷形象的青春成长史。另一位军人是史南成的副官范英明。作者对他用墨不少，褒誉有加，可惜他与羊城的渊源未能深入，性格的立体感尚嫌不够。上述四人属于军人群落。

另一群落是真正的本土男性：同盟会会员梁康鸿，"海归"富商伍子鉴，由商入仕"浪子回头"的刘冕，出身名门的市长助理许凯然。作者对他们的把握，尤其是写到从商和羊城日常生活，往往胜过写军人，也许他们更接近羊城更亲近广州。文化的力量神秘且强大，即使作者本人再理性也都无法完全左右，其中的创作规律值得追寻。梁康鸿是羊城的传统人物，在他的身上可以窥见广州的性格；伍子鉴出身广州名门，曾留学英美，是科技专才，从他的人生经历可见"西风东渐"的时代潮流；刘冕是在西关出生、在东山成长的富家子、"浪子回头"的粤商，粤商一脉的强大甚至可以改变人生，其中大有文章；许凯然也是广州望族之后，以市长助理身份介入城建，作者试图以此描述城市的发展，但由于缺少富有冲突的事件，人物塑造与历史叙述有平面化之嫌。再者，广州是一座有浓厚宗教色彩的城市，作品有所涉及，可惜未能深入，本土与外来宗教也是一个很好的创作资源。总之，此四人与彼四人，各有一章的话语权，梁凤莲用意明显，期望八仙过海，各显神通；八个视角，展现风云；八个人物，塑造"东山少爷"。写人写景，两个意图；作者用心，读者期待。

再说长篇小说结构。八个男性，八个视角，加一个女性，九章各自独立，构成《东山大少》的"橘瓣式结构"。长篇小说中虽然有兵变、护城、城建、商业以及几位男性与范妮情感纠葛作为背景，但八人之间并无统帅群体的一号人物，也没有纲举目张的中心事件。读罢全篇，我不由地猜想作者为何采用此种结构方式，我以为，无论作者有意识还是下意识，以下几点或许可以帮助读者找到答案——

首先是"东山"地域的定位，这是东山大少们的活动平台。东山是20世纪二三十年代广州城市地盘的后起之秀，东山花园洋房一跃而为广州的"政治前台""权倾之地"，民间普遍认同的"东山少爷"就是"有权有势住东山"的羊城人物，是可以左右时势的人物。所以，这是历史的舞台，呼风唤雨的地方。

其次，在作者看来，这个舞台上没有统帅三军的元帅，只有群雄并立各逞其能的英雄。在那个风起云涌的年代，军人、商人、文人、官人都是主角，力量是多元的，文化也是多元的，似乎就不存在北方中原作品里常见的中心人物与中心事件。多元抗衡中心，多元消解中心。就像岭南文化一向不重"参天大树"，而更看重草木丛生。"问苍茫大地，谁主沉浮？"答曰：没有霸主，只有群雄。

最后，人物刻画透视多元价值标准。作者在南国的温暖与浪漫中呈现出多层次的男人性格，这是羊城男人的性格吗？既有血气方刚的豪迈，也有似水流动的柔情；既有沧海桑田的淡定笃行，又有倚马可待的执着坚持；既有静水流深的宽阔包容，又有大情大性的淋漓尽致；既有命悬一线的生死对决，又有洞策世事的随缘从容——从这些性格层面中似乎可以感受你一下无法言明的羊城性格，"远看草青近看无"，你难以把握却又无处不在的广州风格：任它天塌地陷，依然一盅两件叹早茶——有点我行我素，有点天不怕地不怕，有点坐看风云包容万物，却也有点麻木不仁，倒还真有点像广州的云吞面：包容、实在、丰富、好味道；家常、日常，不神秘，却又有点像一个谜：广州性格的谜。

也许，上述种种正是我们解读梁凤莲"本土言说"南国风情的入口；也许，文学本身就没有一统天下的主题，就如日常生活原本就是多个主角同演一台戏的"橘瓣式结构"；也许，等到梁凤莲"羊城烟雨四重奏"全部面世，我们才有可能找到问题的答案。因为，作品原本就是阐释的对象，其如山川、如万物、如天空，任何现成的结论都无法概括与穷尽它们的丰富性。

## 三、文学进入历史的可能性

梁凤莲"本土言说"南国叙述的用心明确："我受雇于一个伟大的记忆"（瑞典诗人特朗斯特罗默语）。那么，文学如何进入历史呢？有两种途径：一是"新历史主义"方法，真实需要呈现，没有呈现的过程历史就有可能被遮蔽，历史需要被诠释与书写，否则就会在时间的长河中消失殆尽；二是金庸先生的观点，人们不能在小说和戏剧中去找历史，作品三分真七分虚，历史常常是平淡的，而艺术创作却要选取精彩动人的内容，它们不是历史，而是艺术创造。梁凤莲的小说创作显然是对上述两种途径、两种方法的兼容并取。她所试图寻找的既是人类情感的普遍方式，同时也是人类文化普遍规律之中富有

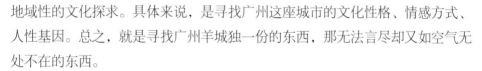

地域性的文化探求。具体来说，是寻找广州这座城市的文化性格、情感方式、人性基因。总之，就是寻找广州羊城独一份的东西，那无法言尽却又如空气无处不在的东西。

我在1994年参与"赣文化"讨论时，曾提出"赣文化描述论"，我所表述的"描述"是一种文化意义上的描述，它既需要在轮廓形象上的勾勒，更需要在内在精神上的摄取。因为我坚信：任何地域文化的积淀以至主流特征的形成，都与它的不断被描述有关。就好比面对一个相貌极其平淡的人，假如他被众人多次认真描述，那么，平淡之人也可能变得不再平淡，平淡无奇之处也可能凸显出来进而无处不奇了。

循着这一思路，我们似乎又可以将前文的假设推向一个极端，即使没有岭南文化特征，我们也可以将它描述出来。因为，特征可以在描述中凸显，内涵可以在描述中确立，文化可以在描述中显示其特有的风貌。何况，广州所代表的岭南文化一向与北方中原文化迥然不同，她真的是"离中原很远，离大海很近"，不但鸟语花香，而且独立南粤。就我个人感受而言，广东有公认的三大民系：广府、客家、潮汕，各有方言，各有民俗，各有历史渊源；另外粤西一片，似乎又是三系难以完全兼容，那里来的人们似乎又有自己的持守。四面八方，平安共处，看似包容，其实都有执着坚守的一面。方言上的隔膜、地理上的遥远，加之意识形态上自古就有平视正统、对峙中原的传统，与赣文化自古忠实中原、维护正统、一向亦步亦趋的文化姿态，完全两样。而广州这座独具地域特色之城：既有千年传统历练，又有百年洋风熏陶，文化底色复杂，文化内涵丰富。梁凤莲生于斯、长于斯、创作于斯，接地气、续人脉、继古今，真是艺术家之幸运啊，我羡慕之。

所谓地域文化特色，自20世纪80年代中期"寻根文学"崛起，就成为中国文学界热门话题，至今不衰。但凡新时期以来有较大成就的小说家，大多有一方水土作为创作资源、文化支撑与作品特色。例如，贾平凹之于陕南，路遥之于陕北，莫言之于山东，王蒙之于新疆，邓友梅之于北京，刘震云之于河南，冯骥才之于天津，韩少功之于湖南，王安忆之于上海，叶兆言之于南京，苏童之于苏州，余华之于浙江，迟子建之于黑龙江，铁凝之于河北，池莉之于武汉。国外大家更是不胜枚举，按美国作家福克纳的话说，就是需要拥有"一个邮票大的地方"。进入21世纪，全球化网络化经济一体化风气日盛，但各国、各地、各民族反而更加重视各自的文化，防止一元化，鼓励多元化，已成共识。

古人云："橘生淮南则为橘，生于淮北则为枳。"其实在今天看来，无论橘枳，各有自我，它们是平等的。就艺术而言，关键是有无表现出其特色与气质，那是独一份的东西，远看草青近看无，却又是可以真切感受的，于表象存在，于深层抽象。十分显然，梁凤莲在《西关小姐》之后，借《东山大少》在文化描述方面又有大的拓展。她的散文集《情语广州》是我喜爱的作品，其中粤味，弥散全篇，《东山大少》一以贯之，有增无减，愈加浓郁。对羊城一个"食"一个"商"的描写，更有从形似进入神似的多处妙笔。我衷心地祝愿作者早日成就"广州之于梁凤莲"的创作业绩，"羊城阿莲"成为名副其实的羊城文化传人。

（原载于《小说评论》2010年第2期）

# 坚韧的姿态

## ——评陈世旭近年的小说创作

陈世旭20年的小说创作有三个"高潮期"：一是新时期之初以《小镇上的将军》进入文坛，继而他的另外两部短篇小说《马车》《惊涛》与《小镇上的将军》一道，连续三年获得"全国优秀短篇小说奖"；二是20世纪90年代初，长篇小说《裸体问题》引起文坛关注；三是1996年以来，以《镇长之死》《遗产》《李芙蓉年谱》《青藏手记》等中短篇小说再次崛起。其中荣获首届"鲁迅文学奖"的《镇长之死》以及1998年初面世的中篇小说《青藏手记》是两篇具有突破意义的作品，可视作第三次崛起的标志。本文将在重点分析两篇代表作的基础上，对陈世旭近年的小说创作进行一番探讨，既总结一点创作经验，又有意对当下充满流行色的文坛提供别样的参照与启示。

## 一、重返小镇：再构历史空间

在陈世旭的成名作《小镇上的将军》发表17年之际，读《镇长之死》（载《人民文学》1996年第2期）不由地产生了一种惊喜和感慨。毫无疑问，这是一部感受深刻、内涵丰富的当代力作，这是一部可以反映中国作家从20世纪80年代走向90年代精神历程的小说精品。

《镇长之死》中的镇长是作家着力刻画的作品主人公。镇长的登场极其精彩和富有意味：迅雷不及掩耳般的夺权方式立刻把读者带进那个特定的历史时期。这位曾经把公社机关所有公章用麻绳串成一串当裤带系在腰上造反起家的农民，靠强有力的政治铁腕，很快主宰了小镇。此后，作者不动声色地通过强行拆屋、向寡妇请罪、救播音员以及迅速发迹又迅速倒台的一系列情节，层层推进地精心刻画了镇长丰富的人物性格。

从诱发读者阅读兴趣上看，镇长如扫帚星划过小镇上空的短促辉煌颇有点闹剧的滑稽，不过由于作者的准确把握，这种"滑稽"并没有表面化，读者很快就会把目光投向那个年代，人们会在镇长看似矛盾的言行中，引发或深或浅的思索：他，到底是一个什么样的人物？

在这位放牛娃出身、文化水平很低的镇长身上，有着中国文人所崇尚的舍生取义、舍己救人的品质，有着农民领袖般的谋略和气魄。这位乱世中的英雄既能处乱不惊、因势利导、护一方百姓，又能葆有为人处世的根本原则；他为政清廉，与人为善，锄强扶弱，宠辱不计，颇有几份侠义肝胆、凛然正气。难能可贵的是，即使潦倒失势，他也并不颓唐，并不记恨，全无文人式的伤感失落。他是既葆有民族传统，又带有20世纪时代特点，既粗犷豪放又不无狡黠的南方农民的形象，是孕育于乡村文明，同时又崛起于特殊历史时期的人物典型。他是时代的智者？大智若愚？是，似乎又不是。真是一个人物！一个可以折射时代、映照国民性的血肉丰满的艺术典型。说他身上具有作家陈世旭"独一份"发现的性格因素，说他身上寄寓了作家陈世旭对社会文化历史深刻而复杂的"独一份"思考，我想，不会是过头的评价。

值得评论家与文学史家反复阐释的典型意义大致可以归纳为三重价值：典型的魅力、典型的镜子作用、典型的时代意义与文化内涵。陈世旭正是在对镇长这一人物形象的深层开掘中超越一般，充分显示了作者独运的匠心与深刻的思考。陈世旭借小说开启记忆之门，试图展开意义广泛的追问。引起我评论兴趣的还有作者对世俗众生相的描写，这一切入角度以镇长之死而深化。人生充满变幻却宠辱不惊的镇长结局悲惨，几乎死无葬身之地，无人理解，无人凭吊，一丘野坟，一缕孤魂。作者在看似平淡的结尾中暗含了一个诘问：为什么会有如此下场？想及于此，作者文中所有不经意的交代似乎都具有了弦外之音，令人掩卷之后陷入难以言说的沉重心。作家以抑代扬的艺术手法也使我们更加深刻地再次感受个体生命之"轻"与民族新生之"难"。

值得一说的还有陈世旭的精品意识。《镇长之死》以一万六七千字的短篇小说篇幅，本来完全可以拉成一个中篇，但作者极其克制地控制着笔墨。也许他明了艺术的奥秘：限制是局限，局限亦是一种优势；与其拳打脚踢，全面进攻，不如握紧五指，猛击一拳。联想到当下一些作家在小说中充分表现机智，宣泄般地铺陈，随意性地重复自己，无疑是一种艺术的浪费。相比之下，陈世旭将丰富的内容压缩在短篇之中，选择了局限，选择了克制，选择了沉重，选择了"独一份"的艺术表达方式，选择了精品的标准。这同时也意味着作家对当前文坛非个性化复制状态的努力摆脱，意味着作家在对他人与自身的超越之后趋于成熟。《镇长之死》面世不久即被《小说选刊》《小说月报》等权威刊物转载，两年后，它又在首次启动的"鲁迅文学奖"中夺得短篇小说大奖，这无疑也是对作品价值的一个承认与肯定。

成熟是一个有分量的字眼，但成熟并不可能一蹴而就。陈世旭在经历了十七年的精神跋涉、十七年的艺术探索，在转换了多种题材、多种笔法之后，终于开始进入几番过滤一派纯净的艺术境界。他终于重返小镇，在小镇的"话语空间"中找到了时间与空间的交汇点，找到了寄托他"独一份"艺术思考的圣地。重返既是回归，更是超越之后的提升。而提升之后的"小镇"，自然是独属于陈世旭的"小镇"。我为陈世旭击掌称好，他在《小镇上的将军》写进文学史后的十七年，终于又以《镇长之死》立起了中国内地20世纪90年代文学的一块碑石。

## 二、走进青藏：追寻生命终极

当我们试图以"重返小镇"命名陈世旭近两年再次启动的"小镇系列"创作时，这位正处壮年的小说家却出人意料地突然在青藏高原铺开了一幅高原画卷。如果说，"小镇系列"是在棋盘般大的有限格局中咀嚼历史沧桑的话，那么《青藏手记》（载于《人民文学》1998年第1期，《小说月报》《中篇小说选刊》转载）则是在更为阔大的现实舞台上进行了一次对当下世人生命意义的庄严叩问。叩问是以第一人称"我"的忏悔开始的。"我"是高原建设者的后代，邮校毕业后分回出生地工作，但让"我"没有思想准备的是高原极为严酷的生存环境，在这个"生命禁区"，人的生存竟受到强大挑战，生命的意义在一个十分广阔的高原背景下被一次次地追问。在柔弱生命与坚韧意志之间，"我"与老那经受了反复锤炼，"我"一度退却但又在精神的感召下最终献身高原；老那为高原献出了一对儿女，付出了青春与健康的代价，最终放弃调回内地成为高原永远的守护者。也许在一些人看来，今天已经是远离理想的时代，拒绝崇高甚至成为一种口号。但是，就有那么一群人，为一线国脉、为神圣国土把自己的生命奉献在高原。即便在这个充满利益关怀的年代，他们的人生字典中依然没有功利计较的字眼。这些像高原雪山一样沉默、坚忍、悲壮的建设者们本身就是崇高的化身，在"生命禁区"中生活下去，便是一种人生壮举。就此来说，陈世旭的《青藏手记》无疑是一曲响遏行云的理想之歌。面对他们，我们将不由自主地扪心自问，生命的终极意义何在？贯穿于全篇的这种追问构成了这部中篇力作的深沉意蕴。

细细想来，在如何展示当代理想主义者人生历程这一点上，陈世旭是颇费艺术匠心的。《青藏手记》可贵处有二：一是神圣理想的平民化——以两位小人物作为理想化身；二是以低视点写高位点的精神境界——从平凡琐碎乃至微不足道的庸常生活中自然显现。陈世旭巧妙地将"我"与老那构成现实与理想的两极，"我"的逃避是依着当代人利益关怀的惯性以空间转换趋近"现实"的一极，老那一辈子忠于职守以时间推进趋近"理想"一极，而我重新成为奔波于青藏公路上的一名司机，则是在老那——"理想"化身的感召下，以无数次灵魂洗礼与精神提升渐渐趋进"理想"一极，并最终以身殉职献身高原。两代人走着同样的道路，但精神境界的展开与提升却有着不同的时代背景。如果说老那是以"祖国要我守边卡，扛起枪杆我就走"作为人生原则的话，那么第二代人"我"则是在一种十分清醒而理智地认识个人幸福存在的前提下，以个人欲望与奉献理想始相抗终相融来完成理想实践者的人生历程。陈世旭在没有回避实践理想的人生是沉重而痛苦的同时，既令人信服地张扬了理想主义，又暗示了理想主义的生生不息。不必讳言，表述理想主义到了20世纪90年代已经是一件坚硬难攻不易"讨好"的事情，对从前文学中"伪崇高"的逆反心理使文学作品想要获得读者"信服"与"感动"成为两道不易跨越的高栏。陈世旭知难而进，敢于攻坚，以其真诚之心传达"感动"，以其艺术功力显现"信服"，以其对两代人实现理想不同方式的个人诠释以及由此进行的对生命意义的追问，在理想主义的题材创作上有所突破。我以为，正是作者人格中某种坚定性以及崇尚理想的人生观，成为这种追问的原动力，也同时成为作品的深层底蕴。因此，与其说是作者在短期采访中受到的情感冲击太多，不如说作者本人对当下世事浮躁的排斥情绪在高原得到一次释放。青藏高原与作家陈世旭仿佛命中注定地不期而遇，严酷的自然环境、殊异的人情风俗、虔诚的宗教信仰、弥散悲凉气氛的生存状态、大自然的永恒与个体生命短暂渺小的反差，所有这些都共同成为叩问生命的背景。陈世旭在短暂的旅行中居然幸运地把住了高原的命脉，于是神接千载，风云际会，眼前强烈的感受与作家内心长久的思索迅速接通升华，作家人格主体在这里最终决定了作品的思想艺术境界。"对青藏高原我是既不熟悉又熟悉"的作家表白恰恰可以印证上述结论。倘若我们承认，"在1995—1996年短篇小说中，镇长或许是最生动、最能够被长久记住的人物"，那么《青藏手记》或许也称得上是近年表达理想主义最感人亦最成功的小说作品。

　　在表达理想主义这一主题的同时，我们还可以透过字里行间体会出《青藏手记》的"第二主题"，那就是对生命的终极关怀。内地来青藏高寒地带连续生活二十年以上的人，一旦重返内地，等待的将是因氧中毒综合征所导致的猝死。由此，当在青藏高原干了三十年的老那可以退休回到内地时已经注定无法返回。陈世旭在《中篇小说选刊》于1998年第1期转载《青藏手记》时所附的短文中写道："当我把《青藏手记》交给读者的时候，除了希望读者觉出我的感动，我更希望人们能够理解我更深一层的想法，那就是，在掩卷之余，我们可不可以请求：我们对自然的挑战能否更多一些科学与妥善？我们对人的生存、对人性的最基本的愿望能否更多一些关爱？对如此珍贵的生命资源、精神资源能否更多一些保护的意识？倘能，则民生幸甚，国家幸甚！""第二主题"的这层意思容易被作品抒发的理想主义激情所掩盖，但它又是不容忽视的。它的含蓄表达不但使作品显得更为繁复、丰厚与深刻，同时也体现了陈世旭不同于前辈作家的"现代立场"。我用"现代立场"这个词意在拥有更大的概括性与包容性，因为恰恰是处在后一位的"第二主题"涵盖了许多属于20世纪的现代人文思想与人间情怀，比如人道主义立场、比如对个体生命的尊重与爱护等，所有这些又是可以在人类的精神历程中找到传统的。纵览历史，放眼世界，优秀的作品之所以超越现实穿越时空，对生命的终极关怀显然是重要的支撑点之一。

"是谁带来远古的呼唤，是谁留下千年的祈盼，难道说还有无言的歌，还是那久久不能忘怀的眷恋……"在《青藏高原》这首人们熟悉的歌中回味《青藏手记》，我们可以感受一次"高峰体验"，由此得到如下启示：理想与崇高并非神话，它将是我们每一位当代人现实人生中神圣和永远的召唤。

行文至此，我的情绪在释放之后渐趋平静，仿佛歌手李娜高亢的歌声在慢慢消失之后，沉入寂静与黑暗；夜色如磐，万籁俱寂，一种清凉感觉悄悄渗透全身，并慢慢地在心间汇合成观照反省自我的心境；一种思想不动声色地生长起来。难道仅仅用"理想"可以阐释作品？作品的表层之下还有没有更深层的意蕴？两层主题的归纳是不是已经付出了"概括的代价"呢？我们这辈在意识形态环境中成长的七七、七八级学人先天会不会有某种宿命般的限定？我们是不是也已经无可逃避地局限在某种既定的观念中呢？于是我开始思索：孔繁森之后，陈世旭还想传达些什么呢？一连串的问号纷至沓来——

贯穿全篇的情绪为什么是悲怆的？为什么几乎所有写到人的段落始终弥漫着悲凉的气氛？在亘古不变永恒威严的大自然面前，人如何面对自然？面对自己？人与自然到底处于何种关系？"我"和老那靠什么融入高原？他们的朝圣路与藏族同胞的朝圣路异同何在？这些又是不是可以看作者深层的"第三主题"呢？

联想到西藏小说家扎西达娃的作品《系在皮绳扣上的魂》，扎西达娃以朝圣者塔贝具有讽刺意味的死亡结局比较汉人世俗世界的合理存在。那么，在生活于江南内地的汉族作家陈世旭的眼里，青藏高原上的汉人传统与藏人坚定无比的宗教信仰之间又应做什么样的评判呢？陈世旭没有说明，但潜藏于文字之下的丰富内容一如海中的巨大冰山，难以预测的冰山底座恰是作品给读者再想象的一个巨大空间，对《青藏手记》来说，"言而无尽"已经成为一个事实。我尝试着用知识去接近青藏那个遥远而神秘的空间，从而为解开上述疑问寻找桥梁。青藏高原平均海拔4000米以上，有大面积的生命禁区，从地理上看相对封闭。处于此间的藏族同胞绝大多数信仰藏传佛教。按扎西达娃的总结：藏人的宇宙观是"三界"，即天、人间、鬼神；生是转世，死是投胎，因此藏人对死亡没有恐惧，认为死亡是一种解脱。由于经济生活落后，商品匮乏，人的名利观念淡漠，藏人没有什么改变生活的欲望，对生活从来都是乐天派；在藏人

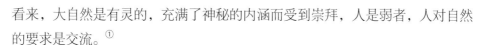

看来，大自然是有灵的，充满了神秘的内涵而受到崇拜，人是弱者，人对自然的要求是交流。①

显而易见，面对扎西达娃阐述的藏人宇宙观、人生观、价值观，面对产生此种观念的青藏高原殊异的生存空间，汉人传统中的"我"与老那不可能不感受到一种巨大的背离与反差，他们的辛酸与悲壮也是命中注定的，因为作为汉人的他们很难完全融入藏族人的传统，然而，他们不懈地努力，他们的生命历程无疑也在朝圣的路上，他们的心是痛苦的，因为他们是悲壮的奉献者。如果把话说得更直截了当一些，我们是不是可以这样认为，在青藏高原生活了千百年的人们，也只有在他们特殊的人生价值观的支撑下，才能坦然安详地生存下去；也只有在他们义无反顾、无怨无悔（真正意义上的无怨无悔，而不是被眼下传媒大量消费的不无矫情的用滥的流行语）的朝圣路上，生命的全部意义才得到一次完全和清晰的显示，就像《青藏手记》以及许多描写青藏的艺术作品都一再表现的藏族人磕等身长头去拉萨朝圣的场面，其象征意义深刻且有力地触动了外部世界的每一位艺术家乃至普通人。这一将全部生命虔诚地毫无保留地一次次付出给佛给神的举动仿佛给沉浸于世俗诱惑与感官享受中的人们洞开了一扇通向天国、通向神性、通向人类崇高精神的窗户。《青藏手记》的成功就在于不但肯定了"高原是距离神性最近的地方"，而且把这次近于形而上的思索用高原风物来烘托，并别具匠心地用援藏汉人"我"的心路历程来进行形象的阐释。建设者辛酸的人生、牺牲者悲壮的努力在高原殊异的自然与人文空间中汇成悲怆的生命交响曲，强大的艺术感染力调动了读者怜惜生命的悲悯情怀，并同时向人们昭示一个巨大的想象空间，陈世旭也借此完成了他久藏于心的一次对于生命意义的终极追寻。

## 三、专注持恒：沉着而坚韧的姿态

在陈世旭的眼中，写作是一种诚实的劳动，他曾经在文章中讲述《庄子》里的三个寓言故事：专注执着的粘蝉老人；不讲得失的卫大夫；"于物无

---

① 扎西达娃：《"西部文学"和西藏文学七人谈》，《西藏文学》1986年第4期。

视也，非钩无察也"、持之以恒的工匠。这三个古代人物形象仿佛成为作家时时提醒自己的三面镜子。故事中孔子面对心无二念的粘蝉老人也禁不住感叹："用志不分，乃凝于神。"我以为，正是这种出自先贤的精神始终激励着陈世旭在小说创作的道路上顽强前行。放眼文坛，我们并不缺少才华横溢、倚马可待的才子作家，眼前晃动的各色旗帜以及耳旁喧哗的各种口号，似乎总在催促他们马不停蹄地制作一次次"流行色"。在这个瞬息万变的时代，文学真的成了"快餐文化"的一部分？陈世旭没有在乎这些，他只是默默地思考，沉静地写作，在二十年小说创作的一轮轮竞争和淘汰中，在拒绝浮躁与喧嚣的艰难行进中，向文坛推出他的一篇篇力作，从而显示这位当代小说家沉着而坚韧的创作姿态。

不同国度的作家、学者都说过大致相同的话，即生命与作品相通，有怎样的作品便要求怎样的生命。面对文学，陈世旭的人生姿态一是坚守立场，二是坚守观念，三是坚守思想。

回顾新时期文学二十年的历程，当年与陈世旭一道走上文坛的作家已有不少人"下海"或转行，文学在失去轰动效应之后日益边缘化。如何行走于边缘并固守文学，陈世旭坦诚地表白：我闲时看过一些佛学，禅宗认为，诱惑之所以构成诱惑，是因为你把它当作诱惑，不是诱惑在动，是你的心在动。这虽然有些唯心，但道理是有的。搞文学创作，干一切事业，都要有定力。没有定力，一事无成。各人都可以选择，只要他认为他的选择更能发挥他的潜能就行。我选择了文学，是因为我觉得它适合我，最能发挥我的潜能，所以我面对诱惑可以不动心。作家是社会的良知、良心，是要有责任感的，要关心民生、关心社会，对生活的美好充满期望，应该追求真善美，应该有理想、有崇高追求。贬低深刻是很可笑的，人要不断完善自己，总不能把自己贬低成经济动物或低级动物。我以为，坚定的人生立场是陈世旭立足文坛的前提。

早在20世纪80年代，就有一种得到文坛认同的说法：中国内地文学界用十年的时间匆匆地走过了西方文学百年的历程。在这样一种文化背景下，如何应对近二十年来文坛万端变化、新潮迭起的形势，几乎成为每一个作家无法回避的课题。对此，陈世旭向来冷静，独立不倚，远离时髦，拒绝流行，以不变应万变的态度，坚守着自己的创作观念。《镇长之死》在1997年12月参加"鲁迅文学奖"评奖时仍被一些评委称为"典型的现实主义作品"。陈世旭表示，我在生活中和文学中都是个现实主义者，这个是不会改变的。艺术上允许探讨，但有些东西不可改变，小说还是要反映生活、深入生活。作家要了解生活，要有自己的生活空间，作为一种表达，要在生活中挖掘有益的思想。生活是创作的基础，思想是艺术的灵魂。唯有如此，艺术之树才能蓬蓬勃勃。对各种艺术探索，没有必要去贬低它，可以学习、借鉴，但学习借鉴的目的也是更好地反映生活。我至今没能清楚地了解陈世旭的阅读资源，从他的创作谈中至少可以得出一个印象：中国古代传统文化的一块与西方人文著作的一块他都有较为系统的阅读，尤其在先秦文学与西方哲学两个领域用功较多，这显然对他理性能力有极大的帮助。但是，在他崇拜的作家中，他只提鲁迅、契诃夫、老舍等有限的几位，他对西方20世纪文学大家有多深的接触呢？有一点是可以肯定的。陈世旭对花样翻新的小说文本试验始终保持冷静观察的距离，他甚至在谈到《镇长之死》的简洁精粹时，认为没有太多艺术技巧方面的原因，而归于思想认识的深化。从前用十句话表达的意思，今天可能只需要两三个句子，句子与句子之间之所以留下了空白，语言之所以更精粹，主要是思想表达的需要。这种认识，对于视文本形式高于一切的作家来说有没有启示呢？我们又到底要如何看待"有意味的形式"呢？

在陈世旭看来，艺术的全部美好恰在与人的生命过程，与人类的生存活动息息相关，艺术家的全部工作无非是艰辛地，当然有时也是很孤单地寻找沟通世界的道路。唯其如此，陈世旭的近作从来不在梦境与现实的边缘停留，而是沉沉地坐实具体时代的现实。在他的小说世界中，个体生命是关注的中心，但他笔下的个体无意逃离世俗的人间，个体的欲望总在社会规则的制约中挣扎、对抗。然而，这种貌似写实的作风，并没有牵制作者对生命的不断思索，即便是现实人生的惊涛骇浪，也没有妨碍陈世旭对生命思索的迷恋，在他近年的小说创作中，这种"迷恋"有时甚至会使他不惜削减感性的"枝叶"，力透纸背的凝重，肩负大山般沉重，浓重如化不开的浓墨，以至少了几分丰腴、风姿，多了几分厚重与干练。读陈世旭的近作常有这样一种感觉，在他私人化的秘密花园里，他似乎从不陶醉于小说语言绽开的花朵，而是在对自己内心幻象的花朵反反复复端详之后，试图寻找花朵下的种子。顺着花瓣，顺着花蕊，透过夜色，一步步地逼近种子的核心地带——意义与价值。在意义消解、价值颠覆的时代，他似乎成为固执的夜行客，徘徊在自己内心的花园，寻找答案。陈世旭之所以坚守思想，不但建立在"思想是艺术的灵魂"信念上，也出自他生命不止、思想不止的激情，就此来说，无论是重返小镇，还是走近青藏，都贯穿着他对生命种子的寻找，对人生意义的叩问。这也许正是陈世旭小说魅力不减的最为重要的原因。

（原载于《创作评谭》1998年第3期，此文被《中国人民大学复印报刊资料》全文转载）

# 童话中的精灵与现实中的悲悯

——读迟子建的《世界上所有的夜晚》

迟子建，著名作家。1983年开始写作，至今已发表文学作品500余万字，出版有40余部单行本。主要作品有：长篇小说《树下》《晨钟响彻黄昏》《伪满洲国》《越过云层的晴朗》《额尔古纳河右岸》，小说集《北极村童话》《白雪的墓园》《向着白夜旅行》《逝川》《白银那》《清水洗尘》《雾月牛栏》《踏着月光的行板》《世界上所有的夜晚》以及散文随笔集《伤怀之美》《听时光飞舞》《我的世界下雪了》《迟子建随笔自选集》等。出版有《迟子建文集》四卷和三卷本的《迟子建作品精华》。曾获得第一、第二、第四届"鲁迅文学奖"，澳大利亚"悬念句子文学奖"等多种文学奖励，作品有英、法、日、意大利文等海外译本。

## 一、我期盼与作品达成沟通的默契

对迟子建的中篇小说《世界上所有的夜晚》（载于《钟山》2005年第3期），我在动笔之前首先选择了"读"而不是"评"。在我看来，一字之差区别不小。"读"是一种亲近的态度，一种具有私匿性的个人体验，一种试图与作品达成沟通的心灵默契。而"评"呢，则多多少少带有公事公办的意味，带有大学高头讲章、学术探讨的气势，带有并非属于个人的公共经验。也许，作为职业读者，后一点是必需的，文学当然是知识谱系中的一个系列，批评家的解读、文史家的论述必不可少，功不可没。但是，在迟子建"月光的行板"轻响"飞舞的时光"里，在那个属于遥远北极村的小精灵的夜里，我宁愿放弃"评"而选择"读"，因为担心那些过于技术化的"理论之剑"，会无情地钩破迟子建小说所构建的那个"童话的世界"。尽管那并非童话，至少《世界上所有的夜晚》不是，但我也不知道为什么，总觉得迟子建的笔下有凄美的童话情调，不由得生出几分不忍，在阅读的过程中，我脑海里浮想到托尔斯泰老人风雪夜里的出走，莫泊桑笔下忍辱求生的羊脂球，川端康成怜惜目光中的伊豆歌女，张爱玲那执拗个性的苍凉手势。为什么？扪心自问，全因为迟子建笔下《世界上所有的夜晚》那份动人的感伤与凄凉。

我曾经有将近五年的时间完全地离开了文学，试图在一种放弃中展开新的人生。我的尝试失败了，苦海无边回头是岸，我的岸依然是文学，命中注定，你往哪里走？重读迟子建，精灵般跳舞的北极小女子在依旧保留精灵般神采风韵的同时，显然在笔底多了些伤痛与磨砺。窃以为其因于成熟在中年，此话平俗但有理。《世界上所有的夜晚》透露出依旧的青春，但并非青涩，并非蓓蕾，而是雨打芭蕉的泪珠、塘中傲立的莲花。莲花的纯洁与世界的洞察，赤子的情怀与人生的沧桑近乎完美地融为一体。走过五年的坎，我在《世界上所有的夜晚》面前有一种惭愧，因为迟子建的赤诚照出了我的失落。

乌塘连下的雨都是黑的，当然不是童话的场景，在作品所提供的现实环境中，我们可以轻易地找出许多社会批判的命题，并迅速地勾勒出中国20世纪末市场经济转型期的某一个混乱不堪的生活片断，并由此进入一个大义凛然的解读过程。但是，当我们放弃"评"而选择"读"的话，则会在这部中篇作品中读到更多的东西。那么，是什么让我心动呢？

## 二、情感与发现：贯通作品的两大河流

"情感"属于作者内心的流程，是个人的、内部的流程；"发现"属于作者所看到的外部的世界，是现实境遇中人与事矛盾冲突与发展的另一个流程。从结构上看，也可以视为两条"线"，或者说两大"板块"，但"线"不免单一，"板块"又嫌生硬，因此，以"河流"代指，一是取其动态，水波流动之态；二是取其交汇之状，因为两者既有各自独立的流程，又时而融会贯通，共造作品汹涌激荡之势。

先说"情感"之流，这是作品全篇的叙述动力。"我"心爱的丈夫，无

比疼爱"我"的丈夫，猝然而死，弃我而去，爱情大戏刚刚拉开帷幕，一场人祸使美妙的爱情乐章戛然而止，"我"深陷于丧夫之痛而不能自拔。于是"我"逃逸到大自然中，试图以此冲淡悲伤、抚慰自我，然而，天灾又使其误入人世——产煤炭也产寡妇的乌塘镇，"我"压抑的情感随着现实的人事得以不断地宣泄，在"我"与他者的不断交流与权衡中，"我"逐步地看清了自己，并在与现实生活中经历更大人生创痛的人们相比较中有所觉悟："我"突然觉得，自己所经历的生活变故是那么的轻，轻得像月亮旁丝丝缕缕的浮云。"我"最终在大自然的怀抱中，在对人生更为透彻的理解中，得以解脱与升华。

　　平心而论，一个文化人由于个人之痛而走向社会、走向民间，仿佛从情感的狭谷走向辽阔的平原，在寻求中完成了一次心理治疗。情感疗伤，精神升华，这样的故事模式并不新鲜，甚至有些老套，我们甚至会担心这种叙述动力是否足以具备将"我"推向精神升华的力量。有一个十分致命的软肋——"我"属于旁观者、采访人，并没有直接介入尖锐的现实冲突。那么，作者靠什么完成这样有力的推动呢？在我看来，一靠作者椎心泣血的情感抒发，二靠作者似乎与生俱来的童话视角。《世界上所有的夜晚》共分六章，除头尾各一章属于"情感"流程外，中间四章，也就是作品的主体部分均是以"发现"为主，"情感"为辅的。迟子建十分恰当地把握了"情感"抒发的节奏，既推动"发现"流，也在移步换景中借景抒情，十分自然地将个人"情感"之流贯注首尾，弥漫全篇。"我"的心理活动天衣无缝地连缀于情景描写，并在叙述推动的同时调剂着作品情感的浓度，作者艺术匠心常在不经意间达到了动人的效果。比如，由现实情景的丧礼花圈想到魔术师的葬礼，"我"是他唯一的花朵，而他是这花朵唯一的观赏者。又如，由那张艳俗而轻飘的牡丹图联想到撞死魔术师的破旧摩托车。"感时花溅泪，恨别鸟惊心"，诗人杜甫的千古名句说的正是此种艺术境界。

　　童话是有别于成人视角的一种艺术世界，它与幻想、想象、浪漫主义、童心、单纯、美好、仁慈有关，也许有单纯美丽的童话存在，正是为了对应现实世界的复杂与污秽。在我的阅读印象中，迟子建始终怀有一颗童心，这应当属于她创作个性的一个部分，世界上的小说家有两类：一类是技巧很好，故事动人；一类则是视角独特，怀有童心。后者自然是上品。这里所说的童心也可以解释为拥有与常人凡人可以沟通但一定有相对独立性的艺术家之心灵。所谓别具慧眼，其实根子在于独有一个心的世界，说远了，回到迟子建，还是归结为童心吧！

你看，她在作品中写的那场爱情，如梦如幻，在现实的层面上总有所诗化，浪漫得像一场没有人间烟火的游戏。魔术师的命名就值得玩味，是人生犹如魔术不可捉摸，还是爱情本身就犹如梦幻变化不定？许多情景的描写也颇具童话色彩，比如那些随时随地离开现实地而飞翔起来的意识流画面，比如那些突发奇想般的童话视角：一只蚂蚁出现了！那么突兀，又那么自然！有时因为情感的喷发，童话的意境却又跳到了近于魔幻的地步。我们无法否认迟子建描情状物的现实写实功底，但更使人称道的是迟子建的笔下随时可以飞翔起来的充满浪漫主义想象的句子，那么有灵气，那么神韵，仿佛有一只精灵随时在飞舞、在歌唱。作品的结尾是一个登峰造极，蝴蝶从装剃须刀的盒子里飞出，一奇，"悠然地环绕我转了一圈，然后无声地落在我右手的无名指上，仿佛要为我戴上一枚蓝宝石的戒指"，再奇！童话般爱情的开头被现实无情地掐断，但最后又在作者童心的召唤下起死回生，重新回到童话的世界，三奇！这种艺术本领当然不是迟子建所独有，但一定是她别具一格、出类拔萃的原因之一，也是《世界上所有的夜晚》格外动人的奥秘之一。

再说"发现"之流。这是作品的主体，中间的四章以"我"之"发现"为主流，话题回到前文所提到的"软肋"，即作品的冲突并不在作者的介入之中，但迟子建的巧妙处在于恰好地运用悬念去形成阅读诱惑力，几乎每一个人、每一件事，都可以被作者创造成一个悬念，人物愈重要，悬疑程度愈高，甚至那个没有姓名的瘸腿人，也因为突然失踪形成了一个悬念，无形中也同时成为推动叙述的力量。蒋百嫂与陈绍纯就是最大的悬念，容后专述，这里着重说说迟子建在"发现"主流所把握的哲理层面——男人与女人的关系。大千世界，无非男女，上帝用男人的一根肋骨创造了女人，并让他们分一为二，从此终生彼此寻找。乌塘镇里面寡妇多，但寡妇中有两类：一类是蒋百嫂、周二嫂之辈，另一类则是违背人性的"嫁死"之流。米兰·昆德拉在他的名著《不能承受的生命之轻》开篇曾经这样写道："最沉重的负担压迫着我们，让我们屈服于它，把我们压到地上。但在历代的爱情诗中，女人总渴望承受一个男性身体的重量。于是，最沉重的负担同时也成了最强盛的生命力的影像。负担越重，我们的生命越贴近大地，它就越真切实在。"昆德拉在这里思考了"轻"与"重"的问题，同时也涉及女人与男人的关系问题。女人离不开男人，男人又如何离得开女人呢？周二嫂与周二是相辅相成的世俗关系，蒋百嫂与蒋百是阴阳两隔却必须掩盖真相的异常关系。死了老婆的瘦削摊主则是一个离了女人也失了阳刚的结局。而"鬼故事"中那个年轻的寡妇，则因为丈夫的魂化作一道金色的闪电索去了心狠的婆婆，而免于成为人间的魔鬼。

也许，所谓"哲理"，只是批评家的臆想，学问家的总结，作家本人只是在生活中发现并感悟，再用小说的方式将其传达出来，类似米兰·昆德拉随时从世俗日常生活中焕发出哲思的光彩，也仅仅是他的一个路数，迟子建自有迟子建的方式，但她在此部作品中"发现"流程中所刻画的人物关系，又的确可以使得我们将思考深入男女爱情与婚姻的人类普遍性问题里去。优秀的作品总有可以解读的多个层面，而表层可读与深层可读又常常是那么自然地过渡与融合。所以，《世界上所有的夜晚》在艺术上的成功取决于两种融合："情感"与"发现"之流的融合，表层可读与深层可读的融合。

### 三、哭者与歌者：主角的登场与谢幕

哭者，蒋百嫂；歌者，陈绍纯。两个乌塘镇的主角是作者着力刻画、用心最多的人物。两个人物的苦难人生为作品确定了悲怆的基调，奠定了作品的社会内容与文化立场，也为作品"我"的情感升华做了充分的铺垫。

先说哭者。蒋百嫂是作品的核心人物，是推动乌塘镇故事发展的枢纽。迟子建刻画这个人物分了三个步骤：出场前的渲染，荡妇闹事，家中揭秘。作为小说家，迟子建充分地体现了其高明的叙事策略，她用足了笔墨，耐心地渲染，沉着地铺垫。未见主角，先见她的儿子和她家的狗，儿子有难以解读的忧郁眼神，狗为了寻找主人蒋百，已成一条寻找谜底的丧家之犬，谜局设了下来。随后，蒋百嫂闹酒馆、闹停电，且已成为乌塘镇的新闻人物，人皆可夫，放荡不羁，既烈如野马，又悲如残月。正面、侧面、耳闻、目睹，种种反常表

现，更增重重迷雾，悬念让人期待答案，乌塘让人期待真相。沉默的冰山在"我"的探秘中显露真相，悲剧由此走向了顶端，也走向结束。值得一提的除了作者的艺术匠心之外，还有作者社会批判的方式，在真相暴露时，作者并没有呼天抢地、义愤填膺，而是转而悲悯："这种时刻，我是多么想抱着那条一直在外面流浪着的、寻找着蒋百的狗啊，它注定要在永远的寻觅中终此一生了。"也许迟子建清楚地知道，批判社会并非小说所长，而悲悯生命才是作品之所寻求。然而，作品的社会批判力量并没有因此而减弱，一种情感的震撼显然已经传达给读者。仿佛这位充满巨大生命愤怒的哭者，唯有在凄美的民歌声中短暂地找到宁静，读者也由此看到一种生命的释放。

再说歌者。如果说哭者蒋百嫂代表一种民间现实的话，那么歌者陈绍纯则代表一种民间历史，陈绍纯的形象刻画是与蒋百嫂交叉进行的，两者的精神联系清晰可见。陈绍纯是乌塘最有文化的老者，从人物刻画着墨上看，不如蒋百嫂，生动性也略逊一筹，人物成长过程也多用交代性叙述。但就其人物抽象意义上看，他作为一种文化符号又有高于蒋百嫂之处。况且，作为蒋百嫂形象的精神补充，又从历史纵深与文化底蕴方面丰富与深化了乌塘人物形象。假若删去这一老者形象，乌塘人就可能成为乌合之众，作品的现实感、历史感、文化感也将大打折扣。在我看来，陈绍纯的形象塑造很有点符号化的意味，中国作家历经十年的现代主义文学的洗礼，世界文学的众多方式与技巧已经水乳交融地体现于当代小说创作之中，尽管我们也可以在曹雪芹的笔下找到相呼应的痕迹，但毕竟在21世纪初的中国，全球化浪潮里的中国小说家已经拥抱了世界，细说文本，多处象征意味有迹可循："幽长的巷子"犹如历史，"回阳巷"的名称好似民间文化的回光返照；面容清瘦的老人在"画荷"，荷花"没有一枝是盛开着的，它们都是半开不开的模样，娇弱而清瘦"；歌声如倏忽而至的漫天大雪一样飘扬而起，没有歌词，只有旋律，那么悲怆，那么寒冷，又那么纯净；因为濒死体验而痴迷凄婉的旋律，因为吞食歌本而恢复的民歌记忆。为了这种"符号性"，迟子建不惜将其擅长的童话笔法强化至魔幻的地步：有一回他唱歌，家里的花猫流泪；还有一回他唱歌，小孙子撇下奶瓶，从那以后不碰牛奶了。为了这种"符号性"，作者"无情地"迅速将笔下人物的生命了断于沉沉的暗夜之中，并让那些失传的民歌无声无息地随歌者而去，永久地消逝在人世之间。陈绍纯老人的猝然离世表达了一种悲剧性的归宿：乌塘最有文化的人消逝了，犹如传递千百年的民歌彻底地失传了！造成这种命运的原因是什么呢？作者并没有明说，而是颇有象征意味地安排了一个近于荒诞的情节：被艳俗的牡丹图镜框砸死了！画者死了，玻璃碎了，但画却丝毫未损，"红色的红到了极致，粉色的粉得彻底"。陈绍纯老人生前做的最后一件事，是在掩埋自己吗？至纯至美的悲凉之音，幽长逼仄的回阳小巷，单薄而阴冷的阳光，娇弱而清瘦的荷花一旦演变成又红又粉的牡丹，歌声便戛然而止，画者即溘然长逝。民间的悲苦与苍凉，文化的执拗与不屈，于回阳巷老人的生命焕发出灿烂的一刻。歌者永远的暗哑与冰山无法永久的沉默看似反差，却蕴含内在联系，一种具有生命爆发力的联系，在迟子建看似轻柔委婉的描写中，其实含有一种令人害怕、令人颤抖的危险张力，冰山的一角预示着冰山的巨大的容量，激愤的哭者与凄苦的歌者将汇合成怎样的洪流！就此，迟子建通过作品完成了现实层面与哲理层面、世俗层面与灵魂层面、人物层面与符号层面的双向书写，它们既交叉互补又各自独立，共同完成了作品艺术结构与艺术意蕴传达，使作品表层可读性与深层可读性近于完美地合为一体，看似老套的情节被重新焕发了新意，不同层次的读者也从中得到各自满意的收获。

## 四、结语：双重人格的北极精灵

双重人格是一个用"滥"的老词，但我还是愿意以此来分析我眼中的迟子建，她的第一重是童话人格，属于北极大自然的精灵，童话诗人，自然崇敬，靠心灵与感官逍遥于自然，亲近那片大地是她的本性，也是她作为小说家的资本与潜能；第二重是现实人格，它参照第一重而存在，而对人世，她是智慧的、冷静的、独立的，两重人格造成巨大反差，童话的纯美与世俗的繁杂，在并无明显宗教倾向的迟子建那里形成一种悲悯的情怀。悲悯使她比社会批判性的小说家超越一点，而童话的纯美又使她在内心在作品里形成更为强烈的反差，反差促成认识、促成表达，于是焕发出对于中国现实生活非同一般别出一格的艺术传达。反差愈强，情感愈烈。值得羡慕的是，此种艺术传达，无论在世俗还是灵魂层面，迟子建都是比较成功的。话说回来，双重人格也可以平白地表述为童话中的精灵与现实中的悲悯，唯其如此，迟子建才会出类拔萃，"独一份"逾日凸显。

（原载于《名作欣赏》2008年第5期）

# 草原的神性符号

## ——千夫长的《长调》及其创作启示

千夫长的《长调》（首次刊登于《作家·长篇小说号》2007年第9期，后由大众文艺出版社于2008年1月出版）荣登中国小说学会2007年度长篇小说最佳排行榜。我以为，这既是对文学创作多年的小说家千夫长的一个肯定和荣誉，也是对当前小说创作，尤其是长篇小说创作的一个启示。由《长调》我读出了一些值得思考的问题，期望同大家分享与探讨。

### 一、少年经验与文学记忆

读千夫长的长篇小说《长调》，再次证明了一个道理：无论你行走多远，故乡永远在你的记忆里。少年时代的故乡经验，往往伴随你的一生。

《长调》里的故事，是千夫长独有的文学记忆，是不可替代也无法创作和复制的。阿蒙在寻找阿爸的过程中，自己长大成人了。小说中的三部：牧场、旗镇、阿茹，象征的原生态草原、现代文明和草原的母性，这些蒙古长调的音乐元素，构筑了一部文学元素的《长调》。一个人的成长记忆，变成了一个小说家的文学记忆。

在深入《长调》之前，有两个阅读心理准备至关重要，假如没有做好这两个有别于一般小说阅读的心理准备，我们会迷失方向。

尽管《长调》里展示了大量独到的少年经验和情怀，但《长调》又区别于单纯的"成长小说"，贯穿始终的一条线，是对人类命运的关注，对精神世界的探测。从13岁的"我"在那个凛冽的凌晨出发，到"我"和雅图的朦胧情感际会，再到"我"和阿茹简单而幸福的同居生活，无不充满着"我"通过这两个女人探寻人生的企图。即使是那个一笔带过的因难产而死去的产妇，也在"我"的灵魂里占据了一席之地，"我"会经常问自己："她是灵魂不老，还是因为永远活在了我的记忆里？""我感觉到那个女人的恐怖像夏天飘动的云影，掠过草地，到处蔓延，无所不在。"这种飘忽的记忆，是少年对生与死的思考，这种思考显然是早熟的、提前的。遍布全篇的这类细节，都让这部小说超越了成长小说所能承载的容量。这或许不是成长记忆的真相，是作者长大成人之后追加或赋予记忆的担当。

此外，《长调》还有一个容易让阅读者掉入误区的陷阱——"长调"。一些望文生义的人可能会以为这是一本展示蒙古长调的"音乐小说"，其实千夫长并无意为我们展示长调音乐的本身，实际上他是想给我们讲述一个生命故事，长调只是作为一个象征存在，正如卡夫卡的《地洞》实际上展示的是人类的困境。所以有些试图读出长调悠扬旋律的阅读者，恐怕要失去阅读的兴趣，千夫长并没有把着力点放在音乐上。

千夫长这个出自成吉思汗军团的命名，使我相信蒙古草原对这位小说家有命中注定的影响。《长调》中"我"并非千夫长，但由于"我"与千夫长本人年龄经历相近，因此，评论者可以将其视作一段历史的见证人与亲历者。活在活佛的影子里的"我"，从开篇的风雪之夜马车之旅到后来的长调歌手，作者的历史框架中实际上有三个空间，也可视作三种秩序：活佛的宗教空间，神与人的秩序；草原上生命的空间，人与自然的秩序；国家意识形态的空间，以革命为标签人为的秩序。三种空间撞击，三种秩序冲突，构成这部长篇小说的叙述动力。

在小说的叙事模式中，作者预设了一个历史框架，并对"我"的身份做了一个颇具深意的设计："我"是尼玛活佛的儿子，同时又继承了父亲还俗后长调歌手的职业。按照宗教规矩，活佛是不过世俗夫妻生活并且没有儿女的，但"我"的父亲因为20世纪下半叶的社会缘故还俗了。这个人物的设定，在我们的阅读经验中，显得新鲜独特。父亲从寺庙回到故乡，"草地上的人们都聚集来到这条路上看望阿爸，'看望'这个词是政府允许叫的，政府不能阻止人们来看望曾经神秘的活佛，但是不能用'参拜'这个词，更不能有下跪、摩顶这些动作"。可是，"虽然是还俗的活佛，在科尔沁草原上，活佛永远是活

佛"。"我"恰恰活在活佛的影子里。"我"来到人世，去到旗镇，所有的人生出发，都是因为活佛父亲。

引发我兴趣的是作为蒙古人，活佛在千夫长的心目中到底是一个什么样的形象，在我看来，"活佛"是提升《长调》作品的两扇大门：一是揭示文化真相；二是抵达灵魂彼岸。蒙古人自有蒙古人的一套文化体系，蒙古人自有蒙古人的一路文化心理。在汉文化的参照下，其差异性本身就有很大的魅力与意义空间，当然，仅仅靠差异性是不够的。所谓抵达彼岸的努力，从一般意义上说，是从"世道"跨越到"人心"，是对灵魂的追问，而从特殊意义上说，又有可能借一种个人体验上升为对"灵"的追问，进而获得作品更大的涵括力以及可能达到的精神高度。从这一角度来看，《长调》的后半部的人生经验略显单薄，以致难以支撑在厕所突然发现活佛尸骨这一具震撼力的细节。《红马》和《长调》都是书写作者童年记忆的作品，《红马》里有一份飘逸，一份叙述中形成的速度，犹如骏马驰骋，但作品成于飘逸，也失于飘逸，叙述节奏产生诗意的同时也有了漂浮感。这一点在《长调》中有了变化，草原生活的描写更深沉了，诗意的表达更凝练了！千夫长似乎在一步步地接近他最宝贵的童年记忆。我们在享受像《红马》的"树上结满孩子"那种场面一派天真的神韵的同时，也有理由要求《长调》的"我"与阿茹的恋情有更耐人咀嚼的意味。

对记忆的书写是文学的重要功能之一，无论是个人的记忆，还是历史的记忆，它们总是在历史风云烟尘散去之后，顽强而执拗地呈现出来。历史因此不再是教科书里的一段话，不再是历史学家理性的叙述，而成为具有现场感和盈实人性内容的历史场景，这样的文学使人物再次成为历史的主角。也正是在这样的高度上，我失望于作品止于少年经验层面未能提升，惋惜于珍贵的诸多细节未能焕发出更大的艺术光芒。这里既有艺术技巧，比如长篇小说编织故事、创造冲突、幻境想象等处理手段的丰富，更有作者本身艺术境界对蒙古草原文化深层进入高度契合的程度问题。"我"作为活佛的儿子，完全可以从三个入口进入那段特殊的历史：活佛、我和亲人、社会背景。因为这三种因景不但是作品的叙述动力，更是作品提高艺术境界的最大着力点。

## 二、"原生态"值得小说家去发掘

显然，《长调》吸引阅读者的是作者铺陈开来的少年生活经验、青春成长疼痛、辽阔草原的壮观和蒙古人融于自然、亲近土地的生活方式。无论从扩大人生视野阅读经验还是阅读快感审美享受上，千夫长都没有让我们失望，排阄而出的生活细节，浓重难化的生活气息，蒙古人与日日相守的动物的生命交流，都让我们在享受的同时，沉醉、赞美乃至向往那种返璞归真的人类生活状态。我不但为长调与马头琴声倾倒，而且为马生驹、羊生羔、狗生崽那些生命本真的过程感动，同时也为公骆驼发情追逐女人、公马要骟去卵子那些闻所未闻的细节惊奇。

当然，更加吸引读者的还是那些淳朴的草原人情，千夫长用心灵书写的母爱、情爱、亲人之爱，他对此进行了很好的渲染，情感的把握、节奏的控制也都拿捏得恰到好处。亲情贯注下的草原生命之河，流淌着美、流淌着令都市人向往的质朴生命的活力，就像长调《故乡》里唱的：

> 我的故乡没有遗址
> 马群就是流动的历史
> 只要温暖的春天来临
> 我们就会把寒冷的冬天忘记

严酷的寒冬、近乎原始的草原生活却遮蔽不了蒙古人纯朴的天性与从不怨天尤人的生命精神，这种美是《长调》的优点，也是千夫长的优势所在。

千夫长，一个地地道道的蒙古人，科尔沁草原的儿子，现居深圳，来往广州。他近年的四部作品：《红马》《长调》和《城外》《中年英雄》，可以视作他两段生活的写照：少年时代的草原生活；中年时代的都市生活。《城外》被誉为"中国首部手机短信小说"，是一部"4200字卖出18万元，一个手机时代的激情故事"，被称为2004年度文坛最为轰动的事件，美国《纽约时报》、日本《富士晚报》、中国内地以《人民日报》和中央电视台为首的上百家媒体争相报道的一桩文学事件。

我读了百花文艺出版社于2005年出版的《城外》，心中却不以为然，认为是媒体事件大于文学事件，媒体叙事大于文学叙事。也许手机小说有其天然的新媒体阅读方式，用纸介平面阅读，其本身的空灵、轻巧、飘逸的感觉荡然无存，何况以我近年评论"80后"文学的经验判断，千夫长人到中年，尽管进入都市世俗生活似乎不浅，但情感书写依然显得踏实有余而飘逸不足，缺少一种与新媒体形式相契合的青春的灵气。笔滞于物，情驻于世，人到中年，飞翔已难。千夫长尽管敏感，但此类题材显然非其所长。

虽然相隔千里，虽然离家多年，千夫长的根还在草原，他作为小说家的优势也还在生他养他的草原。

中国的小说写到今天，沉浮千年，颠覆百代，内有古代经典，外有世界名著，即便是中国的少数民族文学，我以为也到了"原生态"翻身的时刻了，21世纪的中华"原生态"当有非同寻常的"亮相"。无论是"原生态"的生活，还是"原生态"的艺术，至少在以下方面具有优势：代表一种地域文化，一种文化资源；体现一种历史性，与历史没有割断的延续；体现一种自然性，与自然没有疏离的亲密关系；一种独特性，与全球化之后天下趋同相反的独特性；与生俱来的别一样的艺术风格与韵味。总之，独特性、多元性、自然性的"原生态"合乎现代人的心理需求，合乎今天社会保护多元文化的总体要求。况且，还有稀缺的优势。就少数民族作家来说，他们的优势还在于具有少族民族的宗教信仰，不弃自然追求彼岸的精神境界，使之天生先定地解决了一个灵魂栖息的问题，这也是我看好千夫长的原因之一。

作为小说家，千夫长积蓄并完成了艺术与人生的准备，他的汉化程度之深，对传统文化理解之透彻，对现代人心理拿捏之准确，在我意料之外，这当然得益于他多年在南方生活的无数历练以及他对艺术的潜心琢磨。这真是一位比我们许多汉族人还要"汉族"、还要"南方"的蒙古汉子！听说，他几乎收集全了蒙古史方面的书籍，对成吉思汗的研究颇有心得，识见卓越，这些也使我对他正在进行的"原生态"的进一步展示，有了更加关注的信心和浓厚的兴趣。

## 三、当前长篇小说出现简约化趋势?

著名评论家雷达在评价《长调》时指出:作品文字、技术不错,作者有生活,对草原也有一种诗意的表达,但结构略显单一,后半部分较弱。

雷达关于长篇小说结构的意见,引发我的思考——

就目前千夫长已经出版的三部长篇小说看,结构基本上是相对单纯的,主人公多是以"我"出现,自传体色彩强烈。细想一下,他对小说叙述与结构的选择在当下具有普遍性,在传统文体观中,长篇小说的结构是宏大的、错综复杂的,仿佛一座迷宫,但2000年以后形势悄然变化,长篇小说结构简约化的趋势日渐明显。其大致表现为:

1. 人物减少,除主人公外塑造人物寥寥无几;

2. 情节简化,线索单一;

3. 叙述以第一人称加全知全能;

4. 自传体色彩增加;

5. 心理描写取代景物描写,氛围渲染取代场面。

我以为,长篇小说结构简约化的趋势大致原因为:

1. 图像时代,小说的描写功能由外向内转;

2. 史诗时代结束,个人时代到来;

3. 读者阅读习惯、趣味的变化,耐心降低,兴奋度加强;

4. 小说家创作长篇小说周期大大缩短;

5. 现代经典的榜样:20世纪90年代以来世界文学从观念到技巧全面影响现代、后现代创作,比如中国文学界熟悉的米兰·昆德拉的《不能承受的生命之轻》、村上春树的《挪威的森林》、纳博科夫的《洛丽塔》,即便是2004年、2005年的诺贝尔奖得主库切和耶利内克的长篇小说,也是相对单一的长篇小说结构。

这真的是一种趋势,是形势使然,大势所趋;还是作家取巧、避重就轻?小说家莫言撰文《捍卫长篇小说的尊严》[①],提出长篇小说的标志就是长

---

① 莫言:《捍卫长篇小说的尊严》,《新京报》2006年1月11日。

度、密度和难度。对此，我深表敬意。在我对长篇小说文体的期待中，关于历史意识，关于史诗品格，关于人性书写，关于哲学追问都是一些基本要点，我期望在下一篇文章中继续这一探讨。无论怎样，对《长调》来说，我们依然有理由要求一部长篇小说能更好地传达蒙古草原文化的巨大魅力以及人物与更多层面的冲突，同时通过个人成长之痛对时代提出属于自己的批判命题。这既是对一种文体的要求，又是阅读精品的心理需求。《长调》犹如一块璞玉，千夫长只雕刻了一半就出手了，惜哉！我注意到千夫长对自己也有很高的期望：他希望作品能够成为"蒙古民族的精神废墟"。在《红马》《长调》的封底印有这样的文字："蒙古草原上有两个接近神性的灵魂符号，腾格尔的苍狼和千夫长的红马，他们才是草原上真正的主人。""应该说，是小说里的元素形成一首蒙古长调。这就是命运，一个民族的命运，实际上也就是一个人的命运。"

杰出的长篇小说就像不是一天就能建成的罗马，恰如福楼拜所言：其中充满了焦虑和令人疲惫的努力，是智慧与灵魂的摸索，希望与绝望的战斗。小说家的使命在今天已非虚言。那么它是什么呢，我愿用"大智大爱"四个字来概括。"大"自然是指其境界，指其对一般理论概念的超越与统括，主要落在"智"与"爱"两个字眼上，"智"是智慧，"爱"是爱心。"智"表达作家对人类历史进程的一种洞察与把握，"爱"表达的是对全人类直至个体生命的热爱、尊重与理解。正是在这一高度，我读《长调》、读《红马》，并赞誉和苛求小说家千夫长。

（原载于《小说评论》2009年第2期）

# 论网络传播对当代文学创作的潜在影响

网络对中国当代社会的全面影响已是不争的事实，网络甚至成为一个时间段文学——比如"80后"文学——重要的特征。按照媒介理论权威马歇尔·麦克卢汉"媒介即信息"的理论来看，媒介不再仅仅是媒介，它决定了人类社会及人的思想、行为等。本文沿着媒介大师的思路，试图从具体案例入手，探讨网络传播对当代文学创作的潜在影响。

## 一、具有代表性的网络传播事件

如今的网络，无法预测将给整个社会带来什么样的变化和震惊，频频出现的网络事件让我们应接不暇。这其中，"木子美事件"是强力冲击波之一。这个网名为"木子美"的南方女子，在一夜之间让天下人看到了她的无所畏惧和胆大妄为，她的举动让一向含蓄的中国人瞠目结舌！"木子美"借助网络这个传播方式最大限度地表现了自己，也让人们对网络传播有了更深的认识甚至惊惧。网络传播的特殊性，造成了一种前所未有的自由度。"木子美事件"的意义恐怕还不仅是用道德的标准去评判她的作品，而是她发表作品传播个人信息的方式，即她借助网络这种新媒体达成了在传统传播中所不能达成的目的。"木子美"的文字无疑会对当代文学创作产生影响，对于生在网络时代的年轻写手也许影响更大，因为他们更希望用一种放肆的文字使其年轻不羁的情感得到释放。

"芙蓉姐姐"是又一个引起网络冲击波的人物。不同于"木子美"的文字作品，"芙蓉姐姐"的作品是展示其"S"形身材的照片。虽然照片并无多少美感可言，但超乎寻常的自恋使这些照片带上了某种娱乐性质。网络这一新的传播方式恰好具有将大众传媒娱乐化特性放大的趋势，网络作品不是更多地在乎审美而是更多地在乎娱乐。因此，"芙蓉姐姐"那些可以娱乐大众的照片自然就受到网民的追捧。这一现象也表明，网络时代，哪怕一些作品看上去水平不高，内涵不深，甚至就像是个笑话，但它够胆量，够自信，能娱乐，在网络中就会受到注目。这种娱乐态度同样表现在网络写作中，使人们对写作的敬畏感大大消解。

　　百度贴吧中由于一个帖子而形成一个文学沙龙的现象是网络造就的另一种创作形态。中央电视台引进的韩国电视剧《加油！金顺》热播时，一名叫"我爱花痴"的网友发了一个题为《花痴历程》的帖子，以男主角的口吻描述与女主角的情感心路历程，再现了电视剧的精彩。由于对男主角心理的贴切把握和出色的文笔，帖子一出便受到网友的热捧。一时间，跟帖踊跃，支持者众。《加油！金顺》播完后，《花痴历程》帖子仍在继续，截至2006年2月16日统计，此帖的点击率已达725634人次，回帖16248个，成为百度贴吧的第一长帖！不仅如此，由于对楼主文学才华的倾慕，众多跟帖者不光心甘情愿地奉其为"老大"，而且自觉维护"楼"内纯净的文学氛围，争相展示自己的文学才华。使此"楼"俨然成为一个文学创作的平台。其中不少帖子文采斐然，令网友惊叹不已。这些帖子并非命题之作，没有功利的逼迫，率性所为，有感而发，呈现了最为自然的作文状态。

　　"馒头事件"是网络作品再次造成强力冲击的又一典型。一个在网上司空见惯的搞笑行为，由于事件双方对"恶搞"的认识差距而迅速升级为法律事件。官司会怎样裁决且不论，我们从中看到的是，在今天的网络时代，不光公众的言论空间得到了扩大，而且发言的形式也有了新的变化。《一个馒头引发的血案》不仅是一个电影短片，也可以看作是一种新的评论形式，它以一种调侃解构权威，并以视听结合的多媒体形式达到了极佳的效果。从创作的角度看，一个小青年并不精致的一个小作品却轻而易举地将大导演的呕心沥血之作挑于马下，《无极》的故作高深其实不知所云成了胡戈"恶搞"的最大突破口。

## 二、神圣化的消解与平民化的取代

中国传统讲求"文以载道"，文章乃千古大事，文人安身立命之所在，立德、立身、立言之维系；又一向认定为意识形态的一部分，虽有性情消遣娱乐一支，但总非主流，主流就是"道"。20世纪以来，中华民族生存主题突出，外患内困，危机不断，战火弥漫，文学更成了旗帜：战场的旗帜，斗争的武器，舆论的工具。知识精英启蒙大众的历史使命感，也使得他们自觉地将文学推向神圣化，这种情况一直延伸到20世纪90年代。当市场经济成为舞台主角时，神圣化逐步消解，但这更多的是体现在整个社会结构的变化上，真正深入人心，普及个人的变化是在网络的文学写作及传播空间。

与市场化时代接踵而至的网络时代，借助网络传播的力量，似乎使文学回到了"前诗经时代"，回归其"歌之咏之"、有感而发的本真状态。遥想孔子编订《诗经》之前，所谓"风雅颂"中占最大比例的"国风"即是中原地区的民间歌谣，发轫于田间乡舍，动情于俗男俗女，完成于俚语乡音，没有发表的门槛，没有功利的欲望，更没有理论的预设，这是不是一种彻底意义上的文学回归？

我以为，除了那些名人博客背后有商业目的之外，绝大多数的网络写手最初上网写作的动机都是比较单纯的，抒发情感、倾吐心声、缓解压力、寻找知音等，这都是他们上网的动力。

由于网络传播会迅速地在网上形成类似"文学沙龙"的社会群落，如在前文中提到的因韩国电视剧《加油！金顺》在中央电视台热播而在百度贴吧形成的"花痴楼"。值得注意的是，在这样一个拥有70多万人次点击的群落中，没有金字塔式的权力结构，也没有严密的上下级组织，彼此的联系是真正属于网状的，即平等互动的。对文艺作品人物的爱好成为沟通彼此的纽带，真情而平凡，本真而平民。没有矫情，有感即发，或"潜水"（观看），或"冒泡"（发言），一切都发乎性情，出自内心，文学的神圣光环迅速被平民化的真实取而代之。

"馒头血案"引发的网上万人签名支持胡戈其实也可视作一次平民化的集体行为。在凤凰卫视快速反应的专家访谈节目中，北京大学教授孔庆东就高度评价"馒头"的文化意义是"普通民众对文化霸权的抵抗"，而胡戈则被视为"文化游击队员"。显然，这种"游击队员"具备民间草根的身份，以此形成与文化霸权的一种对峙关系。联系到网络与后现代主义文化的微妙关系，可以肯定地说，"文化胡搞""搞笑文化"将进一步影响当代文学创作。也许有关"后现代"的新一轮冲击，终于从专家学者理论界转向了大众传媒和民间社会，其中不同源头、不同动力、不同方向的冲击的差别何在，也是值得玩味和仔细研究的。有人认为网络诗歌导致了三个方面的权力转移：自发主权、削弱霸权、淡化产权。其实也构成对传统文学神圣化地位的冲击。

至于网络对文本写作的影响因素，我在对"80后"文学的论述中，曾联系博客谈及自由共享的网络精神。博客的使命是"把属于互联网的还给互联网"。理解了博客，就接近了网络文学的精神，同时也就让我们理解了"80后"文学区别于中国当代文学其他种类的实质所在。这种自由共享如空气一般弥漫于整个"80后"文学的创作空间，如血液一般流贯于"80后"文学的创作躯体，如旗帜一般引领着"80后"文学的发展潮流。当下"芙蓉姐姐""超级女声"等网络事件以及对"芙蓉姐姐为什么这样红"的理论盘问，对"超级女声"风潮的文化评论，其实也都可以帮助我们理解自由共享的网络精神。①显然，网络传播的"零进入门槛"出版方式与"交互式共享"讨论模式，对当下的文学创作已经形成了重要的影响，"80后"文学仅仅是一个特例而已，更加广泛的影响与日俱增。

## 三、潜在影响的若干表现

网络对文学创作的影响既是潜在的，也是明显的、迅猛的，其力度与广度目前很难评估，但至少有以下若干表现已经凸现出来——

### （一）欲望表达的扩张

调查显示，网民对互联网的要求集中在两个基本点：一是信息，二是沟通。现代人，尤其居于都市、承受生存压力的都市年轻人，有十分强烈的沟

---

① 江冰：《论"80后"文学的网络特征》，《文艺评论》2005年第6期。

通、倾诉、表达的欲望。在无数个网站，网民将自己面对亲人、朋友、同事无法诉说的心声都化为帖子，沟通彼此，寻求交流。网络的虚拟空间恰好隐藏了个人的真实身份，所有在现实世界里需要顾及的道德、羞耻、礼貌、规矩、陌生感、警惕性都在从现实世界到虚拟世界的"切换"中消失了。隔膜一旦消失，心理"零距离"反而成为网络上的真实。于是，毫无顾忌地倾诉使得日常生活中的"隐私"很快就变得一览无余。

应当承认，人类作为群居的高等动物，天生具有倾诉和"窥私"两种天性，文学文本也一向承担满足两种天性的功能。网络的自由共享精神与虚拟性，不但可以极大地满足上述两种天性，而且与传统的文学纸介文本相比，有过之而无不及。加之网络写手对现实世界道德的颠覆，对已有规则的突破，显然也影响了当下文学创作的欲望表达。比如"80后"文学的欲望表达、隐私展露明显比传统文本更为大胆，转为纸介媒体后，其方式同时也被正式与非正式地认可。许多叛逆"另类"、游走边缘的表达已经被作家和读者乃至出版界宽容地接纳。由此看来，"另类"的"木子美"也是在挑战极限与突破底线。在迅疾变化的现代社会，不可轻视"另类"的作用，随着"另类"出现的频率和进入中心的速度加快，欲望表达将随着互联网的普及程度对文学创作有更加明显的影响。

### （二）题材与文体的拓展

二十年前评价新生代是"看电视长大的一代"，如今评价新生代则是"玩网络长大的一代"。各大网站历次统计数字均表明：18—25岁的年龄段是中国网民的中坚力量，也是数量最大的上网群体。而网络普及空间主要集中分布于大城市的青年人群。不断扩大的城乡差别，使进入21世纪后的网络成为都市文化最为重要的空间之一。"80后"一代既生于其间，又反过来发展这一文化空间。如果说，"80后"一代的父辈兄长面对的是"都市里的乡村"，那么这代年轻人却是真正面对与国际接轨的都市，国际文化都市的生活是他们成长的资源与依据。

于是，网络文学青春化、都市化乃至时尚化的趋势十分明显，并如浪潮一般涌入纸介媒体，明显地拓展了当代文学创作的题材范围。当"80后"文学占据纯文学纸介出版数量的"半壁江山"之时，都市题材比重的加大已经成为史无前例的文学事实。

文体拓展也十分明显。印刷文学与电子媒介拥有的特性不同，其文化归属也不尽相同，因此，网络写作与传播过程中表现出来的文体新质也可以说是意料之中的变化了。归结起来，大致有以下三点：

其一，出现文体变幻的"泛文学文本"。由于网络的交互共享特性，与其说它是一个文学创作空间，不如说首先是一个交往空间。文学创作常常不是目标，而是一种召唤，一种纽带。当下即兴的快速创作，使得传统纸介媒体中界限分明的文体、文本被大大泛化了，相互融合的"四不像"文体大行其道，而且变幻多端，此消彼长。

其二，宣泄与口语化的言语方式。网络是青春宣泄的主要出口，其文体也就成了重要载体。宣泄的情绪，口语的表述，叛逆的精神，对文体特征也形成深刻影响。

其三，互动方式。网络写手的原始动机是属于互动式的，它同传统文学创作的月下苦吟、内心独白不同，"交互式共享"意味着不是一个人，而是一群人在"手谈"。于是，不断变换视角，不断交流互动也成为网络的文本特征。比如痞子蔡的《第一次的亲密接触》，所有情节与场面描写都是在一种口语化的互动中进行的。上述种种，显然通过网络以及网络文本、网络写手向传统纸介媒体和文坛的转移过程，产生潜在与明显的影响。这种影响除了创作者以外，读者的阅读思维、兴趣、习惯也反过来对其产生作用。

### （三）文本创作与传播方式的变换

本文开篇一段谈及百度贴吧第一长帖《花痴历程》的写作就是一例，随着网络文学的风起云涌，新的创作与传播方式已经波及传统纸介媒体。比如《羊城晚报》于2006年3月5日起连载长篇小说《我的情人，我的姐》，读者可以通过多种渠道（包括传统媒介和电子媒介）边阅读边评点，甚至"指挥"作家该怎么写。该部长篇小说于2005年10月在网上连载，两个月点击量高达1400万次，网友自发组成三个QQ群，对此作品进行热烈的争论。原来在报纸、杂志上的"接力小说"一般由作家参与，但由于网络方式的影响，读者也正在参与进来，可以相信，此类方式将层出不穷，花样翻新。

归纳上述三种影响，显然只是一个初步的工作，其覆盖面不但有限，对其评价似乎也为时过早，更勿论伦理与价值的判断。但是，网络"守门人"缺席，文学门槛降低，"泛文本"大行其道，写作伦理颠覆，也同时导致精神滑坡、价值游移等种种负面影响。对此，我们仍然应当怀有警觉，在宽容的前提下，冷静地对待，审慎地评价，将正面与负面之影响都纳入观照的视野，以求在喧嚣浮躁中求得一份宁静与清晰。对网络写作来说，伦理道德是柔性自律的，法律法规是刚性他律的。人们既需要借助互联网充分发展人性的自由，同时也需要道德与法律来节制约束个体的行为，在看似相悖的彼此制约中探索发展。人性如此，社会如此，文学创作也不例外。

## 四、并非结语：网络的无限可能

网络的前景如何？下一代的互联网将是什么样的状况？即使是互联网的权威专家都只能预测，而不敢断言。"思想有多远，我们就能走多远"，对网络来说，我们的思想恐怕很难抵达它发展的尽头，也许没有尽头？就像我们至今无法穷尽人的奥秘一样。十分有趣的是，新一代的网络研制专家分为两股力量：物理学界和生物学界。

物理学界致力于寻找一种超乎寻常的智能装置，可以替代人去检索材料、识别语义。人们除了靠点击关键词搜索资料外，还必须对所得到的材料进行阅读，高智商的智能装备——新一代"智能狗"诞生后，这个机器人即可扮演忠实的秘书，为人服务。

生物学界致力于寻找超人装置，类似于"克隆人"。这种基于互联网的超人装置可以和人一样拥有搜寻和识别语义的能力，它的威力由于更接近人而超乎物理学界的"智能狗"之上。

排开那些技术的因素，我们可以看到一个明确的事实：科技界在向人靠拢。网络的人性化是不是因此在增加？还是因此在减少？人是不是总有一天被网络所取代？在这些关乎人类命运和生存方式的大问题前，网络传播对文学——作为人学的一个部分——的影响显然也是与日俱增。文学界、文艺界、文化界、学术界、传媒界自然都必须面对这种既是现实又是理论的问题。

从上述网络事件看，传播过程中的连带影响涉及社会生活诸方面，也涉及文学艺术创作诸方面，比如观念层面，一元霸权与多元共存的问题；比如伦理层面，网络的隐私与文学伦理空间的极限问题；比如语言层面，符号化与文学内涵的关系问题；比如审美层面，审美与审丑的界限问题；等等。总之一句话，影响既是潜在的、间接的、曲折的，也是明显的、直接的、暴露的。可惜，评论界对此关注太少，敏感度低，反应十分迟缓。当代文学评论界尤其如此。

更加值得关注的是，网络传播对当代文学创作的影响有可能催生关于21世纪文学的全新命题，比如虚拟空间与物理空间的关系。处于现实社会中的自然人，到底对网络的虚拟空间有多大的依赖性？物理空间的现实"沉重"与虚拟空间"生命不可承受之轻"的关系如何把握？当下文学在这个关系的中间地带将大有可为！比如，面对网络时代时间和空间"碎片化"趋势，现代人如何在时间的长河中把握自己，守护永恒，也是文学所擅长表现刻画的大好题材。简而言之，在同为网络而生的那些对峙关系的词组之间，当代文学家仍有尽情驰骋的疆域，试列词组如下：主流/非主流，精英/草根，传统/现代，经典/非经典，庙堂/民间，霸权/多元，中心/边缘，东方/西方，都市/乡村，公共/私人，等等。

美国心理学家金伯利·S.扬说过："因特网就在眼前，但是当我们一起驶入信息高速公路时，让我们至少对前方的道路有一个清晰的视野，并且系紧我们座位的安全带。"①也许，这位外国学者的话对我们有一种警示作用，扪心自问：我们对前方的路又知道多少呢？我们能否把握网络时代文学的命运呢？但有一点可以确信：21世纪文学的疆域不是缩小，而是极度扩张了，"雄关漫道真如铁，而今迈步从头越"，当代文学界仍然是任重道远！

[原载于《天津师范大学学报（社会科学版）》2006年第3期]

---

① 常晋芳：《网络哲学引论——网络时代人类存在方式的变革》，广东人民出版社2005年版。

# 第二辑

## 面对代际冲突

# "80后"文学的前世今生

　　自从我研究上"80后"之后，同事朋友见面就多了一个话题，"哈哈，'80后'！"这是常见的招呼，后面的话题也就内容多多，或通俗、或高雅，亦庄亦谐，不亦乐乎？"80后"自然是一个意义广泛的话题，就是拉家常也可有一箩筐话题。中老年可以嘴角一撇，哼一声这小辈呵！青年人可以或兴奋或愤怒地表示赞赏或者反对，现身说法者大有人在。我自然不是"百事通"，在许多请教者——比如怎样才能消除代沟的父母——的咨询面前，只能用手摸摸头，不着边际地打声"哈哈"。

　　不过，学术界较真的朋友可是很难打"哈哈"的。

　　2007年底，中国小说年会在广州召开，其中就有不少质疑者，连到会的"80后"作家、"80后"记者也多有异议，其中多少带有一点儿个人情绪。讥讽几句，我以为也在正常之列。文学的命名一向有不同程度的冒险性，概括的代价，抽象的代价，有时是按下葫芦浮起瓢，你想解决东边的问题，西边的问题又冒出来了，你想化繁为简，高度总结，常常又会失去丰富，坠入另一种局限。研究一片森林，还是专注森林中的一棵树，群体与个体的联系常难把握，不过，顾此失彼倒也不是唯一的结局。

　　话题回到"80后"。放在学术研究上说，这显然也属于"代际差异"研究的范畴。"代沟"，在中国也是流行了二三十年的名词，是20世纪80年代学术界里就广泛流行的西方"舶来词"。翻开我在1987年3月购于南昌的那本薄薄的小书《文化与承诺———项有关代沟问题的研究》，二十年前阅读此书时的澎湃心情顿时浮现，年轻时的我仿佛从美国女学者玛格丽特·米德的叙述中找到了自己的学术激情，找到了压抑已久，急待抒发的情感出口，二十年前红笔画过的那段话依然那么有力，穿过岁月传递着青春的豪迈——

　　即使在不久以前，老一代仍然可以毫无愧色地训斥年轻一代："你应该明白，在这个世界上我曾年轻过，而你却未老过。"但是，现在的年轻一代却能够理直气壮地回答："在今天这个世界上，我是年轻的，而你却从未年轻过，并且永远不可能再年轻。"

　　这真是让如今也人到中年的我同时体验到两种情感：一是回忆年轻。想到热血男儿的年轻时代，我的时代，写诗的时代，"折一根柳枝，高举青春的旗帜"的时代，呵呵，年轻时的激情岁月！二是中年感慨。一声叹息，年轻不再。何况面对全球化的今天，面对"搜主义"的今天，我们虽然曾经年轻，但此时此刻却恰如玛格丽特所言：从未年轻过，而且没有一点可能性。子在川上曰："逝者如斯夫"。岁月如刀，青春不再，谁又能与时间抗衡呢？真心钦佩当时已年届七十的玛格丽特，能够写出如此洞穿生命的文字！

　　说说这位让我钦佩的玛格丽特·米德吧。1901年，她出生在美国费城一个世代书香之家，父亲是经济学教授，母亲是社会学博士、坚定的女权主义者。玛格丽特获得英语和哲学双学位后，在哥伦比亚大学攻读心理学硕士学位。1924年，她偶然结识了近代人类学的一代宗师弗朗茨·博厄斯和他的女助手露丝·本尼迪克特，他们渊博的学识和巨大的人格魅力使年轻的玛格丽特确定了自己的人生目标，她很快完成了心理学硕士论文，与比她年长14岁的师姐露丝·本尼迪克特一样，成为博厄斯麾下一员骁将。23岁的玛格丽特经历了文明社会的女性无法想象的艰辛，孤身一人奔赴南太平洋上的波利尼西亚群岛，研究处于原始荒蛮状态的萨摩亚人的青春期问题。从学习土著人的语言、生活方式到果敢地摆脱那些注意"白人女子有一双漂亮丰满的大腿"的土著求爱者。年轻的玛格丽特的勇敢和付出，令我自愧不如。

　　1928年，玛格丽特·米德的第一部力作《萨摩亚人的成年》出版，该书的副标题是"为西方文明所作的原始人类的青年心理研究"。此后，她佳作迭出，一以贯之的观点在于揭示人格的塑造主要源于文化环境，而非生物学的遗传因素。1935年，30岁出头的玛格丽特开始挑战已成大家的弗洛伊德。弗洛伊德认为男性是人类先天的行为模式，而女性则不过是被"阉割了的男性"。男女两性不同的心理发展过程取决于男女两性所具有不同的生理解剖结构，因此，文明社会男女不同的人格也就同样具有生物学上的普遍性。玛格丽特·米德则认为文化对人格与行为模式塑造起着更为重要的决定性作用。20世纪40年代以后，她的视野从原始文化转向当代社会，她以极大的热情关注第二次世界大战后社会变迁、家庭解体、种族矛盾以及学生运动、性解放和代沟等一系列的社会热点问题。《文化与承诺》即是她生前最后一部，也是最负盛名的鼎力之作。

在《文化与承诺》中，玛格丽特提出了著名的"前喻文化、并喻文化和后喻文化"的概念，她将人类的文化划分为三种基本类型："前喻文化"是指晚辈主要向前辈学习；"并喻文化"是指晚辈和长辈的学习都发生在同辈人之间；"后喻文化"是指长辈反过来向晚辈学习。玛格丽特的大胆与精彩处在于她明确地指出当下的时代属于"后喻文化"，即"青年文化"时代。"在这一文化中，代表着未来的是晚辈，而不再是他们的父辈和祖辈"，在全新的时代面前，年长者的经验不可避免地丧失了传喻的价值，瞬息万变的世界已经将人们所熟知的世界抛在身后，在时代剧变的面前，老一代的"不敢舍旧"与新一代的"唯恐失新"的矛盾，不可避免地造成了两代人的对立与冲突。

玛格丽特向20世纪的世界宣告：现代世界的特征就是接受代际冲突，接受由于不断的技术化，每一代的生活经历都将与他们的上一代有所不同的信息。玛格丽特更为深刻与坦率的结论还在于，她把代沟产生的原因没有像人们惯常思维那般归咎于年轻一代的"反叛"上，而是归咎于老一代在新时代的"落伍"上。两代人需要平等对话式地交流，但对话双方的地位虽然平等，意义却完全不同，因为年轻人代表未来，而年长一代要想不落伍，唯一的选择就是努力向年轻人学习。

二十多年后，玛格丽特·米德的话仍然似一声警钟，音色响亮，力量不减！我重温名著，心情复杂，站在告别青春、遥望老年的分界线上，不由地生发出一声感慨，同时，也慢慢寻找到自己在重返大学后，之所以会选择"80后"文学为课题的思想脉络。二十多年前，她似乎成为我人生选择的一种先天宿命，在幽暗寂寞中导引着我的前行。

哦，还是回到"80后"吧，玛格丽特·米德的生命道路无疑给了我们丰富的启示，基于第二次世界大战后的西方社会，可以平移到今天中国21世纪的社会现实。所谓"四世同堂""五代同堂"的用法，在中国内地文学界已经用了二十多年。为什么唯有到"80后"的提出，"代际差异"才会如此醒目与突出呢？其实这恰恰取决于文化空间的根本改变与传统价值观的某种"断裂"。文化传递的惯性在2000年后被极大地遏止了。文化传播方式的改变，也使得原来依赖意识形态强行预制的文化轨道与生存空间被迅速地消解了。毛泽东当年曾自信地鼓励青年一代"世界是你们的，也是我们的，但归根结底是属于你们的……"的那种自信也正在被改变，而站在21世纪时间河流中的我们为何不能面对"代际差异"呢？为何不能用一种更为开阔的胸襟、更为豁达的心态面对"80后"呢？

我注意到暨南大学洪治纲教授的"60年代出生作家群研究"，也注意到山东大学施战军教授的"70年代作家研究"。洪治纲从对童年记忆保持某种持续的叙事热情切入"60年代出生作家群"，试图说明这一叙事策略的独特性，恰好在于这一代作家"以轻取重"的叙事智慧，折射了他们在规避宏大叙事之后的某些独特的审美思考，并以此昭示20世纪60年代作家群体共同创作倾向的文化历史意义。[1]施战军写于十年前的一系列文章也曾经近距离触及"七十年代人"的创作群体。假如将他对这一年龄段作家群体创作若干特征的概括做一个简单的罗列，我们似乎就不难窥见"80后"的"前世"，"七十年代人"的创作群体的某些创作倾向甚至为"80后"的"今生"做出了一个铺垫——

比如，"解禁的个人"；

比如，"捆绑不住的手脚"；

比如，绝对的甜与苦、香与臭、干净与肮脏都"丧失了存在的理由"；

比如，彻底过滤掉了"拥护/反对"式的精神遗骸的一代。[2]

同时，我也看到不同学者对代际划分持有或赞成或质疑的不同意见，这些都给予我的"80后"研究以鼓舞与推动。以价值分野和文化空间来看，用十年作为一代人的划分难免有些笼统和轻率。不同的学者完全可以有不同的划分

---

① 洪治纲：《窥探：解开历史的真相——中国60年代出生作家群研究之一》，《文艺争鸣》2008年第10期。

② 宗仁发、施战军、李敬泽：《关于"七十年代人"的对话》，《南方文坛》1998年第6期。

方法，比如最近出版的《四代香港人》就将香港人分为四代，取的就不是"零位交接"。但就中国内地的情况来看，再缩小至中国作家群体来看，十年一代人的划分仍然有其相当大的历史合理性。

平心而论，反而是"80后"一代，由于文化空间变化太快，还真有"三年一代人"的气象。比如由于网络的普及，20世纪80年代出生一头一尾的年龄段，就有很大的不同。在对女学者玛格丽特·米德表达敬意的前提下，也许细心的文化观察、专业的个案分析会使我们获得存大同求小异的认识起点，并在此基础上认可"代际差异"，承认"代沟"。由此在一条文化传递的轨道上，理解"80后"并非"天上掉下的林妹妹"，而是如贾宝玉有其特定的"前世今生"。

由此可见，"80后"仍然是文化传递链条上的一个环节。

（原载于《文艺评论》2009年第2期）

# 论"80后"文学的"偶像化"写作

自"80后"文学浮出水面，"偶像"字眼如影随形，从网站写手的"偶像化"包装，到大小媒体的明星式运作，直至"偶像派"命名的出现，其存在已无可置疑。

笔者在"80后"文学系列论文之首《试论"80后"文学命名的意义》中已经涉及"偶像派"，数月以来，一个结论愈见清晰：处于信息社会的今天，许多响亮而显赫的"名头"仅仅是一种暂时性的指称，所有指称在获得命名的同时，就在经受选择、淘汰和沉淀的过程。它的消失也许同它的成名具有相同的速度：快速成名和快速消失。对此，我们大可以宽容之心对待，视其为某种"命名暴力"的行为，反而是抬举和高估了它的力量。在网络和新媒体极速发展的当下，许多命名就像奇幻世界中的小精灵，一个个令你眼花缭乱地登场，又一个个变戏法式地消失得无影无踪。当然，"偶像化"或"偶像派"并不是一场稍纵即逝的风花雪月，其存在的合理性与必然性，构成了本文试图探究的动力所在。

## 一、何谓"偶像化"写作?

就"80后"文学形态看，我们试图从以下几点描述"偶像化"写作的基本特征——

1. 追求形式的甜美。被称为"偶像派"的"80后"写手，登场之初，就深知形式的重要性，优美轻灵的文字，奇幻飘忽的感觉，浪漫主义的风格，不求深刻但求动人的青春话语……所有这些都很容易使我们联想到广告文案的创作公式——"KISS公式"，即英文"Keep It Sweet and Simple"，中文直译为"令其甜美并简洁"。"KISS公式"的核心是甜美，甜美的要领是打动人心。从几千年中国文学史来看，没有哪一个时代的作家和文学作品传播者，比"80后"更看重文学形式传播效果，在"偶像化"写作中，形式常常大于内容。在"80后"的写手和他们身后的市场策划者那里，作品成为一件可意的商品，精心的包装向消费人群昭示："多么甜美动人呀！"打动人心也是"偶像化"作品传播的第一要义。

2. "青春偶像"的装扮。"80后"文学的巨大市场是中国上亿人口的青少年，在14—24岁这个年龄段的青年心目中，偶像的号召力极大。

"80后"文学之前，中国的作家并非没有成为偶像的可能，但在成为偶像之前，必须有一个成名的阶段：多年艰苦写作→作品巨大反响→作家出名→渐成偶像。这个阶段首先需要相当长一段时间，几年、十几年乃至几十年，其次即便成为偶像也大多在相对狭窄的领域，因为文学作品在媒介中较之文艺、体育并无传播优势。但"80后"写手在网络崭露头角之始，就已经自觉地装扮成"青春偶像"，从而大大缩短了出名的距离。媒体的神奇力仿佛点石成金，丑小鸭变天鹅，灰姑娘成公主。中央电视台《非常6+1》栏目正是今天传媒打造偶像理念的通俗化演绎。

3. 扣住"青春"的书写。"偶像化"写作的一个关键点是紧紧扣住"青春"。他们清楚地知道：扣住青春，也就扣住了人心；扣住了人心，也就扣住了阅读市场的命脉；扣住了市场命脉，也就扣住了"出名"和利润。

一个显而易见的事实在于，"偶像化"写作的内容、题材、风格、形式都属于青年题材，并具有强烈的时尚色彩，作品的主题多定位在当下青少年的"青春遭遇"，读者对象也定位在固定年龄段的阅读人群中，同时通过网络达到一种良好的互动。"80后"写手"青春"的书写甚至借助网络空间形成一个相对独立的青年"亚文化群落"，或者称之为"青年文化空间"。这种空间氛围的着意渲染甚至造成了一种"圈子"，在青春旗帜的虚掩下，原本试图宣判集体主义终结的个人话语，重新"统一"为一种与"公众话语"相对疏离的"分众话语"，原本属于虚拟空间的网络竟然成为一个大本营，某种属于"分众"的"断代史"似乎正在被奇怪地书写。而"80后"写手在这一空间中上下翻腾，游若蛟龙。

4. 明确的商业化运作。在每一个成功的现代商业故事后面，大多有一个精心的策划。"80后"文学的迅速成长至少已经是一个成功的商业范例。那么，在"80后"的背后又有什么呢？

"80后"文学成长的背后始终站着一批老谋深算、用心良苦的商业策划高手。回顾中国策划行业，第一波策划师往往从如何借助媒体抓眼球入手，他们的商业意识更多的是通过媒体炒作、活动宣传来体现，比如新华社记者出身的王志纲，他认为"成功策划的核心是理念设计"。尽管王志纲也强调按市场经济规则办，但他所处的时代，毕竟是中国市场经济发展的初始阶段。

"80后"诞生的年代则不同，网络的"泡沫"消退了，股市的疯狂平静了，金融的冒险收场了，经受了市场风风雨雨的策划人也逐渐成熟了。他们的策划从一开始就成功地跳过理念，按照市场运作的规律，在鲜明的商业意识的指导下，一步步地实现利润最大化的目标。网站的成长本身就有赖于高明的商业策划。包装郭敬明等人的辽宁春风文艺出版社，多年前就以"布老虎丛书"品牌营销成功，从而积累了运作品牌的丰富经验。而"80后"文学"偶像化"的趋向，正是品牌营销和目标营销战略计划的一个具体实施环节。中国历史上某位皇帝眼见青年才俊摩肩接踵进入科举考场，不禁仰天大笑曰：天下英雄尽入我掌中。今天的策划人虽未做仰天状，但内心早已盘算百遍如何将天下之利一网打尽！

## 二、"偶像化"与"偶像派"

在"80后"文学的写手中，以韩寒、郭敬明、张悦然三人的"偶像化"程度最高。韩寒已经成为"反叛"现行教育制度的青年偶像。我以为将来写中国当代社会史，韩寒也可提上一笔，因为高考制度把几千万的高中生压抑得太惨，终于有一个人出来"尖叫"一声，"沉默的大多数"虽无法公开响应，私下里都不免津津乐道。很难说韩寒的一声"尖叫"对教育制度改革起到什么作用，但至少成为"被压抑群体"的一次宣泄。发行110万册的惊人数目，多少也说明同龄人的一种回应。韩寒在他的成名作《三重门》增订版里自撰的个人简历，活化出他作为"叛逆者"的形象，文内有这样的一些句子——

| 1999 | 浮出海面 | 获首届"新概念作文大奖" |
|------|----------|----------------------------|
| 1999 | 顽主 | 写《三重门》一年 |
| 1999 | 看上去很美 | 成绩单"挂红灯"七盏留级 |
| 1999 | 过把瘾就死 | 于《新民晚报》上抨击教育制度 |
| 2000 | 活着 | 老子还没死，老子跨世纪 |
| 2000 | 一个都不能少 | 还是七门功课"红灯"，照亮我的前程 |
| 2000 | 千万别把我当人 | 我成为现象，思想品德不及格总比没思想好 |
| 2001 | 无知者无畏 | 有人说我无知，那些没有文化只有文凭的庸人 |

　　"韩寒现象"引起教育界讨论，也让众多家长担忧，但"被压抑群体"却自有看法，韩寒遂成"另类"偶像。韩寒成为偶像的原因并不完全在于媒体的包装和炒作，除了他陆续写出的《零下一度》《像少年啦飞驰》《毒》《通稿2003》《长安乱》等作品外，他拒绝了复旦大学允许旁听的升学机会，靠自己的努力成为一名职业赛车手，参加了全国汽车拉力赛，拿了上海和北京的第四名。畅销书为他带来了大约200多万元的稿酬收入，他拥有了属于自己的车子和房子，过着经济独立的生活，因此，被称为"开自己奥迪赛车的天才写手"。年轻、帅气、潇洒、写手、畅销书、赛车手、自己的房子、自己的车子、经济独立，几乎所有的因素都与时尚和偶像吻合。

　　郭敬明是继韩寒之后的另一名走红大江南北的畅销书作者。与韩寒相同，他也是"新概念作文大赛"一等奖得主。不过，他是让父母放心的"好孩子"一类，考进了上海一所大学，边读书边写作。从"偶像化"的角度看，郭敬明的商业包装更加讲究，估计出版社也有了更多包装少年写手的经验，因为他没有韩寒"另类"的内核，所以"秀"的成分有增无减。

　　以正统文学经验的人来读郭敬明的成名作《幻城》，确实会有新奇之感，以至著名的北京大学教授曹文轩为郭敬明写了赞赏有加、热情洋溢的序，这无疑也提升了郭敬明的身份。打开《幻城》，不能不承认其作品所具有的阅读诱惑：神的力量、魔的幻术、人的情感、仙的容貌、侠的武功、商的财富、王的威严、跨越人神两界，尽得天地间风光无限。在作品中我们可以感受到诸多现代时尚因素的聚合：好莱坞大片《魔戒》的神妙奇幻、金庸武侠小说的侠肠义胆、琼瑶爱情作品的似水柔情、《格林童话》的瑰丽与奇迹、韩国青春剧的时尚靓丽、日式动漫的潇洒飘逸、福尔摩斯推理破案小说的诡异神秘、007虎胆英雄身怀绝技以及虽危机四伏却有惊无险的悬念迭出……

反过来说，所有这些又同时成为作者想象的起点，假若你不熟悉"80后"的阅读经验与接受世界，你会倍感惊奇；假若你逐渐了解并熟悉了"80后"一代所接受的文化资源，你的激赏之心也就会平淡许多。当然，我们这样说，并不等于抹杀郭敬明的写作才能，他在对"80后"一代文化资源的感悟之中，毕竟在某种意义上成了新的代言人。他随后推出的《梦里花落知多少》《左手倒影，右手年华》《爱与痛的边缘》等作品，都一而再再而三地证明了他的"代言"地位。代言什么？代言一种青春期的宣泄和倾诉，关于友谊，关于爱情，关于亲情、关于成长的疼痛，关于"痛并快乐着"的青春旅途。也因为代言，郭敬明受到少年一代的热捧，遂成"偶像级写手"。

应当说，郭敬明的作品定位也相当准确，恰得"80后"一代少年之心。其写作策略正如作者所言"只要我们以相同的姿势阅读，我们就能彼此安慰"（《爱与痛的边缘》自序）。郭敬明笔下的文字带有几分矫情，又带有几分真切："我喜欢/站在一片山崖上/看着匍匐在自己脚下的/一幅一幅/奢侈明亮的青春/泪流满面。""为赋新词强说愁"原本就是少年的青春期特点，加之处于社会转型期的中国少年也自有其压抑的一面，这些也构成了郭敬明作品得到热烈回应的心理基础。

令人惋惜的是"抄袭事件"的出现，这是不是"江郎才尽"的一个征兆？郭敬明近期成立工作室，所出作品的文学性减弱，时尚性增强，"偶像化"的趋向更加明显，比如2004年8月由春风文艺出版社推出的《岛》。在我的预感中，《幻城》已成为郭敬明自己跨不过去的"一道高栏"。

被"萌芽"网站评为"最富才情的女作家"和"最受欢迎的女作家"的张悦然，是与郭敬明并称为"金童玉女"的另一位"偶像级写手"。张悦然的成长也具有"偶像化"的因素。14岁开始发表作品，"新概念作文大赛"一等奖获得者，考进大学并去新加坡留学，乖乖女、"好女孩"，外形靓丽，一如其优雅的文字。充满小资情调的包装，一如其作品的时尚品位，虽然她没有韩寒、郭敬明那般"红得发紫"，却也在"偶像化"的路上名闻遐迩，春风得意。加上才女出手奇快，在韩寒、郭敬明二人炽风渐凉之时，她势头强劲。以《葵花走失在1890》奠定地位之后，又有《樱桃之远》《是你来检阅我的忧伤吗》《红鞋》《十爱》等作品在2004年相继推出，并连续位居文学类畅销书排行榜前列。

把张悦然五本书放在一起，时尚的印象十分突出，尤其是2004年推出的四本书，虽然出自"春风文艺""上海译文""作家"三家出版社，但却不约而同地选择了封面黑底托红的色调，其中作者大幅艺术靓照、文中插图和图片、图书装帧和版式均有强烈的现代时尚色彩。像《红鞋》《是你来检阅我的忧伤吗》更是当下流行的图文小说。上海译文出版社更是精心策划包装，并带有自我炫耀地宣布："本书是张悦然的最新图文集……优秀而奇特，是当下最时尚最高贵的文字类型，配有多幅华美的照片，诠释诗一般美轮美奂的意境，人如其文，文如其人，相得益彰。"（见《是你来检阅我的忧伤吗》扉页）"偶像化"的意图十分明显。

《红鞋》被称为张悦然"最新图文长篇小说"。但一部约有十万字的长篇，人物单薄，故事矫情，没有多少文学内涵可言，无法烘托出"红鞋"这原本可能深邃无比的神秘意象。用笔较《樱桃之远》显得粗糙，用意比《葵花走失在1890》显得肤浅。张悦然在"偶像化写作"的潮流中似乎同时在写两类作品：为时尚、为市场、为畅销的是一类，写内心、写意象、写人性的是另一类，张悦然也因此成为"80后"写手中最有潜质、最具文学性的作家。但愿成为"玉女偶像"的张悦然不为"偶像"所累，在不被潮流吞没的同时，借他人之风潮，扬自我之风帆，在时尚褪色之后，有真正属于自己的本色作品。《葵花走失在1890》与《樱桃之远》使我们对张悦然多了一份信心。

以张悦然的文学历程来看，"偶像化写作"可能抹杀天才，也可能造就大家，至少为大家铺平第一个台阶。不过，是否成为大家，依然取决于作家本人的潜质与态度，而态度尤为重要。

### 三、"偶像化"有合理性吗?

作为文化产业的一种运作方式,"偶像化"的手法早已在所有需要明星的领域里大行其道,操作得十分熟练了。文学,从前只是作为一种后援,一种资源,需要通过艺术形式的转换进入传媒,不过时至今日,文学也急匆匆地挤上前台,推出属于自己的"一线明星"。

1994年出道的香港女作家张小娴就是香港出版界第一个当作明星来运作的小说家。张小娴在业界创造了多个第一:第一个拿下《明报》头版做新书发布整版广告的小说家,第一个在地铁做广告的小说家,香港第一本本土女性时尚杂志Amy的创办人。从量身定做到设计形象,张小娴的创作生活完全按照明星来包装打造。这位女作家的小说从1997年开始长居香港畅销书首位,她本人被称为"都市爱情小说的掌门人"。20世纪80年代以来,所谓"文化北伐"中的香港经验对内地影响不小。这一次,与国际接轨的香港显然又在为内地文化产业运作提供先行一步的经验。

传统营销中的所谓4P(产品、价格、渠道、促销),早已向现代营销的4C(消费者、消费者满足欲求成本、购买的方便性、沟通)转变,从前产品制造商的座右铭:"请消费者注意",已经被"请注意消费者"所取代。市场就在消费者的需求当中,谁能最大限度地满足并创造需求,谁就拥有市场,谁就抢得先机,谁就是最大的赢家!既然将文学作品作为产业化链条中的产品环节,那么这个环节也是可以按消费者的需求量身定做的。于是,在文学产品的制造者那里,传统的教堂布道方式"我说你听"和"我写你读",迅速转变为"你想听什么,我就唱什么""你想读什么,我就写什么"。

倘若将文学也视作文化消费产品,这样做又有什么错呢?

承认这一前提,"偶像化"的合理性也就明确了,将作家包装成明星式的偶像,正是为了迎合少年青春期"偶像崇拜"的心理,在时尚的包装下,提供满足并创造一种需求的消费产品。按照目标营销的理论,所有市场都可以细分,从而找到目标顾客,提高获利性和经营效率。"80后"文学有"80后"一代人构成"目标顾客","偶像化"正是通往"目标顾客"的有效途径。

对此状态,文坛反应不一。青年评论家路文彬甚至认为:"80后"写作的时尚现象已经是属于一个世界性的文化现象，写作缩短了与影视娱乐行当间的距离，作家开始逼近偶像，正是一种以迎合和自恋为本位的时尚，其取悦的永远是大众最浅层次的享乐与放松。[①]与路文彬等北京评论家不同，处于南方的学者大概由于久居商业的社会，对此状态见惯不怪，比较宽容地用"类型写作"的概念加以解释，他们认为："类型写作和产品相类，产品的诉求对象就是读者（市场）。那么，80后写作，总体上说，是针对同龄人的，所以就没有必要生拉活扯地去和70后、60后甚至50后相比。更没有必要去质问他们，你写出经典了吗？"[②]

一北一南的两种观点，其实恰好从正反两个方面论证了"80后"文学"偶像化"写作的现实合理性。我在"80后"系列之二以一组公式表述"偶像化"的过程[③]，并肯定这一行为的合理性。当"偶像化"成为一种文学趋向之时，你是很难通过外在手段随意"叫停"的。因为这同时也意味着文学真正多元时代的到来，文学正在成为满足不同层面需求的审美消费。即使按照文学精英们的原则：呼唤"神圣"、看重"命运"，其实也无须驱逐"类型"。

## 四、并非结语：风花雪月下的隐忧

我一向看重评论家李敬泽的敏锐。编辑的职业感觉使他少了些学院派的呆板，常有一针见血的智慧之言。针对部分"80后"写手及拥戴者自恋加狂妄画地为牢的做法，李敬泽视其为"青春的独断和骄横""一种毁坏文化的逻辑"。[④]李敬泽的文章阐述了两个观点：文化有其无法更改的延续性；反对肆意降低文学的艺术价值。李敬泽的观点可谓是警钟一响！

在我们承认"偶像化"市场前提以及文化消费合理性的同时，不可因此认为平面化、娱乐化、消费化是当下文学的主要趋势，甚至唯一出路。也不能因此降低文学的精神高度。我们是在肯定文学品质重要性的同时，承认"类型

---

①　路文彬：《"80后"：写作因何成为时尚》，《中关村》2005年第1期。
②　张念：《80后写作市场分级和命运共同体》，《南方都市报》2004年12月28日。
③　江冰：《论80后文学的文化背景》，《文艺评论》2005年第1期。
④　李敬泽：《一种毁坏文化的逻辑》，《深圳特区报》2004年12月19日。

写作"的合理性，宽容地看待"消费型""偶像化"写作的存在与分流。

即便如此，我们仍将常怀隐忧，担心风花雪月之下的意志消解、精神丧失、人心失重；担心为市场、为时尚创造的趣味成为唯一的趣味。人们在推倒权威的同时是不是又可能受制于另一种权威，人们在娱乐自己的同时，是不是正在被无形中的力量奴役。当现代消费社会中所有文化产品都只为娱乐人们而存在之时，当所有大师的经典都被强行转化为传媒的娱乐版内容之时，当一切公众话语都日渐以娱乐的方式出现并成为一种文化精神的时候，人类就得警觉起来了。因为，我们可能将面临新一轮的灾难。我第一次在书店里看到《娱乐至死》译著时，就被它的封面吸引：坐在电视机前的一家四口人，人人都是只有躯体而无头颅！世界著名媒体文化研究者和批评家尼尔·波兹曼生前曾将当下时代特征描述为"娱乐至死"，并对电视等新媒体导致的娱乐化倾向深怀警觉。尼尔·波兹曼教授在著作中郑重其事地写道："有两种方法可以让文化精神枯萎，一种是奥威尔式的——文化成为一个监狱，另一种是赫胥黎式的——文化成为一场滑稽戏。"①

但愿"80后"文学的风花雪月不要演变为"一场滑稽戏"！

（原载于《文艺评论》2005年第2期）

---

① ［美］尼尔·波兹曼：《娱乐至死》，章艳译，广西师范大学出版社2004年版。

# 论"80后"文学的"实力派"写作

几乎与"80后"命名浮出水面的同时，所谓"80后""偶像派"与"实力派"之争就以多种形式出现于各大网络以及平面媒体。在市场化和消费化的时代，这一富有文学以及文学以外意味的现象，完全可以视作走入21世纪之后的中国文学的一个特殊的现象。本文作为"80后"文学系列论文之四，旨在对"实力派"写作作一番探讨。

## 一、何谓"实力派"

"实力派"与"偶像派"的称谓，来自较文学更早迈进市场化和消费领域的娱乐界。娱乐界将那些脸蛋迷人、外形俊美的演员称为"偶像派"，而将那些主要靠演技展示角色魅力的演员称为"实力派"。两派各有擅长，均有风光。但从艺术主流派一向的观点来看，抛开市场炒作的因素不论，"实力派"更有分量，更有内涵，也更有长久的艺术生命力。在艺术主流派的眼里，他们不反对一个演员以"偶像化"方式进入娱乐界，但他们更看重一个"偶像派"演员向"实力派"的过渡和蜕变。

近百年的艺术史，似乎都在彰显这个道理。曾经当选香港小姐的张曼玉，如今以国际影星的身份证明了这一点。曾经以"三级片"起步的香港演员舒淇的明星轨迹，也是佐证之一。在刚刚闭幕的第五届"华语电影传媒大奖"颁奖仪式上，刘若英被媒体评为"最佳领奖人"，她获"最佳女主角"的获奖感言颇为有趣，她先是说："我们拍戏都希望有好的剧本，好的对手，拍完《天下无贼》之后，常常有很多人问我刘德华是'实力派'还是'偶像派'？"台下观众正在疑惑这和她的得奖有什么关系，只听刘若英话音一转："谢谢刘德

华，你让我成为'实力派'。"同时举起奖杯，现场效果非常好。①

刘若英是一位从后台逐步走向前台的演艺界新人，她的歌不是以唱功见长，而是以音乐演绎取胜；她的电影角色也不是靠外形引人，而是以其内在智慧魅力征服观众。显然，这位演艺界难得的才女是很清楚所谓"偶像派"与"实力派"的不同，她以调侃的方式，以刘德华兼得"偶像"与"实力"之誉为铺垫，巧妙地借大众传播完成了自我定位与自我标榜的任务。其秀外慧中，以内在胜外在，以魅力胜脸蛋的"江湖地位"至此确定无疑。刘若英的过人之处就在于清醒地知道自己的长处在哪里，并努力将它做到最好。

至此，我们不妨将"偶像派"与"实力派"做一个并非严格意义上的区别：

"偶像派"——先天条件优越，外形靓丽，嗓音独特，适宜媒体包装，吻合时尚潮流，讨好大众趣味，其抓眼球的指数高，更易成为一种类型角色，甚至是文化消费的产物。

"实力派"——先天条件无过人之处，外形一般，并不时尚，甚至可能违背当下的大众趣味，但具有内在魅力，性格独特，有深度，有力度，耐人寻味，有可能被大众趣味拒绝，但又有可能因为逆时尚而动反而左右大众心理，成为另一种时尚。

两者比较，"偶像派"大多是影视中的青春偶像剧的主角、武打明星、"当红美女"和"当红小生"。"实力派"则是影视中的"性格角色"。前者可能红极一时，但多半昙花一现，后者可能并无显赫名声，但艺术生命长，艺术价值高。前者大多单纯、轻松、优美，后者则多半复杂、沉重、壮美。简言之，两个命名有相克相生，既相互对立又相互依存的关系。仿佛一枚硬币的两面，仿佛一个事物的两极。在传媒化的时代，有"偶像派"就有"实力派"，有"实力派"就有"偶像派"。

## 二、与"偶像派"分流的背后

不必讳言，所有"80后"的写手都沾了"80后"命名的好处，而命名行

---

① 付军：《新科"影后"刘若英谈情说爱，"我永远心存感激"》，《南方都市报》2005年3月22日。

为的本身其实就是一次"偶像化"手段的成功实施。命名的社会认可，意味着一次成功的托举——"80后"从网络"小圈子"走向传媒"大天地"。但是，"偶像派"与"实力派"之争为何立刻出现并迅速升温？一个旗帜下的战士为何刚刚进入大众传媒即喊着叫着要分道扬镳？分流的动因何在？

我以为，与上述刘才女调侃话语相通相近的"艺术主流"的价值取向，构成一股传统的力量，是导致"分流"最为重要的原因。

艺术主流价值的影响力首先促使一批"80后"写手主动"划清界限"，他们一再表白自身的"纯粹性"以便拒绝"商业化"，并对"眼球指数"以及书籍印数表示一种拒斥，因为在这一点上，两派的差距十分明显，根据2005年3月21日来自谷歌网站数据搜索制成的下列表格可一目了然：

| 姓名 | 词条数 | 备注 |
| --- | --- | --- |
| 李傻傻 | 4970 | 实力派作家 |
| 蒋峰 | 3280 | 实力派作家 |
| 胡坚 | 2710 | 实力派作家 |
| 小饭 | 2460 | 实力派作家 |
| 张佳玮 | 1160 | 实力派作家 |
| 郭敬明 | 21500 | 偶像派作家 |
| 春树 | 21300 | 偶像派作家 |
| 韩寒 | 14600 | 偶像派作家 |
| 张悦然 | 4340 | 偶像派作家 |
| 孙睿 | 2380 | 偶像派作家 |

点击数、词条数、出版印数等，所有这些数字无形中与商业化、市场化联系起来，于是一种意见就自然地形成了——

媒体上呼风唤雨的"80后"写手实际上只是消费品的组合①；除了这批制

---

① 江冰：《论80后文学的文化背景》，《文艺评论》2005年第1期。

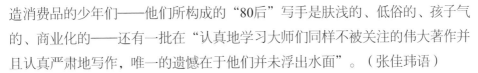

造消费品的少年们——他们所构成的"80后"写手是肤浅的、低俗的、孩子气的、商业化的——还有一批在"认真地学习大师们同样不被关注的伟大著作并且认真严肃地写作，唯一的遗憾在于他们并未浮出水面"。（张佳玮语）

其次是主流文坛对两派的褒贬，无论介入深浅，无论温和还是激烈，文坛里的作家和批评家们都以偏向"实力派"的居多，其中动作最为明显的是作家马原，当年"先锋派"的骁将，拍马出阵，亲自操刀主编了名为《重金属——80后实力派五虎将精品集》一书，此书在"80后"文学发展历程中几乎成为正式宣告两派分流的标志化产物，意义非同小可。更为重要的还在于书名所暗含的价值取向，明褒实力，暗贬偶像，依然是艺术主流价值的观念在发挥潜在的作用。

### 三、在商业与"纯粹"之间摇摆

值得玩味的是，"偶像派"与"实力派"之争被媒体看成难得的炒作材料，推波助澜，点火加油，遂成一出闹剧。世上事物，唯对立可以构成对抗，对抗即有斗争，"实力派"因为可以对抗"偶像派"，成为另一派势力，成为另一面可以"抓眼球"的镜子，因此，颇有些滑稽的是，本来表示甘愿寂寞的"实力派"人物，又被媒体毫不懈怠地捧为另一类"偶像"——"文化英雄"的偶像，抵抗世俗的偶像，也许来日可以问鼎诺贝尔文学奖的中国少年偶像。

李傻傻即是一例。这位被公认为比较成熟的"实力派"主将就有明显的"摇摆"动作：

参照2005年3月21日来自谷歌网站数据搜索报告，在词条数目上，"实力派"作家明显低于"偶像派"作家，但唯一可以在数字上抗衡的就是李傻傻，他的词条数达到4970条；虽然低于郭敬明的21500条、春树的21300条、韩寒的14600条，但高于当红作家张悦然，且在"实力派"作家中排名第一。这固然与李傻傻网络写作的影响有关，媒体将其封为"少年沈从文"，而他的长篇处女作《红×》的成功炒作，也成为李傻傻"暴得大名"的重要因素。

李傻傻原名蒲荔子，来自沈从文的家乡湘西，笔下也写沅水流域的乡俗民风，他写散文、诗歌、小说，在新浪、网易、天涯三大网站都有作品专题，追捧者不少，进入纸媒介后，《芙蓉》《散文天地》《上海文学》《花城》等著名文学刊物也相继推出他的作品专辑，是受到广泛关注的第一位"80后""实力派"作家。在他的身上有几个与大多数来自城市的少年写手的不同之处：乡村出身，来自湘西，写出了乡村诡异、灵动、神秘的一面，作品更多地涉及死亡、暴力和性，并以此区别于"校园青春写作"中的小布尔乔亚风格。

因此，敏感的媒体开始使用营销上的"搭车"策略，将20世纪后20年中国最受尊敬而且是文学排位不断上升的现代著名作家沈从文拉来做大旗，湘西小老乡摇身一变为"少年沈从文"。李傻傻笔下的湘西风情成了沈老先生名作《边城》的流风遗韵。媒体的另一个包装是"先锋派"：与同龄写手相比，李傻傻是"独一无二的""安静、沉默的"；其才华独特，立场纯粹；他的姿态"几乎是余华在《细雨中呼喊》的文学姿态"。还有一句话也被媒体广为引用——"80后"女写手春树说："李傻傻简直就是我的偶像。"乡村出身、湘西背景、先锋姿态、春树激赏"……均成为媒体包装的亮点，纯朴的李傻傻终于一跃而为大众传媒的宠儿。《红×》即可视作李傻傻正式进入文坛之初，在商业与"纯粹"之间摇摆的产物。

在这个"娱乐至死"的年代，"80后"实力派的作家们其实很难守住自己内心的安静，安静地生活和安静地写作，也许比他们要写出好作品还要艰难。

## 四、"实力派"作品的文本分析

还是让我们把目光回到文本，因为当媒体炒作的潮水退去之后，真正留在文学史上的还是文本，尤其是集中文学最高成就的长篇小说。

先看李傻傻的《红×》（花城出版社2004年7月第1版）。

这部21万字的长篇小说首先由《花城》杂志推出，作为"80后"作家的长篇小说被著名大型文学刊物接受，为作者带来了声誉。作品叙述了一个名叫沈铁生的"问题少年"的逃学故事。因为打架与终日无所事事，被中学开除学籍，他不敢回家，给父母的假象是仍然在学校苦读准备高考。沈铁生以学生的身份在城市里游走，他一面与几位女孩周旋，与她们狂欢，一面竭尽全力摆脱生存窘困：偷窃、游荡、想发财、做苦力。在躁动和迷茫的情绪中体验苦闷的

青春，最后为女友举刀杀人……

抱着较高的期望值读《红×》，我颇感失望。一个乡村少年到城市求学的生活写得虽然真切，但从全篇阅读效果上看缺乏一种"对立面"的对抗，整体感觉琐碎、平庸，少了生命的紧张和焦虑。作者写得比较细致的是主人公与自己的性欲对抗，但由于在心理揭示上缺乏深度，很难由此展开"人之困境"。作者同时书写了乡村经验，触及"饥饿"主题，但在社会化和个人化的深度上都无法与莫言、阎连科等走出乡村的当代作家相比。他的"城乡接合部"经验也没有超出当代文学已有的经验范围，很难有新奇感和震撼力，倒是性欲对象涉及母女二人的情节与心理，或有一点新意，但由于缺乏深度，容易与性欲、偷窃、打架、流浪等一同流于供读者消遣的"畅销因素"，从而走向作品精神的平面化与娱乐化。

再说蒋峰的《维以不永伤》（春风文艺出版社2004年5月第1版）。

这部25万字的小说因为篇名出自《诗经》，似乎为作者带来庄重、含蓄、底蕴深厚的声誉，但作品却似乎没有具备与来自古代文学的题目相匹配的内涵。《维以不永伤》围绕一桩少女奸杀案展开，借此描写了与少女毛毛关系密切的父亲、母亲、继母、情人杜宇琪以及作为正义化身的警察雷奇。西方小说的圈套式结构设计富有悬念；好莱坞电影硬汉警察诈死、对罪犯穷追不舍的情节安排具有可读性。可以看出，作者蒋峰是认认真真地在写小说，精心设计的故事结构，冷静的叙述，简练的笔法，自如的控制，显示出一种为小说而写作的职业才能，青春期不顾一切的自我宣泄在这里已经被某种洞察给化解了，作品似乎在昭示：蒋峰是把写小说当作人生使命来完成的小说家。

然而，如此较高的评价恐怕只能限制在小说家职业性的敬业精神上，因为，在消费化的"泡沫年代"，蒋峰写小说的认真态度固然可贵，但深究下去，《维以不永伤》仍然是一部可读但不耐读的作品，是一部技巧胜过内涵的作品，苛求一点说，主题不免流俗，艺术难有回味，更难论精神高度了。

最后说说张佳玮的《加州女郎》（湖南文艺出版社2005年1月第1版）。

比起上两部实力派作品，《加州女郎》更难称力作。这部15万字的小长篇像一杯稀释的果汁饮料，全书247页，但读至100页尚没有真正展开故事，作者的思绪仍然停留在对一条手机短信的"无限感慨"之中。太淡，太薄，缺少长篇小说应有的分量：紧张、冲突、人物、情节、环境、心理……作品贯穿着对《加州女郎》唱片的寻找，但这一情节设计细若游丝，随风飘荡，难以凝聚成艺术冲击力的因素。"犀角项链""唱片店主""异国男子A"等花费笔墨描写的人与物，均游离于主情节之外，结婚的人是谁？

H是什么样的女孩？面纱迟迟没有揭开，既然不是刻骨铭心的爱，何必如此长篇大论、虚无缥缈地伤感抒情？作者的创作态度不免轻浮。在后记中，张佳玮提到福克纳和村上春树，这使笔者联想到《加州女郎》主人公试图用音乐家舒曼、克拉拉、勃拉姆斯的人生遭遇自比，作者与他笔下的主人公一样，自恋倾向明显。所谓"看齐大师"也只停留在自我标榜的表层，缺少生命的体验，缺少心灵的沟通，其实是无法进入大师的精神殿堂。

上述文本分析，也许近于苛评，但作为以"看齐大师"为口号的"实力派"，应当承认，他们远没有超出前辈。再苛求地说，他们与中国当代主流文坛的核心地带尚有不小的距离。

## 五、文化背景的负面作用

"80后"文学能在文学史上留下什么？是留下一次文学热潮，还是一批有分量的作品？"实力派"任重道远，就像中外文学史上每个时期的文学思潮与流派一样，最后检验其创作实力的，还是应当具有此时期此流派作家特有的"核心竞争力"的作品。

我在"80后"文学系列论文之二《论80后文学的文化背景》[①]中，试图以文化背景的独特，确认"80后"作家所拥有的写作资源，20世纪80年代后出生的人，由于时代的急剧变化，或许只有依靠自己写自己。"代沟"无情地把50、60、70年代出生的人拒绝在"80后"的世界之外，但是，"80后"写手能够承担"书写一代人"的历史使命吗？

在"80后"的写作资源中，网络有着重要的作用，但由此我又想到"网络依赖"所导致的负面作用。《南方周末·网游日志》栏目曾刊出名为《爱情

---

① 江冰：《论80后文学的文化背景》，《文艺评论》2005年第1期。

百宝书》的一则网恋故事——

　　女友L是一位婚事没有着落的大龄青年，身边虽有男子无数，却总难入法眼，于是决心在网间寻觅爱情。她等待的时间不长，白马王子似乎便已来到。无论她牵引何种话题，无论话题多么古怪偏僻，那男子都从容应答，显示胸中丘壑。聊天记录证明，在两人多次交谈中，他不但背诵过大把的宋词，还了解霍金的《时间简史》；不但熟知前卫的时尚资讯，还对文艺复兴时期的意大利油画颇有心得。L最后被征服的问题是，我忘记了"行来春色三分雨"的下一句，那人答道："睡去巫山一片云"。

　　这位极高学历的学姐终于决定在本城最有情调的咖啡屋里约见了王子。结果，她发现端坐在那里的竟然是一位穿着某初中校服的小男生。他不客气地点了最昂贵的茶水，然后充满嘲笑地对L说：姐姐，你还不知道谷歌啊？你还不知道它可以在眨眼间为你打开知识大门啊？据说，L心甘情愿地埋了单，她慈祥地看着面前的男孩。离开网络，他几乎是一张白纸，而在网际，他如鱼得水，坐拥整部百科全书。[1]

　　这个故事耐人寻味，它使我们对依赖网络成长的"80后"写手的内心充实与精神高度有所疑惑。

　　"实力派"面对的另一个可能的"陷阱"是充满世俗欲望的大众消费文化。尽管笔者愿意正视市场化时代的大众"欲望"，正视"世俗精神"，正视"青春书写"与"青春期阅读期待"的合理性，但依然担心"网络一代"将一切精神产品欲望化、娱乐化、平面化、快餐化，依然担心"80后"写手整体写作的精神高度和人性深度。也许，"偶像派"会以"类型写作"作为理由，他们将理直气壮地说：我们写的就是"青春消费品"。而"另类写作"的春树等人，则可能明确地表达宣泄自我的愿望。但是，以"实力派"标榜的"80后"写手们则没有托词，别无选择，必须在文学的崎岖山道上攀爬，任何对文学马虎、对大师不

---

[1]　冷茶：《爱情百宝书》，《南方周末》2004年9月9日。

恭的态度只能成为提升自己实力的障碍。"实力派"呀,你真是无路可退!

当然,文坛还得有些耐心,因为对好作品的期望,还在于"80后"文学是否具有"可持续发展"的可能,以"恨铁不成钢"的急切对应"出名要趁早"的浮躁,难免会失去等待的信心。反观新时期以来的文学创作,"五七族"、知青作家、"反思文学"、"寻根文学",均有一个对作家自身生命历程"反刍"的过程。相比描写当下的"改革文学",回顾历史的作品总是写得更深沉一些。也许,只有等到青春期的躁动平静之后,真正透视青春期的好作品才可能出现。人到中年,也许才能够对青年时代有更加深刻的体悟。"曾经沧海难为水,除却巫山不是云"不正是古人回首人生所发出的感慨吗?

"50后"的顾长卫,在与张艺谋搭档多年后,终于走向前台,执导了电影《孔雀》。这位摄影出身的艺术家身手不凡,出手即有国际反响,影片获"第55届柏林电影节评委会大奖"。静观《孔雀》,你可以感受这一代人对青春岁月的回首、体悟、感叹、惋惜,并由个人的伤感情绪上升为对特殊时代特定空间人性的深度开掘。影片随处晃动着导演本人的影子,顾长卫的"童年视角"仿佛就是诉说自己,没有20多年的"反刍",没有20多年的"剪不断,理还乱",他能够如此冷静,如此深刻吗?

让我们再读一读2003年诺贝尔文学奖得主、南非作家库切的《耻》吧,读一读2004年诺贝尔文学奖得主、奥地利作家耶利内克的《钢琴教师》吧,其实中外艺术家的心都是相通的,因为人性相通,从《孔雀》《耻》《钢琴教师》中,你都能够清楚地知道童年与青春的记忆在大师那里是如何转化为一生写作的宝贵资源,是如何转化为对人类对人性深且广的忧虑与思索。哦,艺术的标杆呀!既然名为"实力派"的"80后"作家愿意向大师看齐,既然你们渴望写出文坛认可的作品,那么,请对你们所拥有的特殊文化背景和写作资源,既充满自信,又深怀戒心吧!

(原载于《文艺评论》2005年第3期)

# 论"80后"文学的"另类写作"

在传媒呼风唤雨的时代，"另类"大行其道。大众传媒的过度曝光，使"另类"不但消退了神秘的色彩，而且由于司空见惯反而变得不那么"另类"了。传媒近于疯狂地对"另类"进行抽脂整形美容，炫眼夺目般的包装、流水线式地成批生产，使之迅速走向市场指向利润的同时，导致肤浅化与消费化。"另类"正在成为一个"语词陷阱"，其意义的捉摸不定使我们不得不怀有戒心。由此看来，将"80后"文学的部分作品归类为"另类写作"，是不是多少也有些理论上的风险呢？还是让我们开始一次尝试性的探讨吧——

## 一、"另类"是什么？

"另类"是什么？一个大大的问号！

"另类"首先是一种"出格"的形态表现。

在充斥传媒的"另类服饰""另类化妆""另类艺术""另类音乐""另类建筑""另类文学"名目下，各种奇异的表现形态纷纷亮相，它们一个共同点就是"出格"——反常规、反传统、反主流社会。它们剑走偏锋，逸出轨道，不在人们惯常视野中，甚至挑战你的接受极限，让你感到新鲜、惊奇、刺激乃至反感和愤怒，总之一句话：它就是有意"出格"和大众不一样！

其表现形态也有深浅之分，个体与群落之别。生活中的一件有意裁剪得破破烂烂的牛仔服，一个闪闪发光的白金鼻饰，一对超大型的怪诞耳环，一头爆炸式的染红短发……可以视作个体与潜在的表现形态；蓬乱的、染成黑色或彩色的短发，褴褛的、带安全铆钉的丁字衫，牛仔裤、钢刺护腕，狗的项圈或缠在脖子上的链条，拿着人标志作为徽章，还有一只老鼠作宠物……这是朋克群落里年轻人的装扮。1968年，"嬉皮士"从朋克中出现，他们更是穿着一反传统服饰，追求怪诞奇特的装扮：蓬松的大胡子，不论男女，头发都乱糟糟地披在肩上，佩戴大量首饰，脸上装饰花纹……这是20世纪60年代西方各国年轻人的群落，他们显然拥有较个体更为鲜明的群落特征。

"另类"其次是一种观点和精神。

无论是20世纪被官方及文化界命名的"垮掉的一代"的美国青年，还是遍及欧美各国的朋克或"嬉皮士"群落，他们的意义绝不仅止于表面的装扮，而是拥有有别于主流价值观念的一整套"另类"的标准和规范，说穿了，也就是一套非主流的、"另类"的价值观念和文化精神，是以他们殊异的生活方式昭示一种"另类"的精神。

"另类"同时也是一种时髦和时尚。

由于时髦、时尚本身吻合了人类亘古不变的逐奇求新的心理，因此，凡是文明历史以来，崇尚时髦的欲望历久不衰，时尚的表现也是层出不穷，其中"另类"成为时髦、时尚的重要内涵和主要支撑。回首历史，逢天下大乱、纪纲紊乱之际，遇社会进步自由宽松之时，就是"另类"蓬勃生长的大好机会。中国古代社会所谓"乱世冠巾杂"与"盛世奇妆出"，都是很好的例子。到了现代，由于看中时髦、时尚的消费性与商业价值，"另类"更是借东风扶摇直上，飘荡于消费的天空。看看来势汹汹的互联网，就是"另类"起舞的最佳空间之一，"另类"借助各种传播力量，在市场利润与人类心理的牵引推动下，迎来了它前所未有的黄金时代！

简而言之，"另类"是一种复杂多变的表现形态，是一种受时间和空间限制的概念，但其本质精神是共同的，即保持与主流、传统不同程度的对立。"另类"作为一种精神，与中世纪禁欲主义、人文主义、文艺复兴、启蒙主义、青年文化与青年运动，都有着千丝万缕的联系。归宿有三：或短命消亡，或融入主流，或挑战成功蔚为大观。其对人类、对历史、对文明的影响，或消极，或积极，或难以界定，或兼而有之。

## 二、"80后"文学的"另类"表现

"80后"文学自诞生之日起，就表现出不同于传统主流文学的多种创作观念与作品形态，论它的"出格"明显可见，在"80后"文学系列之首，我对韩寒、春树等"另类"作品的定义为"带有年轻人叛逆精神的作品""属于所谓青年'另类'文化和叛逆精神的偶像""说通俗一点，'坏孩子'是'另类'，基本归属'80后'。"①半年后的今天，随着"80后"写手队伍的分化，命名的严格区分已不那么重要，因为无论是"坏孩子"，抑或是"好孩子"，依据上一节的理论判断，"80后"的作品普遍具有别于主流文学的"另类"因素。不妨从以下几个关键词入手，结合文本探讨"80后"文学的"另类"表现。

第一是"焦虑"。凡是带有自我倾诉型的"80后"作品，大多透露出一种深深的焦虑，一种发自内心出于生命体验的焦虑。春树的两部长篇最为典型，《北京娃娃》《长达半天的欢乐》显然带有自传性质，对于这一点，春树在接受媒体采访时也坦然承认。作品中女主人公在失学后的生活中，几乎时时处于一种焦虑的状态之中，生活漂荡，精神彷徨，天天无所事事，青春日日虚度。

表面颓废，内心焦虑，是春树笔下北京少女与韩寒笔下的中学生形象的共同特点。《三重门》主人公林雨翔的日常行为远不如春树的北京少女"另类"，但其内心对教育制度的抵抗却相当顽强。李傻傻《红×》的主人公更是在生存的焦虑中动刀杀人……

20世纪90年代，中国文学处于彷徨的转型期，恰于此时，"80后"文学趁势而上。"80后"文学与"80后"一代同样面对的是中国社会的转型期，转型期的一大特点就是社会的方方面面，从生活到精神都处于剧烈的变化之中，在这样的"失范年代"，每个人都处于激烈的震荡之中，惶惑、彷徨、无所适从。传统东西不灵了，新的规范尚无建立，精神无所依傍，行为也随之失范。加上市场竞争加大了"80后"求学的压力，作为小康社会中年轻学生最大的生

---

① 江冰：《试论80后文学命名的意义》，《文艺评论》2004年第6期。

存障碍，它同时也是父母社会强加给年轻人生存预备期训练自己的唯一途径。巨大压力所导致的挫折感、压抑感也进一步加剧了年轻人的普遍焦虑，价值观的断裂与分数教育的高压构成了"80后"的双重痛苦。于是，文学这种被弗洛伊德称作"白日梦"的写作行为，也就成了焦虑心态的直接宣泄。

第二是"自由"。一边是焦虑，一边是对自由的向往，尽管"80后"并不一定清楚自由的概念到底是什么，但他们借文学倾诉，表达向往自由、渴望理解、寻求慰藉的强烈欲望。米兰·昆德拉说过："青春是一个可怕的东西：它是由穿着高筒靴和化妆服的孩子在上面踩踏的一个舞台，他们在舞台上做作地演着他们记熟的话，说着他们狂热地相信但又一知半解的话。"①"秀"与"说"构成"青春写作"与"青春阅读"的两大特点。这样一来，"80后"写手的撒娇与"愤青"情绪也就不难理解了。压抑之下需要释放，焦虑之中需要倾诉，"80后"有幸找到了最适合方式——互联网时代的新媒体和新渠道。

比如手机短信、"博客语文"、"MSN语文"。手机短信已随着手机的普及如水漫金山弥漫到全社会。人们可以迅速地、低成本地享用那些原本上不了台面的、与宏大叙事沾不上边的、不成体统、谐多庄少、对社会秩序道德礼制有所调侃揶揄，属于随意、即兴、民间、边缘——一句话，就是有点"出格"的言论。"博客语文"是只说私事，不言公事，是"公开的情书""大白于天下的私人日记"。"木子美事件"为博客网站做了一回面向大众的广告，其效应足令任何广告客户妒忌。"人在江湖飘，哪能不发骚"，一位网友的留言恰好道出了"文青""愤青"和城市白领的共同心声。难怪在学者的眼里，博客空间被视为"个人性情展销会""自恋集中营"，而"博客语文"则被称为一种自恋的、炫技的、少戴面具的、任性撒娇的与率性直陈兼容杂糅的语文。"MSN语文"是网上即时聊天的一种文体，在"相见恨晚"与"百感交集"的心绪中，尽情倾吐的急迫与"打字速度"之间的反差，居然衍生出一种时髦，即在"MSN语文"中，海量错字不但没有成为一种交流障碍，反成网民们热衷的网络时尚，尽情地"错"，即兴地"错"，居然由此生出一种前所未有的快感。透过冰凉寂静的网络，你仿佛能感受一种火热，美女被写成

---

① 《青春的第三种救赎》，文化先锋网：www.whxf.net。

"霉女"，帅哥被写成"衰锅"，驳杂的口音泛滥，汉语的规范被颠覆，"圈子"外的人如看天书："偶稀饭滴淫8系酱紫滴"（意为"我喜欢的人不是这样的"），还有"偶稀饭"（我喜欢），"粉稀饭"（很喜欢）之"口音"居然已成为"MSN"上的"语法"和"行规"。[①]

这真是一次网络语言的狂欢，"80后"在这一狂欢的背景下表达对自由的向往和追求。新的媒体不仅提供了"80后"的倾诉平台，而且迅速地成长为一个自由表达的空间，在中国这样一个古老传统的国度里，这一"自由空间"的出现是历史空前的，其意义之非凡很难用几句话论定。明乎于此，"80后"文学的"另类"表现——无论是情绪表达，还是文字风格的特点，都可以找出一些注解。

第三是"崇尚品牌"。"80后"眼中的品牌主要是符合小布尔乔亚和城市白领、中产阶级趣味的各种现代产品，当然，也多数属于"舶来品"。南方报业传媒集团主办的《城市画报》一向以新潮小资著称，是城市青年白领的心仪刊物。《城市画报》将崇尚品牌的青年一族命名为"新贫贵族"，颇有意思。编者是这样描述的：与从前那些勒紧裤腰带买回名牌套装以应付职场需要的男女不同，"新贫贵族"的消费更多的是为了表达自己的专属品位，而不是凸显身份，或是应对社会压力，更不想建立什么高人一等的贵族感，他们有意无意地抹杀了传统奢侈品的隆重感，转而青睐所谓的"Street Fashion"，又或者，索性贯彻"High Street Fashion"精神，即将传统的奢侈品牌街头化——这些昂贵的顶级奢侈品被"新贫贵族"们混搭得崇高感全无。一到周末，这些"新贫贵族"便脱下千篇一律的校服或刻板的套装，换上有强烈个人风格的街头服装，以各种姿态出现在北京、上海、广州这些中心城市的街头。对他们来说，奢侈品就是必需品，穿一条3000多块的指定品牌牛仔裤对他们而言，比吃一顿山珍海味，或者睡在高床软枕更有意义。

"新贫贵族"的主体是一群生于20世纪80年代的年轻人，在崇尚品牌的他们看来，重要的是建立属于自我风格的"LOOK"（外观），消费的不仅仅是T恤、牛仔裤、鞋、包、手机乃至越野车，而是这些品牌后面的文化。值得

---

① 黄集伟：《2004语文观察报告》，《南方周末》2004年12月30日。

注意的是，"新贫贵族"对"圈子"的认同，因为他们需要在同一"圈子"里被认同，同样欣赏的新奢侈品具备了情感亲和力，就像春树笔下诗人与摇滚乐手圈子里的男孩女孩也有着相同的情感基础。[①]

类似的与物质消费相联系的情感因素的社会现象在20世纪并不陌生，70年代欧美嬉皮士就用自己特定的趣味和模式对奢侈品进行"另类"的选择、过滤和诠释，用以表达自身的"LOOK"并以此实现对于主流的抵制。从青年文化的角度看，物品都是一个隐喻，年轻人以"另类"的形式表达自己。联系到"新概念作文大赛"获奖作者写作资源和文化背景的庞杂，不难看出"80后"写手逸出传统视野，对21世纪"世界视野"目力所及所有品牌，包括精神层面到物质层面的产品的"照单全收"。来自国外强势文化的文化与物质产品，给予他们一种超乎寻常的丰富想象，于是这种想象的产物也就顺乎逻辑地使"80后"文学具备了有利于中国传统的"另类"品格。

## 三、"另类文学"的轮回与前景

从2005年往前推二十年，正好是1985年，有三部作品可以视作青年"另类文学"，倘若与今天我们所检视的三部长篇小说摆在一起比较，让人不由地生出感叹：二十年文学的一个轮回！试比较分析如下：

刘索拉：《你别无选择》VS春树：《长达半天的欢乐》；

徐星：《无主题变奏》VS韩寒：《三重门》；

陈村：《少男少女，一共七个》VS李傻傻：《红×》。

刘索拉的《你别无选择》在当年影响不小，近于轰动，批评界毁誉参半，美学家李泽厚说是他所读到的"中国第一部真正的现代派小说"。女作家描写的是中央音乐学院作曲系学生的生活，虽然貌似"另类"，但骨子里仍属于文化精英，学生们抵抗的只是守旧势力的代表"贾教授"。到了少女作家春树的《长达半天的欢乐》，描写的人群就大为不同，属于被主流社会边缘化的"中国朋克"一群。他们的对手就不仅仅是一个"贾教授"，而是整个主流社

---

① 杨凡：《新贫贵族》，《城市画报》2005年第7期。

会的不认同，因此，春树的作品也有被主流媒体始拒绝后宽容的一个接受过程。春树笔下的主人公似乎没有回到主流的意思，而在刘索拉的作品里，结尾是庄重而光明的，表达"另类青年"重返主流的愿望。

　　徐星的《无主题变奏》甫一面世，即被1985年的文坛认作彻头彻尾的"另类"，主人公毫不忌讳"代沟"在人生中随处可见，他大胆地嘲弄现行的一切成才之路——因为那些是使他感到压抑的社会所规定的人生程序。他虽以"痞小子"姿态反主流，但他的思考路径似乎仍然属于知识精英，著名西方哲学家费尔巴哈的一句话让"我一直琢磨至今"，什么话？有一点深奥，"人没有对象，就没有价值"，尽管徐星比刘索拉更"另类"，作品人物走得更远，对传统成功标准、青年人的"自我设计"更加不屑一顾，但他依然带有几分文化精英的贵族气。《无主题变奏》的开头与《你别无选择》的结尾异曲同工，依旧呼唤一种并非反传统的理想，因为当年的徐星"还持着一颗失去甘美的种子"，他的希望仍然是"待生命的来年开花飘香"。相比之下，韩寒以他个人的言行及作品则更为决绝地拒绝了现行的大学制度，《三重门》的主人公林雨翔几乎就是韩寒的代言人，他的生活中只有障碍和挫折，也似乎已经放弃了对主流的回归和认同的可能。韩寒最终成为一名赛车手，其职业选择也有很强的象征意味，从人生姿态上说，他与春树确是"80后"文学中"另类"的代表。

　　陈村是十分庄重和有使命感的小说家，但在1985年他居然也写出《少男少女，一共七个》这样"另类"的青年小说，令人有些惊讶。作品的意向浅显，但对延续至今的高考制度的抵触，我们在李傻傻的《红×》中也可以找到呼应。七个少男少女没有一个想真正刻苦读书，他们偷东西，卖西瓜做生意，骑摩托兜风，当裸体模特，谈情说爱，未婚同居。他们糊弄父母，嘲笑大学，试图摆脱父母，却又无法自立。二十年后李傻傻的《红×》表现的也是相似的求学生活，只是更加"另类"，更加欲望化，更加具有人生挫折感。人物变了，但相近的青年成长环境并没有因为岁月而改变！

　　真是一个轮回呀！历史也确有惊人的相似之处，但我宁愿相信似曾相识的河流下面毕竟有着不同的河床。"80后"的文学创作显然比刘索拉、徐星、陈村他们走得更远，21世纪提供的文化视野与人生经验毕竟比二十年前要宽广、深刻一些。但是，这并不等于说，"80后"文学的"另类写作"达到了怎样的一个精神高度与艺术深度，相反，我认为，这一派代表青年叛逆精神的作品只是刚刚起步，"另类"的青年生活经验如何提升，还需要更加深刻的洞察力，同时也需要更加精湛的艺术手段使之成为属于中国"80后"一代的经典。"另类"是一个很好的跳板，但不等于成功，不过，时代的飞速发展，的确又为"另类"的生长提供了良好的空间。因此，我们有理由对"80后"文学"另类写作"怀有期待，因为，青年总是希望所在。

（原载于《文艺评论》2005年第4期）

# "80后文学"的文学史意义

信息的爆炸、节奏的加快、媒体的炒作，使得种种社会事件发生的密度加大，而密度的加大又导致人们关注点的急速转移，例证之一就是网络流行语的快速更替，每个关键词的寿命都在不断地缩短，以至当代人对时间的感觉也在悄然变化：悠闲消失，紧张突出；记忆淡化，遗忘加快；昨天发生的事仿佛久远，因为又有层出不穷的事件迎面扑来。日子过得太快了，而且越来越快！光阴似箭已成日常。在这样一个时代背景下，谈"80后"文学的文学史意义，我们或许可以提供话题合理性的两个例证："80后"是网络流行时间最长的关键词之一，这也说明其内涵与内存之强大；时间密度的加大与网络传播的加速，既加快了文学形态的形成，也使它具备了极大的社会扩张力与影响力，从而也增添了史的意义。

## 一、凸显文学的"代际差异"

"80后"不仅是指20世纪80年代出生的一代，更是一个代际的符号，一个文化的符号。其代际意义特殊：文化"断裂"的一代；从印刷文化向数字文化过渡的一代。前无古人，后无来者。文学的代际差异与每一代人的自恋情结一向有之，但"80后"文学由于上述两点代际特征，其意义也就显得非同寻常。

五年前，我在论文中曾经这样描述："在这个急剧变化的年代，代际差异凸显，一条条代沟无情地将50年代生人、60年代生人、70年代生人、80年代生人隔离在彼此的河岸。'十年一代'正是中国当下社会的现实，而'80后'的青年文化正是以精神层面上的某种'断裂'以及价值观的全面'裂变'

为标志的。在'80后'的青年文化中，全球化、现代化、后现代、网络化、消费化、大众化共同构成一种真正的'无主题变奏'，而在他们日常生活中亲密接触的网络、武侠、动漫、手机、随身听、咖啡厅、party、摇滚乐、前卫电影、网恋、足球、明星、文身、名牌、任天堂、俄罗斯方块、圣斗士以及VCD、DVD、MP3、掌中宝、数码相机……那些只有他们自己听得懂的网络语言，那些令他们自我欣赏自我陶醉的手机短信和图片传送……"[1]

今天，当21世纪的第一个十年即将过去之际，我观察"代际差异"的角度已经不仅仅限制在文学或文化的角度，站在"80后"一代的立场上，我们不难看出他们与我们——上几代人所面对的人生命题也在发生变化，如果说，"50后""60后"乃至"70后"人生轨迹已经由社会事先做出了某种预设的话，那么，"80后"进入社会，或者说成人之时，预设的力量日益衰微，预设的前提渐不存在；如果说，前几代人是在摆脱预设中挣扎，那么"80后"则是在既定轨道消失后的茫然无措。市场化使所有职业重新洗牌，大学生不包分配，社会保险形同虚设，大众媒体极度扩张，信息泛滥成灾难以选择，环境污染食品污染，城市房价节节攀升，生存压力增加，生活成本加大，生活风险提高。更为重要的是价值观的混乱，你找不到北！从前你是别无选择，今天你是无法选择！幸好还有网络，但网络无边无际，又从另一个方面加大了选择的难度。

假如与"80后"进行一下"换位"，我们还会发现一个关于"身体"的观察角度，即人类的身体如何面对急速变化的自然环境与生活方式。20世纪对人类来说是大飞跃的世纪，其中最为重要的一点就是科学技术的大发展，但负面的影响也很大，30年前未来学家的预言几乎都成事实。事实在催促我们做出思考：当我们"改变"世界的同时，身体也在被"改变"，值得追究的是这种"改变"有没有一个极限？专家在疾呼这个危险的极限——人类的身体已经不再适应今天的世界，人类的世界已经产生了极大的错位！关键是此种错位对于青春期的"80后""90后"来说，伤害更大！一个非常醒目的事实就是社会

---

[1] 江冰：《论80后文学的文化背景》，《文艺评论》2005年第1期。

心理成熟与身体成熟之间的错位。①了解了这一点，也许可以使得我们在理解"80后"乃至"90后"方面多一些宽容：新生一代的生存命题并不比上几代来得轻松！

在春树的长篇小说《长达半天的欢乐》中，我们其实可以透过狂欢看到青春的落寞与茫然。春树笔下的女主人公春无力，在与情人们的交往中并没有获得热情与快乐，生活中那些依稀的美好与纯洁已成虚幻。她恐惧孤独，而恐惧的结果就是变本加厉地寻求狂欢，她从不后悔一次次短暂的交往与分手："我们已经上路，我们过着愚蠢的青春，我们乐此不疲。"小说最后一章，春无力死在了朋友小丁的刀下。生命的茫然于此达到巅峰，但希望并没有完全泯灭，恰如春树诗句所言："洗掉文身，你就是一个干干净净的人。"身体的狂欢与心理的寂寞是春树——也是不少"80后"作家——表达的文学人物的常见境况，这既是社会心理成熟与身体成熟之间的错位，也是我们社会的一个错位。

我们还可以看到，由于时代的动荡所导致"代沟"的凸显，每一个时代的人们在今天都表现出空前的自恋，这也许是中国文学在21世纪的一个特殊现象。大家都想为自己一代人建一座纪念碑，几乎到了形成"集体自恋情结"的地步，老三届、新三届、知青一代、50年代生人、60年代生人、70年代生人，不胜枚举。媒体更是推波助澜，不停地撩拨培育每一代人的"自恋情结"，多么有趣又有意味的文学现象！然而，应该感谢"80后"，正是"80后"的横空出世，让"50后""60后""70后"都进入了文学与社会的视野，真是"十年一代"啊！中国文学的"代际差异"空前凸显，涉及创作、传播、观念、实践等多个方面。

## 二、携手互联网：拉动文学变革

新媒体成就"80后"，"80后"丰富新媒体。网络空间保证"80后"行

---

①　［美］彼得·格鲁克曼、［英］马克·汉森、［英］温斯顿勋爵：《错位：为什么我们的身体不再适应这个世界》，李静、马晶译，上海科学技术文献出版社2009年版。

使他们的文化权利；网络空间形成"80后"的集结地与大本营；"80后"文化追求与网络精神沟通吻合。"80后"及其后续"90后"在改变中国的文化结构与民族性格的同时，其作为代言的文学创作，也拉动了当代文学的全面变革。

需要再次强调的是：没有互联网，就没有"80后"；没有网络，就没有"80后"文学。与"80后"的横空出世相比，文学其实只是很小的一个部分，而且在"80后"看来，文学在这里主要是一种代言，恰如福柯所言："在我们这样的社会中，基本上也是在任何社会中，有许多种权力关系渗透到社会机体中，确定其性质，并构成这一社会机体；如果没有某种话语的生产、积累、流通和功能的发挥，那么这些权力关系自身就不能建立、巩固并得以贯彻。如果没有一定特定的真理话语的体系借助并基于这种联系进行运作，就不可能有权力的行使。我们受制于通过权力而进行的真理生产，而只有通过对真理的生产，我们才能行使权力。"①确认了这一点，就不难理解"80后"文学对主流文学的全面拉动。

首先是文学传播方式的改变。21世纪最重要的特征：信息化、全球化、网络化。确立上述特征的一个基础就在于人类传播方式的改变，网络传播不但改变了人类的社会结构，而且以动摇传统固定空间领域为前提，造就了全新的文化空间。这一点在今天的中国表现突出，一个开放而多边的网络，正在形成一个既虚拟又现实、双向互动的文化空间。

我们不能忽视一个巨大的不断增长的数字，因为在这个迅速壮大的人群中已经矗立起了一个与现实社会相对的网络空间。2008年底，中国网民数量达到2.98亿，互联网普及率为22.6%，首次超过了21.9%的全球水平。而据最新的中国互联网络发展统计报告公布，截至2009年6月30日，中国网民规模达3.38亿，宽带网民达3.2亿，手机上网用户达1.55亿。中国青少年网民规模为1.75亿人，半年增幅5%，目前这一人群在总体网民中占比51.8%。调查显示，81.6%的网民对网上办事节省了很多时间表示认同，77.5%的网民觉得生活离不开互

---

① ［法］福柯：《两个讲座》，转引自［美］马克·波斯特《信息方式》，范静哗译，商务印书馆2000年版，第120页。

联网，网络已经深入到人们衣食住行的方方面面，广大网民也感受到了网络带来的生活便利。此外，随着互联网对人们生活日益深入，互联网给人们带来心理上的距离感即社会隔离也逐渐增大。34.4%的网民感觉到互联网减少了其与家人相处的时间，而由于使用互联网感觉更孤单的网民也增加到了22%。调查显示，目前有16.4%的网民表示一天不上网就感觉难受，也有17.4%的网民觉得与现实社会相比，更愿意待在网上，平均每6个网民里有1个有上网成瘾的倾向。毫无疑问，网络业已成为"80后""90后"生活的"第二生存空间"。

需要特别谈到的是网络空间的"虚拟体验"。专家预见：在不久的将来，每个人都会拥有现实与虚拟的两个身份，可以自由地出入现实与虚拟的两个生活空间。而网络虚拟的出现将会对我们的生活乃至人类的文明产生近乎颠覆性的影响。这一点，对于"80后""90后"来说，已经成为现实；但是，中年以上的人群对此却相当陌生。数字鸿沟在此直接转化为"代沟"。隔岸观火，握有话语权的中年人群常常对"80后""90后"使用网络的行为大感不解甚至大光其火。其实，这种"数字化代沟"不应轻易上升到意识形态的层次去对待，需要的是包容态度下的学习与理解。家长们极易将其划入网络游戏，管理者也会视其为"网瘾"的源头，文化人又可能将它视作"去经典化"的后现代行为。我以为，对虚拟世界存在的合理性以及有益性的质疑，还要持续相当一段时间，这也并非异常现象。

问题在于"80后""90后"人群已经身处其中，数字化的环境已然是生活的有机部分，不可或缺，与生俱来。虚拟世界与虚拟体验，为青春写作与网络文学提供了不同于传统文学的全新体验空间，几个亿的网民在网络生存的"第二人生"空间里成长，形成一种你无法忽视的阅读经验与认知方式以及对于"虚拟体验"的强烈欲望与诉求，同时，这也意味着人类新的审美方式与审美习惯的形成——比如空间界限的模糊、时间长度的消解、历史时空的穿越，等等。也许，庄子"逍遥游"的境界、"封神榜"众神的演义可以帮助我们去联想那种完全自由的天地。由此来看，"80后"文学的两个表现形态——纸媒为主的青春写作与新媒体为平台的网络文学，与传统文学并非仅仅是共荣并存的现状与前景，而是一时代有一时代文学的问题。

明乎于此，"80后"文学对传统文学全面变革的拉动也就可以理解了，其态势岂止是侵入与渗透。我在2008年、2009年两个国家社科基金课题所开展的大面积社会调查中可以深刻地感受到"80后""90后"文学体验方式的变化以及"虚拟世界"的深刻影响。从郭敬明的《幻城》，到网上大批的"历史穿越"小说的出现以及他们受欢迎的程度都可引为例证。

## 三、结语："另类视角"提供新的文学经验

文坛以接受"80后"代表作家和"拥抱网络"两种行为，表示对于"80后"文学的亲近姿态，所谓"传统文学、青春文学、网络文学：三分天下，平行发展"的新格局说法也渐被认可。但在我看来，冲突与妥协的结果，并非简单的融合，"80后"文学也并非只是作为一种流派此消彼长，关键还在于"80后"文学将为中国当代文学带来"新质"的多种可能性，而我看重和强调的即是"新质"。

我在论文中曾经写道："80后"文学欲以自身独特的创作成就取得应有的文学史地位，就必须逾越青春资源、都市生活、网络空间这三大标杆，否则，即可能成为喧嚣一时，过眼烟云的文学现象，而不能造就属于"80后"一代人独有的文学纪念碑。[①]今天看来，它们既是标杆，也是特点和优势。在韩寒、郭敬明、张悦然、春树、李傻傻、颜歌、笛安以及唐家三少、饶雪漫、明晓溪、郭妮、尹珊珊、安意如、我吃西红柿等一大批纸媒与网络写作的"80后"作家作品中，我们都不难看到他们与传统主流与纸媒作家迥然不同的题材、角度、技巧、风格、观念，也许根本的差异还在于体验世界的方式与人生价值观的不同，这里肯定不仅仅是年龄差距的问题。而所有的不同，我暂且都称为"另类"，目前可以得出的结论是："另类"的网络时代、"另类"的青年形象、"另类"的生存空间，为我们提供了"另类"的文学阅读经验。我们可以批评"80后"作家写手们的浅尝辄止、经验虚拟、类型化的情景设置、日韩剧的模式影子、商业化的运作，但不可忽视的正是他的"另类"，属于"80后"的"另类"，吸引我们走进"小时代"，走进"他的国"，去欲望一把，

---

① 江冰：《终结80后文学的三大标杆》，《文艺评论》2007年第3期。

去"另类"一把！这既是一个"大鱼吃小鱼"的时代，也是一个"快鱼吃慢鱼"的时代，一切都在流动，一切都在变化，当我们的学者用"液体和气体"来描述时代，"轻灵与流动"便成为一种常态。①在我们阅读"80后"文学的时候，"流动的现代性"理论概括仿佛就在成为眼前的现实。"80后"文学的文学史意义也就是在这样一种历史语境中逐渐生成。

［本文为2008年国家社科基金课题"80后文学与网络的互动关系研究"（项目批准号：08BZW071）子课题成果，原载于《文艺争鸣》2009年第12期］

---

① 参见［英］齐格蒙特·鲍曼：《流动的现代性》，欧阳景根译，上海三联书店2002年版。

# 论“80后”文学

2004年，中国文坛最引人注目的一笔无疑是属于“80后”作家们的，“80后”文学也无疑成为2004年文坛最为瞩目的文学现象。

所谓“80后”，简单说来就是指一批出生于20世纪80年代、正在尝试写作的文学爱好者，他们代表着中国当代文学最年轻的力量。“80后”在写作领域里崭露头角的约有百十人，经常从事写作的大约有千余人，他们有一个专门的网站“苹果树中文原创网”，签约作者近两万人。这样庞大的一个写作群体，如果总在我们的视野之外，不是一种冷漠，至少也是一种失职。据北京开卷图书研究所近两年的图书市场调查表明，以“80后”为主体的青春文学书籍占整个文学图书市场份额的10%，而现当代的作家作品合起来，也就占有10%。①这就是说，在当下的图书市场，他们和他们的前辈们是平分秋色的。对于受众如此之多、影响如此之大的写作群体，我们怎能够熟视无睹，不予关注？

## 一、“80后”文学的命名

不必讳言，美国《时代》周刊对“80后”的命名起到了推波助澜的作用，此后“80后”不但成为圈内圈外的焦点，而且成为一个正式取代其他称呼被广泛使用的命名。

2004年2月2日，北京少女作家春树的照片上了《时代》周刊亚洲版的封面，成为第一个登上该杂志封面的中国作家。同期杂志还把春树与另一位

---

① 《2004中国文坛风流榜》，《太原日报》2005年1月19日。

20世纪80年代出生的写手韩寒称作中国"80后"的代表。这一明确命名与定位，引起人们对20世纪80年代出生的一代文学写手以及他们的写作行为与作品的关注，关注迅速地从网络、从圈子上升至读书界、文学界。

（一）两个成长平台

假如以《时代》周刊命名为界，可分为"命名前"与"命名后"两个时期。

"命名前"的"80后"文学依赖两个平台成长——

首先是网络。可以说没有网络就没有"80后"。如今赫赫有名的"80后"作家，无不是早几年就驰骋网络的少年"骑手"，各人在网上都有一批追随者。不少人是在网上"暴得大名"，然后才由出版商拉向出版物，从而名利双收，获取更大声誉。比如春树，在2000年她17岁时写出《北京娃娃》的前后，就以"另类""出格"被列为用"身体写作"的"上海宝贝"卫慧的同类，引起广泛争议。比如李傻傻，其作品专辑被新浪、网易、天涯三大网站同时推出。网络成了这批少年作家宣泄、倾诉、表达欲望的平台和自由成长的空间。更为重要的是，网络正好是20世纪80年代出生的这批年轻人共同的空间，为他们提供了成长的土壤及庞大的读者群。

其次是《萌芽》杂志。在目前中国的文学杂志极不景气、难以维持的情况下，《萌芽》杂志成功策划了"新概念作文大赛"。"80后"代表作家中有相当一批是"新概念作文大赛"获奖者。比如，韩寒是1999年首届"新概念作文大赛"一等奖得主；郭敬明是"新概念作文大赛"第三、第四届一等奖得主；周嘉宁、张悦然、蒋峰、小饭等都是"新概念作文大赛"一、二等奖的得主。"新概念作文大赛"富有创意地整合了多种社会资源，巧妙地利用了现行大学招生制度以及广大考生与家长的心理，既相左于当下"分数教育"的呆板，为少年写手尽情挥洒才华找到了一个宣泄出口和展示平台，又因大学的介入获得高考优惠待遇而形成有大回报的激励，抓住了广大中学生及学校的"利益点"和眼球，并能迅速地连接市场，"80后"的写手们借此台阶平步青云，进入文坛。

在青春少年已成气候之时，《时代》周刊的介入，"80后"文学在"命名后"的迅速崛起与集体登场，也就是水到渠成的事了。

这一"命名"也给媒体和出版界带来一次冲动，一些自许为"先锋姿态"的报纸急不可待地宣布"文坛已到了以'80后'为中心的年代了"。出版界更是看好命名后的巨大市场，期望在韩寒、郭敬明出版奇迹之后再创高峰。"80后"写手的作品大规模登陆。

（二）命名从争夺到抛弃

"80后"命名前后，关于谁能代表"80后"的争论异常激烈。但命名后的短短的几个月，"抛弃命名"一说出笼。

被称作"偶像派"的几位少年直接被冠名"80后"，也许出道早，知名度高，作品销量大的缘故，其态度相对平和。郭敬明表示："每个人写的东西都是千差万别，因为每个人的生长环境是不一样的。他笔下反映出来的世界始终是他自己思想下的世界……有些人喜欢按年龄来划分出我们这些20世纪80年代出生的写作者，称之为'80后'。'80后'其实并没有一个整体定型的风格。我和春树的风格是完全不同的……我个人认为'80后'这个概念本身就是不成立的。""有些人的作品有一定的高度和思想，但是有些人的写作纯粹是爱好，我觉得自己应该是后者。我在文学上没有过多的追求，我觉得就是一种生活习惯。"关于"谁是'80后'文学的代表"，郭敬明表示，20世纪80年代出生的人的写作各不相同，本来就不能互相代表。春树也表达了类似的观点："我讨厌当什么'80后'的代言人，因为我并不了解他们，当然也无法代表他们。"与此同时，她也相当自信，认为自己的写作是走在同龄人前列的，是"偶像和实力"的结合。①

"偶像派"之外的"80后"写手们反应快且尖锐。春树刚上《时代》封面，2004年2月17日，"新概念作文大赛"一等奖得主AT即在《南方都市报》发表了《谁有权力代表"80后"发言？》，对春树等人能否代表"80后"及"80后"文学提出质疑。文章被多家网站转载，争夺"命名"的话题急剧升温。自视为"实力派"的少年作家则态度激烈地自我辩护，张佳玮郑重陈述

---

① 黄兆晖、廖文芳：《80后文学实力派与偶像派之争》，《南方都市报》2004年3月11日。

道："请不要误会'80后'写作就是肤浅的，就是单一的，就是低俗的，就是孩子气的，就是商品化的，也请不要误会所谓文学就仅仅是叙述完一个故事、抒发一下感情、让人领悟人生的体式。"同时他有意将这些误解归咎于那些具有商业化色彩的写手。小饭甚至直指"偶像派"：如果人们印象中的"80后"文学就是传媒所宣称的这样，那是一件很丢脸的事。韩寒、郭敬明等人写的东西称不上文学，只是一些廉价的消费品，他们打着文学的招牌，却靠一些文学外的因素吸引注意，而这些被"偶像化"的写手，遮蔽了"80后"写作中富有创造力的部分，混淆了"80后"写作的真相。小饭和张佳玮一样，对"80后"的写作相当自信："我们接受的信息和阅读面都相当广，而且作品质量也是前辈在同一个年龄段所无法比拟的。""将来'80后'肯定会出现一些站在世界文学顶端的人，他们是无可替代的。"[1]

2004年7月8日，上海市作家协会召开了"80年代后青年文学创作研讨会"，代表作家蒋峰、小饭、陶磊及众多"80后"写作者，首次集体向评论界及文坛表示和韩寒、郭敬明等先期走红的"80后"划清界限，并表达自己对"80后"这一概念的反对。在随后的媒体采访中，李傻傻也明确表示："80后"的写作者要想真正地创作而不只是期待市场的宠幸，就必须抛弃所谓"80后"的概念。李傻傻甚至主张废掉"80后"概念。同样被邀请上中央电视台"80后"专题节目的作家李萌表示赞成李傻傻的观点，她认为在"80后"这个概念的掩饰下，那些媚俗的、浅薄的、不合格的文学产品也堂而皇之地装进了这个箩筐，这就使得人们对所谓的"80后"文学产生了偏见。[2]

为什么自我否定？而且在如此短暂的时间里忽然变脸？仿佛昨天还在争夺一面旗帜，今天却恨不得连这个代表席位都彻底取消！

道不同不相为谋？还是有人占了便宜，有人占不到？面对"80后"大群写手，"80后"的命名显然产生了不同的理解。是过河拆桥，升级换代，抑或是"公共汽车心理"：我得上，拼命往上挤，挤进了，人太多，其他人别上！或者更进一步，这车太挤，我得换辆新车！真是林子大了，什么样的鸟都有，

---

① 黄兆晖、廖文芳：《80后文学实力派与偶像派之争》，《南方都市报》2004年3月11日。

② 蔡达：《80后作家要求抛弃80后概念》，《南方都市报》2004年7月23日。

值得庆幸的是，"80后"如今有了比他们的前辈更大的选择空间。

## 二、"80后"文学的三大文化背景

作为中国进入21世纪社会发展阶段的特殊产物，"80后"文学成长期的文化背景值得探讨。我认为，以下文化构成当下"80后"文学的三大文化背景——

（一）网络文化：自由表达的生长空间

很难用几句话来评估和表述网络对于80年代生人的深刻影响，也许"影响"这个词仍意味着一种外在的进入，真实的情况或许更像"现实空间"与"虚拟空间"在网络中的融合，80年代生人正在这一空间中成长。他们有幸享用着全新的网络，毫无障碍地接受着网络文化的高科技性、高时效性、开放性、交互性以及虚拟性，而这些，在20世纪80年代（恰恰是"80后"出生的年代）新启蒙运动中成长的知识精英那里，却是陌生的、有隔膜的，更勿论知识精英所持有的传统姿态与价值观本身就与网络交互、平等的特性有所抵触。

中国知识精英从20世纪初直到今天所形成的心理状态，以及千百年中国文化传统所养育的表达习惯，使他们更多地将网络作为一个工具平台，而不像"80后"写手那般，将网络作为完全归属于自我表达的文化空间。简而言之，在文化精英那里，文本第一，网络第二，网络大多成为文本传播的平台；而在"80后"写手那里，网络就是文本，文本就是网络，他们的精神呼吸、欲望表达、思想观念如茂盛的野草，随时随地在网络的土壤里丛生。

从文学创作的角度来看，网络对"80后"文学的推动至少有两个表现：一是"零进入门槛"；二是"交互式共享"。

所谓"零进入门槛"，指的是网上的个人出版方式，即所谓"五零"条件：零编辑、零技术、零体制、零成本、零形式。任何人想进入文学领域，无须按照传统程序，就能达到发表作品的目的。①按照一些评论家的话，就是绕

---

① 方兴东、刘双桂、姜旭平等：《博客与传统媒体的竞争、共生、问题和对策——以博客（blog）为代表的个人出版的传播学意义初论》，《新闻与传播》2004年第2期。

开文学的CEO，传播学中的"守门人"不见了，文学传播开始了从大教堂式到集市模式的根本转变。在这一过程中，受网络学者方兴东等人竭力推崇的"博客"（blog）网站，催生出了"共享媒体"（WE MEDIA）和一种崭新的"交互式共享"①的讨论模式，为"80后"文学写手们带来了全新的文学体验和观念冲击。从"一对多"的传播，发展为"多对多"的传播，上网者能自由地参与到文学创作中，无障碍地沟通，快速、即时地阅读、反馈、创作，个人的传播能力得到空前的强化和扩张。

在传播障碍消失，"守门人"隐退的同时，文体的边界、道德的规范、观念的限制也随之松动，"80后"文学因此获得较传统纸介文学更大的自由度。"非主流的声音"频频出现，"众声喧哗"迅速形成浪潮。但在"个人的宣泄和表达"无约束的同时，文学中一些属于内核的东西也在被稀释、忽略乃至抛弃，文学作品在高速写作的同时，既出现了新质，同时也出现了"一次性消费"的"失重"。更值得深究的是由网络传播所引发的"80后"文学写手们艺术观念的变化，文学接受者阅读观念的变化，最终导致文学观念的变化。这些变化已对传统主流文坛，以纸介媒体为正统的主流文学构成挑战，具体形态研究远非本文所能展开，但当下的种种现象，已不容置疑地昭示网络文化业已成为"80后"文学最为重要的文化背景。

### （二）青年文化："裂变"的价值观念

观察"80后"文学的青年文化背景，使我回想起二十年前刘索拉的《你别无选择》、徐星的《无主题变奏》、陈村的《少男少女，一共七个》以及由这批作品所带动的一种属于青年文化的创作倾向。我曾把这一创作倾向命名为"骚动与选择的一代"②，将其特征归纳为反文化、反价值、反崇高和反英雄，在当时的批评界，这批作家的这些作品受到的评价，可谓毁誉参半，褒贬不一。二十年后的今天，这个并没有持续发展为蔚为大观的"短命"的文学创作倾向，其实更具有社会文化的意义，与其说它是"先锋小说"，不如说它是

---

① 方兴东、胡泳：《媒体变革的经济学与社会学——论博客与新媒体的逻辑》，《现代传播》2003年第6期。

② 江冰：《论80后文学的文化背景》，《文艺评论》2005年第1期。

青年文化在文学上的一次冲动。这种创作冲动之所以短暂，原因之一在于其创作尚缺乏属于青年独立性的思想和文化基础，在大文化背景下，亚文化群落尚未形成，除了青春期反叛的经验外，写作的独特文化资源不够，无力供给支流源源不断的原创力。

相比之下，"80后"文学显然拥有较深厚的青年文化基础。或者说，刘索拉、徐星一辈尚未从父辈和前辈的文化精神中分离出来，而"80后"则截然不同，价值观念真正而全面的"裂变"始于20世纪70年代生人，但迅速地在80年代生人中实现。在这个急剧变化的年代，代际差异凸显，"十年一代"正是中国当下社会的现实，而80年代生人的青年文化正是以精神层面上的某种"断裂"以及价值观的全面"裂变"为标志的。在80年代生人的青年文化中，全球化、现代化、后现代、网络化、消费化、大众化共同构成一种真正的"无主题变奏"，而在他们日常生活中亲密接触的是网络、武侠、动漫、手机、咖啡厅、party、摇滚乐、网恋、明星、文身、任天堂、俄罗斯方块以及DVD、MP3、掌中宝、数码相机……那些只有他们才听得懂的网络语言，那些令他们自我欣赏和陶醉的短信和图片传送……

让我们回到"80后"文学，对"新概念作文大赛"的作品作一次文本分析——

上海《萌芽》杂志2004年第3期公布"中华杯"第六届"全国新概念作文大赛"一等奖名单，并列出复赛赛题《我所不能抵达的世界》以及刘强、刘宇、刘宁三人的同题作文，另有两位一等奖获得者的文章：章程的《飞翔》、李正臣的《凌波微步》。

五篇作品给我一个整体印象：在作者的内心独白中透出强烈的诉说愿望和苦闷压抑下的激情释放，文字无一例外地才华横溢，介于抒情与说理之间，有西方文论的理性色彩，也有先锋小说的流风余韵，兼具象征意味、虚拟空间、意识流动，迷茫中的内心挣扎，质疑中的一份自信，思索、探询、叩问。少年作家落笔成文，倚马可待的才气，在华丽辞藻中回旋自如，在古今中外的历史空间中游刃有余。

他们洞察历史，穿越空间，评点名人，平视权威，毫不胆怯，毫无敬畏，更无仰视之态。作者的价值观若隐若现，变幻莫测，有时坚固如磐，有时如海滩沙难以把握。读书、心境、青春期的遭遇：苦闷、挫折、失恋多为抒情的起点。存在主义、结构主义、现代主义、后现代主义、马克思、尼采、黑格尔、卡夫卡、博尔赫斯、海德格尔、乔伊斯、萨特、达利、凡·高乃至李白、沈从文、郭沫若、张爱玲、阿城、余秋雨、贾平凹、李泽厚、棉棉等，都是他们探寻的对象。与其说他们是试图站在伟人的肩膀上，不如说他们是企图穿透伟人的心灵，用自己的方式去解说人类文明历程中里程碑式的人物，阐释、重构和解构。那些在他们眼中尚不入流的名人则遭到轻率的揶揄和嘲弄。

值得一提的是李正臣的《凌波微步》，金庸小说《天龙八部》中人物段誉所擅长的武功与精卫填海、明星乔丹、NBA竞技、中国围棋、儒家思想、姚明出场"一勺烩"，成一拼盘。文风如纵横捭阖的杂文，批判之剑横削竖挑，笔笔诛伐锋芒毕露，用意颇深，耐人寻味，于种种生活现象中生发出别致的道理，令人击掌！

倘若将五篇作品视为"80后"文学的一个标本的话，不难看出作者写作的几个特点：属于自己的青春书写；敢于质疑并评点一切的自信和狂放；写作资源的丰富和庞杂；无视文体规范和边界的洒脱。当然，我们也可用一组相反的词语进行概括：肤浅浮泛的青春书写；怀疑一切的相对主义；知识的拼盘与背景的庞杂；对传统文体的肆意颠覆，等等。

看待"80后"的文化背景，有两个结论可以明确：

第一，20世纪80年代出生的一批青年已初步具有了属于他们自己色彩的青年文化，这种文化由于同50、60、70年代出生的人存在明显的"代沟"而凸显，还必须承认，所谓"裂变"，是因为在全球化的网络时代，整个"语境"发生了根本的变化，不是"80后"精神层面出现断层，而是整个社会的价值观念出现了裂变。"80后"青年文化因此也拥有了较二十年前"骚动与选择的一代"更为普遍和深厚的社会文化基础。

第二，"80后"文学的文化背景，是一种丰富庞杂的文化，是一种在全球化语境下具有中国特色的动态发展的青年文化。莫言在对张悦然的评价中有十分精辟的观点："他们这一代，最大的痛苦似乎是迷惘。""这代青少年所接触的所有有关的文化形式，基本被她照单全收，成为她的庞杂的资源，然后在这共享性的资源上，经过个性禀赋的熔炉，熔铸出闪烁着个性光彩的艺术特征。"①

以莫言的概念放大至整个"80后"文学，乃至整个20世纪80年代出生的人的文化背景，可以看出，"迷惘"是他们前行探索的动力，"庞杂"和"共享性"的资源则是青年文化色彩斑斓而又个性突出的原因所在。

（三）大众消费文化：书写一种欲望

现在被我们统称为"80后"的一代作家，由于价值观念的"裂变"，原有社会所提供的"青春读书系列"供给线也戛然中断。依据惯性前行的青少年文学读物已无法对接80年代生人"精神断层"后的阅读期待，于是当年被评论家讥讽为新潮实验小说的"自己写、写自己、自己读"的"自我循环"境况在更大范围中成为现实，"80后"开始自己经营自己的精神家园。

80年代生人书架上文学书籍目录的变换就是明证。

从单纯明快承继父辈观念的《小朋友》《少年文艺》，到试图进入青少年精神世界的汪国真、席慕蓉的诗和琼瑶等海外言情小说；从郑渊洁的《童话大王》到秦文君的"中学生系列"以及铁凝、曹文轩等"主流作家"的少年小说……而对中国2.5亿少年儿童这个庞大群体的需求量来说，中国作家对这一"年龄段"的创作不但力量薄弱，而且供应量极少。传统"供应链"的终结可能发生在1998年3月——网络上出现了台湾大学生蔡智恒（网名"痞子蔡"）的长篇小说《第一次的亲密接触》。痞子蔡以平均两天一集的速度，从1998年3月22日到5月29日，费时两个月零八天在网络上完成长达34集的连载。海峡对岸，一位大学生个人的写作行为为"80后"文学带来了巨大的启示，《第一次的亲密接触》所具有的"轻舞飞扬"的风采，顿时折服了无数年轻的网民，迎合了他们青春的渴望，无数次的"亲密接触"由此发端，网络写作一发不可收拾。80年代生人终于在中国网络中造就了一次关于"青春书写"的文学运动。

这种"自我书写"直接满足了80年代生人的"阅读期待"——

春树：寻求"边缘化"的个人生活圈子的情感需求，以"另类"姿态张

---

① 莫言：《她的姿态，地的方式》，转引自张悦然：《樱桃之远》，春风文艺出版社2004年版。

扬自我；

韩寒：表达现存教育制度压抑下个人精神自由的渴求，以叛逆行为抵抗社会；

郭敬明：明丽的"青春忧伤"与亲情渴望，强烈地表达一种青春期的情感诉求；

张悦然：青春的迷惘与成长的疼痛，在美丽而迷幻的境界中讲述伤感的故事。

上述表达都十分贴切地叩响了成千上万青少年的心扉，为"青春期阅读"提供了生理的快感、审美的愉悦以及成长的答案。笔者曾就"80后"文学在300余名不同专业的80年代出生的大学生和一些中学生中做过问卷调查，有90%以上的学生阅读过"80后"文学作品，有80%以上的学生认为"80后"文学比其他作品更能安慰和愉悦他们，理由很简单：他们写的正是我们这一代人。一位17岁的女生在问卷中写道："非常真实的情感，能够引起共鸣，让人怀念青春的一切幸福的故事。社会对青少年的定义过于陈旧，在现实中，我们的心智远比大人们想象的成熟许多，我们无法与他们沟通，同时渴望一种认同，于是在'80后'的作品中找到了我们所需要的东西，郭敬明就是一个典型。"①

网络上追捧"80后"写手的庞大网友群，出版物上百万册的发行量，连续数月居于榜首的畅销书，"80后"的文学创作很好地形成了自己独立而完善的循环系统，可用以下两组公式表述：

表述一：作家→作品→读者→作家。

表述二：包装偶像→偶像作品→点击率与发行量→偶像走红。

"80后"写手网上作品受到热捧，"青春的叙述"获得热烈的反响，满足青少年的"阅读期待"，文学消费成功实现，网站因此成为热门，反过来激赏作家，并以现代方式进行"偶像包装"，广告推广，进一步刺激生产和消费。作家于是提供更多的作品，新的循环迅速开始，雪球越滚越大，"马太效应"出现，网络升温的同时，媒介转换成功，使文学资源转换为更大的利润。

---

① 江冰：《论80后文学的文化背景》，《文艺评论》2005年第1期。

在网络经营者和出版商眼里，"80后"的文学作品由于进入了"产品→销售→利润"的快车道，成为巨大的利润符号。80年代生人的"青春消费"与市场在此达成了一种默契，多边互动，同惠共利，皆大欢喜。谁是最大的赢家？自然首先是以大众消费为支撑的市场，其次是利益的分配。"北京娃娃"春树在接受央视栏目《面对面》采访时，就直截了当地回答了网络出名后出书的动机："我需要钱！""80后"写手们书写的"青春欲望"在某种意义上与"市场欲望"汇合，构成了21世纪中国社会的一道奇异景观。

## 三、"80后"文学的三个派别

### （一）"偶像化"写作

自"80后"文学浮出水面，"偶像"字眼如影随形，从网站写手的"偶像化"包装，到大小媒体的"明星式"运作，直至"偶像派"命名的出现，其存在已无可置疑。

就文学形态看，我们试图从以下几点描述"偶像化"写作的基本特征——

1. 追求形式的甜美。"偶像化"写作形式往往大于内容，优美轻灵的文字，奇幻飘忽的感觉，浪漫主义的风格，不求深刻但求动人的青春话语……所有这些都很容易使人联想到广告文案的创作公式——"KISS公式"，即英文Keep It Sweet and Simple，直译为"令其甜美并简洁"。在"80后"写手和身后的市场策划者那里，作品成为一件可意的商品，精心的包装向消费人群昭示："多么甜美动人呀！"打动人心也是偶像化作品传播的第一要义。

2. "青春偶像"的装扮。"80后"文学之前，中国的作家并非没有成为偶像的可能，但在此之前，必须有一个相当长的阶段：多年艰苦写作→作品巨大反响→作家出名→渐成偶像。即便成为偶像，也大多在相对狭窄的领域，因为文学作品在媒介中较之文艺、体育并无传播优势。但"80后"写手在网络崭露头角之始，就已自觉地装扮成"青春偶像"，从而大大缩短了出名的距离。

3. 扣住"青春"的书写。偶像化写作的内容，大都属于青年题材，并具有强烈的时尚色彩，作品主题多定位在当下青少年的"青春遭遇"。"偶像化"写作的一个关键点是紧紧扣住"青春"。因为扣住青春，也就扣住了人心；扣住了人心，也就扣住了阅读市场的命脉；扣住了市场命脉，也就扣住了"出名"和利润。

4. 商业化运作。在每一个成功的现代商业故事后面，大多有一个精心的策划。"80后"文学的迅速成长至少已是一个商业成功的范例。其成长的背后始终站着一批精打细算、用心良苦的商业策划高手。他们的策划从一开始就成功地跳过理念，按照市场运作的规律，在鲜明的商业意识的指导下，一步步地实现利润最大化的目标。包装郭敬明等人的辽宁春风文艺出版社，多年前就以"布老虎丛书"品牌营销成功，从而积累了运作品牌的丰富经验。"80后"文学偶像化的趋向，正是品牌营销和目标营销战略计划的一个具体实施环节。

在"80后"文学的写手中，以韩寒、郭敬明、张悦然三人的"偶像化"程度最高。

韩寒成为偶像的原因并不完全在于媒体的包装和炒作，除了他陆续写出的《零下一度》《像少年啦飞驰》《毒》《通稿2003》《长安乱》等作品外，他拒绝了复旦大学允许旁听的升学机会，靠自己的努力，成为一名职业赛车手，参加全国汽车拉力赛，拿了上海和北京的第四名。畅销书为他带来了大约200多万元的稿酬收入，他拥有属于自己的车子和房子，过着经济独立的生活，因此，被称为"开自己奥迪赛车的天才写手"。年轻、帅气、潇洒、写手、畅销书、赛车手、自己的房子、自己的车子、经济独立……几乎所有的因素都与时尚和偶像吻合。

郭敬明是继韩寒之后另一名走红大江南北的畅销书作者，也是"新概念作文大赛"一等奖得主。不过，他是让父母放心的"好孩子"一类，考进上海一所大学，边读书边写作。从"偶像化"的角度看，郭敬明的商业包装更加讲究，估计出版社也有了更多包装少年写手的经验，因为他没有韩寒"另类"的内核，所以"秀"的成分有增无减。

与郭敬明并称为"金童玉女"的另一位"偶像级写手"张悦然，其成长也具有"偶像化"的因素。14岁开始发表作品，"新概念作文大赛"一等奖获得者，考进大学并去新加坡留学，外形靓丽，一如其优雅的文字。充满小资情调的包装，一如其作品的时尚品位，虽没有韩寒、郭敬明那般"红得发紫"，却也在"偶像化"的路上名闻遐迩，春风得意。自从她以《葵花走失在1890》奠定地位之后，又有《樱桃之远》《是你来检阅我的忧伤吗》《红鞋》《十爱》等作品在2004年相继推出，并连续位居文学类畅销书排行榜前列。

### （二）"实力派"写作

2004年，著名作家马原——当年先锋派的骁将，拍马出阵，亲自操刀编了名为《重金属——80后实力派五虎将精品集》一书，并在序言中，逐一评价了李傻傻、胡坚、小饭、张佳玮、蒋峰五位实力派作家的作品。李傻傻的暗示意味、胡坚的智性写作、小饭的先锋意识、张佳玮的"意识流"以及蒋峰的文字精准，马原认为他们在各个角度上都达到了"80后"作家的最高水准。此书在"80后"文学发展历程中几乎成为正式宣告两派分流的标志性产物，意义非同小可。更为重要的还在于书名所暗含的价值取向，明褒实力，暗贬偶像，依然是艺术主流价值的观念在发挥潜在的作用。

让我们把目光回到文本。

先看李傻傻的《红×》。这部21万字长篇小说叙述了一位名叫沈铁生的问题少年的逃学故事。因打架与终日无所事事，被中学开除学籍，他不敢回家，选择在城市游走，一面与几位女孩周旋，与她们的肉体狂欢，一面竭力摆脱生存窘困：偷窃、游荡、做苦力。在躁动和迷茫中，体验苦闷的青春，最后为女友举刀杀人……

作品描写一个乡村少年到城市求学的生活虽真切，但整体上看缺乏一种"对立面"的对抗，整体感觉琐碎、平庸，少了生命的紧张和焦虑。主人公与自己的性欲对抗虽写得较细致，但在心理揭示上缺乏深度，很难由此展开"人之困境"。作者同时书写了乡村经验，触及"饥饿"主题，但在社会化和个人化的深度上都无法与莫言、阎连科等走出乡村的当代作家相比。他的"城乡接合部"经验也没有超出当代文学已有的经验范围，很难有新奇感和震撼力，倒是性欲对象涉及母女二人的情节与心理，有一点新意，但由于缺乏深度，容易与性欲、偷窃、打架、流浪等一同流于供读者消遣的"畅销因素"，从而走向

作品精神的平面化与娱乐化。

再说蒋峰的《维以不永伤》。这部25万字的小说围绕一桩少女奸杀案展开，借此描写了与少女毛毛关系密切的父亲、母亲、继母、情人杜宇琪及作为正义化身的警察雷奇。西方小说的圈套式结构设计，富有悬念；好莱坞电影硬汉警察诈死、对罪犯穷追不舍的情节安排，具有可读性。精心设计的故事结构，冷静的叙述，简练的笔法，自如的控制，显示出一种为小说而写作的职业才能。青春期不顾一切的自我宣泄在这里已被某种洞察给化解，作品似乎在昭示：蒋峰是把写小说当作人生使命来完成的小说家。然而，如此较高的评价恐怕只能限制在小说家的敬业精神上，因为深究下去，《维以不永伤》仍是一部可读但不耐读的作品，是一部技巧胜过内涵的作品，苛求一点说，主题不免流俗，艺术难有回味，更难论精神高度了。

最后说说张佳玮的《加州女郎》。这部15万字的小长篇给人的感觉像一杯稀释的果汁饮料，全书247页，但读至100页尚未真正展开故事，作者的思绪仍停留在对一条手机短信的"无限感慨"中。太淡，太薄，缺少长篇小说应有的分量：紧张、冲突、人物、情节、环境、心理……作品贯穿对《加州女郎》唱片的寻找，但此情节设计细若游丝，随风飘荡，难以凝聚成艺术冲击力。"犀角项链""唱片店主""异国男子A"等花费笔墨描写的人与物，均游离于主情节之外，结婚的人是谁？H是什么样的女孩？面纱迟迟未揭开，既然不是刻骨铭心的爱，何必如此长篇大论、虚无缥缈地伤感抒情？后记中，张佳玮提到福克纳和村上春树，这使笔者联想到《加州女郎》主人公试图用音乐家舒曼、克拉拉、勃拉姆斯的人生遭遇自比，作者与他笔下的主人公一样，自恋倾向明显。所谓"看齐大师"也只停留在自我标榜的表层，缺少生命的体验，缺少心灵的沟通，其实是无法进入大师的精神殿堂。

上述文本分析，也许近于苛评，但作为以"看齐大师"为口号的"实力派"，应当承认，他们远没有超出前辈。再苛求地说，他们距离中国当代主流文坛的核心地带尚有不小的距离。

（三）"另类派"写作

"80后"文学自诞生之日起，就表现出不同于传统主流文学的多种创作观念与作品形态，作品普遍具有别于主流文学的"另类"因素——

第一是"焦虑"。凡带有自我倾诉型的作品，大多透露出一种出于生命体验的深深的焦虑。春树的两部长篇最为典型，《北京娃娃》《长达半天的欢乐》显然带有自传性质，春树在接受媒体采访时也坦然承认。作品中女主人公在失学后的生活中，几乎时时处于一种焦虑的状态之中，生活漂荡，精神彷徨，无所事事，青春日日虚度。

表面颓废，内心焦虑，是春树笔下北京少女与韩寒笔下的中学生形象的共同特点。《三重门》主人公林雨翔的日常行为远不如春树的北京少女"另类"，但其内心对现有教育制度压抑的抵抗却相当顽强。李傻傻《红×》中的主人公更是在生存的焦虑中动刀杀人……

第二是"自由"。尽管80年代生人并不一定清楚自由的概念到底是什么，但他们借文学倾诉表达向往自由、渴望理解、寻求慰藉的强烈欲望。他们也有幸找到了最适合方式——互联网时代的新媒体和新渠道。

比如手机短信、"博客语文"、"MSN语文"。手机短信已随着手机的普及如水漫金山弥漫到全社会。人们可以迅速地、低成本地、随意即兴地通过手机发表"出格"的言论。"博客语文"是只说私事，不言公事，是"公开的情书""大白于天下的私人日记"。"木子美事件"为"博客"网站做了一回面向大众的广告，其效应足令任何广告客户妒忌。"MSN语文"是网上即时聊天的一种文体，在"相见恨晚"与"百感交集"的心绪中，尽情倾吐的急迫与"打字速度"之间的反差，居然衍生出一种时髦，即在"MSN语文"中，海量错别字不但没有成为一种交流障碍，反成网民们热衷的网络时尚，美女被写成"霉女"，帅哥被写成"衰锅"，驳杂的口音泛滥，汉语的规范被颠覆，圈子外的人如看天书："偶稀饭滴淫8系酱紫滴"（意为"我喜欢的人不是这样的"），还有"偶稀饭"（我喜欢）之"口音"居然已成为"MSN"上的"语法"和"行规"。①

这真是一次网络语言的狂欢，在中国这样一个古老传统的国度里，这一"自由空间"的出现是历史空前的，其意义之非凡很难用几句话论定。明乎

---

① 黄集伟：《2004语文观察报告》，《南方周末》2004年12月30日。

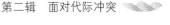

此，"80后"文学的另类表现——无论是情绪表达，还是文字风格的特点，都可以找出一些注解。

第三是"崇尚品牌"。南方报业传媒集团主办的杂志《城市画报》曾将崇尚品牌的青年一族命名为"新贫贵族"，颇有意思。编者是这样描述的：与从前那些勒紧裤腰带买回名牌套装以应付职场需要的男女不同，"新贫贵族"的消费更多是为了表达自己的专属品位，而不是凸显身份或是应对社会压力，更不想建立什么高人一等的贵族感。他们有意无意地抹杀了传统奢侈品的隆重感，转而青睐所谓的"STREET FASHION"，又或者，索性贯彻"HIGH STREET FASHION"精神，即将传统的奢侈品牌街头化——这些昂贵的顶级奢侈品被"新贫贵族"们混搭得崇高感全无。一到周末，这些"新贫贵族"便脱下千篇一律或刻板的套装，换上有强烈个人风格的街头服装，以各种姿态出现在北京、上海、广州这些中心城市的街头。对他们来说，奢侈品就是必需品，穿一条三千多块钱的指定品牌牛仔裤对他们而言，比吃一顿山珍海味，或睡在高床软枕，更有意义。

"新贫贵族"的主体是一群生于20世纪80年代的年轻人，在崇尚品牌的他们看来，重要的是建立属于自我风格的"LOOK"（外观），消费的不仅仅是T恤、牛仔裤、鞋、包、手机乃至越野车，而是这些品牌后面的文化。值得注意的是，"新贫贵族"对"圈子"的认同。因为他们需要在同一"圈子"里被认同，同样欣赏新奢侈品，就像春树笔下诗人与摇滚乐手圈子里的男孩女孩也有着相同的情感基础。[①]

类似的与物质消费相联系的情感因素的社会现象在20世纪并不陌生，20世纪70年代欧美嬉皮士就用自己特定的趣味和模式对奢侈品进行"另类"的选择、过滤和诠释，用以表达自身的"LOOK"，并以此实现对于主流的抵制。从青年文化的角度看，物品是一个隐喻，年轻人以"另类"的形式表达自己。顺乎逻辑地，"80后"文学也具备了游离于中国传统的"另类"品格。

---

① 杨凡：《新贫贵族》，《城市画报》2005年第7期。

## 四、"80后"文学需要超越的三大标杆

20世纪80年代文坛的作家，曾经有所谓"五世同堂"的说法，比如"左翼作家""解放区作家""右派作家""知青作家""60年代作家"。的确是各有擅长，各有不可替代的风格。"70年代作家"刚刚命名，未成阵势；"80后文学"就一个浪头覆盖，其来势汹汹！不但风头健，居然也有文学市场"半壁江山"的份额。当然，岁月推移，势头自会消减，我们要追问或期望的是，作为"80后"一代，能否拿出自己独特的文学作品，为中国文学史留下不可磨灭的"一格"，就是将来"90后"出来，"80后"也不会被覆盖。探讨"80后"文学"历史定格"的几个要素，也可称为"80后"文学发展当逾越的三大标杆。

标杆一：青春资源的成功转换。

精神分析大师弗洛伊德曾表述：少年时代的记忆往往影响人的一生。①

可以说，凡用心写作的作家，尤其是依赖个人经验的小说家，其作品很大程度上都晃动着青少年时代生活的影子。例如：《红楼梦》主要描写了大观园的贵族少男少女，这正是来自曹雪芹出身官宦世家的亲身经历。鲁迅小说中也无处不晃动着绍兴水乡中少年鲁迅的影子。当代的作家中，凡有较大成就者，其作品都在相当大的程度上带有"自传体"的性质，从"右派作家"至"知青作家""60年代作家"，从王蒙、从维熙、刘绍棠、张贤亮到韩少功、王安忆，再到莫言、余华、格非、苏童，几乎少有例外。历届获诺贝尔文学奖的小说家，也屡屡提及少年时代的经历对其写作的决定性影响。例如2003年诺贝尔文学奖得主，南非作家约翰·马克斯维尔·库切，如果没有处于白人与黑人、西方与非洲之间少年生活的经历，他很难对南非社会形态的现状，在其名作《耻》中以文学的特殊方式提出令世界警醒的文明冲突问题；又例如2004年诺贝尔文学奖得主，奥地利女作家埃尔弗里德·耶利内克，出身小市民家庭，自幼受到怀望子成龙梦想、集"暴君"和"刽子手"于一身的母亲的严格管束，又与精神失常的父亲相伴多年，自己也一度出现过精神心理疾病以致休学

---

① ［奥地利］弗洛伊德：《图腾与禁忌》，杨庸一译，中国民间文艺出版社1986年版。

一年，其代表作《钢琴教师》里变态的母女关系，显然带有强烈的自身体验。

因此，青春资源是一个以写作为职业的小说家一生写作的重要资源。

目光回到"80后"作家，青春资源更是他们重要乃至唯一的写作资源，假设删去此项，就很难想象他们靠什么作为作家的经验支撑！青春资源既是"80后"作家的强项和特点，也是他们的弱项和软肋。从正面说，80年代生人的青春经历与心理经验确与前辈有某种断裂性的区别，这是"80后"存在的理由，也是"80后"迅速自成格局的主要原因。从负面说，当青春资源成为"80后"作家写作的唯一资源时，他们的视野也可能因此被限制。当"80后"作家在网络上一再宣布他们的文学只能是他们自己圈子里的事情时，一种夸大自恋、自我局限、闭关自守的状态就有可能于有形和无形中形成。事实亦是如此，诞生并勃兴于网络的"80后"文学，已然通过网络这一既虚拟又现实的"小世界"形成他们自己的平台和"王国"。

这是好事，还是坏事？恐怕很难用非此即彼的方式评价，因为"80后"已不单纯是一个文学现象。我想要表达的仅在于："80后"作家能否实现青春资源的成功转换，将是决定其能否真正留在文学史上——以其作品成就，而不仅仅是一种文学现象——的前提所在。

如何转换？关键在于能否通过自身的创作和青春经验打开一条通道，与社会、群体、民族乃至人类记忆相沟通，当然，这里所说的沟通是建立在作家个体思考体悟的基础上，而非取悦大众或是"小圈子"的"大路货"。本雅明说过，小说只诞生于孤独的个人①。唯有实现此种沟通，"80后"的作品才可能在提升中走出"青春困境"的小格局，拥有21世纪文学的大境界。

标杆二：都市生活的深刻体验。

可以说，都市生活的深刻体验是"80后"作家的强项。80年代生人的成长过程，正是中国内地城市迅速成长的过程，人与城市共同经历了"青春发育期"。感同身受的"80后"，具有与其他时代作家完全不同的生活经验，他们身在其中，恰如游动在城市中的一条自由的鱼。

---

① ［德］瓦尔特·本雅明著，陈勇国、马海良编：《本雅明文选》，中国社会科学出版社1999年版。

中国当代文学的发展形态也印证了从乡村走向城市的历史过程。

20世纪80年代以前，中国内地真正书写城市经验的作品十分罕见，有专家认为唯一的一部就是周而复的《上海的早晨》。当然，在20世纪40年代以前，像张爱玲等人还是有一些城市体验的作品。但五六十年代可以说是农村和战争题材的天下，因为作家缺少这方面的经验，"都市里的乡村"普遍存在，用乡村的视角书写城市，是几代作家——且不说从城市重返乡村体验生活的柳青等老一辈作家，就是到了写出《手机》的刘震云那里，仍然是以乡村情怀揽城市风云，最终的精神归宿还在乡村。城市在他们的精神体系中仍像雷达网中飘浮不定的UFO，难以清晰地把握。"走向城市"的道路似乎比现实生活中农民工走向城市还要艰难。

陕西已故作家路遥的长篇小说《人生》拍摄成同名故事影片后，其情节颇具典型性。以乡村青年高加林试图走向城市而最终失败的结局，勾勒出一条乡村—城市—乡村的回归路线图，并以巧珍的形象表现了城市诱惑下一种永远的失落。几年后，处于改革开放前沿的广东创作拍摄的电视剧《外来妹》，几乎与《人生》一样指导了农村青年走向城市的人生历程。耐人寻味的是，在特区挣足了钱的打工妹重返故乡寻找爱情归宿时，却发现自己已无法离开城市。深一层看，这位返乡结婚的打工妹并非留恋城市的繁华，而是选择了属于城市文化的人生观，于是新的人生选择路线图又出现了：乡村→城市→乡村→城市。

这是否是中国大地上一种观念的进步？

可惜，上述观念的进步在当代文学创作进程中始终未能成为主流，尽管也出现了武汉的方方、池莉，上海的王安忆、程乃珊，北京的陈染、邱华栋，广州的张欣、张梅等一批城市题材的小说家，但真正属于现代城市文化的中国城市文学仍然处在艰难的成长过程中。

然而，这种艰难到了"80后"作家手中，似乎一下子被化解成月亮边上的缕缕轻云，原有的文化冲突、观念碰撞忽然消失。因为"80后"作家没有前辈的乡村记忆和观念参照，他们是改革开放春风里播的种子，逐步发育成熟的现代城市文化空间是他们呼吸的唯一天地，全球化时代迅猛发展的历史浪潮，构筑了代沟，形成了某种记忆"断裂"。在春树的《北京娃娃》《长达半天的欢乐》中，缠绕中国几代作家的乡村记忆荡然无存，浏览"80后"作家长长的名单，除李傻傻之外，韩寒、春树、郭敬明、张悦然、周嘉宁、苏德、张佳玮、胡坚、小饭、蒋峰等，几乎全部成长在都市。

"80后"作家显然拥有对现代城市完全进入的天然优势，因此，能否将对现代城市生活的个人经验转换为一种更具典型性、普遍性和深刻性的文学体验，既成为"80后"作家的机会，也成为他们要取得更大创作成就必须跨越的标杆之一。

标杆三：网络空间的精神的超越。

作为期望取得更大创作成就并加入文坛主流的"80后"作家们，显然需要谨慎对待网络对文学的正负双面的影响，在自由共享的网络精神大肆张扬的同时，延续几千年的文学精神也在被消解和解构。比如：

——文学中的游戏心态，导致核心价值的消解与玩世不恭的游戏人生，从而放弃文学对于苦难、怜悯、爱心、善良、坚强、坚守、坚持等人生状态的关注；

——文学中的自恋心态，导致以个人为中心的自我膨胀，"博客"等小圈子可能形成自我封闭，使得社会视野随之狭窄；

——万花筒式令人眼花缭乱的状态，导致文学体式的变幻不定，即时快捷的发挥替代深思熟虑的精致刻画，图像型、马赛克式、非连续性的艺术思维替代通过文学的再想象，重构现实人生图景的艺术追求；

——宣泄式、口语化的语言表达消解了语言艺术细致入微、曲折委婉的无穷魅力；

——互动式、零碎化的文学创作进行式，造成文学作品艺术"整体性"的解构，"碎片化"趋势进一步明显，口语简洁灵动效果所带来的结构松散、抒情泛滥的负面效应，似乎失大于得。

上述这些由"80后"文学所表现的网络特征也许还不是最重要的，对文学传统致命一击的还是对于文学本质意义的漠视与放弃。说白一点，"80后"文学作为青春化写作，在获得同代人认可和市场回报的同时，也可能使自己"堕落"为一种消费性的类型写作，在媒体炒作与市场销售额的"双重谋杀"下，"80后"的文学生命有可能终结于此。这，才是致命所在。

文学作为人类精神活动的产物，一向如日月大地一般地伴随着人类的成长。倘若从人类的文明史中剔除文学，人类的文明史即刻残缺不全，人类的精神也因此残缺不全。我不是在此夸大文学的作用，事实恰恰相反。2005年9月出席第八届中国小说学会年会时，我曾与甘肃作家雪漠进行过一次辩论，我和这位曾经研习多年藏传佛教的作家有一观点正好相反。雪漠以为文学的力量很大，好比司马迁的《史记》胜过汉武帝的武功。我则认为文学是无力的、软弱的，文学不是改变世界的刀和剑，它是人类社会崇山峻岭中的一股清泉，一阵清风，一朵洁净的白云，成为人们一个向往的东西，一个召唤心灵原则和信仰的东西，一个对世俗功利进行某种精神超越的东西。表达这个意思的动机在于试图说服我的文学同行：文学应该缩小自己的范围，回归一种平凡的角色，千万不要把文学说得太高尚、太重大，甚至有一种拯救世界的悲壮感觉。同时，文学应当找到自己独特的方式，这种方式包括表现方式，对人类影响的方式，等等。

表明上述态度并不等于降低我们对于作家精神品位的期望值，可以肯定地说，缺少精神、缺少信仰、缺少崇高心灵的作家肯定写不出好作品，即使一时红火，一时大卖，但一定走不远，红不久。道理很简单，这类作家的作品最终会因"含金量"低，无法长时间吸引读者，无法经受历史的淘洗。

十年来，无论我对文学作用和地位的看法发生了几次变化，但依旧认定好作家大作家通常都需要具有一点"准宗教情怀"，之所以使用"一点"和"准"两个概念，也在表明一种谨慎和节制的态度，同时也表示对"80后"作家的一种善意提醒。"80后"文学发展至今，终结并非危言耸听，精神的标杆也非虚妄不实。相信文学虽历经沧桑岁月，却自有恒久不变的东西存在。

这，也许就是我们与"80后"作家沟通的关键所在。

［原载于《天津师范大学学报（社会科学版）》2007年第3期］

# "网络一代"的文化趣味

以网络为首的新媒体为"80后"青年群体寻找和建构自己的身份提供了一个虚拟又现实、模糊又安全的平台，不但培养了新一代的消费方式，同样也养成了他们的文化趣味和审美习惯。各种不同类型的网络青年亚文化迅速繁殖和发展，其中最为典型的几种类型有：恶搞文化、山寨文化、迷文化、情色文化等，表达出一种非主流文化趋向。

恶搞文化，又称为Kuso（恶意搞笑之意）文化，是指经由过程戏仿、拼贴、夸张等后现代伎俩对被主流文化视为经典、权威的人士、事物和艺术作品等进行讽喻、解构、重组乃至颠覆，以达到搞笑、滑稽目的的一种文化现象。如在网络中出现的胡戈恶搞电影《无极》的《一个馒头引发的血案》、伟胜兄弟俩的《恶搞西游记》《四六级恶搞》等。

山寨文化是指依靠抄袭、模仿、恶搞等手段发展壮大起来，反权威、反主流且带有狂欢性、解构性、反智性以及后现代表征的亚文化现象。随着市面上模仿产品越来越多地出现，网络中也出现了相类似的文化类型，例如：山寨明星、山寨视频、山寨电视剧等。山寨文化的出现在一定程度上被视为一种侵权行为，侵害了原创文化的形象等各方面权益，但由于山寨文化具有更适应大众化口味的特点，在网络中依旧盛行。

迷文化是偶像文化在网络中的一种变化发展。由最初的青年群体对明星偶像的崇拜迷恋慢慢扩展为迷恋偶像明星之外的更多对象——某一事物或产品、国际品牌、游戏、动漫、服装等，并沉浸在一种非理性的喜好和世界当中。在这一文化领域，青年群体容易表现出疯狂的痴迷，一旦迷上某一种事物，在看到或听到与之有关的一切事物时，都会表现出热烈的关注和渴望，甚至采取一切可能的手段达到获取它的目的。

网络的出现，使得情色文化流通并泛滥，这也许是整个社会真正实现了对性的解放过程，但也是一个容易造成爱欲横流的污染的过程。

网络青年亚文化的分类并没有一定的标准界限，除了上面的几种较为典型、影响力比较大和熟悉程度比较高的类型外，还存在着其他网络青年亚文化形式，如网络语言、网络文学、影视音频、酷文化、跟帖、人肉搜索、晒客、御宅族等。非主流文化这一概念，是相对于主流文化而言的。网络上非主流文化似乎已经成为一种标签，类似非主流图片、非主流音乐、非主流空间、非主流个性签名、非主流头像等，不胜枚举。

什么是非主流的文化趣味呢？也许，伯明翰学派对亚文化的研究的三个关键词可以帮助我们理解：抵抗、风格、收编。首先，所有的亚文化对主流社会都有一种抵抗，把牛仔裤搞破就是一种抵抗，抵抗整洁庄重的传统；其次，要形成独特的风格——无论是衣饰装扮还是行为方式，无风格毋宁死，这就是亚文化的生命和标志；再次是收编，是指商品社会对青年亚文化的收编，把个人的风格转化为商品，为大众享用；把个人的主张变为主流的一个部分，无形中化解个人的独特性。富有意味的是，在今天这个收编的过程比从前缩短了很多，其原因在我看来还是以网络为首的新媒体的发展和普及。

从前亚文化的参与者比较少，支持者人群也比较少，而到了今天出现了"网络一代"，他们成长于网络，网络是他们名副其实的"第二生存空间"。于是，在新媒体环境中成长的这一代人拥有相近的价值观念、相近的认知方式、相近的知识结构和相近的文化趣味，并借助网络等新媒体的传播和扩散，由小而大，由弱变强。进入现实社会，当年轻的一代普遍拥有这种观念和文化趣味的时候，启发是普遍的，力量是普遍的，影响也是普遍的。当他们开始成为主要消费者的时候，商家的反应更加迅速。因此，这个收编的过程被大大缩短了。进而言之，亚文化的气氛和非主流文化趣味的形成，不仅仅是依赖一小群人，而是依赖网络改变的整整一代人。

简而言之，在当下文学的"三分天下"格局中，"80后"乃至"90后"在三分之二的格局中占了重要的位置，他们既是创作者，又是消费者，"网络一代"的文化趣味已经不再是无足轻重的了，它如一只"看不见的手"，不但影响着文学，也悄然改变着原有的社会文化，理应引起文坛和学术界的高度重视。

（原载于《传承》2012年第9期）

# "80后"文学："我时代"的青春记忆

由于时代的动荡导致"代沟"的凸显，每一个时代的人们在今天都表现出空前的自恋，这也许是中国文学在21世纪的一个特殊现象。大家都想为自己一代人建一座纪念碑，几乎到了形成"集体自恋情结"的地步，老三届、新三届、知青一代、50年代生人、60年代生人、70年代生人……不胜枚举。媒体更是推波助澜，不停地撩拨培育每一代人的"自恋情结"，而自恋又大多停留在青春时代的纯情记忆。也许，只有青春时代的记忆最能表达一代人的特殊情怀，最可彰显一代人之所以不同于其他的"特殊性"，而这种"特殊性"常常又是这一代人维系精神的所在。多么有趣又有意味的文学现象！该感谢"80后"，正是"80后"的横空出世，让"50后""60后""70后"都以"代际"的名义进了文学与社会的视野，真是"十年一代"啊！中国文学的"代际差异"空前凸显，涉及创作、传播、观念、实践等多个方面。面对文学空前自恋的当下时代，由青春记忆切入，相信会有不同角度的全新发现。

## 一、当代文学的青春记忆

回顾六十年的当代文学史，明显的"青春记忆"文学书写大致有四次：

第一次，20世纪50年代以王蒙为首的"青春万岁"的表达。

20世纪50年代中期以前，社会在历经近百年战乱后，休养生息，人思安定，执政党朝气蓬勃，共和国蒸蒸日上，一切向东看，苏联老大哥是榜样，共产主义目标明确，青年人自觉融入时代洪流，青春万岁与祖国万岁互为一体，"少年布尔什维克"与红色党旗相映生辉。文学青年发自心底吟唱，亲爱的祖国、党、人民与时代、青春、革命均水乳交融，共同汇成时代颂歌，其情亦真，其调亦高！就连杨沫取材于从前往事的《青春之歌》也在多次的修改中，自觉地将青春记忆纳入颂歌时代的宏大叙事之中。此种青春记忆之投入之忠诚，也可从王蒙于八九十年代陆续出版的系列长篇小说中得以印证。

第二次，20世纪70—80年代以北岛、刘索拉为代表的青年文学。

在现行的文学史中，没有将北岛与刘索拉联系起来谈，对我来说也有一个思考和发现的过程。20世纪80年代中期，中央音乐学院作曲系学生刘索拉写了一篇颇有影响的小说《你别无选择》，随后徐星发表了《无主题变奏》，上海作家陈村又写了《少男少女，一共七个》，有相近创作倾向的还有陈建功的《卷毛》、刘西鸿的《你不可改变我》以及刘毅然的《摇滚青年》。我当时认为一个文学流派的雏形出现了，并将其命名为"骚动与选择的一代"。这是80年代中期出现的一种青春写作，可以说是一个亚文化的现象。

2004年我进入"80后"文学研究之后，进一步的史料研究，又使我在北岛等开始于20世纪70年代的诗歌创作与刘索拉等80年代的小说创作中发现一条"青春写作"的历史线索，这条长达十年的线索呈现了当年一大批青年作家写作精神的来龙去脉，牵涉面极大。概而言之，北岛的"今天诗派"是对意识形态的以"我不相信"为号召的一种知识精英式的抵抗，北京作家居多，难免带政治色彩，与80年代的思想解放运动合流，勇敢地发出年轻人自己的声音，也是当时的时代最强音！到了刘索拉等人的小说里，"我不相信"的时代呼唤转为小人物的苦闷与迷茫，开始具有青年亚文化的特征，精神面貌与文学格局陡然一变：由宏大到微观，由激动昂扬到伤感消沉，由愤世嫉俗到玩世不恭。但仔细辨识，其中脉络依然一以贯之，北岛是愤世的开始，刘索拉是嫉俗的结尾。他们共同的特点是以一种价值追求抵抗宏大叙事，其中的"个人"依然隶属于一个庞大的抵抗集体，个体的人生追求也依然有一个隶属于知识精英的某种理念。刘索拉的《你别无选择》有一个理想而高贵的曲式，徐星的《无主题变奏》以费尔巴哈的名言为宗旨，"人没有对象，就没有价值"——何等精英的人生追求与文学想象啊！因此，融入集体的"个人"和对意识形态的"抵抗"，成为第二次"青春记忆"的时代特征。

第三次，"60后"的青春记忆。

以余华、苏童、格非、北村、海男、毕飞宇、艾伟、东西、陈染等为代表的20世纪60年代出生的作家群，在他们的一批作品——主要是小说中表达着对少年时期的青春记忆，这种与"文化大革命"特殊历史时期相吻合的青春记忆大面积地在文学叙事中的出现，俨然构成了对于一个时代的集体记忆。虽然，同样的叙事也出现在前辈作家中，但与青春期的密切程度，却是这一代作家所独有的。历史正是以不同的方式进入不同年龄段的中国人的记忆，在历史记录相当不健全的今天，文学依然承担了历史记忆的重要功能。也许青春期的压抑更具有个人色彩，在可能释放的条件下，被压抑的部分也就成为最有激情的写作动力，以及对这一代作家来说最有个人体验的写作资源。

余华就毫不忌讳地谈到少年记忆对他小说创作中的影响："26岁到29岁的三年里，我的写作在血腥和暴力中难以自拔……白天我在写作的世界里杀人，晚上我在梦的世界里被人追杀。"毕飞宇虽然强调记忆常常会带有道德化和美学化倾向，但他依旧承认童年时代的记忆是他文学想象的起点，在童年场景中通过想象虚拟的世界可能比他当年生活的那个真实世界更真实。苏童的说法就更加直截了当，他在余华的小说里看到"一个躺在医院太平间水泥台上睡觉的小男孩形象"，在毕飞宇的作品中则看到"一个乡村男孩要突破藩篱看世界的野心"，至于自己，潜藏在自己作品后面的"是一个身体不好、总在一条街区上游荡并东张西望的少年"。[1]这一代作家的青春记忆的特征是一种"战栗的世界与狂欢的图景"，不断重复出现的童年视角，不断被激活的人生初始经验，几乎全部都与青春期相交的时代密切相关。[2]

第四次，就是本文重点论述的在新世纪正式开始的"青春写作"。

---

① 《作家们的小时候》，《信息时报》2009年12月13日。

② 洪治纲：《中国六十年代出生作家群研究》，江苏文艺出版社2009年版。

## 二、"80后"文学：开创"我时代"的青春记忆

（一）从集体主义到个人主义——一切以个人为中心，进入"我时代"

在20世纪80年代以前的一个时期里，"军民团结如一人，试看天下谁能敌"，个人消融于集体，小我服从大我；从20世纪80年代开始，思想解放运动使人们发出个人声音，但个人依然属于一个集体；90年代，市场经济，肯定消费、肯定身体享受，由个人感官打开个人禁锢，个人浮出水面；直到2000年以后，网络时代、全球化、地球村，"80后"开始彻头彻尾地"个人化"，"90后"则完全享受这一历史发展过程的结果，因此，"90后"的"个人化"程度最高。在多种"80后""90后"的大学生调查中明确显示：在利己又利人或利己不损人的前提下，先为自己利益着想的人数大多占50%左右。表现在"80后"文学和网络青春写作中，主人公"我"的地位空前突出，传统作品中的"集体"逐渐淡化以至消失。这一点，几乎颠覆了此前当代文学作品以集体利益为首位追求目标的创作状态。

（二）从信仰到信仰危机——价值茫然，信仰分散

也许在这个时代，说"信仰真空""价值真空"是过头话，虚妄之言。但近日我们"80后"文学与文化研究中心的一项调查表明，"80后"大学生对"何谓信仰"并不十分明了，往往将一般价值观与信仰画等号。我们最近进行了一次完全由"80后"大学生设计实施的问卷调查：《广州地区高校学生信仰问题调查报告》。此次调查以随机抽取的方式调查了200名大三、大四的学生，在一个"你认为当今大学生的信仰状况"的问题中，其中有40.3%的人认为大学生出现了信仰危机。

受调查的学生普遍认为自己有一定的信仰，但"80后"学生并不清楚信仰的概念。信仰是一种价值追求，有其不可逾越的底线，它同信念、价值观等的差别在于人们可以为自己的信仰付出任何代价，而受调查学生未能对此进行深入的考虑，将一般性的价值追求当成了信仰。①

---

①　温远扬等：《广州地区高校学生信仰问题调查报告》，广东商学院"80后"文学与文化研究中心，2009年11月。

无论上述信仰主题的设计是否符合学理，但有一点是明确的，受调查学生虽然普遍认为自己有信仰，但在具体信仰方面则出现较大的分歧，没有一项比例超过三分之一，信仰主题相当分散。一个民族或者社会的凝聚力源于人们对某一价值观念的普遍认同，若人们的价值选择太过分散，则难以有效面对共同的危机或者挑战。这也许是我们民族在21世纪遭遇的最有挑战性问题之一。

### （三）从现实空间到虚拟空间——网络成为"第二生存空间"

网络等新媒体提供的"虚拟空间"成长经验是"80后""90后""网络一代"与前辈最大的区别。与网络普及同步，网络成为"第二生存空间"。网络空间的"虚拟体验"是"网络一代"区别于前辈的重要特征。一个可见的事实在于，"80后"一代的每一个人几乎都拥有现实与虚拟的两个身份，可以自由出入现实与虚拟的两个生活空间，在现实与虚拟两个世界的不同"人格"往往反差极大却又和平共处，这在前辈人群那里却是十分困难的事情。影响之大难以尽言，但有一点明确无误，网络虚拟空间的出现将会对我们的生活乃至人类的文明产生近乎颠覆性的影响。这一点，对于"80后""90后"来说，已经成为行动中的现实；而中年以上的人群对此却相当陌生。数字鸿沟在此直接转化为代沟。隔岸观火、握有话语权的中年人群常常对"80后""90后"使用网络的行为大惑不解甚至大光其火。其实，这种"数字化代沟"不应轻易上升到意识形态的层面去对待，需要的是包容态度下的学习与理解。家长们简单地将其划入网络游戏，管理者也会视其为"网瘾"的源头，文化人又可能将它看作"去经典化"的后现代行为。我以为，对虚拟世界存在的合法性以及有益性的质疑，还要持续相当一段时间，这也并非异常现象，即便是文化保守主义的声音也可能形成一种互补与平衡。

### （四）从人格压抑到自我狂欢——中国历史上思想言论表达最自由的一代

网络空间"匿名性"与社会民主的逐步开放，使得"80后"成为中国历史上思想言论表达最自由的一代，"90后"则更加自我、大胆，民族性格悄然变化。

网络狂欢体现了新人类对新媒体的天然亲和关系。众多"80后"能迅速介入网络写作，形成一种文学现象，说明他们对网络有一种天然适应的媒介素养。虽然"80后"的作品还远谈不上深厚和纯熟，但不要小看这一群青少年，在以往的历史上，在纸介媒体中，从未有过如此之多的青少年投入文学写作，只有网络的出现，才让众多青少年有参与制作和发布信息的可能。作为传播者，"80后"比上辈人更熟悉新媒体的特性，更懂得如何在新媒体中生存和发展，使用键盘比使用笔更得心应手，他们是新媒体造福人类的最大受益者和见证者。就中国的社会现状来看，为何几代人同时面对网络，唯有"80后"进入最快？得风气之先？结论是，"80后"的青春期与中国互联网成长几乎同步，而尚未形成固定世界观的青少年最易接受新事物，也最易受到新事物的影响。"80后"有幸于21世纪初的生存空间中遇到了互联网，网络的特性与"80后"价值观念的开放与多元相契相合，形成强有力的亲和性。真是如鱼得水的历史机遇！①网络帮助这一代完成了从人格压抑到自我狂欢的转换，中国历史上思想言论表达最自由的一代也由此产生。

### （五）从身体成熟到心理成熟——身体与心理的错位

"80后"身体发育提前，感官欲望释放，但心理成熟滞后，形成身体与心理的错位。假如与"80后"进行一下"换位"，我们还会发现一个关于"身体"的观察角度，即人类的身体如何面对急速变化的自然环境与生活方式。从人类漫长的身体发育史来看，一旦生活环境发生变化，人的身体也会相应发生变化，以便适应与匹配新的环境。20世纪对人类来说是大飞跃的世纪，其中最为重要的一点就是科学技术的大发展，但负面的影响也很大，其中突出的一点就是人类的身体很难跟上环境的变化，30年前未来学家的预言几乎都成事实。事实在催促我们做出思考，当我们"改变"世界的同时，身体也在被"改变"：人类过于强势的发展不仅破坏了生态平衡，也给自己身体带来病患；人类在伤害地球的同时，也在伤害自身。值

---

① 熊晓萍：《传播学视角下的"80后"文学》，《天津师范大学学报（社会科学版）》2008年第3期。

得追究的是这种"改变"有没有一个极限？专家在疾呼这个危险的极限——人类的身体已经不再适应今天的世界，人类的世界已经产生了极大的错位！关键是此种错位对于青春期的"80后""90后"来说，伤害更大！在急剧变化的中国内地，一个非常醒目的事实就是社会心理成熟与身体成熟之间的错位。[①]

### （六）从印刷文化到数字文化——文化载体过渡的一代

网络时代的数字化生存就在眼前，"80后"成为"从印刷文化到数字文化过渡的一代"，"90后"则是"数字化的一代"。他们所面对的是从P时代（印刷时代）到E时代（互联网时代），是影像时代、图像时代。以平面印刷、符号文字为媒介的传统文学正在受到挑战，新的文学标准与观念正在进入"文学重建时代"。同时，"80后"文学属于青春文化、青年亚文化，处于非主流文化与边缘另类文化之间，它是全球化、网络化、民主化、市场化背景下的文化，是成长中的文化。"80后"文学作品中的网络特征以及洋溢全篇的"青春风貌"，不难见出他们异于传统作品的写作立场。

## 三、代际差异理论视角下的青春记忆

从学术研究上说，青春记忆也可归属于"代际差异"研究的范畴。所谓"代沟"，在中国流行了二三十年，是20世纪80年代学术界的"舶来词"。美国女学者玛格丽特·米德在她的《文化与承诺——一项有关代沟问题的研究》提出了著名的"前喻文化、并喻文化和后喻文化"的概念，她将人类的文化划分为三种基本类型："前喻文化"是指晚辈主要向前辈学习；"并喻文化"是指晚辈和长辈的学习都发生在同辈人之间；"后喻文化"是指长辈反过来向晚辈学习。玛格丽特的大胆与精彩处在于她明确地指出当下的时代属于"后喻文化"，即"青年文化"时代。"在这一文化中，代表着未来的是晚辈，而不再是他们的父辈和祖辈。"在全新的时代面前，年长者的经验不可避免地丧失了

---

① ［美］彼得·格鲁克曼、［英］马克·汉森、［英］温斯顿勋爵：《错位：为什么我们的身体不再适应这个世界》，李静、马晶译，上海科学技术文献出版社2009年版。

传喻的价值，瞬息万变的世界已经将人们所熟知的世界抛在身后，在时代剧变的面前，老一代的"不敢舍旧"与新一代的"唯恐失新"的矛盾，不可避免地造成了两代人的对立与冲突。①

或许，我们可以从"前喻社会"来理解"第一次青春记忆"的文化定位。革命前辈的成功、共和国的经验、传统社会的长辈权威为那个时代的年轻一代所认同，父母与孩子站在同一阵营，因此，20世纪50年代的环境没有为青年亚文化的产生提供可能。

20世纪七八十年代，人们对意识形态的质疑是相当普遍的，其中"五七大军"中的两支队伍，即"归来的一代"与"知青一代"组成，主要由40年代和50年代生人组成，尽管他们质疑的立场因年龄而有所区别，前辈人是"苦恋"（白桦《苦恋》），后辈人是"寻找"（顾城《一代人》）。但代际差异不算明显，远没有达到"断裂"的地步。作为抵抗意识形态尾声的刘索拉、徐星的小说，尽管呈现出青年亚文化的形态，但总体社会文化氛围尚未形成，还不足以支持一种亚文化，这也是"骚动与选择的一代"转瞬即逝的根本原因。

进入"80后"文学研究之后，我看到了一个有趣的现象，就是网络流行词的流行时间基本上只有两个月，很少超过三个月，但是"80后"这个词流行的时间非常长，为什么会这样呢？2004年2月，北京少女作家春树登上了《时代》周刊的封面，是我们主流社会第一次很庄重地看到"80后"这个词。但有差不多两年的时间，媒体对"80后"基本上都是以批判为主，早期的媒体消息是"80后"叛逆成风，他们发育比较早，所以犯罪的比较多，"80后"的心理比较有问题……但2007年后主流媒体的态度变化很快，从包容接受到赞扬，过程时间不长。为什么会有这样的情况呢？后来我意识到"网络"起了很大的作用。如果从亚文化这个角度来说，从前的青年亚文化表现也在承受批判，年轻人戴蛤蟆镜、穿着喇叭裤、听流行音乐也是主流社会质疑批判的，这些东西往往难以形成气候，为时不久，无疾而终。为什么同属青年亚文化现象，有一短

---

① 参见［美］玛格丽特·米德：《文化与承诺——一项有关代沟问题的研究》，周晓虹、周怡译，河北人民出版社1987年版。

一长的不同命运呢？

也许伯明翰学派对亚文化的研究的三个关键词可以帮助我们理解：第一个是抵抗，第二个是风格，第三个是收编。第一是抵抗，所有的亚文化对主流社会都有一种抵抗，把牛仔裤搞破就是一种抵抗，抵抗整洁庄重的传统；第二是风格，要形成个人独特的风格——无论是衣饰装扮还是行为方式，无风格毋宁死，这就是亚文化的生命和标志；第三是收编，商品社会和意识形态对青年亚文化的收编，把个人的风格转化为商品，为大众享用；把个人的主张变为主流的一个部分，无形中化解个人的独特性。

富有意味的是，今天这个收编的过程比从前缩短了很多，为什么呢？因为网络。从前亚文化的参与者比较少，支持者人群也比较少，而到了今天这个网络的时代，出现了"网络的一代"，按照我们从网络的角度概括就是"1985—1994年出生的一代人"。因为，1984年之前对网络的接触还没有达到完全的数字化环境。"网络的一代"成长于网络，网络是他们名副其实的"第二生存空间"。于是，这一代人拥有相近的价值观念、相近的认知方式、相近的知识结构。当我们的身边、我们的孩子、我们年轻的同事们都普遍拥有这种观念的时候，启发是普遍的，力量是普遍的，影响也是普遍的。你无法回避，甚至无法选择，主流社会不得不接受它，所以这个收编的过程被大大缩短了！在文学的"三分天下"格局中，实际上"80后""90后"在三分之二的格局中占了重要的位置，他们既是创作者，又是消费者。进而言之，亚文化的气氛的形成不仅仅是依赖一小群人，而是依赖网络改变的整整一代人。历次"中国互联网报告"所显示的飞速增长的网民数量以及网民的年轻化，即是有力的例证。

我的结论是，网络不仅改变了文学传播环境，而且改变了一代人对文学的价值确认，更为深层的变化还在于网络悄然改变着中国人的性格，改变着传统的社会的方方面面。改变如同水银泻地无处不在，也正是网络所提供的这种"普遍性"，为新的文学格局提供了一个前所未有的时代背景。就此而论，白烨"三分天下"的宏论不是预言，更非"虚构的危机"，而是一种真实描述的开始。因为，在我看来，文学的"千年未有之大变局"也许并非危言耸听。上述当代文学所传达的几次"青春记忆"的递进变化，就从一个侧面说明了这一历史事实。

（本文系国家社科基金课题"80后与90后：网络一代的传播方式研究"的阶段性成果，项目编号：09BXW026，原载于《文艺争鸣》2010年第15期）

# "80后"：青年亚文化的生成与影响

　　"80后"作为一个名词，出现在21世纪最初几年的文学界，随着互联网的发展，它开始在网络流行。按照一般规律，一个流行词的生命期是两到三个月，但"80后"这个词不但流行不衰，而且蔚为大观，从文学领域走向大众媒体进而走向社会，并由此衍生出包括"50后""60后""70后""90后"及其代际差异、青春写作、网络青年亚文化等一系列名词。可以不夸张地说，"80后"作为一个词源，已经形成了一个名词系统。这里固然有媒体和商业的炒作，但其内在旺盛的生命力和外在强大的概括力也是不容忽视的。本文从青年亚文化的视角，对"80后"一代形成的青年亚文化做了一个大致的描述，意图证明其存在的社会合法性与时代影响，进而说明其与主流文化互动交流的可能性。

## 一、作为文化符号的浮现与凸显

　　21世纪初，"80后"一代人尚未登上历史舞台，他们年纪大的刚满20岁，处于高考前后求学阶段，小的还在读中小学，处于青春萌动期的前后。在中国历史长河中，青少年的话语权很小，甚至到了一些学者认为"中国历史没有青年这个概念"[①]的地步。20世纪初的五四运动是一个例外。也许，一百年一个历史轮回，也许，互联网的全球化打开了视野，也许，富足的饮食提前催熟了身体，21世纪"80后"一代人抢先登上了舞台，开始发出属于他们自己一代人的声音——独特且反叛的声音。

---

　　① 邝海春：《中国为什么没有青年概念》，《青年探索》1991年第3期。

声音首先由文学——这个赋予情感色彩的领域——"青春写作"中发出，个别微弱之信息借助现代媒体快速壮大，积少成多汇流成河，进而在网络新媒体中呼啸奔腾形成浪潮。先是上海《萌芽》杂志举办的"新概念作文大赛"，脱颖而出的韩寒、郭敬明、张悦然一跃成为"青春偶像"，后是各大网站推波助澜促成"青春写作"，传统报刊与出版和网络新媒体共同发力，在媒体竞争和商业竞争的动力下，提前催熟和引发了21世纪第一场青年文学运动。引起我们关注的是"80后"青春写作出现伊始，就具有强烈代际特点的青年亚文化特征。

从文学流派和思潮的角度看，"80后"文学尽管有"偶像派"和"实力派"之争，但作者内部却以"拒绝命名"为开端，同时罕见地一致拒绝团体化，并在2007年以后迅速出现"三极分化"趋势——回归主流文坛、进军消费市场、介入公共领域。无论流向如何，"80后"作家内心都有一个相同的目标：改变乃至反叛原有文学准则，书写属于"80后"一代人的青春，自我书写高于现行既定的文学原则。充分个性的"我"独立行走，充分自由的"我"放松写作，与充分张扬的种类繁多的青年亚文化小圈子活跃于网络，相映成趣、相互呼应，文化英雄与娱乐偶像互为一体，文学作品与文化消费的界限日渐模糊。每一位出名的青春写手都有网站等商业推手隐藏其后，都有大量的粉丝围绕其侧，但同时又缺少扛大旗的人，缺少号令江湖的领袖，缺少为各方服气的评论家，于是"80后"文学在形成文坛新势力的开端就始终弥散着一种"拒绝命名"的情绪，不同作家群体所表现的一致态度就是拒绝团体化，其精神取向即追求个性化的艺术自我——这对形成某种文学流派几乎是致命的一击[①]，但对导向青年亚文化具体形态，却是顺理成章的流向。

关于青年亚文化，西方的学者根据西方第二次世界大战以后的社会状况作出了开创性的理论贡献，美国的玛格丽特·米德是其中杰出的代表，她在《文化与承诺——一项有关代沟问题的研究》中提出了人类"文化传递"的三种基本类型：前喻文化、并喻文化、后喻文化，她充满激情地高度肯定

---

① 江冰：《后青春期：再论"80后"文学》，《天津师范大学学报（社会科学版）》2012年第2期。

"后喻文化"即青年文化的积极意义和历史作用，并确认了"代沟"即代际差异的学术命题。米德女士的关键启示在于：代际差异即是现代世界的特征，"每一代人的生活经历都将与他们的上一代有所不同的信念"①。美国的另一位学者迪克·赫伯迪格则延续了英国伯明翰学派亚文化的理论路径，在他的名著《亚文化：风格的意义》中，用"抵抗、风格、收编"三个关键词，深刻阐释了青年亚文化的内涵和外延。汲取学者们的价值判断，我们可以试着评估出"80后"文学的青年亚文化特征及其社会意义。②

就文学视角来看，"80后"文学是"80后"文化的主要形态之一，它属于青春文化、青年亚文化，处于非主流文化与边缘另类文化之间。它是全球化、网络化、民主化、市场化背景下的文化，是成长中的文化。作为一种文化形态，"80后"文学继"先锋小说"与"70年代人写作"之后，以青春文学与网络写作两种形式蓬勃生长，形成与主流文坛的某种对峙与挑战的态势。对原有意识形态的消解贯穿其成长的全部过程，而这一消解过程又可以从以下四个方面得以体现——精英与草根的对峙与交流；主流与非主流的冲突与融合；边缘与另类的张扬与生长；印刷文化与视觉文化的抵触与妥协。在文学中浮现的"80后"继而在互联网构筑的网络世界中得到凸显，这才是青年亚文化正式形成的重要园地，也是本文论述的重点所在。

## 二、网络成为"80后"青年亚文化的大本营

我在最初开始课题研究时，试图用"四个圆"来限制"80后"概念，即大都市、独生子女、现代消费、新媒体，我以为，"四个圆"相交的部分是"80后"人群最具有代际特征的人群。在北京、上海、广州三地十所大学的一系列问卷调查中，一个网络人群浮现：即1980年到1989年出生的人群可以分为"前80后"和"后80后"，正好网络上也有"85后"之称呼。我同时

① ［美］玛格丽特·米德：《文化与承诺——一项有关代沟问题的研究》，周晓虹、周怡译，河北人民出版社1987年版。
② ［美］迪克·赫伯迪格：《亚文化：风格的意义》，胡疆锋、陆道夫等译，北京大学出版社2009年版。

注意到互联网在中国的发展历程有"两个十年"：一是"技术的十年"，二是"普及的十年"，前者是1994年到2004年，后者是1998年到2008年。而1985年出生的人，正好在14岁青春期时遭遇互联网在中国内地一线城市进入家庭。将研究人群的目光向后推移，"90后"开始进入视野，下限终于落在1994年出生的人群，因为，他们的14岁与2008年重合。我开始决定将这个年龄段的青少年命名为"网络一代"。无论这样一种界定如何需要在不断的质疑中去发展，其实我都看到了有一种力量在明里暗里地推动着我和我的团队，那就是互联网，就是网络，就是新媒体。毫无疑问，学校家长的升学要求，社会转型的冲击影响，对"80后"乃至"90后"构成前所未有的生存压力，此时，相对现实宽松的网络虚拟空间为处于压力中的他们提供了自由交流的社交平台和卸掉包袱的减压空间，类似草根的广场式狂欢，类似线上线下两套话语系统和多重人格，其实都是"80后"对抗成人社会压抑的合乎情理的表现行为，真正属于"80后"的文化大本营非网络莫属，非新媒体莫属，中国内地青年亚文化的生成土壤也由此产生。

总体上看，中国内地的青年亚文化的表现是比较温和的，他们没有如西方第二次世界大战以后的那种明显打出反抗主流社会旗帜的社会组织，活动范围大多局限于虚拟空间，更多的还是属于互联网时代的"网络部落"。比如"怪咖""萝莉""御姐""宅男"等，与其说是一种网络组织，倒不如说更像是青年人网络互动常用的空间符号，青少年们由此符号形成松散的"亚文化部落"，他们更多的是一群类似Geek（极客）、"怪咖"等某类新奇古怪、特立独行、有主张有趣味有创意的人。在中国台湾的流行语中，"咖"是"角色"的意思，"怪咖"意指以"怪"为主要行为特征的群体，是另类青年群体的符号标志。他们以创新、个性、独立见解为前提，以趣缘方式聚合，从网络与现实生活中建构出新的青年交往公共空间，同时在互动中不断合理化"怪"的行为，重新整合了一支有理想、关注公共生活，甚至处于社会边缘情境中的时尚型的青年群体。可以说"怪咖"们跨越了主流的文化价值空间体系，在青年人群体中建构着新的价值空间。①

网络中出现的亚文化部落对"80后"具有极大的吸引力，他们既是消费者也是创作者，即在接受信息的同时消费亚文化，又在发出信息的时刻创作亚文化。也许，享受这一过程就是最好的回报，除此之外，别无所求。网络"字幕组"的投入，就是无功利驱动的生动例证。这是一个在网络上为外国影片配中文字幕的人群，他们为网民找片源、制作字幕、压制视频、提供下载，他们从不打出真实名字，他们统一叫"字幕组"。这些网民一般拥有专业技能，有时为了一个闪现几秒的字幕，要花费几小时的制作时间，但他们行事低调，不计报酬，辛苦无名。他们做事的动力来自何方？回答是："这无关利益，这是为自己的名誉和兴趣而战。"②这世界再功利、再不堪，依然会有除利益之外让人全身心投入的力量——难怪外国学者将兴趣和热爱看成人生工作三境界的最高境界。在此，我还愿意把"字幕组"的工作与摇滚音乐中的JAM（即兴演奏）的境界联系起来理解，因为在既棋逢对手又知音相遇的艺术情景中，你会享受一种美学意义上的"高峰体验"，其乐亦融融，非寻常快乐可比。这种出于兴趣无关利益的本性，也许就是互联网信息源源不尽的动力源泉。UGC是"User Generated Content"的缩写，中文可译为"用户生产内容"，即网友将自己DIY的内容通过互联网平台进行展示或者提供给其他用户——这是伴随着以提倡个性化为主要特点的WEB2.0的概念兴起的全新意义的模式。在这一模式下，网友不再只是观众，一跃成为"网中人"——更为重要的是为"人人都是艺术家"提供了条件，充分满足了当代青年进入城市、进入现代"陌生人社会"——愈加强烈的交流、共享、寻求慰藉，寻求归属的普遍愿望。

从"自组织"的理论视角，可以帮助我们进一步提升对于青年网络自发组织的认识。处于社会转型和结构重组的关键时期的中国，经济意义上的市民社会已经初孕而成，政治文化意义上的市民社会则初露端倪，众多依托网络而诞生、依靠互动而发展的自发性青年组织的出现，就是对此做出的回

---

① 周晓霞：《"怪咖"青年与城市公共空间建构——以北京奇遇花园咖啡馆和科学松鼠会为例》，《青年探索》2012年第1期。
② 梁爽：《字幕组："隐者"的江湖》，《羊城晚报》2012年9月23日。

应。方兴未艾的各类青年自组织同时得益于网络化社会动员的优势，"相较于采用行政命令和工作布置的手段开展诸如开会、群众性学习、听报告等传统形式的面对面或层层发动式的社会动员方式，青年自组织采用的网络化动员方式，利用新兴媒体双向互动的快速传播似乎更具优势。他们主要以智力优势——人才、资源优势——信息、效率优势——速度、效益优势——成本和竞争优势——时尚为表现形式，在提供了一个前所未有的自由讨论公共事务、参与活动的空间的同时，还以一种更加时尚的方式增加了动员成效，形成了网络新媒体的影响优势，迎合了当代青年群体多元化、自主化的追求和民主参与的意识"[1]。

　　网络中的"碎片化"与"聚合化"是一个硬币的两面，既有巨大海量的碎片，也有瞬间飞速的聚合，这就是互联网传播的神奇之处，不经意间，一条小小的微博可能引发山呼海啸，"蝴蝶效应"处处可见。关于互联网空间的负面效应，外国学者已经做出了不少富有见识的描述：从深思熟虑到肤浅无聊的海量信息，从需求导向的世界"变平"到充分"私人化"的真理消解，从毫无价值和原创性的"恶搞"到欺骗感情的虚假信息，无数用户生成的内容已经威胁到了"文化把关人"，传统的价值观正在被削弱[2]。这种担忧不难理解，关于主流社会对新媒体的质疑几乎与新媒体的诞生同步出现：20世纪10年代电影出现后，人们就开始讨论是否带孩子去看电影。20年代收音机问世，社会就关注孩子为何比家长更熟悉收音机。30年代社会一片责难：收音机里的暴力节目是不是太多？40年代：卡通漫画对我的孩子有坏影响吗？50年代电视进入家庭，家长就开始担心孩子的目光全被电视吸引。60年代摇滚乐盛行，家长就担心会使得孩子们学到太多我们不熟悉的东西。70年代，家长就开始担心电视节目有太多暴力镜头！80年代。家长就开始担心电子游戏会侵占孩子太多的时间。90年代，孩子上网了，四面八方则大声惊呼

---

[1]　任园：《当前中国青年自组织的意识状况和行动能力》，《青年探索》2012年第2期。

[2]　[美]安德鲁·基恩：《网民的狂欢：关于互联网弊端的反思》，丁德良译，南海出版公司2010年版。

"网瘾"。[1]目前，我们社会出现的绝大部分对于网络新媒体以及青年亚文化的种种质疑与责难，大多延续前世的文化惯性，只是在中国转型期间，由于时代动荡变化剧烈，这种话语变得更加尖锐罢了。然而，以新媒体为表征的技术文化并没有给人类带来灭顶之灾，人类依然没有停止从必然王国到自由王国的文明进程。我们理解对于新媒体以及与新媒体互为表里相伴相生的青年亚文化的多种判断有"悲观消逝派""乐观革命派""温和建构派"，他们共同构成人类对于自身发展的清醒认识，各有角度，各具价值，而我们的包容态度和阔大襟怀恰恰是建立在如此认识立场上的。

## 三、融入现代文化建构的可能性与必要性

我们讨论问题的起点，首先在于要接受一个事实，即"80后"青年亚文化是当今大时代的产物，其时代的合理性与社会的合法性，不但构成现代文化不可忽视的部分，也是融入现代文化建构可能性的前提条件。

中国内地青年亚文化于20世纪八九十年代发端，2000年以后借助网络逐步形成，产生不可忽视的社会能量和文化影响。稍稍回顾，青年亚文化20年的生成轨迹，包容了太多的历史内容：社会转型带来的动荡、价值多元带来的迷茫、消费社会带来的宣泄、网络时代带来的民主诉求、娱乐时代带来的享乐主义、市场时代带来的物质至上、全球时代带来的文化撞击、富裕童年带来的生活享受、城乡差别带来的社会分层、传统媒体与新媒体冲突带来的媒介转型、炫目电光视觉带来的图像时代——所有这一切都不由分说地涌入"80后"一代人的青春期，青春成长线与社会转型线、互联网发展线同时并行，相互缠绕，共同构成了一代人青年亚文化的生成背景，既错综复杂，又精彩纷呈；既惊心动魄，又汇入日常。因为是整整一代人共同的景观，他们的享用、他们的喜好、他们的趣味、他们的青春"小时代"。可以不夸张地说，父母与儿女的分歧——从审美到日常，从生活态度到人生追求——空前的"强烈而巨大"，"代沟"从未像今天这样明显！于是，如何沟通理解两代人乃至几代人的思

---

① 卜卫：《大众媒介对儿童的影响》，新华出版社2002年版。

想，如何在社会巨大的文化调色板上协调各种文化，也就成为现代文化建构中无法回避的问题。

目前，主流社会的心态比较复杂：视而不见、轻蔑忽视、拒斥害怕、压制杜绝、收编接纳、消解异己、淡化差异、改变风格——可谓五味杂陈，五花八门，一个比较典型的心态是：不得不承认其存在和影响，但内心依旧抗拒，不友好，不亲切，不重视。一个徘徊于意识与潜意识的观点：中国传统强大，这些与全球化和互联网相关的亚文化"无伤大雅"，漂浮无根，来也匆匆，去也匆匆。加之某些青年亚文化的负面表现和不良影响经过当下媒体的放大与"强调式"的传播，对良性互动有形与无形间构成了多种障碍。其实有三点事实可以帮助我们改变既定观念：一是第二次世界大战以来，欧美发达国家青年亚文化的流动轨迹，他们大多在良性互动中融入了主流社会，在现代文化的建构中起到了有益的历史作用；二是改革开放以来，青年亚文化已经成为时代的合理产物，他们在青年中的普泛性毋庸置疑，青年代表未来，孩子就是希望，失去他们也就意味着失去未来，友好接纳是主流社会的积极态度；三是互联网时代的网络化、全球化、信息化已成不可逆转的现实，21世纪的新媒体技术景观还将日新月异，我们必须面对网络，必须介入其中，唯有如此，主流社会方有选择历史机遇的可能性，这也是不二选择。

那么，我们如何在现代文化建构过程中获得良性互动呢？在看待当前中国文化现状时，我赞成用两种模型来深化认识。一是"同心圆"模型，简而言之，就是以主流文化核心价值为圆心，以非主流文化为包围，以另类文化为边缘。主流文化起稳定圆心的作用，而另类文化与非主流文化始终保持一种指向主流文化的运动力量。当另类文化由非主流文化渐渐融入主流文化之时，圆心得到新鲜血液的补充，同时新的非主流文化与另类文化又出现了。二是三种文化"缠绕共存"模型。国家文化、精英文化与大众文化三种文化相互缠绵、相互影响、相互依存、共同发展。国家文化是主流意识形态文化；精英文化是以知识分子为主体，以承继传统为己任的高雅文化；大众文化是民间的市场的消费的通俗的文化。在健康的社会发展中，三种文化之间的互动交流补充至关重要。我们过去传统的做法，一般比较重视国家文化与精英文化的互补整合，对大众文化却有着忽视的倾向，现代文化的传播和教育模式中也有着更多属于前两种文化的成分与特性，其结果往往因为忽视了来自民间底层大众文化的补充，而未能形成一种良性互动的格局。①我们之所以需要对文化结构进行上述富有弹性的表述，就在于强调指出不同文化构成之间不是一块铁板，更不是水火不容，而是有望在良好的社会氛围下进行良性的互动。

关于良性互动的可能性，欧美发达国家的文化道路给予我们信心与启示，但我们仍然需要找到适合中国国情的发展道路。我读德国学者乌尔里希·贝克的学术专著《个体化》有一个强烈感受，即西方社会学理论为我们展示了一个近于完整的知识谱系，众多缠绕纠结且反复论证的思考，透彻着不懈的探索，其间"中国模式"也是他们所看重的，不少思考触及深层，但真正的完成还要靠中国的学者。②不过，目前有两大障碍横亘在面前：体制约束与自身超越。我们需要"中国视角"，我们需要在理论借鉴之后的"中国叙事"。比如，西方理论界的"个体化"趋势，显然与现代化，与本文论述的青年亚文化有着直接的关系，但中国有中国的现实问题——目前被世界所关注的中国中产阶级的崛起——巨大购买力背后张扬着享乐主义与消费伦理，他们与同处一地时空的草根青年群体之间构成强烈反差。试想，前者的中产阶级趣味与后者的青年亚文化趣味，分别会对社会的主流价值观产生何种影响？他们的"个体化"分别采取何种表现形式？他们之间又有何种冲突呢？再如，传统社会向现代社会转型的一个普遍趋向：集体主义向个人主义，宏大主流叙事向个体私人叙事，传统社会金字塔结构向现代"去中心化"网络结构过渡变化——试问，中国的现状是什么？青年亚文化可能扮演什么角色？其正能量与负能量又如何评估？问题错综复杂，现象纠葛无限，需要我们冷静分析，因势利导，在具体的现代文化建构的过程中进行理论和实践的探讨。

我们需要学习欧美发达国家的经验，更需要切合实际的"中国视角"和"中国叙事"；我们需要宽阔的理论视野，更需要建设而不是破坏的博大胸怀。中国现代文化建构是一个艰巨而漫长的历史过程，也是一个必须不懈探

---

① 熊晓萍：《论网络传播中的文化变迁》，《现代传播（中国传媒大学学报）》2011年第1期。

② ［德］乌尔里希·贝克、伊丽莎白·贝克—格恩斯海姆：《个体化》，李荣山、范譞、张惠强译，北京大学出版社2011年版。

索、不懈追求的社会过程。我们相信，对于"80后"青年亚文化的正确阐释，将有助于推进这一过程，我们的工作是具有理论与实践的双重意义。这是中国学者的职业行为，更是中国学者的历史使命。

（本文系国家社科基金课题"80后文学与网络的互动关系研究"的成果之一，项目编号：08BZW071，原载于《广州公共管理评论》2013年第9期）

# "80后"：新媒体艺术生成的文化背景

## 一、代际差异凸显形成庞大消费群

"80后"作为媒体的热词，经久不衰，代际称谓因此浮出海面，构成了21世纪初最引人注目的一种文化现象。这里尽管有媒体商业动机的推波助澜，但社会基础的因素不可忽视。其中最为重要的原因在于，"80后"代际意识的凸显，青少年的呼声响彻云天。

2004年，美国《时代》周刊抢先推出中国内地"80后"人群的代表人物，四个代表人物里有两位作家、一位摇滚歌手和一位网络黑客。而影响最大的是上了封面的北京少女作家春树以及发表了长篇小说《三重门》而闻名的韩寒。春树的影响在于她14岁就发表了半自传体长篇小说《北京娃娃》，后来有影响的长篇小说还有《长达半天的欢乐》，作品集中描写了"80后"一代人中包括朋克在内的边缘人群的生活，被誉为"中国新生代的代表人物和文化偶像"。韩寒的影响就更为长久，他的《三重门》不但创造了出版奇迹，在青少年中有极大影响，而且由于表达了接近两亿中学生对于现行教育制度的抵抗意愿，同样被奉为"青春偶像"。除了这两位，还有一位影响巨大的"80后"代表人物——郭敬明，他的文字表面上看似乎没有前两位的叛逆与反抗，但"近于忧伤和忧郁的青春表达"和"以45°仰望天空的特殊姿态"，同样表达了"80后"乃至"90后"一代人的青春苦闷。我注意到三位作家的写作都开端于18岁以前，他们鲜明的"自传体"色彩，同时也表明作品呼应的就是一个庞大的中学生人群——背负着来自学校和家庭的双重高考压力、处于青春期的天然叛逆期、具有强烈的倾诉欲望——几乎就是当代中国此时此刻的一个"未成年人群体"。

　　中国传统社会讲求"三纲五常"，讲求厚古薄今，讲求尊重长辈，青少年的话语权很小，甚至到了一些学者认为"中国历史没有青年这个概念"①的地步。20世纪初的五四运动是一个例外，梁启超《少年中国说》的宏论是个例外。也许，一百年一个历史轮回，中国少年"80后"再次发出属于他们自己的声音，他们第一次以独立的身份活跃在社会舞台。细究下去，为"80后"推波助澜的还有媒体市场化趋势以及由此导引出的意识形态相对开放，当然还有商业化中时尚的力量，世界性的一个时尚转向——由传统的"尊老"转向现代的"扮嫩"，青年、少年、青春、年轻与时尚水乳交融，互为一体，全方位的消费社会焦点不再是老人，而是"新鲜出炉"的少年。于是，"80后"最初作为"娱乐亮点+消费亮点+商业亮点"的符号频繁出现于大众媒体，也就不难理解了，也可以说市场化的媒体环境推出并稳固了"80后"的文化地盘。

　　经济一体化与全球化的趋势，也使得古老封闭的中国再次获得面向世界的历史机遇，中国"80后"全球视野的一天天拓展，欧美发达国家的历史呼应终于有了回应——历史常有惊人的相似之处：第二次世界大战以后的世界范围的青年亚文化的运动似乎也在中国社会进程的一定阶段中得以重现。世界学术界对代际的关注，全球化青少年亚文化运动的近似背景，社会发展相似阶段的某种相似性，都在明里暗里牵引、左右着中国青少年文化，它所构成的中国特色的横向影响无疑也是一种世界范围的文化接受和文化交际运动，不过，恰如美国《时代》周刊所言："与西方的叛逆青年不同，中国另类的主要方式是表达而非行动。"②以上述三位"80后"作家为拥戴对象的"80后"人群，就是活跃在新媒体上的"表达人群"和消费人群，因为新媒体艺术的消费特点之一就是消费者，也是创造者，换而言之，他们既是"80后"代表作家艺术家的粉丝——消费着"表达话语"，同时在消费的过程中传播和进一步创造着"表达话语"，他们的内心拥有一个高度一致的理念："80后"的共同召唤。代际呼声由此而生，

---

①　邝海春：《中国为什么没有青年概念》，《青年探索》1991年第3期。

②　参见2004年2月2日美国《时代》周刊，封面评论。

同时可以视作"80后"新媒体艺术消费的"内驱力"。①

## 二、互联网高速发展促成新媒体文化空间

"80后"作为代际人群的一个最大特征就是"新媒体特征"。我在最初开始课题研究时，试图用"四个圆"来限制"80后"概念，即大都市、独生子女、现代消费、新媒体，我以为，"四个圆"相交的部分是"80后"人群最具有代际特征的人群。我们在北京、上海、广州三地的一系列问卷调查中，一个网络人群浮现：即1980年到1989年出生的人群可以分为"前80后"和"后80后"，正好网络上也有"85后"之称呼。我同时注意到互联网在中国的发展历程有"两个十年"：一是"技术的十年"，一是"普及的十年"，前者是1994年到2004年，后者是1998年到2008年。而1985年出生的人，正好在14岁青春期遭遇互联网在中国内地一线城市进入家庭，国外大量的研究告诉我们，一个人是否在青春期接触互联网，与他的思维等多种方式的形成有十分重要的关系。我们暂时将研究人群的目光向后推移，"90后"开始进入视野，下限终于落在1994年出生的人群，因为，他们的14岁与2008年重合。无论这样一种界定如何需要在不断的质疑中去发展，其实我都看到新媒体是"80后"一代人成长的核心关键词。

现代社会与传统社会的一个区别，就在于人们从传统的"熟人社会"走向了现代的"陌生人社会"。过去，大多数人都居于乡村，乡村的特点就是血亲家族共同生活，乡土中国的一大特征就是故土难离；进入20世纪，随着中国城市化步伐的加快，大批乡村人口向城市流动，加之城市独生子女人群的扩大，现代人的孤独与"陌生人社会"的冷漠相互映照，愈加促发现代人沟通交流与寻求慰藉的需求，这一点在"80后"一代人的身上表现尤为突出——两个事实可以说明："80后"家庭几乎都是独生子女，这一批独生子女是中国内地真正充分享受互联网的第一代青少年。

互联网高速发展，恰为此时提供了功能前所未有强大的社交媒体。"80

---

① 江冰：《"80后"：新媒体的艺术方式》，《南方文坛》2011年第4期。

后"一代人的青春期，与互联网社会性软件所构成的互动平台成长几乎同步。早期的社会性软件Email（电子邮件）、Chatrooms（聊天室）、Usenet newsgroups（新闻群组）、BBS（网络论坛）等拉开了"80后"网络社交的帷幕。对于最早的BBS用户来说，尽管面对的只有枯燥的文字、简单的界面和曲折的交流方式。但毕竟突破了单向传播的界限，使得他们开始了真正的社会化互动交流。BBS具有纯文字、纯键盘操作的特点，为了表达丰富的语言、行为，导致了网络符号的诞生，如"：）"表示微笑等。在网民中有开创性影响的中国台湾理科生痞子蔡的网络小说《第一次的亲密接触》，就是以两位网民通过Email、Chatrooms、BBS等网络交流方式发生的一段感人而又悲伤的爱情故事。痞子蔡时代的网络小说，大多带着幽默调侃与感伤交织的色彩，表现出网络生活特别是网恋带给青年一代的快乐与失落。在网络进入"80后"生活的时候，网恋题材的红火也从一个侧面表达了"80后"寻求精神慰藉的强烈需求。随着因特网的普及与基于HTTP协议而发展出来的多媒体网页盛行，传统纯文字式的拨号BBS和BBS网络很快就被网络社区替代。

第一代网络社区以1998年3月大型个人社区网站"西祠胡同"的创办和1999年6月"全球华人虚拟社区"ChinaRen的登陆为标志。其中西祠胡同发展了以讨论版组群为主导的社区模式，而ChinaRen则第一次以聊天室为核心，开发了游戏、邮件、主页、日志等一系列以用户为中心的服务内容。另一个知名度较大的网络社区是天涯社区，它的发展说明使用互联网的中国用户由精英人士发展到普通大众，其主要功能是实现信息分享与互动服务，具有相同兴趣爱好或相关行业、领域的网民聚集其中，进行沟通交流以及信息的共享和汇集。网络社会的虚拟性得到充分体现，不仅表现在人机对话的交流模式，还表现在社区成员"见面不相识"的网上虚拟交际中。随后，强调实现"真正的人与人对话"，以人和社区为中心的第二代网络社区开始逐渐兴起，以SNS（Social Networking Service）为典型代表。从内涵上讲，就是社交型网络社区，即社会关系的网络化，它将现实中的社会圈子搬到网络上，再根据不同条件建立属于自己的社交圈子。2003年，SNS网站在美国兴起，而国内则有开心网、校内网。与第一代网络社区相比，第二代网络社区进步的一点在于它强化了真实的社会联系。第二代网络是以现实社会关系为基础，模拟或重建现实社会的人际关系网络，并将其数字化，是网络社区人际交往模式的一次革命。以下图表的统计数据就清楚地表明网络空间的交往已经构成了现实社会交往的"第二空间"，而且与现实空间社交的相似度极大——

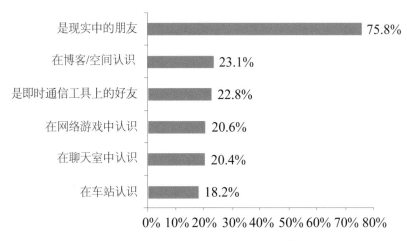

**图2.1　网站用户添加的好友来源**①

　　社交网站还有一个特征，就是用户年龄的年轻化特征非常突出。据2009年的统计，用户群以20—29岁的青年为主，占半数以上，达到52.6%，在这一年龄段高出全国网民平均水平22.8%，而在其他年龄分段上，均低于全国网民的平均水平。由于社交网站中，有相当一部分是针对校园和学生群体的网站，而这部分网站用户又以大学生为主。国内青少年、大学生以及城市白领的社交网站的活跃几乎也与世界同步，甚至有过之而无不及。国外有风靡世界的社交平台，中国有深受青少年喜爱的开心网、腾讯QQ以及近年异军突起的博客、微博和微信。这些发展迅速、交际功能不断改善的社交软件，显然为"80后"的社会交往打开了全新的天地，其意义还在于为"80后"一代构建了青春文化的大本营：特定人群的聚集、文化权利的行使、文化形

① 引自《第25次中国互联网络发展状况统计报告》。

态的生成。"80后"代际文化的大本营由此诞生，新媒体的文化空间也随之诞生。

## 三、"价值重建"导致非主流文化趣味

处于转型期的中国社会，毫无疑问地面临"价值重建"的挑战，假如我们把中国学者和外国学者分别撰写的《当代中国八种社会思潮》[①]和《中国大趋势——新社会的八大支柱》[②]两本描述当下中国社会的学术著作参照起来阅读，就会发现不同角度却又一致的理论指向：中国社会的变化是空前巨大的，其中主流价值的确立呈现出一个艰难的历史过程。"八种思潮"与"八大支柱"十分巧合地用"八"表达了"多"的状态，即错综复杂、多项博弈、相互缠绕。简而言之，展示在"80后"成长一代人面前的世界纷繁多变，难以把握，而现实中的双重压抑又是有增无减：教育制度和生存压力，于是，压抑的结果之一就是一种新的意识形态的产生，即"非主流文化趣味"。它的直接体现就是"80后"熟练地操作着两个截然不同的语言系统，一个是适应成人社会的系统，一个是适用于网络空间的系统，前者体现妥协式的适应，后者表达反抗式的宣泄。

用传统的思想体系去解释"非主流文化趣味"以及由此生成的新文化现象，试图收编，试图整合，意图明确，意愿良好——以"古已有之"囊括统辖新的文化版图。比如2000年前后，中国文学界批评界对网络文学、新媒体艺术的研究大致沿此思路，但多有隔靴搔痒和隔岸观火之嫌。在我们看来，文本、平台、形式都在其次，关键是皮囊中的那股子劲头，那股子精神气，弥散其间，左右大局，维系整体，俨然中心。传统的文学研究者，由于"双重阻隔"难以进入。[③]不过，说"精神"太高端太系统，说"趣味"则比较准确，是形成中的精神状态，是尚未构成体系的文化表达话语系统，是一种

①　马立诚：《当代中国八种社会思潮》，社会科学文献出版社2012年版。
②　［美］约翰·奈斯比特、多丽丝·奈斯比特：《中国大趋势——新社会的八大支柱》，魏平译，中华工商联合出版社2009年版。
③　江冰：《80后与网络：文学批评的双重阻隔》，《南方文坛》2010年第4期。

尚未完全清晰的艺术消费选择：一半是模糊的爱好冲动，一半是自认的当下时尚；一半是青春期的叛逆反拨，一半是颠覆传统的快感宣泄；一半是韩寒小说中飙车族的疯狂，一半是郭敬明45°仰望天空少年维特之忧伤；一半是春树笔下"北漂"一族残酷的青春，一半是李傻傻《红×》中边缘少年的迷茫——总之是属于当下"80后"乃至"90后"的青年亚文化的一种情绪化色彩浓郁的趣味，也许没有哲学深度，也许没有美学高度，甚至没有民族历史渊源，但他们普遍存在于一代人，如影随形于"80后"，几乎是与生俱来，几乎是一个代际的标志。

我在观察当代文学史最近二十年的发展，就明显地看到1985年与2005年前后两个时期"青年文学"一弱一强，一衰一盛，一是昙花一现，一是蔚为大观的反差对比，同样的文化趣味，却有了不一样的社会呼应和文化支持。[1]毫无疑问，相同文化趣味在短短二十年的社会待遇的落差，其实就生动地说明了文化背景的变化，同时也说明了文化冲突多方力量的彼此消长，显然，在主流文化不断受到挑战的调整时期，非主流文化迅速成长，首先在"80后"一代那里找到知音，在网络空间里找到最佳的繁殖土壤。而"80后"中最富时代特征的城市独生子女群落，又在教育体制化的压力、父母望子成龙过高期待的压力以及城市化进程快速发展的生存压力的反面衬托下，激发出一种"社会身份"人群的叛逆反抗情绪，从而助长了非主流文化趣味的形成与普及，网络空间中"80后""90后"的聚集，又使得趣味成为一种富有号召力的旗帜，由此蔚为大观，由此弥散现实与虚拟两大空间。

从代际差异的视角，可以帮助我们理解新媒体庞大消费人群形成的背景。代沟凸显于社会，差异普遍存在。艺术消费特殊人群逐渐形成，消费新媒体的同时创造新媒体，并在不断互动中强化新媒体艺术的特征，新媒体艺术消费的心理与模式日渐形成，所有这些都离不开正在发生和不断变化的大的社会背景和文化背景：新的时代当有新的解说；新的现象当有新的策略。当然，这并非易事，我们面对的是一个全方位变革和变化的时代，风云际会，变幻不定，我们可以把握吗？也许，这就是一个大众狂欢的年代；也许，这就是一个

---

① 江冰：《80后文学："我时代"的青春记忆》，《文艺争鸣》2010年第15期。

六神无主的年代；也许，我们的国家和民族就要经过这样命定的跋涉，重建我们的价值体系，重建我们的世界观。正是基于这样的信念，我们拥有一份看待中国现实的自信，未来就在眼前，期待全新发现。

（本文系国家社科基金课题"80后文学与网络的互动关系研究"的成果之一，项目编号：08BZW071，原载于《文艺争鸣》2013年第4期）

# 后青春期：再论"80后"文学

从1999年韩寒获得首届上海《萌芽》"新概念作文大赛"一等奖，到2004年2月2日北京少女作家春树的照片登上美国《时代》周刊亚洲版的封面，"80后"文学的兴起大概花了五六年的时间。在这一时间内，它完成了由个别写手、个别作品到文学群体的飞跃，并形成了不同于20世纪中国当代文学史上任何一个青年写作群体——如50年代的云南"新边塞诗人"，80年代的"寻根文学"作家——的青春风貌。关键还在于，其"青春写作"并不仅仅与青春有关，还与"另类""改写""颠覆"等字眼有关。在这一文学现象延续十年以后，也可以说是在"80后"这一代人逐渐度过青春期以后，我们对他们的文学评价才有可能具有了一种文学史的眼光，具有了一种喧嚣之后渐渐归于平静的心态。2007年，我撰写并发表《论"80后"文学》①，随后被《新华文摘》2007年第17期转载以来，迄今已有四年，这是一个沉淀的历史过程，同时也是我将此文命名为"后青春期"的缘由所在。

## 一、三极分化：止步于传统意义的文学流派与文学思潮

### （一）"拒绝命名"的开端

"80后"文学是一个"有时间段"的文学现象，从萌芽酝酿到形态形成，因为有网络新媒体的介入，一开始就具有相当鲜明的个性，主要表现为"拒绝命名"的情绪。国内主流媒体为"80后"正名之后，集体的欢欣鼓舞只维持了很短的时间，对"80后"代表人物的质疑就在媒体的推波助澜下开始由

---

① 江冰：《论"80后"文学》，《天津师范大学学报（社会科学版）》2007年第3期。

文学界流向社会。假如以"80后"被命名为界，可以分为"命名前"与"命名后"两个时期。"命名前"的"80后"文学依赖两个平台成长。一是网络。可以说，没有网络就没有"80后"文学，如今赫赫有名的"80后"作家无不是早几年就驰骋网络的少年"骑手"，他们在网上都有一批追随者。不少人是在网上"暴得大名"后才被出版商拉向出版界，从而名利双收，获取更大声誉的。比如春树，在2000年《北京娃娃》出版之前，就以另类出格引起广泛争议；比如李傻傻，其作品专辑被新浪、网易、天涯三大网站同时推出。二是《萌芽》杂志。在中国目前文学杂志极不景气、难以维持的情况下，《萌芽》杂志得益于"新概念作文大赛"这一策划。"80后"代表作家中有相当一批都是这场大赛的获奖者。比如韩寒，1999年首届"新概念作文大赛"一等奖得主；郭敬明是第三、第四届一等奖得主；张悦然是一等奖得主；周嘉宁是一等奖得主；蒋峰是一等奖得主；小饭是二等奖得主。"80后"的写手们借此台阶，平步青云，进入文坛。在青春少年已成气候之时，《时代》周刊及时介入使得"80后"文学在"命名后"的迅速崛起与集体登场，成为水到渠成的事情。

　　由于命名者有意或无意地对后来被称作"偶像派"的偏爱，此前《萌芽》网站已展开的争论烽火再度点燃，且急剧加大了讨论的范围和激烈程度。韩寒、春树、郭敬明能否代表"80后"成为争论焦点，敏感的媒体明确提出"80后"作者有"偶像派"与"实力派"之分，并分别列出两派的名单。韩寒、春树、郭敬明、张悦然、孙睿等人属于"偶像派"，而李傻傻、胡坚、小饭、张佳玮、蒋峰则被归为"实力派"。至此，"80后"文学格局形成，完成了由网络的自发写作、零散写作向文学群体的过渡，并正式进入文坛。但群体形成之日，似乎也是群体分化之时。关于谁来担当"80后"以及谁能代表"80后"的争论异常激烈，在命名后的第五个月，"抛弃命名"一说就在媒体赫然公布。2004年7月8日，在上海市作家协会召开的"80年代后青年文学创作研讨会"上，"80后"代表作家蒋峰、小饭、陶磊及众多"80后"写作者，首次集体向评论界及文坛表示与韩寒、郭敬明等先期走红的"80后"划清界限，并表达自己对"80后"这一概念的反对。在随后的媒体采访中，李傻傻也明确表示：生于1980年后的写作者要想真正地创作而不只是期待市场的宠幸，就必须抛弃所谓"80后"的概念，他甚至主张废掉"80后"概念。①同样被邀请参加中央电视台"80后"专题节目的作家李萌表示赞成李傻傻的观点，她认为，在"80后"这个概念的掩饰下，那些媚俗的、浅薄的、不合格的文学产品也堂而皇之地装进了这个箩筐，这就使得人们对所谓的"80后"文学产生了偏见。

### （二）一致拒绝团体化

充分个性、独立行走的"我"，充分自由、放松写作的"我"，与充分张扬、种类繁多、活跃于网络的青年亚文化小圈子相互呼唤，文化英雄与娱乐偶像互为一体，使文学作品与文化消费之间的界限日渐模糊。每一位出名的青春写手都有网站等商业推手隐藏其后，都有大量的粉丝围绕其侧，但同时又缺少扛大旗的人，缺少号令文坛的领袖，缺少为各方服气的评论家。于是，"80后"文学在形成后恰恰与当代诗歌旗帜翻飞的状况相反，没有出现任何具有实质意义的文学团体，即便有文坛名家马原主编的《重金属——80后实力派五虎将精品集》面世且造成一定影响，但"实力派"作家自己依然如故，不反对、不响应、不抱团，更没有宣言。②

也许这就是真正的"我时代"的降临，也许这就是"让写作真正成为个人私事"的时代，也许它从根底上暗合了"80后"一代人的时代心理。当然，这也与"80后"最初命名的不确定性和误读有很大关系，因为命名实际上是在"80后"写手群体、主流文坛、以抓眼球为动力的网站、出版商和媒体等第三方市场化力量的多方博弈之中产生的，多种力量的拉动反而激发了"80后"写手们拒绝团体化的一致态度。

### （三）三极分化趋势明朗

2007年，"80后"文学开始出现"三极分化"的趋势。以张悦然为代表的作家开始回归主流文坛，尽管先前写作观念与文本风格已有变化，但明显避开与主流的观念冲突，在身份确立上也尽量靠拢主流。以郭敬明为代表的作家继续走"明星路线"，义无反顾地进入图书市场，文学创作与市场营销的紧紧

---

① 黄兆晖：《李傻傻推出长篇处女作〈红×〉》，《南方都市报》2004年7月23日。
② 江冰：《试论80后文学命名的意义》，《文艺评论》2004年第6期。

"握手"成为制胜法宝。相比之下，韩寒尤显特立独行，他的文学写作已经被网络博客写作的影响覆盖了。

当时主流文坛的举动恰好构成了分化的潜在背景。2007年8月，中国作家协会公布新一批入会会员名单，吸收张悦然、郭敬明、蒋峰、李傻傻等加入，而与此同时，韩寒却明确表示："作协一直是可笑的存在。"①"80后"代表作家呈现完全不同的态度：韩寒依旧"玩世不恭"地进行另类写作，并由文学领域跨界到其他领域；郭敬明竭尽全力打造自我偶像，直接进入市场；张悦然则逐渐回归传统文学的轨道，试图消除市场"偶像派"的光环。张悦然似乎同时在写两类作品，一类是适合市场口味的、附以精美照片与设计的时尚畅销书；另一类则是袒露人性、抒写内心的纯文学作品。《誓鸟》的问世与成功，显示了张悦然日后写作的主要方向。"80后"的"偶像派"作家中，在纯文学的道路文坛新势力的开端时，就始终弥散着一种"拒绝命名"的情绪，但不同作家群体所表现的相同一致的态度就是拒绝团体化。这对形成某种文学流派几乎是致命的一击。我们看到，拒绝命名，各行其是，妨碍了写手群体在较短的时间里打出旗帜，另立山头，失去了与诸多媒体携手合作的机会。在"80后"作家中，张悦然无疑走得最远。2006年，张悦然从新加坡国立大学毕业后来到北京，经人牵线搭桥和北京市作家协会签了约，随后又经白烨推荐加入了中国作家协会。加入作协在张悦然自己看来是"一个非常顺理成章的过程"，在新加坡的孤独写作让她感到没有同道者，加入作协是寻求一种"归属感"。

无论人们如何评价郭敬明的文学创作，一个公认的事实是，他在商业方面极为成功。在迎合市场方面，郭敬明几乎有近于天才的敏锐：《岛》发行两周年后，上海柯艾文化传播有限公司成立，《最小说》将阅读人群定位于中学生与低年级大学生，发行销量至今居高不下。2007年新作《悲伤逆流成河》上市一周，销量突破100万册，两个月后销量则达到了260万册。郭敬明将自己定位为"大众时尚偶像"，他不但以一个商人的姿态来面对文学，而且是当下最能把握青少年读者阅读心理和网络销售的文化商人。《小时代》升级版的不断

---

① 《韩寒：绝不加入作协，作协一直是可笑的存在》，《南方周末》2007年11月8日。

面世，使得郭敬明的市场号召力得以继续保持。

《南方人物周刊》把韩寒评为"2006年度最经得起考验的文化先锋"，同时获得这一称号的还有李银河、陈丹青和易中天。一个1982年出生的青年与阅历丰富的学者们并肩出场，证实了"韩寒现象"的社会关注度。韩寒出版了十多本书，时常占据销量排行榜的前列。他同时是一位优秀的职业赛车手。他不参加研讨会、笔会，不签售、不做讲座，甚至不参加颁奖典礼。

2008年2月3日，在"新概念作文大赛"十周年庆典的台上，韩寒、郭敬明、张悦然的手握在一起，出现了"80后"文学一个标志性的场面。对于作品、市场、媒体，三人看法各异，南辕北辙。"80后"三位代表作家在经历市场与文学的分化后，选择了截然不同的人生道路，"三极分化"趋势明朗。韩寒是完全按照自己的个性去做，写作也好，赛车也好，他始终特立独行。郭敬明则成为文化商人，依照市场的动向来赚更多的钱。而张悦然回归到传统文学领域，忠于文学创作，希望当一名青年作家。①

到此为止，"80后"文学不但止步于传统意义的文学流派与文学思潮，而且大大地逸出地界，其现象本身的意义已经远远超出文学的范围。

## 二、三种特色：呈现网络时代的精神风貌和文学风格

### （一）代际差异：网络一代的"青春写作"

回顾我的研究思路，其路径本身也是值得记录的。我从2004年开始关注"80后"文学，一直在思考对于"80后"概念的确认。由于社会和媒体对于这样一个代际概念的热衷，我实际上承受着一种来自社会的压力。当文学研究一旦搭上社会代际的列车，就有一种无法控制的感觉，研究领域如原野一样辽阔。我在最初开始进行课题研究时，试图用"四个圆"来限制"80后"概念，即大都市、独生子女、现代消费、新媒体，我以为，"四个圆"相交的部分是"80后"人群最具有独特性的代际特征。我试图通过对一个"金字

---

① 江子潇：《论80后文学三极分化的趋势》，《文艺评论》2008年第3期。

塔"顶尖的关注来回避对于一代人研究的全面介入——这实际上也是我个人感到无能为力的巨大范围——何况我一直想把研究限制在文学领域。但我的团队有社会学专业背景的研究人员加入，他们的实证研究和以数据说话的方式影响着我，在北京、上海、广州三地十所大学的一系列问卷调查，使我慢慢看到一个网络人群的浮现：1980年到1989年出生的人群可以分为"前80后"和"后80后"，正好网络上也有"85后"之称呼。我同时注意到互联网在中国的发展历程有"两个十年"，一是"技术的十年"，二是"普及的十年"：前者从1994年到2004年，后者从1998年到2008年。1985年出生的人，他们在14岁青春期时，正好遭遇互联网在中国内地一线城市进入家庭的重要时刻。国外大量的研究告诉我们，一个人是否在青春期接触互联网，与他的思维方式的形成有十分重要的关系。我们暂时将研究人群的目光向后推移，"90后"开始进入视野，下限终于落在1994年出生的人群，因为，他们的14岁与2008年重合。我清楚，无论这样一种界定如何需要在不断的质疑中去发展，却都有一种力量在明里暗里地影响着我和我的团队的研究，那就是互联网，就是网络，就是新媒体。

可以断言，没有互联网等新媒体，就没有这一代人的文学。因为，"80后"乃至"90后"正是网络下的一代，新媒体下的一代。他们之间有着历史的、时代的和社会的延续性，这是他们之间代际特征延续可能性的前提。但在延续间，依然有着代际差异凸显的可能性。我对"80后"和"90后"有两个基本的概括：如果说"80后"是"从平面印刷媒体向数字新媒体过渡"的一代和"价值断裂"的一代，那么"90后"就是"完全数字化"的一代和"重建价值的一代"，同时又是更加自我的一代，也可能是更加远离传统并试图探寻新价值观的一代。无论定义如何再发展、修正，一个趋向是明显的，即他们共同拥有的数字化背景以及这种背景的不断深化。以网络为基础的新媒体恰恰是新一代人成长的核心关键词，"网络"一词最终凸显在文学形态的面前。

正是基于以上的认识，2008年我申报并获批国家社科基金课题"80后文学与网络的互动关系研究"之后，旋即又与熊晓萍教授合作研究2009年国家社科基金课题"80后与90后：网络一代的传播方式研究"，将视野延伸到传播学领域。我主持成立的有28人参加的多学科团队——"80后"文学与文化研究中心，先后在网络青春写作、"无厘头"文化、新媒体与"农二代"、新媒体与现代设计、网络新艺术等学科领域全面开花，共获批省部级课题六项。我在这样一种研究环境中，始终感到互联网新媒体的巨大作用。我深切地意识到，网络新媒体在这一代人身上的深刻烙印。从代际研究回到文学，其实我们也不难看到，这一切入视角极有价值和延伸空间，即了解和把握新媒体时代文学乃至艺术的变化及其新的生成方式。[①]此种研究指向未来，其核心问题是一个时代转换的巨大问题——传统纸媒向数字化媒体转型。在此种背景下，我们的研究无论在广度还是深度上均有十倍的意义提升。了解媒体时代的转型，我们就可以逐步回答以下问题：为什么会有"网络一代"的出现与发言？为什么会用"青春文学"的形式？为什么会出现愈见明显的代际差异？为什么会出现以网络文学、网络艺术为代表的新的艺术形式？

### （二）以个人为中心的"去意识形态化"

新时期文学三十年的历史发展，主流文坛的文学标准始终处于变化之中，从维持了几十年正统地位的传统现实主义到外来西方现代主义的冲击，精英文学的价值观似乎一直处于同意识形态的协调、融合、冲突的博弈之中。从洪治纲《无边的质疑——关于历届"茅盾文学奖"的二十三个设问和一个设想》到邵燕君《茅盾文学奖的风，将向哪个方向吹？》，我们可以从"茅盾奖的矛盾"中感受到主流文坛的变化，看到精英文化的变化。

我们试图用两种模型来描述当前中国的文化现状。一是"同心圆"模型。简而言之，就是以主流文化为圆心，以非主流文化为包围，以另类文化为边缘。主流文化起稳定圆心的作用，而另类文化与非主流文化始终保持一种指向主流文化的运动力量。当另类文化由非主流文化渐渐融入主流文化之时，圆心的新鲜血液得到补充，同时，新的非主流文化与另类文化又出现了。二是三种文化"缠绕共存"模型。国家文化、精英文化与大众文化三种文化相互缠绕、相互影响、相互依存、共同发展。国家文化是主流意识形态文化，精

---

① 江冰：《"80后"：新媒体的艺术方式》，《南方文坛》2011年第4期。

英文化是以知识分子为主体、以承继传统为己任的高雅文化，大众文化是民间的、市场的、消费的、通俗的文化。三种文化之间的相互补充十分重要。我们过去比较重视国家文化与精英文化的互补整合，对大众文化却一向有着忽视的倾向。现代文化的传播和教育模式中就有着更多属于前两种文化的成分与特性，往往因为忽视了来自民间底层大众文化的补充而未能形成一种良性互动的格局。

"80后"文学是"80后"文化的主要形态之一，它属于青春文化、青年亚文化，处于非主流文化与边缘另类文化之间。它是全球化、网络化、民主化、市场化背景下的文化，是成长中的文化。作为一种文化形态，"80后"文学继"先锋小说"与"70年代人写作"之后，以青春文学与网络写作两种形式蓬勃生长，形成与主流文坛某种对峙与挑战的态势。对原有意识形态化的消解贯穿于其成长的全部过程，而这一消解过程又可以从以下四个方面得以体现：精英与草根的对峙与交流；主流与非主流的冲突与融合；边缘与另类的张扬与生长；印刷文化与视觉文化的抵触与妥协。可以看出，与青年亚文化、网络密切相关的"80后"文学，正是在上述对峙、挑战、冲突的过程中蔚为大观，开始了一个属于21世纪的文学新时代。引发文化冲突的原因，也恰恰是青年一代对传统权威型文化的一种挑战。传统权威型文化所代表的庄严、持重、宏大、集体、中庸、规范被打破，如同平稳坚固的城堡被掏了一个小洞，中庸之道借由"恶搞文化"走向"酒神文化"，无拘无束、狂放不羁、抨击社会、展现自我，而且集体地进入了巴赫金狂欢理论中所提出的"狂欢生活"。这种与强调服从等级秩序、严肃禁欲的"日常生活"相异的"反面生活"，则是平等、自由、快乐、无拘无束，充满对权力、神圣的戏谑和不敬。[1]

### （三）青年亚文化中的"非主流"文化趣味

"80后"文学体现了另一个文学史意义：彰显了一种"非主流"文化趣味，这一趣味与"80后"文学的青年亚文化特征紧密相关。以网络为首的新媒体为"80后"青年群体寻找和建构自己的身份提供了一个既虚拟又现实、

---

[1]　熊晓萍：《传播学视角下的"80后"文学》，《天津师范大学学报（社会科学版）》2008年第3期。

既模糊又安全的平台，不但培养了新一代的消费方式，也养成了他们的文化趣味和审美习惯。各种不同类型的网络青年亚文化迅速繁殖和发展，它们表达出一种与主流文化迥然不同的非主流文化趋向。非主流文化这一概念，是相对于主流文化而言的。网络上非主流文化似乎已经成为一种标签，类似的有非主流图片、非主流音乐、非主流空间、非主流个性签名、非主流头像等，不胜枚举。

什么是非主流文化趣味呢？也许，伯明翰学派关于亚文化研究的三个关键词可以帮助我们理解：抵抗、风格、收编。[1]第一个是抵抗，所有的亚文化对主流社会都有一种抵抗，把牛仔裤搞破就是一种抵抗，抵抗整洁庄重的传统。第二个是风格，要形成个人独特的风格——无论是衣饰装扮还是行为方式，无风格毋宁死，这就是亚文化的生命和标志。第三个是收编，商品社会和意识形态对青年亚文化的收编，把个人的风格转化为商品，为大众享用；把个人的主张变为主流的一个部分，无形中化解个人的独特性。富有意味的是，今天这个收编的过程比从前缩短了很多，原因是以网络为首的新媒体的发展和普及。从前，亚文化的参与者比较少，支持者人群也比较少，而到了今天这个网络的时代，出现了"网络一代"，他们成长于网络，网络是他们名副其实的"第二生存空间"。在新媒体环境中成长的这一代人，拥有相近的价值观念、认知方式、知识结构、文化趣味。借助网络新媒体为大本营形成的力量，由小而大，由弱变强。进入现实社会，当年轻的一代普遍拥有这种观念和文化趣味的时候，启发是普遍的，力量是普遍的，影响也是普遍的。你无法回避，甚至无法选择，主流社会不得不接受它。当他们同时也成为主要消费者的时候，商家的反应更加迅疾。因此，这个收编的过程被大大缩短了。进而言之，亚文化的气氛和非主流文化趣味的形成不仅仅是依赖一小群人，而是依赖网络改变的整整一代人。我们先前指出的，飞速增长的网民数量以及网民年轻化的事实，即是有力的例证。[2]

---

① 江冰：《"80后"文学："我时代"的青春记忆》，《文艺争鸣》2010年第15期。
② 江冰、江子潇：《80后：新媒体的文化趣味》，《南方文坛》2011年第6期。

### 三、三个前景：后青春期文学演变发展的多种可能

#### （一）加速文学"类型化"

"80后"文学从一开始就呈现出"青春写作"的风貌，无论从题材、内容、主题还是美学风格上都有强烈的青春气息与青春色彩。它之所以可以独具一格，一个重要的原因就是文学的类型化。这个类型化当然也有它特有的内涵：青春期的叛逆与忧郁，"非主流"的文化趣味以及"网络一代"的独有方式。还有一点，这个类型化的青春文学是由他们自己完成、自己消费的，"80后"作家写手与"80后""90后"读者之间似乎就是一个相对封闭的文化消费系统。这不由使人想起法国学者让·鲍德里亚在其名著《消费社会》中的开篇语："今天，在我们的周围，存在着一种由不断增长的物、服务和物质财富所构成的惊人的消费和丰盛现象。它构成了人类自然环境中的一种根本变化。"①也许，正是"80后"群体在文化消费上的强烈欲望，构成了这一代自己写自己读"青春文学"的丰盛现象。同理，借助整个社会的文化消费浪潮，"80后"的作家和写手们在"80后"文学的第一个浪潮——也可视作"准文学思潮"短暂呈现——之后的进一步表现，即身体力行推进和加速了当代文学"类型化"的发展趋势。

"类型化文学"于20世纪90年代即开始在图书市场中形成，但蔚为大观却是在网络文学网站。自1994年3月中国以"cn"为域名加入国际互联网后，同年就有了电子文学月刊《新语丝》。截至2001年6月30日，中国已有以"文学"命名的综合性文学网站约300个，以"网络文学"命名的文学网站241个，发表网络原创文学作品的文学网站268个，其他各类非文学网站中设有文学视窗栏目的达3000多个，仅文学网站"榕树下"的作品库中就储藏原创作品100多万篇。第一代网络作家基本是"70后"，他们普遍是大城市生活条件比较好的白领，理科、商科出身，爱好文学，选择了技术含量高的互联网来实现他们在现实生活中不能完成的"文学梦"。但是很多网络作家出名之后，纷纷选择

---

① 　［法］让·鲍德里亚：《消费社会》，刘成富、全志钢译，南京大学出版社2008年版。

了退出。第二代网络作家以"80后"为主导，他们的专业背景多元化，写作类型化、职业化、高产化，成长于各大文学网站。代表作家明显呈现出类型化特征，比如创作玄幻奇幻小说的辰东、萧潜、牛语者、梦入神机、唐家三少等；创作历史军事小说的当年明月、曹三公子等；创作都市言情小说的饶雪漫、明晓溪、郭妮、罗莎夜罗等；创作武侠仙侠小说的我吃西红柿、舒飞廉、沧月等；创作悬疑灵异小说的天下霸唱、南派三叔等。随着"80后"的成长和网络技术的发展，他们一方面开始在《萌芽》、"新概念作文大赛"崭露头角；另一方面更多爱好文学的青年们开始在网络上开辟自己的天地，抢滩网络文学。从2003年开始，继"榕树下"之后，起点中文网、晋江原创网、红袖添香、幻剑书盟、17k中文网、腾讯网读书频道、新浪网读书频道等网站陆续成立，笼络了一批网络写手加盟，通过底薪、网上付费、订阅分成和网站稿费给网络作家发工资。于是，第二代网络作家写作速度普遍惊人，有人同时写作四五本书。2008年7月4日，盛大文学公司在上海宣布成立，收购国内三家知名原创文学网站：起点中文网、晋江原创网、红袖添香网，整合了网络文学的优秀力量，业内专家认为：盛大文学公司的成立是国内原创文学界的标志性事件，将使文学更为普及，走向大众，促使网络文学渐成主流。同时也有力地推动了当下文学的类型化趋势，使得文学真正融入文化消费的大潮。①

作为网络类型化文学主力的"80后"作家写手，无论在文学观念还是艺术方式上，都与传统纸介写作作家拉开了距离，其中原因不完全是意识形态的，作家职业身份的重新认定、数字化背景下的媒体转型等也是不可忽视的因素。无论历史如何评价，我都把它视为"80后"文学的余波之一，也是其后续前行的前景之一。

### （二）推进新媒体文学

近十年来，我们一直处在对于数字化既欢呼又担忧的矛盾心情之中，2010年底出版的两本美国学者的著作以及媒体对它们的报道就是例证。一本是杰弗里·斯蒂伯的《我们改变了互联网，还是互联网改变了我们？》，另一本

---

① 江冰、崔艺文：《论网络写作群体的形成与生存现状》，《天津师范大学学报（社会科学版）》2010年第2期。

是尼古拉斯·卡尔的《浅薄：互联网如何毒化了我们的大脑》。前者属于欢呼派，在揭示互联网与人类大脑相似性的同时，充分肯定互联网的伟大作用，鼓动我们利用好互联网；后者属于担忧派，质疑互联网的优势，指出互联网的负面效应：人类正在被毒化，正在变得一天比一天浅薄，正在丧失专注、沉思和反省能力。一个有趣的现象在于，多家报纸报道了后一本书，而对前一本书有意忽视。这里既有纸介媒体对数字化无可言状的抱怨和恐惧，也有主流意识形态对"数字化崇拜"的警惕。主流文坛的犹豫彷徨作为原因之一也不能除外。传统文学批评家对数字化现象也持谨慎态度，我一向钦佩欧阳友权的提前涉入，他和他的团队对数字化新媒体文学的理论论述可谓先行一步。但一批理论成果的出现，倒使我有一种"理论提前量"的感觉，即新媒体文学艺术尚未成型，理论紧跟而上试图解释，价值判断远远多于事实判断。其勇气可嘉，但实际效果并不一定贴切，用传统的文艺理论真的可以解释新媒体文学吗？我总有几分疑惑，宏观的学理描述难免大而有疏，我们很难由此把握其细部的变化及其具体的形态。[①]反而是广州的一批学者相对踏实，他们从传媒时代的文学存在方式入手，借助文学与图像、影视、广告、网络、博客、短信等平台，阐释文学与媒介的关系，试图描述当下文学的真相，在不断的描述中让我们接近新媒体文学。[②]我对试图用传统文艺理论解释新媒体文学始终抱有怀疑态度，因为你的尺子可能有问题，尺度标准发生变化了，你如何把握新的现象？看似自信的价值判断反而可能是误导，从而造成更大的隔膜。也许描述更踏实可靠一些吧，我们毕竟在面对"千年未见之巨变"啊！北京的主流文学气场太过强大，关于新媒体文学的论述声音微弱。批评家白烨身处前沿，于"80后"文学和新媒体早有体悟："种种迹象都向人们表明：各国文坛的'80后'们确实在很多方面与此前的写作者有着很大的不同，正在形成自己的知识系统。因而，他们的纷纷登台亮相，在很大程度上是当代文学改朝换代的一个信号。"陈福民、邵燕君等学者也有精彩论述，但大多以肯定赞誉姿态描述新媒体文学时代的开启，文学本体形态的描述尚待深入。邵燕君在重申自己坚守精英文学立场

---

① 欧阳友权：《网络文学的学理形态》，中央文献出版社2008年版。
② 蒋述卓、李凤亮：《传媒时代的文学存在方式》，广西师范大学出版社2010年版。

的同时指出：以如此精英文学为标准，今天我们的"主流文学""纯文学"都需要脱胎换骨，其新胚胎骨骼或许正在新媒体文学中孕育生长。[①]依这位批评家推论，"80后"文学包含有新媒体文学的元素，而新媒体文学可能又是文学未来的发展归宿与艺术形态，因此，"80后"文学也为中国当代文学的总体发展作出了贡献。推论是鼓舞人心的，但要把它们之间的关系梳理清楚又是相当困难的，因为社会转型、观念转型、尺度标准发生了变化。南辕北辙，刻舟求剑，今天我们在理论上依然容易掉进古人早就论定的陷阱。

要用准确的定义去概括新媒体文学，既容易又不易，易处在于定语明确，难处则在于定语的变幻不定。但我们通过一些新媒体现象，可以努力地接近它的形态。比如在"80后"文学中去寻找与传统纸介文学不同的地方或许就是有效的路径；比如网络文学以及那些无法用文学所涵盖的网络写作，作为"网络一代"青春期的发散物，都带着前所未有的表现形式与内涵特征：交互共享、大众狂欢、公共空间、"去中心化"、搞笑风格等；比如与传统纸介媒体的文学相比，网络文学更多地建立在"虚拟空间"，而网络等新媒体提供的"虚拟空间"的成长经验是"80后""90后"与前辈最大的区别。与网络普及同步，网络成为"第二生存空间"。网络空间的"虚拟体验"，是"网络一代"区别于前辈的重要特征。一个可见的事实在于，"80后"一代的每一个人几乎都拥有现实与虚拟两个身份，可以自由地出入现实与虚拟两个生活空间，现实与虚拟两个世界的不同"人格"往往反差极大却又和平共处，而这在前辈人群中却是十分困难的事情。

无论我对"80后"和"90后"的两个定义如何发展、修正，一个趋向是明显的，即他们共同拥有的数字化背景以及这种背景的不断深化。因为，"80后"乃至"90后"正是网络的一代，新媒体的一代。新媒体是新一代人成长的核心关键词。因此，新媒体文学也属于新的一代，而"80后"文学至少有两个特征可以证实它与新媒体文学的关系及其推动作用：一是它与网络的互动关系，"80后"文学就是缘起于新概念作文和网络；二是"80后"代表人物均是自由出入于网络和纸介的写手。也许，更为重要的是，"80后"文学所依据的

---

① 邵燕君：《倡导"好文学"与直言的批评风格》，《文艺报》2011年2月2日。

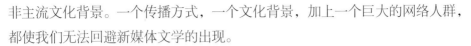
非主流文化背景。一个传播方式，一个文化背景，加上一个巨大的网络人群，都使我们无法回避新媒体文学的出现。

简而言之，"80后"文学借助网络等新媒体，为新媒体生成新艺术探索了一条新道路，并拉近了新媒体与传统纸介文学的直接距离，吸引并稳定住一批年轻读者，促进了当下主流文学的新一轮突破，同时推进了新媒体文学的出现。尽管方兴未艾，尽管不是一蹴而就。由此，我们试图探讨了两个问题：什么是新媒体文学？"80后"文学是否推进了新媒体文学？前者没有结论，后者答案肯定。

### （三）代际特征中的公共话题与社会镜子

无论是对网络的依赖、对手机等新媒体的喜爱乃至对信息处理方式的改变，还是对自我的重视、对集体的疏离以及非主流文化趣味的凸显，伴随互联网长大的"80后""90后"一代都有着巨大而普遍的变化。在数字化鸿沟面前，我们不难看到新中国成立60年以来最为明显的代沟；而延续并不断强化"80后"文学的代际特征，为"80后"乃至"90后"进入中国社会不断提出新的公共话题，并使之成为中国当下社会的一面镜子，将是"80后"一代写手作家的创作前景之一。

在学术名著《文化与承诺——一项有关代沟问题的研究》中，美国学者玛格丽特·米德提出了著名的"前喻文化、并喻文化和后喻文化"的概念，她将人类的文化划分为三种基本类型："前喻文化"是指晚辈主要向前辈学习；"并喻文化"是指晚辈和长辈的学习都发生在同辈人之间；"后喻文化"是指长辈反过来向晚辈学习。玛格丽特的大胆与精彩之处在于她明确指出当下的时代属于"后喻文化"，即"青年文化"时代。在这一文化中，代表着未来的是晚辈，而不再是他们的父辈和祖辈。在全新的时代而前，年长者的经验不可避免地丧失了传喻的价值，瞬息万变的世界已经将人们所熟知的世界抛在身后，在时代剧变面前，老一代的"不敢舍旧"与新一代的"唯恐失新"的矛盾，不可避免地造成了两代人的对立与冲突。①玛格丽特向20世纪的世界宣告：现代

---

① ［美］玛格丽特·米德：《文化与承诺——一项有关代沟问题的研究》，周晓虹、周怡译，河北人民出版社1987年版。

世界的特征就是接受代际冲突，接受由于不断的技术化，每一代的生活经历都将与他们的上一代有所不同的社会现实。玛格丽特更为深刻与坦率的结论还在于她把代沟产生的原因没有像人们惯常的思维那般归咎于年轻一代的"反叛"上，而是归咎于老一代在新时代的"落伍"上。两代人需要平等对话式的交流，但对话双方的地位虽然平等，意义却完全不同，因为年轻人代表未来，而年长一代想要不落伍，唯一的选择就是努力向年轻人学习。玛格丽特·米德的理论无疑给了我们丰富的启示，将此产生于第二次世界大战后西方社会的理论，平移参照中国21世纪的社会现实——所谓"四世同堂""五代同堂"的用法，在中国内地文学界已经用了20多年。为什么唯有到"80后"的提出，"代际差异"才会如此醒目与突出呢？其实这恰恰取决于文化空间的根本改变与传统价值观的某种"断裂"。文化传递的惯性在2000年后被极大地遏止了，文化传播方式的改变，也使原来依赖意识形态强行预制的文化轨道与生存空间被迅速地消解了。新的一代开始呈现出不同于前辈乃至"颠覆性"的青春记忆与文学风格，全球化、网络化、数字化、市场化、民主化、自由化、个性化、另类化、虚拟化、娱乐化——所有这一切都构成产生与制造公共话题的可能性。从前的孩子看着父亲的背影，我在龙应台的《亲爱的安德烈》一书中读到了一种全球化视野下对于"代沟"这一世界性主题的别样阐释。人文学者出身的龙应台，通过母子对话所要传达的是一种人文情怀，在承认不同文化背景、不同代际存在"代沟"的前提下，她顽强叙述的是一种试图跨越"代沟"障碍的人文传统，关乎伦理，关乎价值，关乎立场，关乎信仰。尤为可贵的是作者的态度，是包容的、温和的、切磋的，是充满自我质疑和自我批判的，尽管这种质疑是痛苦的，这种批判是犹豫的。我最看重的就是作者理性叙述的坦诚与纠结，因为坦诚，所以感人；因为纠结，所以使得话题愈显深度及其复杂性。龙应台及其两位儿子的独特处在于多头线索的交集：国际家庭、跨国成长、母子分离——文化碰撞中的代际差异油然而生。于是，一个世界性的"代沟"主题在历时性与共时性两个方面展开：历史跨越几个时代，激烈动荡；地理空间交叉碰撞，漂移不定。假如把玛格丽特和龙应台的上述两本书放在一起阅读，可以更加强烈地感受跨越半个世纪的世界性的"代沟"主题。尽管中国内地的人文学者尚未如此深刻地感知与描述这一点，但可以肯定地说，"80后"文学以及它所生发的所有话题，都将会在相当长的一段历史时期中顽强而尖锐地存在。

从传播学视角解读"80后"文学，不难看出其超出文学的诸多意义。大众狂欢与改变"认知失调"是"80后"文学的创作动力之一，人们在制造偶像的同时，实际上是在塑造自我，而网络公共领域则构成"80后"的特殊生存空间。在传统的大众传媒中，传播者的角色受到种种限制，并非人人都能获得传播主体的权力，然而，在"80后"文学的传播中，情况发生了逆转。众多的传播者（即写手）是普通平民，而且大都是青春期的青少年，这些"80后"俨然成为传播中的主角。他们队伍庞大，十分活跃，建网站、开博客，创作热情和创作数量令人吃惊，呈现群体狂欢的状态。[①]

著名法国学者傅勒在《思考法国大革命》一书中指出：当一个历史事件失去了当下一切的参照意义，不再是一个世界想象的镜子之后，"它也就从社会论战领域转移到学者讨论的领域中去了"[②]。那么，反过来说，如果这个历史事件仍有当下参照意义，仍是一个世界想象的镜子，它就注定不可能只限定在学者的讨论之中，不能不依然存在于"社会论战领域"，成为社会关注的公共话题。在此，我们需要强调的还不仅仅是"80后"文学依然是"一个世界想象的镜子"，恰恰是当下社会还没有充分认识它的历史意义。同时，我们可以预言其历史意义将与日俱增，在中国社会全面转型的时代，成为一面独特非凡的关于21世纪中国内地社会的"想象与现实相互映射的镜子"。

## 四、并非结语：后青春期的意义

也许，传统的文学标准已经无法约束"80后"文学，但仍然不妨碍我们去评判："80后"文学并非文学流派，也不是有纲领、有旗帜、有口号的文学思潮，但由于明显的代际差异，它也可以被视为一次"准文学思潮"。我把它的全盛期称作"青春期"，而把它的后续期暂且称作"后青春期"。此文即是

---

① 熊晓萍：《传播学视角下的"80后"文学》，《天津师范大学学报（社会科学版）》2008年第3期。

② ［法］弗朗索瓦·傅勒：《思考法国大革命》，孟明译，三联书店2005年版。

对"80后"文学后续期、余波期的一次理论阐释。我们坚信："80后"文学虽然已过全盛期，但余波未了，影响深远，对其各方意义的阐释也远未终结。由"80后"命名而迅速成为一个流行符号，从文学走向社会，从精英视野走向公共领域，"80后"文学不但余波未了，其非凡意义还将不断凸显。

［原载于《天津师范大学学报（社会科学版）》2012年第2期］

# 第三辑

## 融入粤文学与本土文化

# 论广东文学的文化差异性

## 一、从地域文化角度看广东文学

广东地处岭南，古代百越文化积淀而成的底色，千年中原文化的撞击交融而成的杂色，以世界贸易港口著称的海洋文明的蓝色，共同汇成多色调的岭南文化，无疑保留了一份有别于内地文化的岭南特色。而岭南文化源远流长，自成一格，色彩纷呈，内涵深厚，其资源的丰富足以作为当今广东文化、文学发展的支持。

岭南文化不同于内地文化的特色，即是文化上的差异性。我们知道，文化中一些根深蒂固的东西，一些融化在血液和气质中的东西，很难消灭，很难同化。广东人到了内地，不但外貌上有差异，开口说话口音不同，重要的是生活态度、思维方式、观念有所不同。一个外地人移居广东，不出几年，回到故乡，难免产生"格格不入"的感觉，为什么？就在于岭南文化与内地文化观念上的差异性。

探究下去，一切都与广东特殊的地理位置有关。"五岭北来峰在地，九州南尽水浮天。"在中国历代"夏/夷"这样的政治地理视野中，广东一向被视为蛮荒之地。白居易对当时的广东有这样的描述："蓊郁三光晦，温暾四气匀。阴晴变寒暑，昏晓错星辰。瘴地难为老，蛮陬不易驯。……不冻贪泉暖，无霜毒草春。云烟蟒蛇气，刀剑鳄鱼鳞。路足羁栖客，官多谪逐臣。"你看，在大诗人的眼中，广东是气候恶劣、野兽出没、犯人流放的瘴病之地。它与白居易的"江南好，风景旧曾谙，日出江花红胜火，春来江水绿如蓝，能不忆江南？"几乎构成了一个地狱、一个天堂的强烈反差。从文化发展上来看，广东文化也比中原地带晚了一千多年，以至一向自信心极强的广东新会人梁启超清末考察"广东位置"时也感慨道："广东一地，在中国史上可谓无丝毫之价值者也……崎岖岭表，朝廷以羁縻视之；而广东亦若自外于国中。"①

然而，随着全球化序幕的拉开，广东的位置却发生了根本性的变化。法国年鉴学派大师布罗代尔在考察世界各大城市特征后指出，可能世界上没有一个地点在近距离远距离的形势上比广州更优越。美国汉学家费正清建立了认识中国的"沿海/内地"的理论框架，认为中国的现代化是沿海先行，逐步过渡到内地，沿海为"新"中国，内地则是"老"中国。②

也许，正是因为跌宕起伏的历史变化，使得现代各方大家对广东的评价也是褒贬不一，毁誉参半。这种异口不同声的评价显然出于不同的立场，不同的角度，但也从一个侧面证明广东文化多面性所构成的差异性。

这种"差异性"丰富而复杂，并非一个"商"字，一声"叹世界"，一句"牙齿当金使"可以概括。其中包含了许多主题：人性的、社会的、时代的、政治的、经济的、文化的。总之，从精神高端到世俗底层，从意识形态到生活方式，各个侧面，各个层次，应有尽有，"差异性"随处可见，无微不至。不过，尽管外在特征可辨，但内在精神却一言难尽，需要捕捉，需要提升，需要描述，"差异性"往往处于"模糊地带"，而这种"模糊地带"恰恰是广东作家大显身手之处。

## 二、广东文学面对双重文化差异

所谓"双重文化差异"，一是从外部看，一是从内部看。外部是指岭南文化与中原文化的差异，内部是指广东文化包含了汉族三大支系的文化。

先说岭南文化与中原文化的差异。

岭南文化的成熟迟于中原文化，隋唐以前少见历史记载，其形成于宋代，发力于明清，而真正可以与中原文化抗衡只是在19世纪末20世纪初。差

---

① 《梁启超全集》第三卷，北京出版社1999年版。
② 黄树森编：《广东九章》，广东人民出版社2006年版。

异之所以存在，包含以下几个原因：广东距主权中心偏远，在交通不便的古代，恰恰是"天高皇帝远"，民间社会受国家意识形态、传统道德规范影响相对要弱。但是从地理上看，离中原虽远，却离大海要近，所以去中原难，出海却容易，从"海上丝绸之路"到清朝的"一口通商"，广东经商传统所培育的文化显然不同于中原的农耕文化。再一个是移民，广东一向是移民大省，无论是翻越梅关、从南雄珠玑巷散向珠三角的广府人，还是徘徊于赣闽粤山区、最后定居岭南的客家人，还是从闽南迁移至沿海一带的潮汕人，历代移民逃离家园的流浪心态与开拓精神，都构成了一种对中原文化规范的强大离心力，于是在生命的迁移中，在不同的生存环境中，一代代的广东人逐渐造就了岭南文化的开放性、包容性和创新性。"敢为天下先"是最为鲜明的精神标记，翻开史册，被誉为"岭南文化第一人"的惠能和尚即以个人创见奠定南宗。到了近代，中国第一个留学生容闳、为太平天国运动制定第一部先进治国纲领的洪仁玕、第一个剪掉辫子的冯镜如，还有林则徐广东禁烟、洪秀全的太平天国、孙中山北伐战争以及20世纪80年代中国改革开放的排头兵，所有这些与其说离不开广东独特的地理位置，不如说离不开广东特殊的有别于中原的文化环境。

再说广东文化内部的差异。

在北方人看来，广东是一片"鸟语花香"，广东话被称为"禽声鸟语"。其实广东话里有粤语（即白话）、客家话、潮汕方言。广东人始终坚持认为，白话是广府人的母语，客家话是客家人的母语，福佬语是潮汕人的母语。除去少数民族，除掉1949年以后的新移民，所谓"老广东"，主要就是指广府、潮汕、客家三大民系。他们都属于汉族，但由于来源不同，分属于汉族的不同民系。三大民系各有体现其历史渊源的祖居祠堂、民俗风情、生活方式乃至性格特征，即使在传媒发达世界一体、地域特征逐渐淡化的今天，广东三支民系依旧坚守各自的语言与民俗，其民系族群的身份认同与人文内涵，坚守与凝聚力量的强度恐怕在其他省份也难以见到。

广府人居住珠三角最富庶发达的地盘，潮汕人则居住粤东沿海一线，客家人则多居住在广东最贫困的山区。一般认为，广府人灵活，潮汕人勇敢，客家人刻苦；广府多实业家，潮汕多商人，客家多学者；广府人依恋故土，潮汕

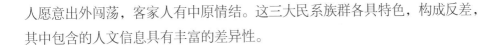

人愿意出外闯荡，客家人有中原情结。这三大民系族群各具特色，构成反差，其中包含的人文信息具有丰富的差异性。

## 三、从岭南文化所体现的"差异性"入手

回顾百年历史，广东的地位不可小觑。从清末民初洪秀全的太平天国，康有为、梁启超的"戊戌变法"，孙中山的革命军北伐，到20世纪80年代的改革开放、广东先行一步，再到1992年伟人邓小平"在中国的南海边画了一个圈"，广东两度崛起，强势"北伐"冲击全国。早在十年前，学术界就有"20世纪90年代广东与北京、上海构成'三足鼎立'新格局"之宏论，但在肯定广东地位的同时，也提出疑问："广东，这个经济大省，真能成为文化大省，乃至成为整合、提炼民族新文化的重地吗？"（杨东平语）

十年前的发问，声犹在耳。不必讳言，当下的广东文学缺里程碑式的作品，缺有冲击力的大作家、大评论家，缺足以影响全国的文学思潮、文学流派。广东文学作为文化建设的重要部分，如何能与广东的历史地位相当，如何借经济勃兴之势突破自我崛起文坛，既是迫切使命，也是面临难题。

十年后的现状，催人奋起！

反观近二十年的中国文坛，各路人马驰骋，各地名家亮相，多与本乡本土的地域文化关系密切。形成群体雄峙一方的陕军、鲁军、湘军、晋军、京派、海派无不靠一方水土养育；得故乡天地灵气滋润的作家作品更是精彩纷呈。如韩少功的湘西、汪曾祺的苏北、贾平凹的商州、莫言的高密东北乡、张炜的芦青河、郑义的太行山远村、李锐的吕梁山厚土、李杭育的葛川江人家、叶兆言的秦淮河掌故、刘心武的京味小说、王安忆的海派风格、冯骥才的津门奇事、张承志的回民高原、扎西达娃的神秘西藏、马原的冈底斯山脉、乌热尔图的大兴安岭……地域文化作为当代文学的重要资源和文化支持，成功范例可谓不胜枚举，广东文坛至今可誉为大家和经典的欧阳山的《三家巷》、秦牧的《花城》，也属此列。

从上述成功范例看广东文学，我们将得到宝贵启迪。我一向持有"文化

描述"的观点，认为地域文化的积淀和发展与它的不断被"描述"有关。比如西部文学，作家一提笔就有一种素朴特色和历史沧桑感，这与西部严酷的生存环境和最初的"走西口"形象有关，但也与这种特征被诸多流放文人不断地描述吟咏有关。历史上大批文人被流放到西北包括东北边陲，他们创作的内在情感就是思乡，漂泊感刻骨铭心，西部文学也因此显得更加苍凉悲壮。按照文化发生学观点，地域文化形成就是在不断的强化中积淀。而广东作家对岭南文化进行描述、强化的使命感似不强烈。比如，西部文学有流传不绝的"太阳"原型，有移民"走西口"的千年咏唱，而广东文学却很难找出一个一直被描述的主题，一个被久久咏唱的旋律。

广东也曾出现过一批影视文学作品享誉全国，如《雅马哈鱼档》《外来妹》《商界》《公关小姐》《情满珠江》等，其广泛影响除了观念领先的社会原因外，浓郁的岭南特色以及覆盖其中的"差异性"也是不可忽视的因素。可惜广东文艺界没有保持这股影响全国的作品势头和艺术后劲。京北作家邓友梅、天津作家冯骥才只是通过小小的鼻烟壶和子虚乌有的"神鞭"，就活化出京、津文化的神韵；苏州作家陆文夫笔下的一个美食家形象，衬托出苏州古城的风采。类似的文化承载物，广东省内遍地皆是，且独具一格，别有韵味，呈现出与内地中原文化迥然不同的精神风貌。比如珠玑巷走出的广府人与经商传统；比如"逢山有客客居山"的客家人与客家围屋；比如漂洋出海的老广与开平碉楼；比如被称为"中国的犹太人"的潮汕人与民间信仰。还有大量的古代历史题材、近现代革命题材以及广东改革开放先行一步的种种人与事，真是文学创作的一座富矿！我们正处于前所未有的经济时代和商业社会，广东全民重商已为传统，但天下文章多说徽商、晋商、江浙商，少说粤商。时下有学者总结福建商人，认为闽商集中体现了闽人"爱拼才会赢"的精神，相比之下，粤商的特色是什么呢？近年广东省话剧团有讲述广东商人之事的剧目《十三行》上演，对有价值的题材加以开掘，其胆识可嘉，但愿是一个良好的开端。

因此，我认为从岭南文化所体现的"差异性"入手，寻找受到岭南文化支持的广东文学的"独特性"，将是广东文学寻求突破的可行之道。但差异性并不等于独特性，前者是途径，后者则需要开掘，需要作家的审美化提升与艺术表达。进而言之，广东文学只有真正找到自己不同于其他地域文学的独特性，才有可能真正崛起，获得属于广东文学的一片天空，从而取得当代文学史上应有的地位。广东近现代两度崛起的历史事实，岭南文化令吾辈骄傲的丰富性与独特性，应当成为广东文学寻求突破的信心与资源所在。目标前方，路在脚下。

（原载于《文艺争鸣》2007年第1期）

# 论赣文化特征的模糊与凸现

从20世纪80年代中期到90年代初期，两次兴起的赣文化讨论都有一个有关赣文化特征的问题，江西的文化人一次又一次地追问：什么是赣文化？这已经成为江西学术界的一个令人困惑的难题，又是一个颇有魅力的难题。细究起来，追问者大约有以下三种心理动机：一是出于学术态度的严谨，观照对象的内涵与外延尚不确立，研究何以立足？二是出于一种文化焦虑，期望尽快现出庐山真面目，与其他区域文化并肩而立，从而实现振兴江西之宏愿；三是出于某种言不清道不明的情绪，以此难题反诘赣文化的讨论者们，或在对方一时嗫嚅中表示轻视与不屑，或在"特征不明即无文化"的推理中对全部讨论轻率否定。在此，我们暂且不说三种动机的正确与否。一个明确的结论在于，赣文化的讨论者们无论抱有什么样的目的，都无法回避这一学术难题。笔者一向对中国古代文论中"只可意会，不可言传"的传统持既赞赏又保留的态度，特以此文作一初步探讨。

## 一、赣文化特征模糊的历史制约因素

我们的话题可以从众所周知的"吴头楚尾"说起。从迄今为止的出土文物以及我们可以读到的古代文献资料中，我们可以梳理出以下几点比较清晰的看法：

首先，在江西这块红土地上，远古时代即有先民劳作生息。乐平、安义出土的旧石器足以证明这一点，此外，文献中也有记载。古文献中最早把江西之地和"赣"字联系起来的是《山海经·海内经》的一段记载："南方有赣巨人，人面长臂，黑身有毛，反踵，见人笑亦笑。唇蔽其面，因即逃也。又有黑人，虎首鸟足，两手持蛇，方唆之。”

历史学家认为："赣巨人"与"黑人"就是江西远古的两个种族部落。何光岳甚至认为"赣巨人"乃是由北南迁至江西波阳一带的一支移民，具有与当地体型矮小的越人迥然不同的体格巨大的特点。[①]

其次，江西具有年代久远、品类众多、技艺高超的青铜文明。近年出土的商周时期的大批青铜器足以昭示江西在当时文明程度之高，同时进一步证明了江西亦是汇成华夏文明的一脉支流。

最后，虽有足可骄傲的上述历史事实，但有一点仍然不容忽视，即在江西的版图上始终没有出现可以统摄全境的主流土著文化，商周时期的万年文化和后期的昊城文化虽具有较浓厚的土著色彩，但并未得到长足的发展，春秋战国时期，江西遂为吴、楚文化分割。与主流文化始终难以形成相应的另一历史事实是，江西自古就一直没能形成统摄全境独立的王国政权，传说中有干越国与古艾国，作为远古时代的两个小国是否存在，暂且不论，即使存在，也先后被吴国、楚国所灭。

由此可见，赣人的祖先虽然也是江西版图上老资格的土著先民，但其依托的土著文化始终受到来自北方中原以及周边楚文化、吴越文化的强力渗透，他们不但先后做了吴国、楚国的臣民，而且始终处于来自中原强权文化的辐射之下。"吴头楚尾"这句话确实很准确地反映出了江西古代地理及文化区域的突出特点。赣地大批出土文物所包含的中原文化、楚文化、吴越文化以及土著文化的多重性，可证明赣文化在其奠基时期就开始具备了"融合型"与"兼容性"的特点。这是不是也就先天注定了赣文化特征的模糊？

江西自古移民迁徙频繁，也是赣文化特征模糊的历史因素之一。从汉代到清初，江西人口在汉、唐、宋、元四个朝代先后有四次激增，除第一次人口激增的原因是人口自然增长外，其余三次的主要原因均为外来移民的大量进入。移民的进入使当地的土著文化不断地受到外来文化的"冲洗"，这一"冲洗"过程既促使了外来文化与土著文化的撞击、冲突与融合，同时也在无形中冲淡了原有土著文化的特色。比如地处吴楚之交的波阳县，由于历史

---

① 何光岳：《百越源流史》，江西教育出版社1989年版。

上几次大的战乱，"客民乘虚而入……地方土著，且有被人吞噬之可能。"以至"波阳之真正土著，只有城东支家咀一族（数十年前尚存一家，今绝）。""今则全县氏族，据其碟谱之考者，多从外省外县迁徙而来。"①当地土著的人口数量尚不如外来移民，土著文化自然也就很难具备同化外来文化的力量。铜鼓县客家人的移民情况也很能说明问题。铜鼓境内有本地人与客家人之分，所谓本地人除指真正的当地土著以外，还包括其祖先是唐时及唐以前迁入的移民，而客家人则是指两宋及宋元之间迁入的移民。其实，无论唐代还是宋代迁入的，迁入者均为中原移民，只不过唐以前的移民在铜鼓居住久了，反而把他乡当故乡，自己认为自己是当地人，同时也被当地土著认同为本地人，由此可见，外来文化对江西当地土著文化的"冲洗"，是随着一次又一次移民的迁入而进行的。②

　　说到赣文化特征的模糊，我们还可以从许多方面来说明。如果粗略地绘制一幅江西区域文化图，我们不难看到江西文化实际上存在较为明显的差异。如赣南的客家文化与闽西、粤北同源；上饶的广丰、玉山一带与浙江接壤，婺源毗邻皖南，均深受邻省的浙江和安徽的影响；萍乡一带习俗、语言、饮食等均与湖南相似；赣北长江沿岸各县又都受到湖北、安徽的影响。假如把上述区域划去，再看看南昌，就很难说这个省会城市有统摄全省文化的地位和作用。

　　与全省区域文化差异相佐证的是江西方言的分布。我们知道，江西存在着大量的"方言岛"现象，赣方言之外的诸多方言切分了江西的众多区域：赣南属客家方言区；婺源一带属徽语方言区；萍乡一带受到湘方言的影响；上饶一带属吴方言区；九江一带很大部分属于江淮方言。纯粹的赣方言区与全国其他方言区域相比，实际上非常之小，这也影响了它对全省的统摄力和制约力。语言作为传播文化的载体和维系文化的纽带，对地域文化的形成至关重要，而赣方言在对赣文化特征的形成上有三点先天不足：区域不大；人口不多；赣方言区内部还有许多次方言与"方言岛"的存在。这三点不足无疑从各方面减弱

---

① 江西省波阳县志编纂委员会编纂：《波阳县志》，江西人民出版社1989年版。

② 参见陈昌仪：《赣方言概要》，江西教育出版社1991年版。

了语言的维系力，进而影响到赣文化主流特征的形成。

再让我们看看与地域文化特征紧密相关的江西地方戏曲。赣西的花鼓戏、上饶地区的越剧显然受邻省影响暂且不论，即使比较有影响的赣南采茶戏，似乎也没有十分鲜明的赣文化特征。耐人寻味的是流行于赣东北乐平一带的赣剧，它源于明代的弋阳腔，分饶河班、广信班等支派。1950年，饶河、广信两派合流称赣剧。赣剧虽被国家定为江西省代表剧种，但似乎也很难统摄全省的地方戏曲；换而言之，我们缺少湖南花鼓戏、江浙越剧、安徽黄梅戏这样一些可表现区域文化特征的地方剧种。

由唐入宋，江西文化崛起而至鼎盛，其空前盛况一度有"凌驾齐鲁、抗衡陕晋"之誉称，这本来也为形成自身地域文化特征提供了历史可能，然而，当时江西恰好处于交通要道之上，如果说移民文化不断"冲洗"着当地土著文化的话，那么南来北往的行人旅客所裹挟的外来文化也同时在起着"冲洗"的作用。

正如不少学者所论，江西在古代颇得地理之利。其北枕长江，南临百粤，东连闽峤，西接荆楚，虽三面环山，却有自南而北贯穿全境的赣江，得水上交通之优势。加之唐开元四年（716年）张九龄整治大庾岭道后，江西更是成为唐中央政府联络两广、交流海外的重要通道。三面环山犹如一只巨大的簸箕，而簸箕口即为鄱阳湖以及南倚匡庐、北临长江的九江，交通要道优势更是显而易见。九江自古就是长江中游辐辏并至、商贾云集的商埠，历来享有"七省通衢，三江门户"的誉称，更何况还拥有一座天下名山。有道是"庐山论文，武当论剑"，此论不仅是对作为文化名山庐山的肯定，也是对江西这个人文昌盛之区的推崇，中唐以后，大批中原学者名流云集庐山，来往江西。李白、白居易、颜真卿等文化大师均与江西有不解之缘，"唐宋八大家"中有三家在江西，更是人所共知的事实，人文昌盛既有本地人文环境之优势，同时也得益于八方来风的吹拂，这一点除了用大批著名文人文化活动来说明外，还可从方言中得到论证。比如赣语中吉安方言的语音结构非常简单，没有入声，外地人容易听懂，方言学者解释说这在很大程度上是因为当时吉安为各地文化贤士俊才集中之地，南来北往络绎不绝，从而在频繁的文化交流中磨平了方言的棱角。相似的情况，在南昌、景德镇等较为开放的地区也有出现。当然，文化交流不仅限于文化人，社会各阶层人员在江西境内的频繁流动也是起着文化交流的作用。可见，外来文化在"磨平"土著文化的棱角的同时，也冲淡了当地土著文化的特征。

## 二、赣文化特征模糊的现代制约因素

如前所述，赣文化特征的模糊是同江西地域的非封闭性有关。可是，一旦我们把讨论拉到现代，常常又不能不提及江西地域以及人文环境的封闭性。古代的开放与现代的封闭，为什么又都导致了自身文化特征的模糊呢？其中确有无穷意味。

历史学家姚公骞对近代以来的江西交通方面的变化十分重视。在他看来，古代赣江水运对江西经济文化的开发和发展至关重要，其重要地位甚至到了只要赣江作为重要航道的地位未衰弱，则江西便不会衰弱的地步。其依据在于中国东南半壁赖以沟通江湖陆海、纵贯南北者仅此一途。然而，近代以来，随着大开海禁，海上运输日渐发达，外贸与工业重心移往沿海。加之粤汉、京汉、津浦、沪杭等铁路相继通车，内陆的南北交通运输又多改为陆运，赣江地位迅速下降，并从此一蹶不振，江西在失去赣江优势之时也成了交通上的死角，因此导致社会环境封闭，经济文化滞后的局面。[①]

青年历史学家邵鸿博士则认为赣文化近代以来黯淡的主要原因首先是经济的衰落，除去政治的因素以外，从单纯的经济角度考察，最根本的一条就在于传统的中世纪经济结构没能顺应时代的变迁顺利转型。而江西从一个交通通衢地一举变为封闭阻塞的内陆省份，这对于以大规模商品流转为前提的现代商品经济发展又起了阻碍性的制约作用。[②]

两位学者的观点均切中要害，但我的疑惑在于，同为较为封闭落后的内陆省份，为什么其他省份地区大多能够保持自身文化特征，而自古人文昌盛的江西却显出人文背景日见黯淡的趋势呢？经济落后，环境封闭至少不是唯一的

---

① 许怀林：《江西史稿》，江西高校出版社1993年版。
② 邵鸿、江冰：《赣文化溯源与展望》，《江西日报》1994年2月21日。

解释，因为两者常常也可以成为自身文化特征明显的促进因素。我认为，除经济交通等重要原因之外，还有两点制约因素，不妨概括为："文化定位"的合理性与负面效应；文化认同力的淡薄与忽略。让我们分而述之。

首先，推敲一下"文化定位"的问题。

所谓"定位"，是现代广告业的一个专业用语，在广告策略中，讲求产品定位，要求根据顾客对于某种产品属性重视程度，把本企业的产品予以明确的定位。广告的产品定位策略，是在广告活动中通过突出商品符合消费者心理需求的鲜明特点，确立商品在竞争中的方位，促使消费者树立选购该商品的稳定印象。笔者不厌其烦解释定位的用意在于启发思路。我们可以从上述解释上提出以下关键词：产品属性的重视程度、突出特点、确立竞争方位、树立稳定形象。

那么，新中国成立以来江西的文化定位正确与否呢？

无可置疑，现代史留给江西的篇幅是一页页光荣的历史，在几代人前仆后继为之奋斗的推倒三座大山的解放事业中，江西人流的血不比别人少，江西革命烈士的人数占有全国烈士总数17%，尤其是江西还拥有"打响第一枪"的英雄城南昌以及中国革命的摇篮井冈山，红军用血书写的历史十分自然地成了新中国成立以后江西文化定位中最为重要的属性、特点与稳定形象。事实上，当年的苏区文化也确实对日后的中国革命文化产生了深远的影响，同样，对现代赣文化也有着不可忽视的重要影响。就这一点来说，对革命的红土地文化的选择，有其历史的合理性，当年由苏区红军发扬光大的兴国民歌"哎呀咧……"在20世纪50年代初期唱进北京，唱遍大江南北，其实也就代表了江西的一种文化形象，这在当时是顺应了历史潮流。

问题在于长期的文化定位所造成的文化形象的单一属性与文化心态的狭隘封闭。著名作家胡平认为：江西是革命老区，是中国革命的重要发源地和摇篮，江西人民对中国革命的贡献是非常大的，但是在过去的几十年中，一些江西人往往有两种错觉：一是仿佛只有江西对革命的贡献大，只有南昌是"英雄城"；二是江西的文化建设被认为只要抓住革命文化就可表现出江西文化的特征。其实，井冈山斗争也好，南昌起义也好，重要人物大抵都是中国最早接受马克思主义的外省青年。这是一种文化定位的偏颇。这两种错觉造成了文化心态上的狭隘。①这也许就是一种负面效应。因为单一与狭隘往往造成同丰富与开放的对峙，对峙的长久存在又引发了传统精神的两种断裂：

其一，由于长期"老区意识"所导致的与革命先烈英勇顽强进取精神相悖的懒散心态。"江西是老区"这句话已为人们习惯成自然地接受了，于是在承认光荣历史的同时，于有意无意之间实际包含了对于自身贫困的宽容以及求他人扶助与救济方针的确立，于是，自身能量的开掘被忽视了，生命力的航船搁浅了，优秀革命传统的奋斗精神被消解了，光荣"老区"的负面成了一道精神障碍。

其二，江西历史的传统优势被切断了。从文化上看，江西历史上的传统优势并不仅限于革命的红土地文化，也不止于我们说得较多的宋代才子文化，比如，它还有历史悠久的"青铜文化"、举世无双的"书院文化"、影响深远的"理学文化"、声名远扬的"宗教文化"，灿烂一时的"瓷文化"以及尊师重教的传统、重视经商的经商传统等。由于文化定位中对革命文化单一属性的强调，构成了对其他文化因素的排斥与压抑，文化定位从20世纪50年代到此后三十年一成不变，也使得当年的革命英雄主义以及蓬勃向上的时代精神作为内在支撑的形象内涵渐渐发生了变化，从前的历史合理性开始呈现负面效应，"老区"在成为一种固定形象的同时逐渐失去了现代社会竞争的实力，而文化传统优势的阻断造成了赣文化内涵的抽空，于是，人们反复宣扬"老区"之后反而失去了自我，处于现代时空的江西人"无根"的感受油然而生。

其次，探讨一下文化认同的问题。

所谓文化认同，撇开理论上的种种界定，说到底即是一种文化归属感的问题，不同的民族有不同民族的文化认同，不同的地域文化又有不同地域文化的认同。那种潜在的、一致的、黏合着一种文化的力量就是文化认同。文化认同体现在物质文化、精神文化以及介于物质文化与精神文化之间的文化体系，如行为模式、婚姻制度、风俗习俗等三个方面。最近，我从江西人方言众多难有统一乡音的现象中提出了一个"江西人靠什么认老乡？"的命题，它实际上就包含了江西

---

① 胡平、郑晓江、陈东有：《千呼万唤"赣文化"》，《江西日报》1994年1月21日。

人文化认同的先天不足以及对于当前文化认同力的寻求这两层意思。

应当看到，除了前文所述的历史先天原因以及文化定位偏颇之外，江西周边地区近十年的崛起与繁荣也给江西人带来了一种文化上的失落感，江西历史上固有的"边际文化现象"——受周边地域文化渗透影响——在今天经济的强大作用下，出现了江西主流文化流失的危险，青年文化学家郑晓江甚至认为，由于赣州、九江、上饶等地与广东、湖北、浙江多省经济往来的原因，江西文化面临分解。因此他大力提倡"营造赣文化"，在他看来，"营造"就是在（赣文化）深厚的历史积淀的基础上，在文化的共识中共同努力，创造出一种充满自信的、健康向上的、面向未来的，既有自己的独特性，又有完全的开放性、充满生命力的赣文化，其目的就在于寻找出我们更好的发展繁荣之路，对内形成凝聚力，对外形成辐射力。[①]"营造"观点的提出，实际上正是出于对江西人文化认同力淡薄的一种焦虑。

不容忽视的现实是，赣文化主流特征的先天性模糊同今日赣人文化认同力的淡薄以及文化自信心的减弱，容易造成一种互为因果的负面效应，也许我们将真正地面临一种精神匮乏的局面：既无法拥有黄土文化的沧桑感、悲剧感以及对于人类行程永久性坎坷的认可，也无法具备江南小镇温文尔雅万种风情之后所隐藏的深刻理性。也许，我们将失去一种历史的依托，既没有传统精神的延续，也没有清醒地掂量过历史；也许，我们还将失去一种文化的自信，以至无法从容地面对日新月异的世界，在中国改革的大潮中，陷入一种滞后与迟钝的尴尬：既失去历史，又失去今天；既失去传统，又失去现代。

并非夸大之词，并非言过其实，明了赣文化面对挑战的现状，我们也就不再把对文化认同、文化凝聚力的寻求仅仅看作是学术问题，从而忽略它的重要性与紧迫性。

## 三、赣文化特征的凸现与描述

面对赣文化特征这一学术难题，我的基本态度可以扼要地概括为两句

---

① 胡平、郑晓江、陈东有：《千呼万唤"赣文化"》，《江西日报》1994年1月21日。

话：一是关于赣文化特征，难以一语道破，也不必强求一语道破；二是一种文化的特征常常在不断的描述中凸现、强化，描述的意义不可忽视。

首先，我们期望认清一个问题，那就是作为一种地域文化的赣文化，其自身到底有没有本质属性？有没有自身的特征？其先天性主流特征的模糊以及各种外来潮流冲洗，又是否意味着其文化内涵的全部丧失，或者部分丧失？科学的定量分析手段显然无力于此，但世界任何事物又都是有规律可循，有道理可解释的。

也许，法国理论批评家丹纳在他的名著《艺术哲学》中所表露的观点对我们会有所启示。在丹纳看来，物质文明与精神文明的性质面貌都取决于种族、环境、时代三大因素。循着这位法国大师的思路，让我们把思想的触角再次伸向远古——

按照文学发生学的观点一切个体审美心理，都包含着复杂的历史文化心理及其对远古文化传统的回应和再现。作家在任何条件下都必然会重复他所处的地域和种族审美模式的特征，因为审美模式的最初形成与其特定区域的原始先民对周围大自然的最初认识相关，从而形成一种原始意识。而意识一旦形成并被物化，又在不断的积累中、沉淀中繁衍为后人生存的文化环境。这里所说的文化环境包括地域独特的客观自然以及由此产生的"第二自然"，即人的精神性格及其物化，如道德、风俗、文学艺术等，这种精神物化又促进了文化特征的形成与延续。

如此看来，从江西远古的先民那里，也许就是从"赣巨人"和"黑人"种族部落那里，肯定就有某种先民意识存在。而在这块红土地（即环境）上繁殖衍生的赣人们（即种族）历经风风雨雨（时代）之后。肯定也会葆有生生不息一脉相承的精神（是否可称之为"赣魂"？）。此种精神正是赣文化的内涵，而作为地域文化的特征又正是此种特定内涵的体现或外化。

"赣魂"何在？内涵何在？的确难以一语道破。不过，对它的存在我们又是充满信心的，我们仍然可以从古代文化的"活化石"方言的变迁中寻找根据：历史上的客家先人从中原地区多次大规模南迁已是众所周知的事实。但他们所裹挟的中原文化却在不同地区受到了不同程度的待遇：其结局或同化当地土著文化，或被同化；或与当地土著文化融合，或保持独立状态。从同一时期，同是中原地区迁出的先民考察——例如，同是由现在的河南、河北迁出，一支进入现在的鄱阳湖流域，另一支进入现在的苏北、皖南；或者同属中原地带，由现在的山西、陕西、甘肃迁出进入洞庭湖流域；由现在的山东、安徽、江苏出发、进入太湖领域——移民文化的迁移结局是不同的。从地域文化的表征方言来看，方言学家的结论是：除江西这一支外，上述各路移民的迁入语言（方言）已被中原汉语所同化。而大量无可辩驳的事实却证明，中原文化在赣语先民的摇篮，赣语的中心地带——鄱阳湖地区受到了顽强的"抵抗"，结局是客语被赣语所同化。[①]

遥想当年，处于远古百越、上古"吴头楚尾"之地的江西土著文化居然可"抵抗"住强大的中原文化，可见赣文化与早已形成的赣方言一样，自有其生命系统所在。这是赣人先民给予我们的信心。因此，我们也可以肯定地说，赣文化是有其独特属性的。

在明确赣文化并不因"百越杂居，吴头楚尾"而失去与全国各地域文化并肩而立的资格之后，江西学术界、文化界乃至每位文化人所要做的一项工作就是通过自身努力，在学术的层面，通过研究梳理，凸现出赣文化的特征；在文化振兴的层面，通过宣传弘扬，增强赣人的文化认同。在历史、现实、未来的时间链条上，我们将一方面对传统进行必要的开掘，一方面对当代现实进行充分的描述，然后试图在传统与现代之间寻找到一条线索，一条命脉，一种生生不息的精神，一种文化孕育的精魂。

我所说的"描述"是一种文化意义上的描述，它既需要在轮廓形象上的勾勒，更需要内在精神上的摄取。目前学术界公认的赣文化特征模糊也反映了互为因果的两个方面：一方面是赣文化内涵的不明确；另一方面又是自古而今江西文化人对赣文化描述得不够。我一直认为地域文化的积淀发展以至主流特征的形成与它的不断被"描述"有关。好比面对一个极其平淡的人，假如他被众人多次认真描述，那么，平淡的人就可能变得不再平淡，平淡无奇之处也可以凸现出来，变得无处不奇。

尤其值得一说的是艺术在描述中的作用。因为在丹纳看来，艺术的目的

---

① 参见陈昌仪：《赣方言概要》，江西教育出版社1991年版。

就是要表现事物的主要特征，表现事物某个凸出而显著的属性。正是因为现实不能胜任这一任务转而由艺术来担任。表现事物的主要特征甚至已经成了艺术品的本质。[①]比如，中国西部文学，从古至今，作家一提笔就有一种历史的沧桑感，这固然同它所拥有的厚重历史与"文化堆积"以及严酷的生存环境有关，但更与这种特征被历代流放戍边文人不断地描述吟咏有关，历史上有大批文人被放逐到大西北，他们写作的内在情感就是恋乡思根，具有一种刻骨铭心的漂泊感，这些都促成了西部文学的苍凉悲壮，西部文化的特征也因此昭然于世。又如当代江苏地域文学的发展与叶圣陶、陆文夫、高晓声、汪曾祺、苏童等一批作家的不断开掘有关，像陆文夫之于苏州、高晓声之于苏南、汪曾祺之于高邮，作家的名字已经深深地镶嵌在区域文化版图之上。

按照文化发生学的观点，地域文化的形成就是在不断地强化之中积淀；按照荣格的神话原型批评理论，文学艺术中有属于各个种族集体无意识的"原型"。像西部文化包含了流传不绝千年咏唱的"太阳"原型和移民"走西口"的主题，而在江西文学中就难以找到一个一直被描述的原型，一个被久久咏唱的主题。关于"赣军崛起"的呼声在江西文学界已有多年，但实绩并不明显。从走向全国的一批有影响的作家看，江西作家笔下的地域文化色彩一向较为淡薄。革命历史题材创作较有成就的杨佩瑾、罗旋、邱恒聪等人似乎没有在此方面特别着力；报告文学作家胡平虽生长居住于江西，但他是位典型的面向全国的作家，他总是试图站在时代社会的潮头高屋建瓴地关注中国当代历史进程，在其作品中难见赣文化背景；胡辛的《蔷薇雨》透显出南昌故郡的文化氛围，《地上有个黑太阳》流露出景德镇瓷都的文化气息，实为难得，但终有难以透彻深入之憾；陈世旭的一些小说有九江地域特色，九江人读了有亲切感，但外地人看了难留下深刻的地域印象；电影剧作家王一民的《乡情》《乡音》等颇具九江水乡特色，但从大印象上讲也很难同江南水乡截然分开；熊正良、李志川等人的作品有一些"赣味"，可惜难以形成更大的文坛气候；至于两位有实力的青年作家金岱、南翔：一位告别故乡，进入广州都市；一位频频南下采访，四处寻找内陆人在沿海的独特感

---

① ［法］丹纳：《艺术哲学》，傅雷译，人民文学出版社1983年版。

觉。也许，我们可以说，正是赣文化的"无特色"这种先天性限定，使得江西作家难以同陕、晋、湘、鲁等地域性极强的创作群体相抗衡。然而，这种"先天性"并不能卸去江西作家描述赣文化的责任感。如何对赣文化不断描述并进而加以强化已经成为江西文化人的紧迫任务。只要翻开江西的历史，我们就可以发现对赣文化的描述已经具备了许多有价值的切入点：从远古的青铜文明，到历代的名人大师；从举世无双的江西书院，到鼎盛一时的宋明理学；从声名远播的宗教文化，到闻名海内外的瓷都、药都，哪个不是大有作为的艺术表现题材？我听说古代吉州窑的瓷器贡品，煅烧100件之后要打碎其中99件，以保持"天下唯一"的尊贵性之后，我的心灵为之震撼，如此富有文化意味的细节是大有文章可做的。在这一方面，外地作家已经给我们做出了榜样。比如，北京作家邓友梅、天津作家冯骥才只是通过小小的烟壶和子虚乌有的"神鞭"，就活化出京、津文化的神韵；苏州作家陆文夫通过美味饮食透出苏州小城文化的情致；浙江青年作家李杭育以重塑"吴越风骨"为宗旨写出一批作品；湖南作家韩少功深入湘西寻找楚文化之源；"陕军东征"更以一方文化为强大支援。当然不止于文学，还有甘肃的"丝路花雨"舞剧、山西近年崛起于舞坛的"黄河儿女情"，云南的民间歌手大赛以及各地学术界对各自地域文化的大力弘扬，均可看作是以"描述"为目的的文化行为。尤其值得一提的是上海学者余秋雨通过《文化苦旅》等一系列散文作品所作的文化探索，他的努力与成果堪称文化描述上的楷模与典范。

文化描述上的作用与意义可以从多方面去评价，可深可浅，可高可低。深可至文化心理，浅可至乡情亲谊，高可至时代精神，低可至地方特色，其作用不容忽视。文化描述既有助于文化特征的凸现，同时也可以促进文化特征的形成。比如，范仲淹一篇《岳阳楼记》不但世代相传，而且反过来影响了当地的人文景观，恰如南昌重修滕王阁，重现王勃《滕王阁序》的历史风采，可谓文化与自然互相生成，先是景观被写入文章，继而文章化作了景观，文化描述的力量于此可以见出。

文化描述实际上是在创造一种文化形象。比如，对当代的山西，人们的印象是较为贫困的省份，因为同它的形象联系起来的有大寨，有小说和电影《老井》，有"山药蛋派"，自古艰辛，民风淳朴。其实，这是当代文化描述的一种误导。历史事实告诉我们，在20世纪乃至以前相当长的一个时期内，中国最富的省份不是我们可以想象的那些地区，而是山西！直到21世纪初，山西仍然是中国名副其实的金融贸易中心。在清代全国商业领域，人数最多、资本最厚、散布最广的是山西人；每次全国性募捐，捐出银两数最大的也是山西人。清道光二年（1822年），龚自珍提出一个全国大规模的移民计划，但他认为只有两处可以不予考虑：一是江浙一带，那里的人民筋骨柔弱，吃不消长途跋涉；二是山西，山西省号称海内最富，土著者不愿迁徙，余秋雨为此大发感慨地写下了《愧对山西》一文。江西的情况也有相似之处，同样可以写篇《愧对江西》的长文，因为即使是今天的文化人也不一定真正认识江西，对赣文化的肤浅了解也在无形中限制了我们的描述工作，以至留在今天人们脑海中的江西形象仅仅是"十送红军"，仅仅是"八一风暴"，甚至仅仅是电影《闪闪的红星》与名噪一时的《决裂》。

文化特征的凸现还有赖于名人大师。不必讳言，自近代以来，由于江西没有出大思想家、大文学家，没有把赣文化作为一个文化因子加以弘扬，这也在一定程度上使赣文化没有被强化地凸现在世人面前。当然，近代以来的江西也拥有陈寅恪、邹韬奋、詹天佑、罗隆基等一批名家，可惜他们的活动多在外地，大批学子俊才在异乡施展才华，没能直接参与赣文化的建设，这又不能不说同经济滞后、文化衰落有关。经济文化愈是滞后，文化描述也就愈是乏力，地域文化愈是每况愈下，文化凝聚力愈是淡薄，这又是一种非良性的循环。可见改善人文环境，培养并推出自己的大师，也应是赣文化振兴的题中之义。

## 四、并非结语：描述赣文化的襟怀与气度

面对赣文化特征模糊的历史与现代的制约因素，我们所倡导的描述其实已经超越了一般意义上的学术描述，更为深层的心理动机在于通过描述、开掘、强化，去寻找赣文化所蕴含的内在精神以及对于今天的启示，从而走上赣文化振兴之路。必须说明的是，我们在描述中应当具有一种提升的气魄，必须将赣文化放在整个中国文化乃至世界的大背景下去考察，放在历史与现实进而

面向未来的相交点上去观照。我们需要这样一种"描述的出发点"，那就是像"一代名车，中国江铃"这一口号中所体现的时代感，一种超越"地方主义"的胸襟与气度，唯有如此，再现赣文化的辉煌才不是遥远的梦想。

［原载于《南昌大学学报（社会科学版）》1994年第2期］

# 英雄时代的心灵诉说

## ——唐大禧雕塑及《塑说》的文化意义

今天，45岁以上的中年人恐怕没有不知道长篇小说《欧阳海之歌》，当年这部发行量高达3200万册的小说封面，就印着唐大禧的成名作雕塑《欧阳海》：解放军战士欧阳海为遏制受惊的军马，用生命保住了列车的安全，英勇献身的瞬间成就了英雄时代的一个悲壮的集体记忆。在文学界讨论"文学记忆"伦理化和美学化倾向的同时，当代雕塑作品已经向我们展示了中华人民共和国六十年的一种可观可触、固化成型的时代记忆。不同历史时期的雕塑作品，显然构成了一部完整的关于"英雄时代的心灵诉说"的历史。倘若我们可以由此重返历史现场，于"集体记忆"与"个人记忆"之间寻找某种隶属于民族、国家的记忆，或许可以获得涉及艺术、美学、历史等多个领域的重要启示。广东雕塑家唐大禧的雕塑，正是可以满足我们上述期待的当代艺术作品。其理由至少有二：唐大禧是一个紧跟时代并在不同历史时期都有代表作品产生社会影响的艺术家，20世纪60年代的《欧阳海》和70年代的《猛士》就是例证；唐大禧同时又是一个在艺术创作中流露明显"挣扎意识"并具有个人风格的当代艺术家。

## 一、在中国本土成长的南国艺术家

在唐大禧的成长历程中，有两个地点不容忽视：一是1936年于广东汕头；二是1949年移居香港，入读香港私立仿林中学、香港公信美术专科学校。广东有三大地域文化，各具特色，各有方言，其中涵盖汕头的潮汕文化似乎最具神秘感，渊源久远模糊，出处扑朔迷离，方言中有中原古音，民俗中有华北古风。当年唐代大儒韩愈贬官于此，虽然只有八个月时间，却留下"韩山"之名，影响千年不衰。我以为，除了韩愈个人魅力之外，潮汕一方水土文化底蕴深厚也大有关系。再就是香港教育对艺术家青少年时期艺术观的奠定，香港也是特殊之地，近代以来迥异于内地，有"英国的天，中国的地，香港人的心"之坊间说法，其教育环境无论如何评说，肯定与20世纪50年代的内地"苏式教育"不同，西方教育加中华传统可能就是唐大禧不同于后来中国美院系统培养的科班人才，也不同于西洋留学"海归"一派的独特之处。

我近年一直在思考南方写作与本土言说问题。何谓"本土言说"？理论上很难准确界定，但我以为一定与出生地、童年记忆、祖先记忆、故乡记忆密切相关，一定与你生于斯长于斯贯穿你生命的某种文化传统有关，一定与你所痴迷所钟情所热爱的乡土情感有关。仔细品味一下当代作家的作品，出生地的情感与文化烙印常常在作品中留下这样一种东西：无论你走得多远，无论你漂泊到何处，你的情感归宿在你的"本土"，也许你会走得很远很远，天涯海角，千里之外，但艺术家内心的故乡在原处，在老地方，这是命定的归宿，游子的归宿。世界各国作家一概如此，中国作家基于传统尤此为甚。

我在20世纪90年代参与地域文化讨论时，曾提出"文化描述论"，我所表述的"描述"是一种文化意义上的描述，它既需要在轮廓形象上的勾勒，更需要在内在精神上的摄取。因为我坚信：任何地域文化的积淀以至主流特征的形成，都与它的不断被描述有关。就好比面对一个相貌极其平淡的人，假如他被众人多次认真描述，那么，平淡之人也可能变得不再平淡，平淡无奇之处也可能凸显出来进而无处不奇了。循着这一思路，我们似乎又可以将这种假设推向一个极端，即使没有岭南文化特征，我们也可以将它描述出来。因为，特征可以在描述中凸显，内涵可以在描述中确立，文化可以在描述中显示其特有的风貌。何况，广州所代表的岭南文化一向与北方中原文化迥然不同，它真的是"离中原很远，离大海很近"，不但鸟语花香，而且独立南粤。就我个人感受而言，广东有公认的三大民系：广府、客家、潮汕，各有方言，各有民俗，各有历史渊源，另外粤西一片，似乎又与三系难以完全兼容，那里的人们似乎又有自己的持守。四面八方，平安共处，看似包容，其实都有执着坚守的一面。方言上的隔膜，地理上的遥远，加之意识形态上自古就有平视正统、对峙中原的传统，与湖湘赣文化自古忠实中原、维护正统的文化姿态完全两样。广州更是一座独具地域特色之城：既有千年传统历练，又有百年洋风熏陶，文化底色复杂，文化内涵丰富。

唐大禧与广东、广州渊源极深，既是出生地，又是居住地，虽然数次北上考察，但绝大多数时间都在南方。"他生活在南方，南方的风水和艺术传统滋养了他，他的作品具有南方艺术秀丽的特色，但同时他也以开阔的胸怀关注北方雕塑的风格。""唐大禧兼蓄南北两种风格的元素。"[①]邵大箴的评语可谓中肯。我以为，如何辨析唐大禧雕塑中的南北元素，进而寻找地域文化对艺术家或明显或潜在的影响是很有意义的学术题目。

## 二、寓时代风云的艺术创作历程

1954年，唐大禧任广州文化公园美工；1956年，其雕塑处女作《追踪》问世，同年以此作参加全国青年美展；1959年，调入广州雕塑工作室，正式开始进入中国内地艺术创作系统，开始经历我们所熟悉的当代历史风云。

唐大禧在不同历史时期创作的作品，也大致可以体现不同时期中国内地的艺术创作基本风貌：20世纪60年代，有前期的《卡斯特罗》《詹天佑》《赵佗》《欧阳海》《南丁格尔》等，有后来的《全国人民大团结》《亚非拉人民大团结》等；70年代有前期的《革命圣地》《长征》《群山欢笑》《占领总统府》等，有后期的《海的女儿》《真正的铜墙铁壁是群众》《张骞》《革命烈士群像》《猛士》《莫愁女》《广州解放像》；80年代有《绿娘》《蛇口的传说》《天湖仙女》《匠心雕龙》《反弹琵琶》《剑舞》《极乐鸟》《鲁班》《启明》《新的空间》《林则徐》《海马》《天马》《苏东坡》《土朝云》《孙中山》《未来属于我》《崛起》《月亮》《创造太阳》《叶剑英》《梅仙》等；90年代有《观世音》《辟邪》《呼晨》《艺之门》《凤凰之光》《埃及浴女图》《绿殇》《醒狮》《孔子坐像》《文天祥》《二胡》《龙舟》《周恩来》《南海神庙》《华夏柱》《古罗马战士》《风之梦》《少女与剑》等；

---

① 沈平：《塑说——唐大禧雕塑回望》，羊城晚报出版社2009年版。

21世纪初有《世纪图腾》《叶欣》《保卫生命》《红头船》《妃子笑》《思想者》《壮丽诗篇》《鲁迅与许广平》《关汉卿》《周文雍与陈铁军》《陈寅恪》《跪乳石》《秦牧》《习古》《走近罗丹》《脊梁》等，共两百多件作品，几乎覆盖了中华人民共和国成立后六十年以来的各个时期。即便是一位不熟悉雕塑作品的读者，他都可以顾名思义地大致了解唐大禧雕塑的题材选择，并由此猜想艺术家创造动机及其创作心境。

20世纪六七十年代，青年唐大禧的"英雄情结"是天性使然，还是应运而生？艺术家的文化性格可以做定量分析吗？我没有把握，但几乎所有出于那个时代的中国内地艺术家，都无法跳出特定时代的总体环境。1962年他创作的《卡斯特罗》就是典型一例。其背景为历史上有名的"古巴危机"，为支持孤军奋战于美洲的社会主义同盟，中国国内掀起"要古巴不要美国佬"的热潮，人们把一种理想寄托于古巴的精神领袖和民族英雄卡斯特罗的身上。艺术家捕捉了此种时代心理，以写实的手法再现了这位蜚声中外的古巴英雄。唐大禧28岁时创作的成名作《欧阳海》更是借时代风潮，将艺术家的"英雄情结"充分释放，真挚敬仰与艺术表达的完美结合，使之成为一个时代的典范作品，示列红色经典，进入历史记忆。作品抓住英雄献身的那一瞬间，以一种极其强烈的人与马的力量冲突，再现千钧一发的危急与临死一刻的果敢，于静态的雕塑语言中唱响一曲高亢入云的赞歌。著名美学家王朝闻赞叹作品为"一团火"，可谓恰如其分，因为作品正是一个英雄时代的真实写照。

当然，假如唐大禧只有英雄颂歌，那他就不是我眼中真正"寓时代风云"的艺术家。他还有三类作品值得一说：第一类是敏锐抓住时代变化的；第二类是回归传统发现传统的；第三类是纯粹表现艺术家内心情感的。第一类最抢眼，因为与时代风云变幻联系最为紧密，比如《猛士》，作品在引起关于裸体艺术表现广泛争论的后面，其实表达的是一种意识形态上的突破——"献给为真理而斗争的人"。裸体，骇世惊俗；拉弓，有的放矢；烈马，向前狂奔——蓄力待发的饱满状态正是一个旧时代冲破新时代降临的前兆，艺术家内心情感的冲撞恰逢其时，接通了时代的巨大情绪，一个极具象征意义的作品由此诞生！

第二类大多为传统题材，有常见的取材于传统乐器的《二胡》《短笛》，有取材于传统地域风物的《红头船》《华夏柱》，还有一批取材于历史文化名人的作品格外引人注目，比如为孔子、苏东坡、文天祥、关汉卿、八大山人、林则徐、鲁迅、陈寅恪等人的塑像，这些历史人物已有定评，历史背景突出，文化内涵丰富，如何表达人物性格、提炼精神要点是对雕塑家的大考验，应该说，唐大禧基本上属于严谨一路，以仰视崇敬的视觉去表现伟人，这里既有传统文化的尊老习惯，也有唐大禧这一代人谨慎从事的惯性，艺术作品内蕴平和的多，狂放失衡的少，情感表达也大多缓和冲淡，庄重多于诙谐，中庸多于偏激，抑制多于奔放，悲凉多于浪漫。表现伟人名人，不免被大人物"气场"笼罩，反而难以显出艺术家自己的个性，从而放弃对表现对象个性的塑造，尤其是不敢强调一点，走走"片面深刻"的路子。我以为，这是当前各个艺术创作领域的一个通病，一个制约我们当代艺术家取得更大成就的一个障碍。

我欣喜地发现，唐大禧在他几十年的创作中常有思考，时有突破，《关汉卿》就是难得的激烈之作。主人公本来就是元代戏剧舞台的第一大才子，生而倜傥，博学能文，滑稽多智，蕴藉风流，为一时之冠。他能写能编，精通音律，擅长歌舞，且不屑仕进，端的是一位狂放不羁，顶天立地之大丈夫！看看作品吧，关汉卿身着宽大戏袍，双眼紧闭，双臂高举，手掌向天，仿佛当年汨罗江边的屈原大夫，叩问苍天，呼唤神明。关汉卿硕大的衣袖舞动如风，似雄鹰欲振翅高飞而不能，悲愤焦灼满腔热血欲一气冲天而压抑，内心的强烈情感传达着主人公生命个体与外在世界的巨大冲突，人物内心情感与形体语言，在雕塑家的艺术表达中交相辉映、浑然一体。这使我不由自主地想到中国书法中罕有的草书，想到唐代书法家张旭和他的学生怀素，张旭酒醉后呼叫狂走乃下笔，世呼"张颠"。怀素被誉为"草圣"，更是性格疏放，不拘小节，以狂草名世。想到"诗仙"李白，"五花马，千金裘，呼儿将出换美酒，与尔同销万古愁"。也许只有"草圣""诗仙"们才能真正做到生命的狂放，而绝大部分的中国文人却只能不由自主地选择自我压抑——"却道天凉好个秋"的路径。①想想南宋一朝，国破人亡，江山半壁，"国家不幸诗人幸"，正是诗人壮怀激烈，放开一写之时，然而，狂放一路、激烈一族甚少，大将军岳飞有《满江红》一首，留一曲高亢。余下辛弃疾气势就再减弱，他虽可驰骋疆场，但也只能"把吴钩看了，栏杆拍遍"，一把英雄泪。陆游更是绝望之至，"王师北定中原日，家祭无忘告乃翁"。每读于此，太不解恨！难怪古人就有言论：学杜甫易，学李白难。李白乃"盛唐之音"，他代表一个时代的终结，也预示着一种浪漫主义的消失，而又岂止是浪漫主义的消失？唐大禧也很难例外，比起狂放一路，他也许对压抑一路表达得更为熟练，《八大山人》与《陈寅恪》就是例证。二者均为精品，但后者由于是当代人物，在理解上更显难度，也许是同在南国远离中原的缘故吧，我以为唐大禧对陈寅恪的理解是准确到位的，孤愤、不驯的情绪传达也是具有感染力的。伟人名人如何再塑造再阐述，唐大禧以他的艺术实践做了有益的探索，所有作品中的"紧张"与"松弛"的艺术感受，我都视其为探索中的努力与挣扎。

最后说说纯粹表达艺术家内心情感的作品。这里的所谓"纯粹"其实也难界定，主要是指一种"去意识形态化"，或者说，对文艺"工具论"的疏离之后的创作。比较来看，唐大禧对女性的塑造，似乎更近我所说的"纯粹"。《猛士》以原本应当远离争斗的女性为主角：女人为士，弯弓为美，金戈铁马，剑拔弩张，确实是"破冰"之时代缩影，女英雄张志新之真人背景，依然属于宏大叙事。《莫愁女》也过于庄重，或许可以一改常态，突出一个"愁"字。即便以阴柔为主的女性依然无法避开正史人物的表达模式。由此来看，闲作《风之梦》就倍显可贵，也更见人间烟火气：春光乍泄，少女梦境，轻盈飘逸的长发，衬托出柔美的胴体，洁白的大理石因此幻化为一片圣洁的白云——可惜艺术家这样心境的表现不是太多而是太少。其实真正从情感出发，就是革命题材一样可以焕发出异样的魅力。《周文雍与陈铁军》取材于人们熟知的刑场上的婚礼，在所有英雄时代的故事中，这一对"夫妻档"之所以动人，就在于其中蕴含了人类普遍而平凡的情感：男女相恋、新婚幸福却共赴黄泉，慷慨就义。唐大禧抓住情感入口，在男女主人公的塑造上形成一种反差：男悲壮，

---

① 江冰、胡颖峰：《浪漫与悲凉的人生》，中国人民大学出版社1993年版。

女恬静，男怒目圆睁，女双眼微闭，一个是入世之争，一个是超世之美。相得益彰，心心相印，为革命历史题材创作提供启示。也正是从纯粹的情感出发，我们在雕塑家的作品《叶欣》《陈波儿》中感受到更多的亲和力。

### 三、艺术家评传的文化意义

感谢散文家沈平，因为她的新著《塑说——唐大禧雕塑回望》[①]，让我们走近唐大禧这位雕塑家，走近中国当代雕塑，再次感受一番历史风云。新著价值至少有三：一部艺术家的成长史；一部当代中国文化史的缩影；一部中国当代艺术理论的反思序篇。在我的理论视野中，有三部名著可以形成阅读参照：法国艺术批评家丹纳的《艺术哲学》、现代雕塑家罗丹的《罗丹艺术论》、李泽厚的《美的历程》。

沈平的工作主要有三：一是用文字解读了唐大禧的主要作品；二是对唐大禧的艺术创作有一个基本评述；三是提纲挈领地展开唐大禧的艺术观念。平心而论，这是一个并不轻松的工作，对文学写作者的思想与艺术要求不低，沈平在第一个方面卓有成效，成功地用作家的文字作为桥梁，引领一般读者进入雕塑作品，进而了解雕塑家的创作动机与艺术目标。第二个方面没有展开，文字篇幅太少，但像"儒皮佛肉文人骨"的论述，言简意赅，捕捉精神，深得真谛。这也与作家与雕塑家之间的充分信任和长期交往有关，知人论世，熟悉熟知是基础。但也可能因为太熟悉，反而难以拉开距离，以至亲切有余，而超越不够。比如"遗憾篇"恰恰是最值得下力气挖掘的地方，作者却轻轻放过了。第三个方面，是作者最弱的方面，也许它已经不在作者主要篇幅之内，以附录形式出现的"访谈录"在我看来价值很高，其中涉及不少重大的艺术史和艺术理论问题，发人深省，启示多多。比如，中国雕塑历史局限于实物遗存，所有古代作品中都找不到任何一个雕塑家留下名字和个人记载。唐大禧认为艺术家的"无名"状况的核心问题是"历史承认不承认个人的作用和创造"，与文人士大夫的文墨活动相比，可谓文化不公，从本质上看就是对人的尊严与个性的

---

① 沈平：《塑说——唐大禧雕塑回望》，羊城晚报出版社2009年版。

抹杀。中国古代多佛像，少现代意义的雕塑，所以中国当代雕塑还有一个"重回人间"的历史使命。①假如，我们将雕塑与文学等领域相比较，其中也有相互沟通相互启发的时代需要。而画地为牢，恪守边界，在今天这个学科整合的年代，显然是落后的做法。关键是我们的确缺少艺术领域的大家通才，当前受到社会广泛批评的教育制度在此也显示出人才培养的短处。

中华人民共和国成立已有六十年历程，新文化运动也有百年，唐大禧这样的一批艺术家都到了古稀之年，文化总结的工作都因此有了"文化抢救"的意味，他们走过的道路，他们承受的苦难，他们内心的挣扎，是多么需要沈平式的亲近与劳作，艺术评传的作用还有进一步传播艺术普及艺术的作用，它的意义是多方面的，它的价值也是多方面的。走笔于此，恰好接到广州市作家协会主席张欣的通知，邀请几位学者评论家准备就包括唐大禧在内的广州十位老画家开一个研讨会，我也在邀请之列，欣然答允。带上我晚辈的敬意，带上我学习的心得，走近老一辈艺术家，走近唐大禧。

但愿这也是不同艺术领域互动互助的一个良好的开始，一个有意义的开始。

（原载于《文艺争鸣》2010年第6期）

---

① 沈平：《塑说——唐大禧雕塑回望》，羊城晚报出版社2009年版。

# 论广东女性写作的文学史意义

## 一、地气对接天时，回应历史拐点

1990年后，广东女性写作崛起，一方面是张欣、张梅等人的小说渐具全国影响；另一方面是"小女人散文"被普遍关注并在命名上引发争议。二者互为映衬，相得益彰。二十多年过去，除了张欣、张梅依然在小说创作的道路上前行，"小女人散文"反倒是偃旗息鼓，成为文学史上令人怀念的"不长的片段"。细想下去，小说、散文两路人马的出现，也是应时回响，可谓一个时代的产物。1990年后，是一个什么样的年代呢？20世纪80年代市场经济全面铺开，人的欲望迅疾打开，传统价值观溃败伊始，知识精英全面边缘化，一些原本坚固的东西仿佛一夜间烟消云散。于是，在广大内地区域还处于一种风气转型的调整之时，人才却一拨一拨"雁南飞"。广东，尤其是广州、深圳仿佛迎来了属于自己的黄金时代，一如广东气候，鸟语花香，没有冬天。岭南文化的地气对接天时，广东原本的市场经济、商品经济观念显现活力，与内地其他地方的犹豫彷徨比照，如鱼得水、如沐春风地欢天喜地。于是，至少以下几点促成了女性文学的异军崛起，大致可以归纳为三个元素：都市、女性、日常。

先说"都市"。广东女作家中维持小说创作时间最长、知名度最高、作品最多的首推张欣。她出道比较早，是北京大学作家班第一期学生，于1990年毕业。毕业前是预演，毕业后是大戏，1995年前后，张欣的创作开始在全国形成影响，至今余音未了。她有相对稳定的读者群和明显的创作阶段，先是中篇小说，继而长篇小说。张欣之独特首先在都市题材，大量城市生活场景涌入小说。都市时尚绚丽夺目，白领丽人翩翩而来，都市生活、都市欲望前所未有地坐稳了她小说创作的第一主角。在中国内地文学界乃至影视界，都市一向陌生，在1949年后主流题材不是战争就是农业，"茅盾文学奖"评了几届，"茅盾文学奖何时进城"的呼唤却不绝于耳。应当承认，中国当代作家对于城市，尤其是被称作大城市的都市，相当陌生。他们中的绝大部分都来自农村，而在1990年以前，中国内地城市的发育也相当缓慢，"都市里的乡村"是极为普遍的现象，乡村气氛可谓一统文坛。1990年后，城市发展加快，迅速进入青春期，尤其是珠三角城市群迅速崛起。都市气氛首先在市场经济领先的广州形成，加之广州毗邻港澳，尤其是1997年回归前的香港，已然构成"外部世界的想象"。内地—广州—香港，"三级跳"式的"外面世界"的想象，在当时中国广袤的土地上蔚为大观，这样一种"都市向往"于时代风气转向中愈加彰显。张欣的都市小说恰恰吻合这种想象——内地读者此时依据作品完成"三级跳"的都市想象。此刻，作家张欣上得天时地利，下得广州几十年生活的直接体验，一时热门，也算小说家的福气。"小女人散文"也有相近天时地利的机遇，黄爱东西等人的随笔借助广州相对活泼生动的报纸副刊和休闲刊物，传播内地，影响北方。她们笔下的场景也几乎全是都市，而且没有对乡村的怀念，不似内地其他作家，写一笔城市，得有两笔乡村平衡着。关键是，她们还有一种对于都市的热爱——发自内心的热爱，遂与内地其他作家构成差异。

　　再说"女性"。女性文学崛起是20世纪80年代以来中国文坛的重要风景。推倒大山千年翻身之意义，"浮出历史的地表"之辉煌，集结中国女性千年压抑情绪，左手拉着"五四"启蒙传统，右手拉着西方"第二性"理论，勃然起势，形成汹涌大潮。但90年代的广东女性文学却不是这个路子。她们笔下的女性似乎没有那么多的家仇国恨，没有那么多的历史包袱，更多的是当下在红尘世界中的挣扎，是都市浮华背后的身心疲惫，是"你到底爱不爱我"的困惑，是"用一生去忘记"的伤感。张梅的小说与张欣风气相投，气象相近，作品人物几乎可以互为注脚，假如再加上"小女人散文"之首的黄爱东西"小情绪"的映照，几乎就是"新西关小姐"的一个造型：既美丽又时尚，既文雅又独立。对男性没有构成对峙，对传统没有构成批判——她们作品的女主角生命的深处，更多的是属于个人的都市生活情绪，中国主流文学的意识形态痕迹淡而又淡，加之"小女人"而非"大女人"的情感特征，与中国主流文坛的女性文学构成明晰反差。小说的人物命运也许最能说明差异：比如张欣的

《锁春记》，左右女性命运走向的不是社会、不是政治，而是她们内心的"心魔"——这样一种视角，恰好给予习惯"大女人""叱咤风云"的读者，提供了一个新鲜的"新都市言情小说"的阅读感受，而此种感受又暗合了某种对于文学意识形态至上的阅读疲惫。当然，随着年龄和时代的变化，作家对都市女性"心魔"的探求也在逐渐深化。不过，20世纪90年代读者需求的不是深度，而是角度。

最后说"日常"。广东的民风与中国内地其他地区迥然不同，尤其是列入"北上广"的广州，注重日常生活，注重感官享受，注重个体开心。亚运会在广州召开，开幕式既有面对大海扬帆激浪的豪迈，更有面对都市街坊一般的亲切。大家可别小看这种街坊气氛、街坊气场。网上一个"段子"说，北京是一个把外国人变成中国人的城市，上海是一个把中国人变成外国人的城市，同属一个级别的广州呢？我以为"是一个把所有人变成广州人的城市"。也许你并不以为然，那是因为你不懂广东人，不懂广州人。他们看似随和包容，看似低调不争，其实骨子里有一份顽强，有一份说好了是坚守，说白了是顽固的生活态度。而这种态度基于日常生活，基于世俗人生中的点滴生命体验，貌似不深刻，貌似很家常。风云际会，历史机缘，这样一种来自日常基于世俗的生活态度，再次吻合了整个时代的民众心理，暗合了一种在广东稀松平常——于他地却别开生面的普遍情绪。于是，文学成了形象的风向标，同时也证实了一条经济学的规律：有需求，就会有供给。张梅的小说是典型，她的中短篇小说始终浮现着一个形象：广州街坊日常生活中的一个年轻女子，不一定有大理想的献身精神，却一定有着面对生活小事的"恍惚眼神"，即便是她的长篇小说《破碎的激情》，也多是岭南阴柔的"小气象"，而有意疏离时代历史的"大格局"。黄爱东西的随笔同样以"小格局"取胜——来自日常的细微感受，构成随笔散文的"生活质感"和血肉肌理。这种贴近生命体验而绝不高扬的写作态度，又导致了某种"破戒"，她的随笔在二十年后阅读，依然可以体会某种禁区的突破，比如敏感的"性话题"，比如内地其他报刊无法刊登的男欢女爱。也许，真正的"身体写作"是从20世纪90年代广州的专栏作家黄爱东西开始的。

## 二、这块神奇的土地到底给作家提供了什么?

　　1990年后广东女性文学之所以呈现文坛新气象，还与地域文化息息相关。首先，我们要确认所谓广东作家，比较其他省份略有不同，大致有三类：完全本土的；青少年甚至童年时迁徙来的；改革开放以后进入的。他们的创作又可以分为三类：完全本土生长的；本土生长却向北方致敬的；外来入籍却一心向南方致敬的。笔者在2014年曾应邀参加广州市文联举办的美术家研讨会，我评论的三位艺术家：许鸿飞、朱颂民、党禺，就分属以上三类。不过，虽然出处不同，但广东的一个好处是：英雄不问出处，笑迎八方来客，汇集各路英雄。商场如此，文坛亦是。同处一个地域，同顶一片蓝天，春播夏种秋收，同时开花结果。

　　先讲大方向的，归纳为两点：一是岭南文化的阴柔风格；二是相对低调的个人化日常视角。二者互为补充，相得益彰。当代广东文坛，我以为三大家是奠基石：欧阳山、陈残云、秦牧。《三家巷》写了革命，写了大时代，但最能抓住我们的人物还是西关街坊阿炳和区桃，他们的做派温润柔和，在历史大波澜中保有个性，作家视角也是个人化的。《香飘四季》整篇风轻云淡，尽显珠三角水域的静谧与丰饶，没有西部的严酷，没有中原的喧嚣。秦牧的笔下更是鸟语花香，一派日常生活的亲切。笔者居住广州塔附近，每当仰望小蛮腰，总是不由自主地把这个巨大的钢铁造物与岭南阴柔风格联想在一起，那女性的身形曲线造型，使得她——而非他——可以稳稳地屹立于广州羊城珠江之畔。回到文学，广东文学的主流风格就是阴柔。你看张欣、张梅、黄爱东西、筱敏、黄咏梅、梁凤莲的作品，除了女性视角以外，都是阴柔温润的风格，都是大时代背景下的"小气象"和"小视角"，不是金戈铁马，不是国仇家恨，即便有大时代做背景，也是"破碎的激情"，也是"不在梅边在柳边"的叹息，也是"西关小姐""夏夜花事"，也是"幸存者手记"。北方、南方男性作家的作品迥然不同，也可引以为证。比如来自东北的鲍十，几篇写西关的作品，就是手执铁板的东北大汉轻敲出柔柔粤曲，清淡基调上的简洁细致对接着岭南风格，与其"东北平原系列"构成一南一北的鲜明对比。几位外来入籍的女作家魏微、盛可以、吴君、盛琼、郑小琼等写广东本土的作品里，我们也可以感受到岭南阴柔风格的影响。这块土地的风土人物，你只要沾上，就自有气息传递、气场笼罩。或许也有读者摇头，外来作家吃你的米喝你的水，依旧写他的"童年记忆"，这块土地又能给他们什么呢？笔者曾经在广州引进的内地人才中做过访问调查，当问询到对广州有何最大感触时，答案不外乎三点：一是经济宽裕，工资高，生活好，重休闲。二是人际关系相对宽松，不上家做客，不议论隐私，一般不随便评价他人。三是价值多元，观念包容，你可以当老板，也可以开一个小店，做点小生意，看重官但不唯官，看重商但不会为挣钱不要命，要面子但不会死要面子，可以成功但不一定硬要成功。"开心就好"是口头禅；千万家财的老板不一定开豪车穿名牌，平常百姓也会一卡游遍天下；重吃不重穿，穿着"烟囱裤"照样进五星酒店，门童不拦，穿者坦然；你家贯千万也不稀奇，我小本经营也恬然自得。因此，在广州你待久了，回老家不习惯，不知不觉，各种地域差异一下子都出来了。瞧瞧，为啥呢？因为你正在变成广州人。你不服，都不行。铺开来再说到东莞、佛山、深圳红火了几年的"打工文学"，那些"打工作家"哪个不是带着故乡的价值观，来到举目无亲的他乡，碰撞再碰撞，冲突再冲突，从肉体到精神，伤痕累累，抚痛而歌呢？因此，由于改革开放，广东先行一步，市场经济、海外文明、从传统型的"熟人社会"到典型的现代"陌生人"社会，来广东打工，来广东发财，来广东寻求新的人生，迎头给你一个人生价值观全面颠覆、全面调整的机会，这样的机会内地不多，而广东遍地都是！"人生不幸作家幸"，你认可吗？再退一步说，你是体制内人才，你无须为稻粱谋，但生活环境的变化，不会给你带来些什么？一句话，广东与内地其他地方的反差就是赋予。再退一步说，你可以永远写你的"童年记忆"，但广东的地理位置，也有形无形地为你提供了远距离回望故乡的可能，从肉身到心灵，从形式和感受上完成了"行万里路"的流浪漂泊过程，而你同时也享受着广东的闲适与宽松，你的身心在有意无意中已经发生了变化。你无法忽视这块神奇的土地，南来北往，多少英雄，为这块土地吟唱？韩愈、苏轼大师留有诗篇，一片深情，精神浸染。你或是本土或是外来，不急不躁，不声不响，相信这块土地会慢慢浸染、浸透你，因为它气场强大，虽不招摇，虽然低调，却是发力绵长，经久不休。

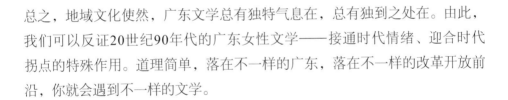

总之，地域文化使然，广东文学总有独特气息在，总有独到之处在。由此，我们可以反证20世纪90年代的广东女性文学——接通时代情绪、迎合时代拐点的特殊作用。道理简单，落在不一样的广东，落在不一样的改革开放前沿，你就会遇到不一样的文学。

## 三、当代文学史为什么没有记载?

20世纪90年代以来的广东女性写作凭借其与岭南的天然缘分，以迥然不同于他人的文化差异性崛起于文坛，留给中国当代文学史一个耐人寻味的历史片段。然而，到目前为止，1990年后正式出版的有关中国当代文学史的著作对此少有记载。不妨选取几部稍作梳理——孟繁华、程光炜的《中国当代文学发展史》列有"90年代文学"专章，谈及大众文学、女性文学，在第351页专门提到张欣的小说创作，给予都市文学的确认，"白领阶层""时尚流行"是关键词。也有专章谈散文，但对"小女人散文"无暇顾及。陈晓明的《中国当代文学主潮》对以张欣为代表的都市女性文学，未置一词。张志忠主编的《中国当代文学六十年》也未提及。朱栋霖主编的《中国现代文学史精编1917—2012》论及90年代文学，也谈到女性文学，但仍没有顾及张欣和"小女人散文"。以上四部有代表性的文学史著作，均不乏对文学史的全景描写，但留给广东都市女性文学的篇幅，几近于无。是其影响、分量尚不足以载入史册，还是文学史家始终没有把眼光投向南粤? 此点值得一说。

首先，文学史编撰的精英视野，过滤了具有市场化、商业化色彩的作品。不必讳言，有关"真正的艺术"与"通俗艺术"之间，一直存在一种对峙，尽管这种对峙有时是以理论模糊的状态呈现，但文学史家的内心却是泾渭分明。"一方面是艺术——洞见——精英，另一方面是通俗文化——娱乐——大量受众。"[①]需要质疑询问的是："这些等式是有根据的吗? 精英从来不去寻求娱乐——而普通阶层的人们本来就疏远高雅文化吗? 另一方面，娱乐就排

---

① ［美］利奥·洛文塔尔：《文学、通俗文化和社会》，甘锋译，中国人民大学出版社2012年版。

除洞见吗？"①在我们熟悉的当代文学史分类中，以张欣为代表的南国都市女性文学与"小女人散文"，显然处于精英与大众、艺术与通俗之间。尽管，张欣本人并不认可媒体给予的"大陆琼瑶"冠冕。

其次，以广州、深圳为代表的中国南方文化，似乎还处于中国内地主流文化之外。改革开放初期，所谓"第二次文化北伐"形成强势："在计划经济下早已萎缩、曾经为海派文化支柱的工商业文化重新复苏，成为广东文化强劲的主流——进取的、雄劲的广东文化与退守的、委顿的上海文化形成鲜明的对比。"②这是历史事实，也是"广东经验"传播全国的最好时机，但维持时间并不长。随着京沪复苏并重新回到主流位置，广东的经济优势、文化优势相当短暂，虽然"北上广"已成格局。总之，广东这种"离中原很远，离大海很近"的文化，始终没有摆脱"边缘化"的制约。加上广东文化的自身弱点，比如注重感官享受，少有深刻忧思；比如"会生孩子，不会起名字"；比如缺少对北方文化的深入了解，形成一些交流隔膜等，均从多个方面限制了文化的传播、沟通、交流、理解。由此可见，显意识与潜意识中的主流文化判断的价值标准，是广东文化与文学极易被学者忽视与边缘化的重要原因。

在我看来，提高20世纪90年代以来广东文学以及女性写作的文学史地位，进入文学史视野的理由，至少有以下几点。

第一，突出地体现了中国文学市场化的历史拐点。商业在广东文化中处于很高地位，这同其历史息息相关。自两汉的"海上丝绸之路"，广东人就走上了发财致富之路，隋唐南海贸易进一步开拓，广东贸易地位迅速上升。宋元海禁，贸易萎缩。但即使到了明清"片帆不得下海"的严峻时期，广东官方贸易依旧保留，成为中国海岸贸易的唯一口岸。内地货品也只能长途贩运到广州出口，号称"走广"。与此官方海禁形势相对应的却是广东民间海运不止，"山高皇帝远，海阔疍家强"说的就是广东商人私家船队冒险出海的历史事实。清康熙二十三年（1684年）以后，广州"十三行"总揽对外贸易，占尽官方与市场资源，一时富甲一方。据说当年"十三行"富可敌国，潘、伍、卢、

---

① ［美］利奥·洛文塔尔：《文学、通俗文化和社会》，甘锋译，中国人民大学出版社2012年版。

② 杨东平：《城市季风》，东方出版社1994年版。

叶四大富商凭借垄断经营，跻身世界富商，其家产总和超过当时朝廷的国库收入。①这样的财富传奇，在改革开放、广东"先行一步"中延续书写——市场经济的东风劲吹，由南向北，肇始广东。所谓新一轮"文化北伐"由此缘起，20世纪90年代以来的广东文学恰好体现了中国文学市场化的历史拐点。深圳作家吴君贯穿改革开放30年的小说创作主题，几乎细微地表达了一种地域文明的渐进过程，其作品主人公的价值观变化，似乎构成了一种具有社会学意义的历史文献。移民潮的"孔雀东南飞"，以流行音乐为引领的娱乐文化北上神州大地，一南一北，一进一出，即是烘托文学创作的外在表现形态。中国内地空前的文化冲突，此时以广东为焦点，集中体现。

第二，最早、最及时、最具当下性地反映了中国都市的"欲望叙述"。都市欲望与广东人的文化传统有着逻辑性的关系，几乎可以看作是自然而然的演绎、水到渠成的现实。随着广东的财富奇迹，珠三角城市群迅速崛起，以深圳为代表的"都市欲望"，第一次全面打开了中国人压抑多年的身体欲望。如果说，80年代是打开了中国人精神上的枷锁，那么，90年代则是在"欲望合理化"的形势下，另外一种形式的开放。张欣的长篇小说《不在梅边在柳边》就是对那个年代中国人欲望与灵魂纠结焦虑的一次生动的回望。穷人如何进入城市，如何摆脱贫困获得跻身上流社会的成功，欲望如何实现，如何宿命般地受阻？红尘万丈中如何沉沉浮浮，中国人如何在世纪末的都市狂欢中获得与失去？兴盛于广东的"打工文学"恰好成为90年代广东文学的又一个标志，它从另一个侧面衬托了"欲望叙述"，犹如一面巨大的镜子，映照出中国第一次都市群崛起的正面及其反面。从某种意义上说，90年代的广东文学中最为突出的是深圳题材，集中强烈地反映了中国内地"城市化"的第一步。所谓"不定性城市"由此发端：开放、冒险、野心、机会、贪婪、冷漠——林林总总，一言概之，"欲望"失控。"倾斜的珠三角"与"癫狂的纽约"相提并论，左手天堂，右手地狱，天使与魔鬼共舞，已然现实存在。广东文学于20世纪90年代已先行发出预警。②

---

① 叶曙明：《其实你不懂广东人》，广东教育出版社2005年版。
② 蒋原伦、史建：《溢出的都市》，广西师范大学出版社2004年版。

第三，借助女性打开通向都市优雅精致日常生活的通道。在其他内地作家大多持有批判态度并质疑都市生活的历史时刻，20世纪90年代的广东女性文学却以一种亲切温柔的态度，向对都市还相当陌生的国人展示了一幅都市优雅精致生活的场景。不必讳言，20世纪90年代，以张欣、张梅及黄爱东西为代表的"小女人散文"是都市时尚的代表，她们先行一步地引领了最新潮流——借助毗邻香港的优势，利用北京、上海迟缓发展的弱势——尽管这种优势保持的时间不长。岭南天然的务实和注重感官享受的天性，与整个内地从政治情结中解脱的普遍心情恰好对接，回应反响——张欣、张梅小说的热卖，"小女人散文"向北蔓延之势，其实都说明了此种对接恰逢其时，恰到好处。不少读者，尤其是女性读者，第一次从她们的作品中知道了名牌，知道了女性青睐的优雅与精致——其实，男性又何尝不喜欢这样的生活。在传统主流文学始终追求宏大叙事和永恒诗意的时候，广东女作家此时此地的作品，尤其见出特色。2014年，张欣推出长篇小说新作《终极底牌》，依旧是广州的故事——以花季少女的中学生开场，实写广州新区天河：粤语色彩的名字、西式芝士蛋糕坊、地下迷宫里的格子间、顾客盈门的另类餐厅、人潮汹涌的地铁站……一个活灵活现的广州大都市场景豁然眼前。这种场景在二十年前就已经被张欣表现得驾轻就熟，给广大读者相当新鲜的"都市感"。张梅颇受好评的长篇小说《破碎的激情》试图写出一个时代的心态转折，但她绝不"玩深刻"，而是努力传达出日常生活中弥散的"惶惑"与迷茫。黄爱东西的随笔更是接地气、通广州，羊城的日常生活被她渲染得"一字一句皆实感，一枝一叶总关情"。与中国乡村充满苦难的日常生活不同，她们的笔下，都市活色生香、风生水起，尽管也有挣扎，也有艰难，但充满希望，生气勃勃。她们的女性倾向与"女性主义"保持距离，与"城市批判"保持距离，显示出中国内地欣喜地拥抱接受"都市化"的姿态。在美学风格上，与文坛熟悉的江南阴柔又有不同，似乎揉进了岭南的务实和日常态度，不伤感、少忧郁，没有历史秘密，少有传统包袱，更多地传达着一种属于中国南方、属于广州的生活态度。而所有的一切，其实又在传达一种日常真理：女性离生活、离自然、离时尚、离都市较男人更近。由此，也可以顺理成章地推论：她们的作品离90年代中国大众的生命诉求更近。

　　简而概之，历史传统、地缘优势、时代形势构成的天时地利人和，使得广东人的价值观与生活方式，恰逢其时地成为时尚，成为标榜，成为万众瞩目的时代先锋，成为重新构建的新的文化语境。所有这些，在广东20世纪90年代以来的女性文学中有着精彩的表现。无论毁誉，无论正反。更为重要的是，在20世纪90年代，广东女性文学的这种表现不但先行一步，而且几乎是唯一的。由此来看，对传递文学历史发展更迭的文学史来说，自然有理由关注这种既具"地方性"又具"唯一性"的文学，并给予适当的文学史地位。

［原载于《天津师范大学学报（社会科学版）》2016年第3期］

# 论广东文学"本土叙述"的苏醒

我一向以为,广东文学在近三十年以来,对于本土文化的表达相当薄弱,尽管在20世纪90年代女性文学中有一度领先全国的"都市表达",但就广泛意义的地域文化表达上,无法跟上欧阳山《三家巷》、陈残云《香飘四季》和秦牧《花城》等文学前辈的步伐,与"北上广"的经济地位落差极大,长期在全国地域文学表达方面处于弱势。就此意义上说,张欣、吴君、吴学军、陈崇正、陈再见的几部近作,既是一次地域文化的成功表达,也是广东文学的一个重要收获。我将几位作家的努力视作具有标示意义的广东本土叙述意识的苏醒与坚持。

一口气读完吴学军的长篇小说《西江夜渡》,平添意外惊喜。作品有人物、有情节、有冲突、有地域特色。可以说,篇幅不长,却具备了长篇小说的各个元素,而且作者控制得比较好,对现代读者的阅读习惯有比较好的把握:张弛有致,繁简有序。抒情处,分寸恰到好处;情节点,果断把握节奏。犹如传统戏曲中小乐队里把握舞台节奏的首领,拿捏到位,把握火候——这可能是小说好读的关键所在。关于长篇小说,论述很多,一种说法我记忆深刻:好读并有益。当然,这是一个基本的要求,尤其对于一般读者来说。作家吴学军做到了这个基本要求,并在此基础上,给予我另外一个意外,即对佛山地域文化的本土表达。

应该看到,吴学军具有本土文化表达的自觉意识。《西江夜渡》的定位是"一部抗日小说,也是一部历史小说。故事依托于佛山南海的历史文化背景,再现了20世纪40年代初珠三角的抗战传奇与风土人情"。需要进一步肯定的是,这样一种"依托"的艺术表达并非简单的地方背景的交代,而是将佛山南海极富地域特色的山川地貌、民俗风情、历史渊源与当时的抗战形势、小说的情节发展比较好地融为一体。在我对佛山的有限了解中，几乎所有知名的地方文化元素都进入了这部长篇小说：自梳女、武术馆、扒龙舟、九江双蒸、西樵大饼、双皮奶、东坡甘蔗诗、"小广州"、四大名镇等。其中，一些地方元素与小说的融合自然地成为小说的有机部分，甚至不仅从外部也从内部推动着小说的发展，成为作品刻画人物、建构背景和叙述动力的有效资源。比如，一开场，女游击队员登场亮相，三个元素交织：中山大学学生、自梳女装扮、佛山武馆徒弟，立刻形成独一份的本土特色，而且不是披上去的外衣，而是进入作品核心情节不可或缺的内涵，与小说传奇紧密相连，并为后面的情节展开埋下伏笔。比如，两次逢凶化吉的武馆同门相遇。值得称赞的还有，作家对佛山山川风貌和小说情节的融合处理。日本特高课的前截后堵，游击队的声东击西，如何在地形道路的选择中使得情节跌宕起伏，如何在叙述节奏的变化中穿插民俗风情，又如何在更高层次上成为刻画抗战女英雄群像的有效手段？可以说，作家吴学军煞费苦心，匠心独运。没有对佛山山川地势、历史渊源、本土文化的了然于胸，就不可能有一幅抗日战争时期的"佛山风情图画"，就不可能有一尊感人的广东抗战女英雄群像。

所谓广东作家，与其他省份作家略有不同，大致有三类：完全本土的；青少年甚至童年迁徙来的；近三十年改革开放以后进入的。他们的创作又可以分为三类：完全本土生长的；本土生长却向北方致敬的；外来入籍却一心向南方致敬的。不过，虽然出处不同，但广东的一个好处是：英雄不问出处，笑迎八方来客，汇集各路英雄。商场如此，文坛亦是。吴学军显然属于第三类作家。作为外来的小说家，吴学军迅速进入本土，进而表达本土，在有效地吸收了影视剧情节快速推进以及中国传统戏曲情节陡转、化繁为简的洗练笔法的基础上，成功地融进本土元素，她的努力、她的方向、她的艺术准则与价值观，我击掌肯定！因为，《西江夜渡》明确昭示：本土元素不但可以成为艺术作品的标志特色，而且可以成为艺术的有机部分。明乎于此，这部长篇小说的本土叙述也就超越了作品本身，从而具有了广东文学界本土表达的特殊意义。

深圳作家吴君的小说因为深圳而值得玩味。深圳是一个暴发户的城市，快速增长以致欲望快车，天上飞毯以致少有传统。因此，吴君的"深圳书写"早几年就抓住了我的视线。比如，获奖作品《华强北》即为翘楚。小说曲折有致，放弃了知识者精神贵族的往往可笑的矜持和自负，看到了新城市地基上，外来客、新客家、乡下人、揭西人的精神成长与身份提升，他们如何融入城市文明，合乎潮流——这个现象，应该是深圳独有的，至少是最为鲜明和突出的，代表着中国内地城市起步、发育、成长进程中的"秘密信息"。作家超越自恋、定点探索，敏锐感受，细致入微传达，属于相当珍贵的文学记忆和深圳本土叙述。因为独特，愈加珍贵。

根据深圳作家吴君的中篇小说《深圳西北角》改编的电影《非同小可》是深圳题材的又一篇佳篇力作，在近日第24届金鸡百花奖展映中受到极大关注。深圳不同于其他特区的一个突出特点，就是汇聚了全国各地的外来人员，它的特殊地位具有动一发牵全国的不可替代的影响。有观众认为，强大的资本力量，正把深圳变成一个世界级加工厂，深圳和"北上广"一样，正用一种神奇的力量改变着中国的乡村。《非同小可》正是关注了那些具体的人群：从青壮年到中老年，深圳是他们的光荣还是疼痛？深圳还能容得下那些老弱病残的身体和受过屈辱的心灵吗？电影《非同小可》提出了一个重要的问题，深圳是谁的城市。城市属于农民工吗？《非同小可》同时聚焦了大转型时代乡村年轻人的向往，与都市老人们渴望回归的冲突，颇具时代特点。有专家认为，《非同小可》是近年来描写农民工情感最真实最细腻的一部作品。其实，这部电影的意义不仅仅在于展现劳务工的生活和爱情，更多的是描绘了一个时代的变迁，一个城市的成长，是令人心动的一部电影。此种"广东本土叙述"既鲜明突出，又有典型的时代意义。

与《西江夜渡》和《非同小可》的两位"新客家"作者相比，小说家张欣可谓久居广州本土，尽管她并非真正"土著"。其新作《狐步杀》显示出本土叙述意识的坚持与几十年的一贯性。作品一如既往的好读，张欣的撒手锏依然是都市男女爱恨情仇，情感海洋的波涛汹涌被她瞬间转化为极其细腻、极其委婉的细波微澜，但能量依旧，杀伤力依旧。"花叶千年不相见，缘尽缘生舞翩跹。""人生中注定要遇到什么人，真的是有出场秩序的吗？看似不经意的一个相识或者相遇，或者成为故事，或者变成沉香，以一种美丽伤痕的形式在心中隐痛地变迁。"中国传统诗词的"古典情致"始终是她的小说的美学支撑和艺术理念，并帮助她于红尘滚滚的羊城卓尔不群，清流自显。

步入小说创作的第一天起，张欣的文学信念可谓矢志不渝，美丽依旧——一个人可以在这个世事变幻的时代，坚持一点属于自己的本色，无论成色，时间长短即是考验。从20世纪90年代开始，中国内地文坛始终在"先锋技术"与"宏大叙事"中纠结徘徊，或淡化人物情节故事，或强化主题意义教化，中国传统小说的传统被轻视、嘲笑乃至否定。张欣在犹豫之后，依然按既定目标前行，回到自己的初心，回到自己对文学和人生的理解。也许，身在广州：岭南文化、鸟语花香、南国都市、红尘滚滚、低调处世、务实态度、注重感官、看重现报都赋予了张欣与内地绝大部分作家不一样的情怀和视角，她的作品因此也持有了自己多年延续的艺术本色，她是南国广州都市生活的浸染者、受惠者、见证者，同时也是守护者、叙述者。从作家地理上看，并非本地土著的张欣，却比土著更深地了解并解读了本土——其实岭南向来兼收并蓄，北方来的文人、世界来的商人和传教士，都给这方水土带来福音，甚至改写某些特征，比如韩愈，比如苏东坡。韩山韩江，荔枝西湖，既彰显又改写，恰恰触及岭南本土一个文化秘密：既有吸纳的包容，又有本土的坚固。从这个意义上说，广州的张欣也有两大贡献：彰显了这座古城的个性本色；描述了缘起改革开放而渐变的一些都市元素，从而完成"改写"的历史任务。张欣对于广州，功莫大焉；广州对于张欣，岂止人才难得？几乎是古城之幸！这样一位有全国影响的都市生活叙述者，用文学、用电视、用大众媒体，向世界宣扬这座城市三十年的变迁：惟妙惟肖，入木三分。

因此，我赞成这样一种评价：张欣是中国内地都市文学的先行者。言其"先行者"角色的理由还不仅仅在于时间上的领先——20世纪90年代张欣的小说就曾风靡一时，而在于她的作品的"都市气质"——并非都市里的乡村，也非乡下人进城。可惜，这种评价在迄今为止的当代文学史家的视野中远没有得到相应的承认。也正是基于此种评价，我可能比一般评论者看重张欣作品的叙述特点的同时，更加看重她的小说为我们提供的都市经验。《狐步杀》在都市经验上，同样胜人一筹——开场就是一个新人群：城市护工。保姆已经不新鲜，护工作为一个都市新的人物群落，却有新意。小说的一大功能，我认为是对历史的补充：中国历史一向大轮廓粗线条，司马迁用人物写史的传统后来也被正史的宏大叙事所淡化，加之社会学是从西方引进，兴盛时间很短，所以，文字记载的丰富性与全面性大打折扣，幸好还有小说——可以补充日常生活的质感与底层百姓的真实。一个国家一个地区在某一个特定的时空，有一种职业的人群曾经构成特征相同的人物群落，50年后、100年后，时过境迁，他们或许消失，但一定很难入史，很难有传。小说等文学作品中却可以让他们留下痕迹、留下踪影。或许，此后我们可以寄望于社会学家的努力和新媒体的全息记录功能，但小说对人心理丰富性的挖掘和与生动性的传达，却是独家擅长的。张欣的小说对都市各色人物的描写，其实也就具备了《清明上河图》的功能——全景纪实。这样一种富有质感的生活描述，也可以化解悬疑叙述的奇巧性，使之拥有更为深厚的生活基础与富有人情味的氛围滋润。所谓"俄罗斯套娃"结构，大故事套小故事，所谓"明修栈道，暗度陈仓"的破案悬疑，都在都市生活的整体氛围营造中得以铺张延续。鲜活的人群与生猛的生活所共同构成的南国都市，保证了张欣的故事自始至终有一个可靠却又迷人的舞台。大幕一旦拉开，好戏即刻上演。

还需要肯定的是张欣对笔下人物物质性和精神性的把握。换而言之，她的小说人物常有肉欲与灵性的冲突，《狐步杀》也不例外。柳三郎、柳森是肉欲挣扎的一路，小周、忍叔两位便衣警察是精神灵性的一路，独树一帜的属于广州这座城市的是女主角苏而已。张欣对这一女性角色投入的情感，近于塑造"广州女神"：历经劫难，守住初心，善良底色，坚韧自立。也许，在苏而已的身上，我们可以窥视到那个被虚饰夸大的"广州精神"——表面波澜不惊，内心自有坚守。肉欲一路的沉沦、灵性一路的升华，恰好从两个方面衬托了"城市女神"。苏而已无疑是作品中最有内涵的人物，也是寄托了作家理想的都市女性：一朵出淤泥而不染的洁白荷花。至少，在张欣的心目中她如此鲜活。《狐步杀》这部九万字的中篇已然包含了长篇的沧桑。比较她的前两本长篇，我以为有两个明显进步：都市时尚与作品人物勾连得更加紧密，再不是一个包装，而是人物性格环境的一个部分，顺理成章，水到渠成；价值观保持了延续性，正直而善良。进步之处还在于少了几分犹豫，加了几分信心。"花叶千年不相见，缘尽缘生舞翩跹"，路还长，张欣还在前行，期待新的广州故事，期待更加强有力的本土叙述。

　　还有一个现象引发我的思考。即是在张欣和吴君的小说中，大量出现广州与深圳两座城市的地名，确凿实在的地名以及依附于地名的相关建筑物、酒店、酒吧、咖啡厅等城市场景，类似的情况在上海和北京的作家那里也有，比如，王安忆、金宇澄、格非等。除了都市文学与都市文化研究的联想以外，我还联想到"一位作家与一座城市"的关系，比如，卡夫卡与布拉格，这可是一个极其纠结的关系：卡夫卡的创作全部完成于布拉格这座城，但他一辈子都在努力逃离这座城。"卡夫卡属于布拉格，布拉格也同样属于卡夫卡"①。卡夫卡作品中的那些地名与场景，如今，与他生前的足迹紧紧相连，成为嵌入这座城的文化坐标与象征性符号。可见，地名加场景，显然成为蕴含地域文化个性的一种最为直接的"本土叙述"方式之一。乡村如此，城市更不例外。此种"地域嵌入"或曰"象征性符号"，值得深究。

　　令人惊喜的是，我在广东文坛，看到"80后"本土作家的成长：潮汕的陈崇正，陆丰的陈再见均为男性：一个1983年生人，一个1982年生人。陈崇正的《碧河往事》就在不长的篇幅里，营造了广东潮汕文化的特殊氛围——虽然这是一个渐显凋零的地域氛围：被海鲜砂锅粥取代了传统番薯粥的小镇——但夜宵依然兴旺；传统潮剧团举步维艰——但依然有村子作兴请戏班子；传统剧目《金花女》唱腔渐失——但依然有四十多岁的女子开嗓传唱，被心怀往事的老太太奉为经典。传统的生活方式一如传统唱腔，断断续续，连绵不止。当然，这样的文化氛围，烘托的则是一种相当入世的精英叙述：关于动乱岁月的反思，人性的恶如何泛滥成灾，历史的伤痕如何久久不愈，成为挥之不去的创痛，以至构成对于一代人的人品值判断——坏人变老了！陈崇正是出生于1983年的"80后"，也是"新概念作文大赛"的获奖者，将他的作品与三十年前的"伤痕文学""反思文学"联系起来，不由地想起多年前读到的一段文字，大意是苏联的卫国战争在第二、第三代作家手中，反而有了一个创作的辉煌期。究其缘由，旁观者更能摆脱历史纠缠，加倍深刻地反思历史。陈崇正的文笔克制隐忍，配合着潮汕文化的情调与节奏，在不疾不徐之中，自有一番广东本土

---

　　①　曾艳兵：《卡夫卡的布拉格》，《读书》2016年第1期。

叙述的特色。当然，外地文化的"入侵"也是相当明显，比如，我读到"碰瓷"这个字眼时，有一种强烈的不适感，北京方言的出现，突然且生硬——是一种现实之暗喻，还是我们应该有意避开的。类似情况在张欣的长篇小说《终极底牌》中也有，即"腔调"——上海话在广州粤语环境中的出现。我敏感于这一类具有跨文化交际意义的词汇，并且由此联想文化交际强弱的此消彼长，同时会不由自主地暗暗生发出广东弱势文化被侵入、被覆盖的担忧。不知，作家落笔之时，是有意为之，还是描述现实？是不假思索，还是深刻反讽？

陈再见的中篇小说《扇背镇传奇》也是一幅广东海边小镇的风情图画。这部中篇，比《碧岛往事》更加贴近广东本土以及近三十年的社会变迁。《扇背镇传奇》的不凡处有二：一是对情节设计，其中精彩已然超越了"螳螂捕蝉，黄雀在后"的故事模式。因为"青乖鱼"角色的设计，水哥将计就计，顺水推舟，让重返小镇复仇的老阎成了替死鬼，"剧情的转换只在一夜之间，比电影还要扑朔迷离"。二是借小镇风情的描述，反思极度的贫穷导致极度的对财富的追逐，极度的对财富的追逐导致伦理堤坝的崩溃。在这部作品中，"80后"小说家陈再见无意中完成了当下最有神韵最具深刻性的广东本土叙述。

那么，何谓文学创作的"本土叙述"呢？似乎也难一语概括。但我们认为，一定与出生地、童年记忆、祖先记忆、故乡记忆密切相关，一定与你生于斯，长于斯，贯穿你生命的某种文化传统有关，一定与你所痴迷所钟情所热爱的乡土情感有关。仔细品味一下当代作家的作品，出生地的情感与文化烙印，常常在作品中留下这样一种东西：无论你走得多远，无论你漂泊到何处，你的情感归宿在你的"本土"，也许你会走得很远很远，到天涯海角，到千里之外，但艺术家内心的故乡在原处、在老地方，这是命定的归宿，游子的归宿。世界各国作家一概如此，中国作家基于传统尤此为甚。广东"新移民作家"的大部分作品皆可引为例证——无论对于广东本土进入有深有浅，但个人故乡依旧在作品中占有重要位置，所谓乡愁，始终徘徊不去。加之广东改革开放时期，文化冲突激烈，作为情感补偿的乡愁更是有增无减。就"本土化"表达而言，综合考察来看，广东文学艺术创作界的历史使命将更多地赋予本土作家身上——他们有人脉，有地气，有方言，有熏陶，与"新移民作家"相比可能具有出生地等天然优势。但，这也仅仅是理论上肯定的优势，作为本土作家，他需要加倍努力于关注本土文化，需要更加深切的生命体验，需要更加充分的文化自信，需要发自内心的文化热爱。倘若，由于熟视无睹进而导致漠然，其优势也可能瞬间消失殆尽，反而不敌外来作家因为差异冲突而唤起的新鲜感。在精神准备的同时，我们还需要大量的艺术描述，需要更精致的、更具有本土底蕴的描述。"任何地域文化的积淀以至主流特征的形成，都与它的不断被描述有关。"①广东地域文化的"本土化"表达，需要的就是这一种"文化描述"。所谓"文化描述，不仅仅停留在学术探讨的层面——必须生产出文化产品，进入现代传播领域，借助一切媒介，渗透到广大民众的日常生活，唯有如此，一种文化才能源源不断地从每时每刻正发生的生活中汲取营养，文化的生命之树方可常青不衰"②。

我们认为，广东文学的"本土叙述"重要的是在文化描述的基础上，达致成为一种艺术作品的存在形态。丹纳说得好："文学价值的等级每一级都相对于精神价值的等级。别的方面都相等的话，一部书的精彩程度取于它所表现的特征的重要程度，就是说取决于那个特征的稳固程度与接近本质的程度。"③目前，广东省内对于本土创作的认识还处于初级阶段，台面上众多作家，很重要一部分是来自外省，这也构成了广东独特的"新移民文学"，出生地与生活地所构成的反差成为这些作家创作的一个兴奋点。那么，基于岭南的本土创作是不是会随着广东工业化时代的崛起而渐渐消失呢？答案是否定的。在工业化时代，在互联网时代，在全球化时代的背景下，重新理解自己的故乡，重新回望自己的故土，重新审视本土文化，重新寻找广东本土创作的"出口"，重新站到中华文化的前列，重新为21世纪的中华文化崛起贡献力量，正是广东地域文化"本土叙述"的最终指归、动机所在、愿望所系。何况，在南

---

① 江冰：《论广东文学的本土化创作》，载广州市文学艺术界联合会、广州市文艺批评家协会编：《本土关注——广州文化研究与文艺批评论文选》，花城出版社2013年版。

② 王海、江冰：《从远古走向现代——黎族文化与黎族文学》，华南理工大学出版社2004年版。

③ ［法］丹纳：《艺术哲学》，傅雷译，江苏文艺出版社2012年版。

粤这片土地和海洋上，近四十年发生了那么独特的大事，可谓风云变幻，奇人奇事，空前绝后。假如，我们的文学对这段具有强烈"地域性"色彩的历史描述缺失；假如，我们的本土作家缺席，又将是怎样的历史遗憾与作家失职呢？

（原载于《小说评论》2016年第5期）

# "北上广"：都市文化视域下的都市文学

## 一、"北上广"构成不同的文化视角

"北上广"三座城市实在各有气场与历史渊源。北京为首都，也是元明清三朝帝都——政治、经济、文化中心。集中全国最优秀的各种资源，皇城根下，帝王跟前，自有一份睥睨天下的文化优越感。加之其稀有的贵族气，多半伴随权力顶峰尚存一息。明清宫廷文化影响深远，老北平传统厚重殷实，即便王朔痞子气十足的北京大院小说，武人霸气也要让其几分。所谓"北京把外国人变成中国人"，传达的就是这份文化定力与强大气场。虽然八国联军侵入，气场依旧，何况还有中华人民共和国成立六十多年以来的新首都新北京。六百年古都、皇都、帝都、首都，文化一脉相传：国家权力的顶端、文化特权的巅峰、精英人才的聚集——国家主流文化、知识分子精英文化、非主流青年亚文化、京味浓郁的平民文化，在此找到交流、冲突、汇合的最佳平台。京样、京派、京味，似乎离中国特色、中国气派最近，政治的优势、传统的优势、人才的优势、自信心的优势，在北京可是得天独厚的一份。

上海百年崛起、沐浴西风的文化，在中国的确独具一格，其影响新锐强大，其标志亦相当明显。即便是在天下大乱时期，上海文雅讲究依旧；即使市场经济潜规则大行之际，上海生意大多敞亮。城市管理，井井有条。20世纪80年代初，不会上海话，行走外滩，歧视显著。随后大量外地英才进入，歧视由表入里，成功转化为文化自信心。上海人的底气除了来自西方租界文化、世界东方巴黎外，其实还有整个江南文气垫底——财富与文雅。后一点广东不如上海，但广东的优势在侨乡，海外侨资雄厚，联通世界年代久远——二三百年吧，所以视野重点在海外。上海人似乎把视野重点放在家门口、在外滩、在浦东，他们对联通世界雄心勃勃，兴趣盎然，新鲜感十足。"东方巴黎"，十里洋场，始终怀揣一份卓越天下的梦想。

广东人则散淡许多，梦想多落实在个体家庭，瞧瞧珠三角奇迹：小镇为主，个体骨干。走向世界已成家常，所以新鲜感早已消失殆尽，雄心没有万丈，只是化作人生平常举止罢了。网上一个"段子"说："北京把外国人变成中国人，上海把中国人变成外国人。"同属一个级别的广州呢？我认为"是一个把所有人变成广州人的城市"。也许，你并不以为然——其实你不懂广东人，其实你不懂广州人。他们看似随和包容，看似低调不争，看似不排外，其实骨子里有一份顽强，有一份说好了是坚守，说歹了是顽固的生活态度。这种态度基于日常生活，基于世俗人生中的点点滴滴，如此生命立场，貌似不深刻，貌似很家常。

我时常想到"北上广"三座"一线城市"，我们有京派、海派，却总叫不响粤派，也许可以在文化中找原因：北京得天独厚，从元代定都至永乐皇帝迁都，一直就是"皇城根下"，此且不谈，就说上海与广州。它们的城市发育成长都与开户开港有关、与殖民文化有关，但上海的文化力量似乎更鲜明，更具边界感，上海人看天下所有人都是乡下人，自我优越感相当明显，崇尚西洋力挺时尚面向世界，你和他们待在一块，上海人就是要不断地提醒你：我是上海人，你不是！相比之下，广州人就要和气包容得多，不但笑迎天下客，而且宽容各种文化，表面上也会向来自北方的一切文化俯首称臣，当然骨子里依然自我，依然有固守不变执着的一套；或许可以比较地说，上海人是强势的，广州人是弱势的，上海人外露爱装显摆会"作"，广州人低调包容内敛不"装"。从两地人的衣食住行，从世博会和亚运会的宣传风格，均可看出大大的不同。但这还是没有回答为什么上海作家写上海的艺术冲动就是要超过广州。也许就是那份恃才自傲的高调，那份溢于言表的自信！另外，穗港深三座城也有纠结。广州之于深圳、之于香港、之于北京、之于上海，同悉尼之于墨尔本，洛杉矶之于旧金山，抑或是济南之于青岛，郑州之于开封，情形似乎有几分相似？一方有政治或行政或历史优势，一方有经济或文化或时尚优势，总之，明里暗里就是彼此不服气不买账，说白了，彼此瞧不起，难免，也不奇怪，因为旗鼓相当，因为各有理由。有互动有交情有纠结有故事，细细琢磨一

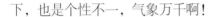

下，也是个性不一，气象万千啊！

　　仔细体会，你不难发现：广东的民风与内地迥然不同，尤其是列入"北上广"的广州。注重日常生活，注重感官享受，注重休闲娱乐，注重个体开心。亚运会在广州召开，开幕式既有面对大海扬帆激浪的豪迈，更有面对都市街坊一般的亲切，而后者则为主流。广州没有北京俯瞰天下的气度，也无上海跻身全球大都市的骄傲，倒有一份"任你风吹雨打，我自闲庭信步"之淡定。非典期间，广州茶楼照常，饭局不减，茶照喝，饭照吃，生意照常。你可别小看这种街坊气氛、街坊气场。风云际会，历史机缘，这样一种来自日常基于世俗的生活态度，每每影响天下，镇定全局。比如20世纪八九十年代，由于吻合了整个时代的民众心理，暗合了一种在广东稀松平常在内地却别开生面的普遍情绪，成就了一场伟大且意义深远的"文化北伐"：粤语、粤菜、流行歌曲、商业观念，加之"小女人散文"，张欣、张梅都市小说，一道北上，惠及全国。无形中证实了一条经济学的规律："有需求，就会有供给。"①

## 二、从城市到都市：文化背景的变幻

　　关于城市生活正在成为人类现代生活主导的主题，20世纪90年代摆在了中国人的面前。今天，这个话题依然现实。大都市与城市群的崛起，大面积的城镇化，乡村的空洞化，都持续表达了这一主题，已然成为确凿的现实。30多年前，学者赖利在给《小城市空间的社会生活》写的序中就表达了这样的思想："现在，我们还是不能阻止城市的蔓延。我们的确已经做了创造性的开发，给日益增长的人口提供了住宅并满足了他们的需要。所以，我们必须把我们保护乡村的努力与我们保护城市的努力配合起来。"②由此看来，社会学家早就将城市列入研究课题。提示我们：在看似繁华硕大，实则脆弱的城市里头，我们依然还有"城愁"。

---

　　①　江冰：《论广东女性写作的文学史意义》，《天津师范大学学报（社会科学版）》2016年第3期。

　　②　［美］威廉·H. 怀特：《小城市空间的社会生活》，叶齐茂、倪晓晖译，上海译文出版社2016年版。

回想一下，在对待城市的情感方面，中国内地经历了几个过程。就我个人而言，从20世纪80年代阅读托夫勒《第三次浪潮》中所感受的城市生活的先锋性，杨东平《城市季风》呼应中感受中国内地城市崛起的势头以及20世纪90年代中国知识分子蔓延的一种对于城市病的批判情绪。比如海默的《中国城市批判》——这一类书籍大行其道：对乡村生活的挽歌式怀念，与对城市厌恶以至痛恨的偏激情绪，左右着一种文化判断。不过，无论褒贬毁誉，中国的城市都呼啸而来，"北上广"城市群、超大城市、国际大都市就在我们的面前拔地而起。然而，对于城市，中国内地文学并没有及时作出反应，以至在历届"茅盾文学奖"评选过程中，我们不难听到"茅盾文学奖何时进城"的殷切呼唤。中国的作家——尤其是"50后""60后"的作家——对于城市相当陌生，只有在"80后"乃至"90后"的作家中间，城市才变得可爱起来。在学术界也不难看到批判与赞扬两种态度。而主流文化界与学术界一样，充满犹豫不决，大多冷漠观望。

经济学家陆铭的新著《大国大城——当代中国的统一、发展与平衡》是一部回答中国内地大城市如何发展的学术著作。全书只有一个中心论点，就是中国的大城市并没有达到不可收拾的地步，所谓"城市病"其实是一种假象；所谓外来人口给城市的承载力予以巨大的挑战，也是一种假象：世界的经济、人才、物流和人们的幸福生活，都集中在大城市，这是一个不可阻挡的趋势，也是符合人性的。从经济地理地图来看，中国的大城市仍然没有达到极限；从国际视野来看，中国的大城市也并不是很大。新著开宗明义地表达乐观态度：中国内地大城市生机勃勃，其包容性就在它的就业创造。从全球视野来看，中国的大城市，比如上海、北京、广州，仍然具有大容量的发展前景，而且外来的人口并非负担而是财富，城市人的养老，包括下一辈的养老，都需要不断补充的年轻的劳动力。不必讳言，我们在城市里也看到歧视的原则，看到了不同阶层的固化，而且户籍也制约了消费，城市的身份问题已经提到议事日程，但是治理"城市病"宜疏不宜堵，我们不能因为城市的拥堵以及环境等问题而取消大城市发展。作者用令人信服的一系列数据，出人意料地表明，实际上那些所谓的小城市，其发展承载力远不如大城市。毫无疑问，作者陆铭是中国内地大城市发展的推动者，新著无疑是一曲中国内地都市发展的"欢乐颂"。即使

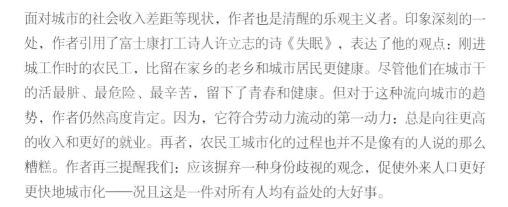

面对城市的社会收入差距等现状，作者也是清醒的乐观主义者。印象深刻的一处，作者引用了富士康打工诗人许立志的诗《失眠》，表达了他的观点：刚进城工作时的农民工，比留在家乡的老乡和城市居民更健康。尽管他们在城市干的活最脏、最危险、最辛苦，留下了青春和健康。但对于这种流向城市的趋势，作者仍然高度肯定。因为，它符合劳动力流动的第一动力：总是向往更高的收入和更好的就业。再者，农民工城市化的过程也并不是像有的人说的那么糟糕。作者再三提醒我们：应该摒弃一种身份歧视的观念，促使外来人口更好更快地城市化——况且这是一件对所有人均有益处的大好事。

## 三、都市文学创作的本土化路径

都市文学的创作中，我以为有两种路径：一种是跨越语言、文化、国家、文明等，淡化本土文化背景的创作，比如加缪、纳博科夫和米兰·昆德拉；另外一种就是真正与自己所在的同一座城市共命运同呼吸的一种创作，比如说获得诺贝尔文学奖的帕慕克、福克纳和艾丽丝·门罗。当然往前追溯，还有很多作家，比如说巴尔扎克等。回到"北上广"三座城市，当代就产生了一大批优秀的作家——与城市本土文化、城市记忆、城市个性血肉相连。北京首推老舍《骆驼祥子》《正红旗下》《茶馆》，老北平特色浓郁。还有刘心武《钟鼓楼》、邓友梅《那五》、张洁《沉重的翅膀》等一批20世纪80年代的中年作家和作品，共同展示了老北京与新北京之间的历史联系。20个世纪八九十年代，王朔《顽主》等作品所描写的北京大院的生活，又是一种时间概念上的北京，当然还有徐坤、邱华栋、徐则臣、石一枫等一批更年轻的作家，他们笔下的北京又有21世纪的特点。

上海是唯一能够跟北京抗衡的文学阵营，所以有京派、海派之说。20世纪二三十年代，鲁迅在这里写作，很多现代文学大家都在上海留下了他们创作的踪迹，包括被认为非主流文学的"鸳鸯蝴蝶派"以及张爱玲的创作，均独具一格。茅盾的《子夜》直接拉开了上海红色文学的帷幕，还有周而复《上海的早晨》。到了20世纪80年代，上海作家的都市创作深深打上这座城市印记。两个作家比较引人注目：叶辛的《蹉跎岁月》，写上海知青上山下乡的苦难岁月；另外一位程乃珊的《上海屋檐下》，较早地触及了上海的市井生活、城市个性以及这样一个百年崛起的城市，历程不长却形成了一种殊异的文化传统。后来介入的作家成就突出的就是王安忆。王安忆早年以儿童文学和知青文学起步，但很快她就在这个城市里头找到了自己创作的立足点，从《我爱比尔》到《长恨歌》《天香》以及一大批中短篇长篇小说创作，确立了王安忆对这座城市的书写。在王安忆的周围，还有一批作家延续的海派的传统在书写上海。张爱玲最巅峰的作品都在她的"双城记"，用上海人的观点看香港，用香港人的观点看上海，任何观察都是有立场的，这个立场基于自我，却又需要他者的观照，正是通过这样的一种"镜像"式的观看，确认自我，内省自身，在"你城"与"我城"中洞见"我们的城"。夏商的《东岸纪事》描写的是浦东的平民世界，生动地描述了浦东人和上海本来就有千丝万缕的联系。评论界高度评价：第一次把他们当"上海人"来写，写得如此规模宏大，活色生香，夏商也因此成了在文学上开垦浦东这块荒地并改写上海文学版图的首创功臣。由此不难见出，都市文化与都市文学的互文关系。

再把眼光投向广州。相对来说，广州的都市文学创作比较薄弱，好在还有一位老作家欧阳山，他的《三家巷》实在是广州当代都市文学创作奠基之作。广州这座千年古城颇具特殊个性，可惜这样的一种城市个性的文学表达，未能蔚为大观。20世纪80年代，广州也出了一些具有全国影响的作家，比如陈国凯、孔捷生、郭小东、张欣、张梅、黄爱东西，包括稍后的梁凤莲、黄咏梅等中青年作家，但是真正写广州都市的，能够表达这个城市个性的，屈指可数。值得一提的是20世纪90年代广州迎来影视小高潮：《雅马哈鱼档》《外来妹》《情满珠江》《公关小姐》等，可惜文学没有跟上这个好势头。不过，广州的都市文学在中国内地当代文学中可谓先行一步，这一点需要文学史给予充分肯定。比如，张欣的小说始终对准广州大都市，白领的情感、时尚的生活，有生存压力，有灵魂挣扎，是中国内地最早的都市"欢乐颂"；张梅小说是典型岭南气韵，她的中短篇小说始终浮现着一个形象：广州街坊日常生活中的一个年轻女子，不一定有大理想的献身精神，却一定有着面对生活小事的"恍惚眼神"，即便是她的长篇小说《破碎的激情》，也多是岭南阴柔的"小气象"，而有意疏离时代历史的"大格局"。黄爱东西的随笔更是以"小格局"

取胜，来自日常的细微感受，构成随笔散文的"生活质感"和血肉肌理。梁凤莲的几部长篇小说《西关小姐》《东山大少》也是试图传达羊城特有的街坊氛围，精心塑造根植于这块土地上的风云人物。从西江顺流而下来到广州求学的黄咏梅，将一脉相传的西江文化与广府文化有了一个对接，这位"70后"的作家似乎具有更加新锐的目光，运用具有先锋文学气质的手法，重新估量这座城与城里人的精神价值。这些与广州关系密切的女作家以阴柔的文字风格、女性的视角，接续前辈作家欧阳山《三家巷》的地域传统，与岭南文化有着天然的缘分。

当下世界，城市生活主导人类生活的时代来临，每一座城市表达的个性，都凸显在世界文化的版图上。欧洲就非常明显：英国伦敦、法国巴黎、意大利罗马，这些城市表达了整个欧洲历史的发展以及文化之间的冲突和融合。其实这样一种影响，一直延续到今天的欧盟以及英国的"脱欧"。假如，我们再把眼光放开阔一点，包括澳大利亚的墨尔本、悉尼、堪培拉，美国的纽约、芝加哥、旧金山，日本的京都、东京——日本历史中，他们的文化中心随着资本主义的发展、新豪门的出现，由京都移往东京。类似变化，甚至在中国台湾这样一个小小的岛屿里面，也有台东、台中与台北人的区分。可见，每一个地域的文化传统，通过复杂而丰富表达，在文学中一定会留下烙印。所以本土文学，其概念在城市文学的创作谱系中依然存在，文化的话语权依然在这里显示其丰富的内涵及其外延。

## 四、都市文学讲述了当下最为生动的中国经验

在都市文学中，我们可以尖锐地感受到一种人类被大都市抛弃，进而导致孤独的渺小感。这是为什么呢？因为都市的发展，创造了巨大的物质的奇迹，每个人在工业化的制作的流水线上，他都只是一个小小的螺丝钉，在巨大的经济的奇迹与都市繁华中间，人常常感觉到自己是孤立无援的，加上城市的"陌生人社会"，也无形地加剧了这样一种孤独感。比较起来，乡村文学为什么渺小感会少一点呢？按道理，人类在大自然的面前，同样会感到渺小——在山川田野之间，人难道不渺小吗？但是，我们不要忘记一点，即在中国传统的

文化中，人与自然是可以相融合的，中国古代的许多诗人，都在他们的吟诵中间，把自己与自然融为一体。但是似乎城市的发展以后，一直没有解决这个问题——人如何与城市、与大都市融为一体——就像人们自然地成为田野中的一缕稻穗，原野中的一朵鲜花。如此感觉，可能在都市难以培养。人的孤独感、疏离感、抛弃感，集中地表达在都市文学中。从某种意义上来说，当人类走向城市时代，进入以城市为主导的人类生活时刻，唯有都市文学能够鲜明而细腻地传达这样的一种渺小感。

石一枫《世间已无陈金芳》的最大魅力，在于比较完整地塑造了陈金芳这个活跃于京城的外来女子的形象：人物与环境关系清晰，命运与时代气息合拍。这是一个跌宕起伏的北京故事，一个曲折有致风情万种的美丽女子在城市中拼搏奋斗不息的故事。除了故事没有高大上的励志色彩以外，它几乎可以唤起所有进入城市奋斗者的类似感受。就此来说，故事的意义一点也不亚于励志，"小人物的奋斗"是世界文学的通用主题，放在北京就是典型的"中国故事"。唤起我兴趣的是陈金芳这个人物背后的社会意义。"下流社会"一词是日本社会学家三浦展于其2006年的著作《下流社会：一个新社会阶层的出现》①中所提出的，大意为于全球化之趋势下及社会阶级的变动中，中产阶层渐渐失去其特征及优势并下沉为下层社会的一群人。大量年轻人做着收入不稳定又没未来的低薪劳动派遣工作导致对人生的自我半放弃，他们被迫向下流动。同时还有一批年轻人从小就生长在经济的已发展期，基本衣食无虞，可以靠上一代资助也不致饿死，与战后第一代日本人必须拼命求生的状况不同；所以在突然面对惨烈竞争的全球化社会容易躲入"自我安全区"过着随兴轻松的生活，最终职业经验无法累积、收入也持续在低档，没有人生目标地活着。由此启发，中国社会也有几分近似。陈金芳这样类型的"城市边缘人"和"底层奋斗者"在今天不为少数，他们在今天中国内地社会转型期，完全可能成为奋斗者的两面，犹如一枚抛在空中的硬币，或正或负，或输或赢，很容易走入"成者王侯，败者寇"的人生境地。一个正常的社会，应该提供下层社会向上

---

① ［日］三浦展：《下流社会：一个新社会阶层的出现》，陆求实、戴铮译，文汇出版社2007年版。

流动的可能性，而且这种可能性越是受到公平公正的保护，社会就越稳定越健康。由此来看，陈金芳的命运起伏，也从一个侧面反映了我们当下的社会问题。

长篇小说《转身就走》是《小别离》作者鲁强（笔名鲁引弓）的全新力作，是一个互联网经济背景下的南方都市故事，写给大转型时代里挣扎及奋斗的年轻人。这部作品一开始即介入当下最热门的传统媒介转型。所谓传统媒介，原本是左右这个时代舆论的风向标，但是在互联网崛起的今天，成了明日黄花，也在大转型时代旋涡里沉浮挣扎。一个名叫作玉玉的小编辑，在这个媒体宣告转型的夜晚，借着酒劲勇敢的爱情表白却遭遇挫折——这个都市白领情感故事并没有太多新意，但是随之而来的网红直播，却像有一股神奇的风吹进都市。在我们的面前，徐徐拉开了网络时代的新经济大戏的帷幕：爱恨情仇，风云翻滚。更为有趣的是，作者抓住了当代年轻人的生活，生存的挣扎与内心的焦虑，相得益彰。用多个三角恋爱的模式环环相套，集中表达了女主角郁郁的日常生活、物质生活、精神生活以及职业生涯的种种挣扎状态。

被誉为"最会书写广州的作家"的张欣再度推出长篇小说《黎曼猜想》，这也是一部完全以大都市生活为背景的作品。取材于广州商界生意场。但作品主题并非商战，而是商界豪门里的爱恨情仇。张欣一般都是写改革开放之后的新城市，对广州这座古城的历史记忆，一般很少涉及。但是在《黎曼猜想》中，那位八十多岁的老太太，既富又贵的尹大，其出身就试图对接老城历史——老城商界豪门的大小姐。在尹大的身上明确具有了商业传统，来自商界。小说最抓人的还是对人性幽暗处的展示——截取了女主人公尹大生命最后时光的复仇故事：尹大出人意料地聘请儿子阎诚的初恋茅诺曼出任公司总经理，以此制约和压迫儿媳武翩翩——尹大对儿媳恨之入骨，认为新亡爱子病死责任全在儿媳。仇恨足以杀人，杀人可不见血——尹大内心的仇恨化成一个大大的预谋，以至老太太在人生末路最后一搏。在击倒对手的同时，自己也毁灭于仇恨的泥潭。张欣笔下的广州故事，在爱恨情仇，尤其是人生的仇恨上，做足了文章，也试图进行一次都市人的精神思考。

"打工文学"犹如一面镜子映照当下中国内地的都市文学，鲜明地体现出都市文化的大背景。移民迁徙中"城市边缘人"就是典型的"渺小感"。郭金牛诗歌获得国际奖，看起来是一个诗歌事件，但社会最为关注、媒体最感兴趣的还是获奖者的社会身份。不必讳言，这种打工者身份与高雅诗歌之间的反差，是构成各方吸引力的重要原因。暂时撇开诗歌，从"打工者"身份入手，我们可以从一个侧面看到当代中国城市建构中"城市边缘人"的形象，并由此开阔视野，论及一个具有广泛意义的话题：谁在建构中国城市？我们期望在竭力清晰的都市文化背景的过程中，再回到文学，回到诗歌本身。可以说，"城市疼痛"是郭金牛诗歌之意义。

从乡村撞击城市，异乡人、流浪者、漂泊感；从"熟人社会"到"陌生人社会"：生活目标、伦理、价值观被颠覆；被大都市拒绝——甚至笼罩死亡阴影的生命意象。拒绝从始而终——几乎构成当代的贯穿动作：从《边防证》到《纸上还乡》。外来者"身份焦虑"与"城市主人"的角色意识，双向互动，相互纠缠。深圳作家吴君的《远大前程》更是直接宣告外来者进入都市的失败结局：矿工与矿工儿子都无法走进深圳，依然是思念北方，依然是寄人篱下。也许胖女人的儿子会成为真正的深圳人，但两代矿工身心都在城外，尤其是末尾"揭秘"，更像一把刀扎进心窝——他们，两代人都无法成为深圳人。外来者"身份焦虑"透视着对"城市主人"的角色呼唤，国家主流的政策改变，主流意识形态的包容，精英趣味的接纳，社会机会的公平机制，社会保险制度的完善配套，城乡篱笆的拆除等文化背景的发展变化，也在都市文学中有着不同的折射与反映。在诗人郭金牛的呻吟中，文学在这里再次担当了社会学的任务。活着就是焦虑，近日网络上火了一把的范雨素就是例证。

范雨素其人其行值得关注。她的作品看似没有技巧，没有什么氛围的烘托，但是那种大量的细节与克制的抒情以及时而把文笔拉到荒诞——甚至是黑色幽默的写法，与外国文学那些比较先锋的写法异曲同工。现在年轻人读了西方文学以后，他们对阅读的门槛和艺术表达的方式有一个更多的需求。范雨素也许是在文艺志愿者教师的指导下，也许是她天然地就有这样经过大量的阅读——将中国古典诗词中的那种丰富的感觉与当下生活的荒诞性——找到了一种连接——相当困难的连接，同时，也是非同凡响的连接。范雨素称为"网红"有其内在原因。范雨素同余秀华比较，余秀华一下子抓人的是她的那首诗《我穿过大半个中国去睡你》——关键词就在"睡"这个字，所以当时她在网络上颇具情色感，她的情色感，她的残疾，然后才是她的才华，这些点让余秀华红了一段时间。但是拿她和范雨素比，范雨素比她显得更加沉着、更加深刻、更加具体。在这一点上，范雨素超越了余秀华。另外，余秀华还是通过她的作品进行"炒作"，希望通过文字来改变自己的身份。其实这也是当下一批中国内地作家，包括东莞，包括广东珠三角一批作家的一个成功的结，以文学作为他们的阶梯，成功地通过文学来改变他们的身份。但是范雨素在这一点上非常清楚，一点没有觉得自己是能够通过文字来改变她的生活。我觉得在这一点上她能够表现出坦诚，亦为难得。"边缘人群"粗粝自然的文字也许上不了大雅之堂，但是否有构成转型中国当下都市文学的一个特殊侧面呢？

　　通过上述都市文学作品，我们不难察觉大都市"版图隔离"的"歧视地图"，察觉贫富悬殊之间的阶层固化等大都市成长中的问题与隐忧。而所有这一切，均在都市文化与都市文学的互动中得以生动呈现。《全球城市史》的作者乔尔·科特金说过："一个伟大城市所依靠的城市居民对他们的城市有别于其他地方的独特感情，最终必须通过一种共同享有的认同意识将全体居民凝聚在一起。"①每一座城市，都有其精神，都有其风貌，都有其认同意识，方方面面，主流支流，虚虚实实，抽象具象——你又分得清哪些是实，哪些是虚，哪些又是虚实相间？我认为当下正在崛起的中国内地都市文学，就是关于城市精神虚与实的最好参照物之一。我们关注它，正是因为我们深爱属于中国、属于我们的大都市。不止于此，全球化视野中的都市文学还有某种保护人类文化的意义。比如，未来学家早在近30年前就敏锐提出的"世界生活方式趋势与维护文化特性的逆趋势这一矛盾"，人们在享受全球化便利的同时，发现同质化开始侵入深层文化价值观念。于是，人们开始重新强调差异性，因为每一个民族的历史、语言、传统都是独一无二的。"一个奇怪的悖论是，我们变得越相似，我们就越是要强调我们的独特性"②。毫无疑问，全球化浪潮中大都市首

---

　　①　［美］乔尔·科特金：《全球城市史》，王旭等译，社会科学文献出版社2006年版。

　　②　［美］约·奈斯比特、帕·阿博顿妮：《2000年大趋势——九十年代的十个新趋向》，周学恩等译，东方出版社1990年版。

先产生变化，都市文学恰恰成为一个特殊的时代晴雨表。

〔本文系广州市2016年哲学社会科学发展"十三五"规划重点委托课题"北上广：都市文化背景下的都市文学"的阶段性研究成果，项目编号：2016GZWT12。该课题同时受广州都市文学与都市文化研究基地资助。原载于《天津师范大学学报（社会科学版）》2018年第6期〕

# 内地最早找到都市感觉的小说家

——张欣小说评论三题

## 一、《终极底牌》：总有一种理想在人间

以都市女性言情小说闻名的广州作家张欣，近期推出长篇小说新作《终极底牌》，这是一个关于广州的故事。花季少女的中学生开场，实写广州新区天河：粤语色彩的名字，西式芝士蛋糕坊，地下迷宫里的格子间，顾客盈门的另类餐厅，人潮汹涌的地下铁站——一个活灵活现的广州大都市场景豁然眼前。少女的怀春、师生的代沟、升学的压力、当下中学生活的核心冲突以及家庭的变故、亲人的纠葛、父母与子女的代沟，在张欣一以贯之的"都市叙述"中铺陈开来——你会以为是一部关于中学生青春成长的小说。代沟的彰显构成长篇小说前半部分最精彩的部分——

"这是一场战争，而且是我有生以来第一次向父母公开宣战。没有硝烟炮火，血雨腥风，我们三个人都温文尔雅，表面上一切照旧，每个人该干吗干吗。但是真正的局面是他们说他们的，我干我的。"①优秀生程思敏的觉悟和叛逆，直击当下中学教育以升学率为"指挥棒"的社会问题。青春花季在极端功利的教育中被摧残。作品同时也涉及了中学生的心理问题：单亲家庭的心理伤害。两位笔墨最多的中学生崖嫣和张豆崩在这个问题上纠缠很深，情节也借此铺陈。少女的心思细致入微，情感描写栩栩传神，既有"90后"的亚文化特点，又融进了大都市的繁华与喧嚣。整部作品类似"葫芦结构"，葫芦有两段：开篇中学生生活显然只是"葫芦结构"那个稍小的一段，重点却在稍大的

---

① 张欣：《终极底牌》，花城出版社2013年版，第64页。

后半部。从少女崖嫣的初恋对象——美术老师江渡身上，牵出了关于"底牌"的那个悲壮的人生故事，而纠葛就在他们父母一代的前情往事——这是张欣用力所在。

一个具有历史感的故事，在都市言情的小说路数上推进。你得佩服张欣讲故事的能力，叙述节奏把握极好：时断时续，时紧时松，时缓时急。江渡养父的人生故事由隐而显，渐次水落石出，最后推出关于情义、关于责任、关于诺言的"终极底牌"——这是一个有意味的情节构思，主流作家一定要找到自己作品的精神基石，犹如中流砥柱，犹如定海神针。1949年以后的中国当代文学史几乎都是这样的追求，区别只在有的作家温婉隐约，有的作家强烈直白，张欣自然属于前者。引发我兴趣的是作家的立场——作家竭尽全力在说服读者：两代人共有一副底牌，并且弱弱地说：她是终极的。我却读到一种悲壮：游走在"过去"与"当下"历史间隙中的作家，在竭力地拉扯一根红线，但"传统的红线断裂"了！这是比较严酷的事实，是许多人不一定愿意面对的事实。

人类总把一些平常人忽略的、再现"历史记忆"的任务，丢给作家、艺术家，这大概也是离历史现实最近的小说家的存在理由与使命之一。也许，他们在照亮"过去"，在唤起记忆；也许，他们在解释世界，并期望建立某种联系以求得两代人的和解。但殉道者父亲命运的不堪，又似乎在暗喻过去人生"珍宝"的黯淡，他似乎无法给我们的"未来"提供光芒——是美好还是惨不忍睹？是奉献还是隔代伤害？也许，关于这一点，作家也是犹豫不决的，因为象征悲壮奉献者前半生的小提琴沉入江底，告别正常人生的代价就是成为一位痛苦的"殉道者"。这样的选择真的值得吗？它在世俗层面上的合理性与精神层面上的价值，是否具有一种悲壮的力量？我们对于父辈抑制个体满足某种伦理的牺牲，真的信服吗？我陷入沉思并感受作家的犹豫和无力。

在我看来，如何讲述过去已然不仅是一个理论问题。一个民族假如无法讲述过去，理直气壮，光明磊落，那么，他就很难与下一代儿女建立血缘一般的联系。假如，我们无法解释过去解释命运，我们就很难批评下一代的普遍"无意义感"。珍宝沉默不语，是因为他无法照亮未来。两代人的和解何其之难！作家的犹豫徘徊着实可亲，作家的用心用力着实可敬。我们真的拥有共同底牌吗？这是一个时代无法回避的话题。张欣触碰了当下中国最为重大的社会主题，并由此讲述了独属于她的广州故事。

## 二、《狐步杀》：缘尽缘生舞翩跹

张欣新作《狐步杀》一如既往的好读，她的"撒手锏"依然是都市男女爱恨情仇，情感海洋的波涛汹涌被她瞬间转化为极其细腻、极其委婉的细波微澜，但能量依旧，杀伤力依旧。"花叶千年不相见，缘尽缘生舞翩跹。""人生中注定要遇到什么人，真的是有出场秩序的吗？看似不经意的一个相识或者相遇，或者成为故事，或者变成沉香，以一种美丽伤痕的形式在心中隐痛地变迁。"中国传统诗词的"古典情致"始终是她的小说的美学支撑和艺术理念。

步入小说创作的第一天起，张欣的文学信念可谓矢志不渝，美丽依旧——一个人可以在这个世事变幻的时代，坚持一点属于自己的本色，无论成色，时间长短即是考验。从20世纪90年代开始，中国内地文坛始终在"先锋技术"与"宏大叙事"中纠结徘徊，或淡化人物情节故事，或强化主题意义教化，中国传统小说的传统被轻视、嘲笑乃至否定。张欣在犹豫之后，依然按既定目标前行，回到自己的初心，回到自己对文学和人生的理解。也许，身在广州：岭南文化、鸟语花香、南国都市、红尘滚滚、低调处世、务实态度、注重感官、看重现报——都赋予了张欣与内地绝大部分作家不一样的情怀和视角，她的作品因此也持有了自己多年延续的艺术本色，她是南国广州都市生活的浸染者、受惠者、见证者，同时也是守护者、叙述者。从作家地理上看，并非本地土著的张欣，却比土著更深地了解并解读了本土——其实岭南向来兼收并蓄，北方来的文人、世界来的商人和传教士，都给这方水土带来福音，甚至改写某些特征，比如韩愈，比如苏东坡。韩山韩江，荔枝西湖，既彰显又改写，恰恰触及岭南本土一个文化秘密：既有吸纳的包容，又有本土的坚固。从这个意义上说，广州的张欣也有两大贡献：彰显了这座古城的个性本色；描述了缘起改革开放而渐变的一些都市元素，从而完成"改写"的历史任务。

张欣对于广州，功莫大焉；广州对于张欣，岂止人才难得？几乎是古城之幸！这样一位有全国影响的都市生活叙述者，用文学、用电视、用大众媒体，向世界宣扬这座城市三十年的变迁，惟妙惟肖，入木三分。

因此，我赞成这样一种评价：张欣是中国内地都市文学的先行者，中国内地最早找到都市感觉的小说家。言其"先行者"角色的理由还不仅仅在于时间上的领先——20世纪90年代张欣的小说就曾风靡一时，而在于她的作品的"都市气质"——并非都市里的乡村，也非乡下人进城。可惜，这种评价在迄今为止的当代文学史家的视野中远没有得到相应的承认。也正是基于此种评价，我可能比一般评论者看重张欣作品的叙述特点的同时，更加看重她的小说为我们提供的都市经验。《狐步杀》在都市经验上，同样胜人一筹。

开场的人物就是一个新的人群：城市护工。保姆已经不新鲜，护工作为一个都市新的人物群落，却有新意。小说的一大功能，我认为是对历史的补充：中国历史一向大轮廓粗线条，司马迁用人物写史的传统后来也被正史的宏大叙事所淡化，加之社会学是从西方引进，兴盛时间很短，所以，文字记载的丰富性与全面性大打折扣，幸好还有小说——可以补充日常生活的质感与底层百姓的真实。一个国家、一个地区在某一个特定的时空，有一种职业的人群曾经构成特征相同的人物群落，五十年后、一百年后，时过境迁，他们或许消失，但一定很难入史，很难有传。小说等文学作品中却可以留下痕迹、留下踪影。或许，此后我们可以寄望于社会学家的努力和新媒体的全息记录功能，但小说对人心理丰富性的挖掘和与生动性的传达，却是独家擅长的。张欣的小说对都市各色人物的描写，其实也就具备了《清明上河图》的功能——全景纪实。这样一种富有质感的生活描述，也可以化解悬疑叙述的奇巧性，使之拥有更为深厚的生活基础与富有人情味的氛围滋润。所谓"俄罗斯套娃"结构，大故事套小故事，所谓"明修栈道，暗度陈仓"的破案悬疑，都在都市生活的整体氛围营造中得以铺张延续。鲜活的人群与生猛的生活所共同构成的南国都市，保证了张欣的故事自始至终有一个可靠却又迷人的舞台。大幕一旦拉开，好戏即刻上演。

还需要肯定的是张欣对笔下人物物质性和精神性的把握。换而言之，她的小说人物常有肉欲与灵性的冲突，《狐步杀》也不例外。柳三郎、柳森是肉欲挣扎的一路，小周、忍叔两位便衣警察是精神灵性的一路，独树一帜的属于广州这座城市的是女主角苏而已——张欣对这一女性角色投入的情感，近于塑造"广州女神"：历经劫难，守住初心，善良底色，坚韧自立。也许，在苏而已的身上，我们可以窥视到那个被虚饰夸大的"广州精神"——表面波澜不惊，内心自有坚守。肉欲一路的沉沦、灵性一路的升华，恰好从两个方面衬托了"城市女神"。苏而已无疑是作品最有内涵的人物，也是寄托了作家理想的都市女性：一朵出淤泥而不染的洁白荷花。至少，在张欣的心目中她如此鲜活。我曾经当面与作家讨论过《不在梅边在柳边》的悲观绝望的结尾，张欣快人快语地笑笑说：好，下次多点希望。所以，我在读到《狐步杀》结尾："这时，他的左手像被电了一下，电流迅速通遍全身，是有一只手握住了他的手……星星般玲珑的眼神，柔情似水。"①全书戛然而止。苏而已生命垂危之时，爱情的绿芽却瞬间萌发，黑暗地狱边缘，此刻被生命光芒照亮——我心头一热。小说曲终音不散，久久萦绕于心头。

　　《狐步杀》这部九万字的中篇已然包含了长篇的沧桑。比较她的前两本长篇，我以为有两个明显进步：都市时尚与作品人物勾连得更加紧密，再不是一个包装，而是人物性格环境的一个部分，顺理成章，水到渠成；价值观保持了延续性，正直而善良。进步之处还在于少了几分犹豫，加了几分信心。"花叶千年不相见，缘尽缘生舞翩跹"，路还长，张欣还在前行，期待新的广州故事。

## 三、《黎曼猜想》：商界豪门里的人性绞杀

　　人性幽暗处，小说家张欣投射一道光；黎曼猜想，世界数学难题，印证人间爱恨情仇如无头线团百般纠缠，没有题解。都市生活，商界豪门，直将眼前广州写得变幻风云，一如羊城初夏暴雨前奏，天空忽明忽暗，令人深陷其中；死去活来，都是剧中人，死生相搏，岂能言和？

　　《黎曼猜想》是一部完全以大都市生活为背景的作品。十万字的小长篇，取材于广州商界生意场。但作品主题并非商战，而是商界豪门里的爱恨情仇。与张欣一贯的作品背景相近，《黎曼猜想》直接写广州羊城。比如作品中

---

　　①　张欣：《狐步杀》，上海文艺出版社2016年版，第212页。

出现了一德路、珠江新城等实有地名。一德路代表老城，珠江新城则是广州新中轴线，具有商业气息，地价最贵之新区所在。张欣一般都是写改革开放之后的新城市，对广州这座古城的历史记忆，一般很少涉及。但是在《黎曼猜想》中那位八十多岁的老太太，既富又贵的尹大，其出身就试图对接老城历史——老城商界豪门的大小姐。不过，作家并无深究，只是在开头一节中寥寥几笔、蜻蜓点水，给读者一个想象空间。于是，老城隐入背景，新城才是舞台。但是我看重张欣的这个努力，也就是说，作家的历史感显然往前延伸了。在尹大的身上明确具有了商业传统，来自商界，更来自这座千年商都。

这部长篇小说最抓人的还是对人性幽暗处的展示。作品截取了女主人公尹大在生命最后时光的复仇故事。尹大出人意料地聘请儿子阎诚的初恋茅诺曼出任公司总经理，以此制约和压迫儿媳武翩翩——尹大对儿媳恨之入骨，认为新亡爱子病死责任全在儿媳。仇恨足以杀人，杀人可不见血——尹大内心的仇恨化成一个大大的预谋，以至老太太在人生末路最后一搏。在击倒对手的同时，她自己也毁灭于仇恨的泥潭。商界女强茅诺曼是作品重点落墨的主角，形象比较丰满。豪门继承人阎黎丁是一个深受宠爱、善良纯洁、"含金钥匙出生"的富二代，天使一般却又如一面镜子，映照着家族内外的争斗。张欣笔下的广州故事，在爱恨情仇，尤其是人生的仇恨上，做足了文章，也试图进行一次人性的思考。"黎曼猜想"是世界数学界的一个无解的数学难题，作为作品的一个理念，可以看作一个诗意的凝聚。张欣一方面表达了对于人性弱点的无奈，一方面也以一种人文情怀，倡导慈爱包容："人生的最高境界是柔软地面对自己，和世界握手言和。"延续了张欣作品的一贯传统，小说好看好读，有强烈的阅读诱惑力，而且作家善于借用都市生活的背景，以日常生活的情节造成跌宕起伏。常常在风平浪静之时，狂风大作；月朗星稀之时，电闪雷鸣。常在跌宕起伏情节中，展示人物的命运的瞬间变化。感谢张欣，我们又多了一个意蕴丰富的广州故事。值得欣慰的是，这个故事还在延续。

（原载于《小说评论》2016年第5期）

# 鲍十的南方写作

## ——读中篇小说《岛叙事》

从地域上看，广东有这些特点：离中原很远，离大海很近。它具有浓厚的所谓海洋文化的特征。这一点对于鲍十来讲，意义特殊——他是从黑龙江大东北黑土地走出来的小说家，从中国的最北方来到中国的最南方广州落户。人到中年，南方生活显然是他写作的一个新天地。从《岛叙事》，一部五万余字的中篇小说里，我欣喜地看到从东北黑土地到南国海岛，作家鲍十终于一步一步接近海洋，完成了一个关于海岛的人生叙事。

《岛叙事》开篇就是辽阔大海，海岛魅力渐次展开："从远处看，此岛真的就似一张荷叶，漂浮在万顷波涛之中。仿佛还会随着波涛不停地颤动，波涛大时颤动便大，波涛小时颤动便小。天气晴和时，环绕在海岛四周的海水，便会轻柔地舔舐岛畔的沙滩，海浪不间断地拥上来又退下去，同时发出一种很清晰的响声：'哗——嘘……''哗——嘘……'涌上来的海水会在瞬间变得洁白，若雪"，"以前曾见过海面波平如镜的说法，这个说法是错的。大海永远没有波平如镜的时候"[①]——大海的描写流淌在鲍十这位东北籍小说家笔下，真真切切，海风扑面。大海，在他的视野中变得自然而亲切。这是一座什么样的海岛呢？作家确定了历史谱系：云氏后人明代所建，而云氏先祖恰恰是南宋末年崖山海战十万大军中幸存的一名年轻的兵士。海岛中间有一座祠堂，叫南海云公祠，祠堂对联："大难身不死，南海第一公"，可见渊源深远。海妮的母亲云姑婆是作品第一主角：老人、祠堂、传说、云氏、家族，这些元素均与岁月往昔相连，为全篇奠定了一个传统基调，岁月回望的氛围弥散全篇。

---

① 鲍十：《岛叙事》，《钟山》2018年第1期。

小岛的生活习俗是岭南的，具有地域文化的特征，比如煲汤，比如粤方言的"你喝先"。荷叶岛渔村空洞化现象严重，一个村庄的年轻人都离开了，只剩下老人，云姑婆就是当下的空巢老人，孤独地守着故乡老屋祖宗祠堂。

《岛叙事》善于营造梦境：女儿的梦、云姑婆的梦、阿昌伯的梦，一系列梦境牵引岁月怀想、内心情结、人生隐秘。鲍十借此渲染岁月沧桑，道出时间对渔民的伤害。伤害看似久远，内心隐痛却挥之不去。比如，对南海云公祠堂牌位的保护，用这些细节披露那些没有正面展开的动乱岁月。荷叶岛故事有两条线：一条线是云姑婆的生活，或者说是云姑婆与其三个儿女的生活；另外一条线是荷叶岛上的旅游开发。旅游酒店有一个明显特征：主建筑兼具哥特式和中国传统的风格。我以为，这是一个所谓中西合璧的暗喻，作者十分明确点出所有建筑外墙一律土豪金色——无疑构成一种粗放的开发，一种不讲缘由的中西结合，也是我们当下社会的一种普遍景象。"海上时光大酒店"是从一家小旅店发展而来，小旅店的创办者，所谓民营企业家，是原来的生产队队长，现在是欺压当地百姓、巧取豪夺的土豪。这样的细节将一个历史的过渡期形象地表达了出来。旅游开发一条线虽然没有充分展开，但已然构成了一个巨大的暗喻。什么暗喻呢？即全海岛的旅游开发覆盖计划，有可能造成海岛历史的断裂、家族记忆的消失、传统文化的清场。在这样的一个计划中间，投资人、牵线人、收购人、经营人，作为新角色次第登场，他们合力造成云家往事以及云氏家族在海岛生存的最后终结。

在这部作品中，鲍十塑造了云姑婆的父亲母亲，一个传统乡绅夫妻的形象：讲信义、有主张、有人格、有道德、帮乡邻、安四方，古老乡村中的正面角色。这对仁慈的夫妻，在特殊年代，为了儿女的生存与平安，悄然消失在大海中——非常决绝的一笔！其背景是云姑婆的两个哥哥参加抗战，奋勇杀敌为国牺牲。他们的战友梁久荣来到荷叶岛，代他们尽孝。战争之后，出于战友之间早已超过生死的情谊，以身代之，报答烈士的父母，报答养育之恩，但这样一个举动，被当时的"血统论"所不容。因此梁久荣被迫改名为梁玉昌，把那段原本光荣的抗战历史深深地藏匿起来。父母的消失是作品最揪心动人处，一种为了儿女可以牺牲自己的精神，焕发出人性的光芒。鲍十深情却又克制地反复描写了与父母生离死别时的那个场景：与女儿女婿诀别，与家乡祠堂诀别，只为遮掩一段旧事，只为后代的平安。那个诀别人间世界的眼神，给读者留下多少悲怆的联想！逝者已矣，生者如斯。时代洪流之下，多少生命个体悄然离去，大多没有留下一声悲鸣。几十年的时光，把云英姑变成了云姑婆，把梁玉昌变成了阿昌伯。岁月悄然而逝，似乎什么都没有发生，一代一代生命顽强延续，但历史的伤痛依旧在心灵最深处淌血，一点一点，一滴一滴，阿昌伯用老年痴呆回应从前的遗忘：他站在那里，面朝大海，若有所思。也许这样一个不解之谜，折磨了他半辈子。历史就是如此无情，无视个体生命的情感。阿昌伯的老年痴呆症的生活，笼罩着他岳父岳母失踪的阴影，聚集着人们对往事的缅怀——《岛叙事》的文本丰富性于隐约之中慢慢呈现。

鲍十在这部作品中再次表现了艺术含蓄且内涵丰富的艺术风格：绝不剑拔弩张，却又张力十足；表面波澜不惊，其实暗流汹涌。我在他从前的作品中间，屡屡感受到这种一贯的艺术追求以及由此产生的作品震撼力。或许可以用海明威的"冰山理论"来解释：漂浮在大海上的冰山，露在海面只是很少的部分，巨大的底座都在海底。鲍十恰到好处地处理了现实与历史的关系，在所有的现实环境中，随时随地让读者感受到历史的阴影如影随形，弥散其间。甚至使我联想到马尔克斯的名著《百年孤独》：人们活在当下，也活在祖先的目光中。祖先与父母，从来没有离开过这个世界，他们依然和我们共处在一个空间里，休戚与共，息息相通。让我意外的还有作品中间的超现实主义描写，比如云姑婆的梦中，岛上突然飞来了好多海鸥。它们不停地鸣叫，那声音非常响亮——神来之笔，犹如天启。不但对作品的现实情节有了一个推动，而且提升了整个作品的精神境界。虚实之间的飞扬与过渡，其实也在昭示一个事实：即便传统现实主义作家，依旧有向世界文学——尤其是20世纪现代文学汲取创作经验的必要。我欣喜地感受到鲍十在这个方向上的艺术努力。

我在阅读中感受到《岛叙事》强烈的情感压抑，此种压抑又转化为一种反反复复表达的主题：小岛的开发计划与传统生活，两者之间的冲突已然构成。云姑已经知道自己生存的意义如风消散而去。在她看来，故乡犹如生命，故乡不在，扎根的泥土不在，连根拔起，如何存活？所谓皮之不存，毛将焉附？小说家在平静中悄悄聚集力量：岩浆在地下奔涌，地火在地下燃烧，巨大的伤痛铺天盖地，却又在无声无息中结束。用文学、音乐、戏剧和电影，去抵抗遗忘；用爱、良善、自由、正义、怜悯去抵抗恨、丑陋、专横跋扈、恶，这就是艺术家的使命与责任。2014年诺贝尔文学奖得主，法国作家帕特里克·莫迪亚诺说过："如今，我感觉到记忆远不如它本身那么确定，始终处于遗忘和被遗忘的持续的斗争中。这一层、一大堆被遗忘的东西掩盖了一切。也就是说，我们仅仅能拾起历史的碎片、断裂的痕迹、稍纵即逝的且几乎无法理解的人类命运。但这就是小说家的使命，在面对被遗忘的巨大空白，让褪去的言语重现，宛如漂浮在海面上消失的冰山。"①

我愿以此使命，与鲍十共勉。

（原载于《天津师范大学学报（社会科学版）》2019年第2期）

---

① 参见《莫迪亚诺谈小说使命》，《解放日报》2014年12月19日。

# 黄咏梅：在"小女人散文"之外

## 一、挑战时尚的文学写作

黄咏梅在当今的中国小说家群落中，还属于年轻的一辈，当然还要除去刚刚登堂入室的"80后"，她是"70后"。我认识她很迟，接触也很少，但这些并不重要，因为作为职业评论人，只看作品也就够了，但黄咏梅似乎有些例外，我所评论过的作家中，她是先于作品给我留下两点印象的女小说家。

第一是我1999年南下深圳时读过施战军的一篇短文，说的是大都市广州有一群写作女人，比如黄爱东西、黄咏梅、艾石、钟晓毅等。由于艾石、钟晓毅都是熟悉的会友，所以当时认真地看一遍，并且记住了"小女人散文"这个字眼，那当然是一个很优雅、很都市、很时尚、很女性的命名。

第二是我最近意外地去了一趟封开，因为2004年重返大学，朱剑飞友赠我一本中山大学教授黄伟宗编著的《珠江文化论》，黄伟宗将封开称为"古美之都"，并论证了它与广西梧州的地理联系，是公元前111年汉武帝派大军统一岭南时所设的首府之地。对岭南文化的兴趣，使我毫不犹豫地决定去封开一趟。车行数小时，进大山抵封开，果然在贺江与西江交汇处看到一个令人生出怀古悠情的古城，又意外地被东道主送至梧州享用晚餐，行车二十分钟即到，梧州又是一个富有情调，布满骑楼的古城。返回广州后，我开始读黄咏梅的第一个小说集《把梦想喂肥》，再次意外地得知作者出自广西梧州，我对封开、梧州的印象于是迅速地契合了黄咏梅笔下的"小城"。

于是，两个结论迅速形成：黄咏梅并不属于"小女人散文"的情调，至少她在2002年开始发表的中短篇小说作品里，我看到的不是都市女性的时尚，而是一种对都市时尚的挑战；黄咏梅的作品里有梧州小城浓重的影子，那个临近西江的与广州天然联系的小城是作家"永远的坐标系"。可以说，大广州是在小山城的参照下进行书写的，我对黄咏梅"小女人"的最初印象在阅读作品时一点一点地剥落了。这位在大学毕业后分配到广州的文学青年，在进入都市、放弃诗文、投入小说的进程中，是在完成一种人生投入的选择，还是进行了一次脱胎换骨的生命过程呢？以她的年龄、职业、角色，原本是具备成为都市白领小资的充分理由，但她没有选择都市大厦辉煌的尖顶，而是把目光投向了大厦的"负一层"，那远离时尚的地方。作为"70后"，黄咏梅与同城的女小说家又有不同的时尚态度，以都市小说扬名的张欣是亲近时尚，表现出一种好奇；以西关小说起步的梁凤莲是逃离时尚，表现出对古典的复归；而黄咏梅则是挑战时尚，表现出对于都市的质疑。她确乎是一位挑战时尚的写作者，她有自己的眼光，自己的胸怀，自己的追求，并坚守着属于文学的那一份"文学性"。我所言的"文学写作"自然是有别于消费化乃至仅限于自我抒情小说格局的"自我消费"的写作。

## 二、平民视角中的小人物

黄咏梅少有诗名，据网上介绍十几岁就出了诗集，一帆风顺地来到与出生地文化渊源相同也说"白话"的广州，融入都市当是如鱼得水；就职于著名媒体副刊，更是都市时尚的平台，融入时尚更是顺理成章。但翻开她的小说作品，我看到了出乎我预料的平民化。诗人出身却少有主观性自恋式的抒情，所有人物几乎都没有都市时尚一族的光彩，看看她笔下的人物吧——

第一组是离她最近的女青年，初入小说创作内心体验最易的相仿角色类型。《草暖》里的草暖是一个广州好人，一个普通的少妇，而好人的定义就是："不刻薄，不显摆，不漂亮，不聪明。所以草暖这个好人过上了幸福的生活。"草暖的唯一心机就是好好地留住丈夫的心。《勾肩搭背》里的樊花吃苦能干，但婚姻受挫，内心创伤，从此不敢接受爱情。《多宝路的风》里的乐宜，可是正宗的西关小姐之后，但她也没有高贵的出身，只是像一颗薏米一般的普通，她爱上了一个男人，当上了"实习老婆"，但男人却属于"鞋肚里的男人"——并非自己的另一半。《骑楼》里的"我"屡受挫折，生活在窘迫的小阁楼上，"爱我的伤我最深"，但"我"依然爱他，最后也失去了。《路过春天》更是把"我"写成一个永远进不了时尚的广州女孩，"新客家人"的身份使"我"永远处在都市的边缘，梦想的翅膀总是折断在梦开始的地方……

第二组是黄咏梅小心进入的其他人物形象，也正是在这一组人物的身上作者进一步证明了自己作为小说家刻画人物的才能。代表人物有三：《把梦想喂肥》里的"我妈"、《天是空的》里的张明亮、《暖死亡》里的胖男人……《单双》里的李小多也是作者用力刻画的人物，但我以为这个人物身上承载的意义要大于形象本身，因此形象的血肉感要逊色一些。

关于平民视角与描写小人物已经不是新鲜的话题，引起我思索的在于黄咏梅这样一位"70后"小说家为何会选择如此创作立场，是生活使然，还是她入行文学多年研究小说发展而采取的一种策略呢？也许作这样推测的本身就没有意义，因为"二分法"已经被证明是过于简单乃至粗暴的浅层次思维。但我依然顽固地在两者之间寻求自己的答案。这本身也是评论者的一个局限，但局限本身也是角度。

在一点一点地剥离"小女人散文"印象的同时，我惊讶地一点一点地感受教育黄咏梅的平民视角，都市的华丽与财富的一族"非我族类"，竭尽全力的追求常常徒劳无功，梦想只是一只黑板上画出的小鱼，你喂也喂不成大鱼，因为现实这条大鲨鱼，可能会吞噬一切乃至为你为梦想奋斗的生命。作者淡定从容地去描写生命的进程。她不但没有迷失于都市的繁华之中，反而在这个看似"大"的空间里写出了小人物的"小"。

## 三、残酷生存本相中的宿命感

似乎可以把黄咏梅从2002年至今发表的中短篇小说分成"暖调子"与"冷调子"两个作品类型。2002—2004年先后在《花城》《收获》《天涯》《人民文学》推出的《路过春天》《骑楼》《多宝路的风》《勾肩搭背》《草暖》《开发区》大致可归为"暖调子"；2005—2006年先后在《钟山》《青年作家》推出的《负一层》《单双》《把梦想喂肥》《暖死亡》则可视作"冷调子"。但无论是哪种类型的小说作品，其中对生存本相的描写都是基本相同的，在或情感外露或情感深藏的不同方式中，却惊人相似地表现出一种无法逃脱的悲剧性的人生归宿。

先说"暖调子"。《草暖》和《勾肩搭背》恐怕是最温情的作品了，前者还留有小女人的温婉，后者则是女主人公对爱情的一种婉拒。《路过春天》里的两位少女，只有当情人和二奶的命，她们被都市拒之门外，美丽时尚的阿莳竟然以猝死谢幕，令人惆怅的结局仿佛在诠释着不同人群与不同空间的关系，并由此暗示着一种宿命：无论她如何努力，也只在城市空间的边缘挣扎。《骑楼》可能是我读过的最有耐心的爱情小说之一，作者从容不迫地将一位小城少女追求平常幸福的梦想写得淋漓尽致，然而，生活是残酷的，"我"如此宽容、如此小心却仍然失去了心爱的男人，成为彻底的失败者。《多宝路的风》尽管在西关小姐淡定与优雅中，力图化解那一份求爱而不得所爱的心痛，但婚姻的结局仍然令人伤感。

再说"冷调子"。所谓"冷调子"也是相对黄咏梅的作品而言，主要体现在作品情感状态的"温度"与"呈现度"上。从《负一层》开始，作品是不是有一个由"暖"转"冷"的转折点？《负一层》显然是一部可以阐释的内涵深刻的作品，依旧是卑微的小人物，依然是社会边缘的老实人，一个中国广州的"女阿甘"。这个大龄女青年，被爱情遗忘的角落，每天的工作是在大酒店负一层管理泊车。但她喜欢在午休时乘电梯到30层顶楼，因为她心里充满疑问，她要把这些只对自己说的问号挂到天空上去。除此之外，她只会在工作的负一层听车说话，在居家的小屋里贴满一墙香港明星张国荣的照片。她还把父亲的骨灰放进微波炉去"叮一叮"。阿爸"特殊的香"，在那一刻精华一般地袭击了她。多么令人揪心的细节！"女阿甘"在作者的笔下被写活了……笔锋一转，"女阿甘"跳楼自杀了！平民视角中的小人物，残酷世相中的悲剧宿命，这里全有了。但故事决不就此打住，需要追问的是"女阿甘"为何跳楼，有很多原因可以指认，失业、生活无望、情感受挫、模仿明星、寻求虚幻……她的母亲只认定一条："迷张国荣迷得神神化化"而跳楼的。《负一层》的别致与深刻在作者结尾这一虚实处理中得以成就，全部的暗示都被隐藏了，所有的指认都被淡化了。人物命运推向死亡时，惯常的社会责任就该上场摊牌，但黄咏梅却"一反常态"，将所有这些都虚化处理了，小说家显然想在这样一个智商低于常人女人的生命悲剧中告诉读者非同寻常的东西，真是耐人寻味使人琢磨的东西。河北作家陈冲说：阿甘的悲剧，恰在于这种浅思维与精神深度之间的巨大落差！①我以为，他说得不错，但似乎还不止这些。

黄咏梅"冷调子"作品在内涵上似较"暖调子"要更深入一层。《单双》比《负一层》更费琢磨，作者摆出一个扑朔迷离的局，其中层出不穷的特殊句式让人联想到近20年来译介进来的西方经典作品。作品的开头是这样的句子："只有在做某次倒数运动的时候我才可能无条件地舍弃一些东西，因为，倒数的时间是有限的，倒数的节奏，好像一个人在等待一个预定下来的死期那样，充满了紧张。"如此句式在先锋小说中并不少见，那些曾经在20世纪90年代大量创作的实验文本显然与西方小说一道曲曲折折地流淌进黄咏梅的创作河流，肯定还不止于语法句式，还有技巧、观念、立场等。想来也十分正常，任何一场风雨总会留下一点痕迹，何况还有"蝴蝶效应"一说，《阿甘正传》不就是一种视角、一种启示吗？在不懈追求的艺术家行列中，任何一种成熟或尚未成熟的文学流派明里暗里都有丰富的无限拓展的可能性，在世界一体化信息共享的今天，人类的思维不也在相互融合的互补中更新发展吗？

## 四、结语：前沿写作与小说的使命

卡夫卡说过：小说就是探讨一种存在的可能。而关于这种可能的探讨在黄咏梅笔下再次呈现出耐心与从容，《暖死亡》可为例证。作者用2.2万字的篇幅描写一个被医生称作"抑郁肥胖症"的患者，一个体重400斤的男人，"吃这种本能的训练，已经被他训练成一种高超的技术，一种超越了本能的高超的技能"。这个肥胖男人的生命欲求只有一个"吃"，他如吸毒者一般地需求食物，需求吞食咀嚼的那种感觉，否则，他的眼前就会出现无法忍受的幻觉："一连串游动的小虫，白色、透明、尾巴时隐时现。"因为不停地"吃"而走向死亡，而且是无比平和地走向死亡。作品题目《暖死亡》让我有一番琢磨，思索的结果是一个现代典故的联想："温水中的青蛙。"把青蛙放进烫水

---

① 中国小说学会、齐鲁晚报社：《2005中国小说排行榜》，作家出版社2006年版。

里，它立刻会逃离；但如果把它放进温水中慢慢加热，青蛙则安然处之。"暖死亡"的意象近于此典，人可以被自己无节制的欲望慢慢地杀死！这样一种逸出生活常态的描写，这样一个原本正常的肥胖男人从容傲慢地走向死亡的过程，昭示着令人们惊悚的一个关于生命的哲理。

黄咏梅总在寻找属于自己的方式，在她近五年的小说作品中，清晰可见上升进步的台阶，难能可贵的是她作为小说家的冷静与从容，当然，还有一份大爱，残酷的命运并不能遮蔽小说家对笔下人物无比的深情，限于篇幅，此点将另论分析。睿智的目光仿佛从一个安静角落时时投向都市大街上日夜狂欢的人类。21世纪小说家的使命——探讨人类生存的种种境况，洞悉人性中的种种弱点，体现人类大智大爱的崇高精神……在我读到的小说中得以显现，薪火相传是令人慰藉的事实，也是我赞誉黄咏梅小说创作的理由之一。

（原载于《文艺争鸣》2008年第2期）

# 古典与现代：都市女性的倾诉

陈美华的诗集弥散着浓郁的都市女性情怀：温婉而低回，真挚而敏锐。明显的性别角色以及小女人情怀，共同构成其诗歌创作的基本特征。温柔回首，悠悠相思，爱情的逝去与重生，亦是诗集最为动人之处。在古典与现代之间，陈美华用诗歌完成了她——作为都市女性的倾诉。古典风范的温婉情思与现代意识睿智敏锐，在陈美华的诗歌中得到完美的融合。

陈美华的爱情诗情绪跌宕起伏，令人沉醉痴迷。《香水》写出女人的精魂，对生命与希望的揣测与把握丝丝入扣。《马路上的蜻蜓》对爱情回望，人生感叹，所有情景均保持在温婉低回的境地，少有撕心裂肺痛不欲生，更无天崩地裂世界末日。所有刻骨铭心的伤痛，化为一只翩翩起舞的蜻蜓——恍恍惚惚，似在非在。何谓永恒，诗人不懈追问，却并不绝望沉沦，依旧行走大地，只是带着忧伤，揣着怀想。陈美华诗集中少见童年回望，《父亲的青花瓷》描述六岁女童的夜晚，寥寥数行，恐惧的劫难岁月如在眼前。一尊青花瓷平静优雅，却又伤痕累累。在女诗人的作品中，包含了对于爱情与幸福的反复思索。《雪域沉思》中对生命的思考异常深刻：轻与重，生与死——生活就是这样子的啊/尘世的炊烟里飘着生命的沉重/我带着神谕而来/神说不经历痛/怎知道不痛的幸福。当然，诗人也有张爱玲式的感悟尖锐：就像爱情这条围巾，色彩斑斓只为装饰，生活这件千疮百孔的衣袍？但思念一转，一场豪雨又使得诗人如获天启：假如没有爱情，生活该是多么乏味，就像无缘之水，无水之鱼。诗人的向往总是美好而温暖：《七夕》佳期已定，千万只喜鹊在千里之外，筑造一只巨大的巢，尽管新郎难寻，憧憬却是无比坚定，爱在远方。《方舟》是少有的悲痛：巨浪排空，桥梁粉碎，房屋吞没，行人卷入浪底，悲惨世界耸立眼前，但诗人作品中更多的状态是：有一种痛默然无声沉默无言，并非不痛；如果时间是一把刀，切入越深，生命越是无言。这是诗人对于生命的感悟，而感悟亦始终在温婉而低回的境界中呈现。

肉体与灵魂，在陈美华的诗歌中构成两个对峙的世界。她精心构造的作品，恰恰是任意穿越两个世界的天使，自由的飞翔，吟唱自己的歌。《邂逅天使》建构了凡人与天使的关系：凡人的天使与天使的凡人——既彼此交融角色，又瞬间分离，巧妙地呈现了古希腊众神天然具有人间性的特征。《邂逅》行走在都市的喧嚣之中，灯火辉煌，夜夜狂欢，却抵挡不住诗人自己的世界：有一朵花静静地开了。作为都市女性，陈美华始终保持着自我世界的独立自在，尽管有时挣扎而迷茫。窗户是诗人笔下一个常见的镜像，诗作《向南的窗子》《飞翔的窗子》《病房的窗子》不约而同地描述了都市的窗子：如巨兽的眼睛，窥探与被窥探，病房的窗子框住了少女的期盼，诗人借此叩问都市、叩问生命。在《无题》中，诗人终于不再向窗外好奇的眺望，人生自信重新焕发：既然注定生命只有刹那辉煌，何不尽情盛放。透过窗子，诗人反复打量眼前的都市，《高楼之猫的日与夜》就是形象地通过一只盘踞在窗台的猫，俯瞰喧嚣浮华的都市。虽有冷淡的讽刺，却无绝望的归宿。毕竟还有"煎鱼的味道"，还有邻居小夜曲。所有离愁别绪，均有归路，平凡的日子、生命的渴望，注定缠绕一生，尽管春天步履蹒跚久久不至。

诗歌的自我救赎，沉痛而怀有希望——构成陈美华爱情诗的另一个特点。一种不倾诉的倾诉，一种不言伤痛的痛。《倾诉》把这样一种情感宣泄得淋漓尽致，诗人的情感历程，仿佛一只浸透岁月的金钗，悄然遗失在如水月光下，闪烁着冷峻而忧郁的光芒。满目创伤的《午夜病房》显然带有诗人陈美华个人的经历创痛。几乎是痛心彻肺的一夜，天平上的生命，无与伦比地重量凸显，触目惊心。诗人在此仿佛跌入深渊、沉入海底，被绝望的午夜黑暗吞没。悲伤就像快涨破血管似的河流，像黑夜呼啸着袭来暗杀身体。幸好诗集接着选了《植树节，在美丽三角》一篇，诗人重新站起身来，扬起流泪脸庞。她深深感悟：爱是琐碎微尘，但人生的表格就由这些细节填满。文学在此协助诗人完成了自我救赎，城市让诗人重回温情。人生劫难似岁月打磨，但诗人却如一只翡翠玉镯，依旧温润，依旧散发动人光芒。诗人的情感经历并非没有犹豫与彷徨，《错爱》描述了一个寓意画面：鱼缸里两尾金鱼在泼刺刺地游/旁若无人——/一条斑斓红叫"钟爱"/一条云中锦叫"错爱"。富有诗意的画面，包含了刻骨铭心的爱情以及对无比创痛的人生经历之思索。隐痛如影，挥之不去。所有的人生故事，在陈美华的笔下，反复吟诵，回味无穷，时光的味道不断地发酵、提升，谱写出具有诗人抒情特点的美丽动人诗句。在诗集的最后两篇诗行中，我再次看到了诗歌救赎的黎明曙光。神秘的大佛于长江之夜，给了诗集一个开阔明朗的结尾：历经磨难，依旧有爱；千回百转，希望还在——不是所有的结果都是覆没，蓝色天空下星光闪烁，那颗最亮的星，就是我。尽管有一种困局如逼仄的车位，开得进去却倒不出来，但即便世界在我面前轰然坍塌，我却依旧期盼黎明，因为星光闪烁，朝霞满天。

掩卷沉思，伤感不已。我想象着诗人为爱奋不顾身的决绝，想象着诗人午夜醒来冰冷月光下的隐痛，想象着诗人的人生困局：生离死别，几近绝望。我对诗人陈美华熟识却又不熟，熟识出于作者与编辑的关系，我评论过她的作品：诗歌小说与画；但我并不熟悉她的人生故事，她的爱情经历。也曾旁闻陈美华有着常人没有的巨大人生变故，因此，我在她的诗行中，猜测体会，比照人生，想象她的伤痛，小心翼翼，生怕惊扰昔日苦难、诗人隐私。然而，我却在一行一行诗歌中不时感动，感受诗人如何在巨大的伤痛压抑下，"在雪崩发生之前，倒成一座嶙峋的山峦"。也许，不呻吟的隐痛反而倍加伤感：风雨如磐，夜色如墨。

在我看来，陈美华的诗歌承接了20世纪90年代广东女性文学写作的传统，此传统有两大特点：一是都市视角，二是小女人气质。两点在陈美华的诗歌作品里都有明显对应：一是生长于广州的女诗人，其作品满目都市元素，铺陈开都市女性的情感生活，与乡村无关；二是对应"小女人散文"。我一向认为中国当代文学史没有给予20世纪90年代广东女性文学写作恰当评价，尤其是1990年后广州出现的一个以报刊为阵地的女性散文随笔写作，通过《南方周末》以及广州的各大报刊影响全国。进入90年代，社会到了一个拐点，市场经济全面铺开，人的欲望渐次打开，传统价值观开始松懈，知识精英瞬间边缘化，一些原本坚固的东西一夜间灰飞烟灭，人才"雁南飞"出现。当内陆城市尚处于风气转型之时，广东尤其是广州却迎来了属于自己的时代。这座城市鸟语花香，没有冬天，天然活力，且与港澳台地区、东南亚文化关联密切，原本市场经济商品贸易的观念此时愈加活跃。与内地相对彷徨态度相比，广东却很有如鱼得水、如沐春风的欢喜，改革开放也在这块土地中蔚为大观。在此背景下，"小女人散文"与广州的都市文学形成了一个小高潮，其特点既美丽又时尚，既文雅又独立，对男性没有构成明显对峙，对传统亦没有构成严厉批判，作品多在女性生命的深处抒发属于个人生活的情绪，中国主流文学的意识形态色彩淡而又淡，加之小女人而非大女人的情感特征，与中国主流文坛的女性文学构成反差。这些，均帮助与推动整个中国当代文学完成时代转折。我认为，陈美华的诗歌创作也是在这样一个转折时代和文化思潮下的产物，她摆脱了中国诗歌颂歌时代的束缚，更多地面对都市女性自己的生活，尊重情感，尊重身体，尊重自我，尊重感官的真实感受。同时，她吸取国外诗歌以及中国古典诗歌的优秀传统，探求了自己的艺术历程。我们在陈美华的诗歌中，不难感受到世界文学的影响，同时又有深刻的古典文学传统承继。毫无疑问，陈美华的诗歌整体风格近似那婉约不哀、中庸古典的美学风格。由此，我们也可以通过陈美华的诗歌看到中国文学在20世纪与21世纪过渡时期，中国诗歌的一个发展路径。从这个角度上来说，陈美华的诗歌创作亦同时具有其文学史意义。恰如立于时代转折点上的尼采所言：诗歌不是诗人脑子里产生出来而与这个世界脱节的东西。诚哉此言。是为序。

（本文为《你许我的未来呢》一书序言）

# 《雅马哈鱼档》又续南国新篇

　　章以武属于见证共和国文学的一代人。他们的文学背景是红楼梦、巴尔扎克和托尔斯泰以及无穷无尽的政治运动，在历史大潮的颠簸中，延续着他们的文学事业。改革开放给章以武注入活力，《雅马哈鱼档》的成功几乎成为作家的标志。2019年，章以武推出他的中短篇小说集《朱砂痣》。

　　章以武继续着他的都市生活观察，延续着《雅马哈鱼档》从平凡人、小人物写起的文学传统。这部新著的书写范围主要是都市知识分子人群。《朱砂痣》这部中篇细腻地描写了都市女性的情感生活，以都市黑色幽灵之一的忧郁症作为人物成长背景。书写了朱莎莎如何通过诗歌和药物辅助治疗，从忧郁症的阴霾中走出来，云开日出，重归正常人生活，再次获得家庭和谐的生活轨迹。他的小说始终放在广州都市的背景：粤语的俚话、羊城的生活方式，在他的作品中尤显亲切自然。尽管他本人并非岭南人。但岭南的文化向来由外地的文人背书，章以武也是这个文人群中的一员。

　　章以武善于描写女性的情感状态，且"发乎情，止乎礼"。尽管情意绵绵、缠绵悱恻，却又不失温暖，不越伦理道德规范。在友情与爱情之间，恰当地把握分寸。从一个侧面传达了都市两性之间的微妙关系。我们从《朱砂痣》的描写中，可以品味到《红楼梦》的笔迹文趣。比如说在绿呢大台下发现一只脚——她睡在大台下面。让我们联想起红楼梦史湘云醉卧花园的情节。人物的外观描写也让我们想起大观园中一个一个人物登场的情景。章以武的过人之处还在于，他虽然写情感过程，但并不拖沓啰唆，注重其中的波澜起伏。在日常生活中营造一些情节的突变，让阅读始终保持着一种诱惑力。

　　《暖男》不暖，在看似轻松俏皮的笔触下，展示了目前高等学府不无冷酷的人事关系：评价标准的混乱、人品人格的倒挂。今天的高等学府远非一片净土，更像一个世俗功利的江湖。虽然，作品中的男女主人公描写因漫画笔触而时有轻浮草率，但如此写法，也是作家匠心独运之处。严峻事实在于，转型社会使得青年知识分子也不免沾染上社会的恶习。而所谓"学术委员会"，则更让人失去信心。

章以武的用心还在于：用人物关系与情节变化呈现自己的批判倾向性，在诙谐的描写中展示大学的人事关系中的善与恶、美与丑。当然，其中一些细节，以及对田边草和肖俏男女主人公的人物塑造，其性格分寸把握尚有可商榷之处。好在漫画般的笔法，似乎又淡化了这些分寸。小说在这里将生活有了另一番的涂抹，让深居其中者与外来探视者，对今天的大学有了另一番的看法。章以武一代作家的现实主义批判精神，因此也有了另一番的表现。

《暖男》不暖，《太老》不老。作品跳跃着一颗年轻的心，让我不无惊讶。20多岁的小红娘介绍中年闺蜜与男主人公认识，却在不经意间与他走到了一起。正所谓：有心栽花花不开，无心插柳柳成行——中国传统小说的"无巧不成书"在此大行其道。但作品的亮点并不止于此：如果说开场李苏的恋爱尚存传统笔法的话，进入李乔模式时却是风驰电掣，一派现代风。打破传统人生格局，敢于自由发挥，追求个性张扬，居然使得李乔两代人心有灵犀、心心相印，同奏一曲青春凯歌。作家如火如荼的描写，涉及车模、微博、网络公司等当下热点，让人无法相信这是一位过了80岁的小说家的行文。真可谓：宝刀不老，青春一直在。

《头发上停着许多蚊子》是一出都市轻喜剧。爱美的小美人吕小玉去发屋（发廊）做了一个新头型，因为啫喱膏的香气惹来一群蚊子，患了过敏症急送医院治疗，幸无大碍。没料到又惹上官司。诙谐调侃，蓝色幽默。好一幅都市人情百态市井图，发人深省，让人啼笑皆非。

简而言之，章以武的新小说集《朱砂痣》具有两个亮点：一是人物活灵活现，个性鲜明。既有传统小说情节跌宕起伏的优点，又有现代心理刻画的细致入微。二是都市生活底色。色彩斑斓，时尚新潮；生活变幻不定，情感摇曳多姿；新型生活方式，人生观念现代。这些都足以显示作家对于生活的敏锐观察，还有善于接触新事物的好奇之心与包容襟怀。其中不少精彩描写，火热而激情，现代而时尚，让人再一次对这位年过80岁的老作家刮目相看，不禁重新打量艺术青春：热烈而旺盛，天长而地久。

（原载于《南方日报》2019年11月1日）

# 广州故事：都市特征与文化个性

## ——评张欣长篇新作《千万与春住》

2000年以后的第一个十年，张欣开始出版《张欣经典小说集》。她似乎与新时期文学最初属于当时的青年作家——"50后"这一批开始进入人生的总结阶段。但观察其创作似乎又没有进入收获的秋天，张欣一直处于"早春张望"状态。这似乎亦是南国气氛所定：温暖四季，四季如春。想当年，与她一道读北京大学首届作家班的同学——恰同学少年，风华正茂——如今大多已搁笔停止创作。但是，离北京遥远的这个广州城里，却有一个女作家张欣，不但没有停笔，而且始终怀着一颗好奇的心，还在打量着眼前这座广州城。"50后"作家的童年记忆、军营里理想主义和奋斗不息的精神，总会在他们的创作中找到岁月回声。

2010年以后，张欣基本上保持两三年一部长篇小说问世的写作速度。2013年推出的《终极底牌》，是张欣对往昔岁月的一次回望以及中年人生的一次探究。2015年底，小长篇《狐步杀》出版。又是差不多两年。2017年，长篇小说《黎曼猜想》问世。商界豪门里的人性绞杀——人性幽暗处，小说家张欣投射一道光；黎曼猜想，世界数学难题，印证人间爱恨情仇如无头线团百般纠缠，无有题解。都市生活，商界豪门，直将眼前广州写得变幻风云，一如羊城初夏暴雨前奏，天空忽明忽暗，令人深陷其中；死去活来，都是剧中人，死生相搏，岂能言和？

2019年，张欣再拾金针，解读人心，又出长篇新作《千万与春住》再次证明张欣乃书写都市女性情感高手，名副其实。尤其她钟情的优秀中年职业女性：砥柱中流却又波澜不惊，镇住世俗却又清高自持。一半女强人女将军穆桂英冼夫人，一半好女子柔妻子贤母亲。满地羊城烟火气，一腔码头江湖情。女人间怜悯爱惜瞬间由嫉妒魔化为恶，恶若浊流淌进人性田地，映衬出不一样的人生命运。还是属于广州的故事：一头连着街坊，一头连着海外；一头连着都市，一头连着人心。

读到一半稍微意外：为何纠缠拐走孩子事，渐至结尾，人心敞开，洪流滚滚，愈见控制自如，力道深厚。虽是"闺蜜"间战争，却是黑云压城城欲摧，金戈铁马战冰河。惊心动魄，让人拍案惊起。字里行间晃动着作家自身影子，生命体验充溢的细节，甚至超越了羊城都市之精彩之喧嚣。女性诉说，动人心弦。爱恨情仇，刻骨铭心。令人击掌的金句，时常成为情感波澜起伏风向标。此时张欣犹如乐队指挥，提手黑浪排空，轻放潺潺流水——情感情绪把握到位，几近炉火纯青。女人心，海底针，唯张欣可解。

我注意到张欣在此作中的一个变化：更加注重"日常"——"《金瓶梅》和《红楼梦》里都写了许多日常，让人感到故事里面的真实与温度以及深刻的敬畏与慈悲。那么琐碎的凡间烟火背后，是数不尽的江河日月烟波浩荡。就我个人的理解，通俗就是日常，而日常里的学问从来就没简单过，描述得恰如其分就更加不容易。相比起彪悍的英雄史诗、历史巨制和古今传奇，写好普通人的日常与命运，在文学日见庸常的今天，其中已经没有讨巧与迎合，所以，仍旧是一如既往的独自跋涉，或许是想在遮天蔽日的宏大叙事中杀出一条血路。也就是说，镖鱼的一瞬间固然令人惊心动魄，更加让人感怀的则是几代人的默默守候。日常和殿宇都是这个意思。"①毫无疑问，张欣在努力地通过"日常"一步一步地接近都市的肌理与本质。

张欣关于《千万与春住》的"日常"让我联想到两个问题：都市特征与文化个性。两者彼此相关，但又有不同侧面的强调。张欣写广州前后四十年，从改革开放到21世纪第二个十年，几乎与这个城市同步成长。广州是一座什么样的城市呢？一线大都市、财富、时尚、人口、机会、生意、美食、花城——标签很多，但特征却难以一下抓住。我出版过一本随笔集《这座城，把所有人变成广州人》，其中有一个比喻："商都"广州，把所有人变成广州人。广州就是一个不动声色改变人的城市，波澜不惊、潜移默化；务实、低调、

---

① 张欣：《自序：日常即殿宇》，载《千万与春住》，花城出版社2019年版。

包容，你可以活成自己的模样，生活给予你最大的选择空间；日常街坊，美食遍地，没有四季，没有寒冷；淡然、淡定，"任你风吹雨打，我自闲庭信步"。当然，都市版图又有各种小区域小气候。比如老城新城：荔湾、越秀、西关小姐、东山少爷、十三行、番禺——都是老城往事；天河、琶洲、萝岗开发区（誉为"开罗人"）、南沙新区、广交会、珠江新城——均为新城故事。关于这一点，广州民间已然说法："有钱住西关，有权住东山，无钱无权住河南""宁要河北一张床，不要河南一间房"。即使一座城也有"区域鄙视链"。

张欣都市小说的镜头大多在新城，老城深入不多，都市在急速扩张，新生活在不断出现，其中包含一种"速度"，张欣小说充分体现。她是对广州贴得最紧的小说家。《千万与春住》一如既往，主要写新城。从本土文化角度看，张欣作品粤语味道不浓，并非老城街坊气息。这与她的外地人身份有关。我注意到新作两个女主角：纳蜜与夏语冰。前者是广州本地人，从小在广州长大；后者是外来的军区司令的女儿。故事主线就在这对"闺蜜"之间展开。就都市特征角度看，我看到两大人群：本地人与外地人。广州这座既古老又现代的城市，有一个很大特点：自古就是大码头，五湖四海，八面来风，外来流动人口多，移民迁徙人口多。新中国成立伊始，大军进城；改革开放，人才南下，都是大批人口进入的时期。所以，广州多有"老客家"和"新客家"的叫法。而后来者要在广州扎根定居，一般需要更多的政治文化经济"资本"，需要一种借助其他力量的强势。因此，这也给我们阐释张欣作品的都市不同人群提供了新的角度与途径。强势之下，有无反弹？客家本土，有无冲突？具体到作品，"闺蜜"之间有嫉妒而恨的个人行为有无更深一层的文化解释？答案显然，阐释空间极大。可惜这个角度目前不被重视，倘若与上海王安忆近作《考工记》比较，或许会找到启示。《考工记》选择的主角"西厢四小开"就是地道上海人。①上海城市形成历史远在广州之下，但王安忆为何这样选择？而张欣为何却始终没有选择完全本土的角色？可以深究。

至于文化个性，既然我们认同都市对居住人的影响，广东地域文化个性

---

①　江冰：《〈考工记〉：暗藏文学家写史的一颗雄心》，《书城》2019年第5期。

肯定会有不同程度的渗透和进入。比如《千万与春住》纳蜜的经商才能，比如夏语冰在海外国内来去自如。恰如学者对广州人、广东人的个性概括的三字经："揾、捱、叹。"①这些个性也是打开广州故事作品角色独特文化精神与文化心理的密码与钥匙。包括张欣本人在笔下人物之间的毁誉褒扬：作家的判断标准是什么？喜恶标准是什么？什么是字面上的表态？什么是无意识的流露？有，一定有。显然存在不同文化价值观的冲突与差异，还有我们极易忽视的灰色地带，或者表述为"过渡地带"。小说、文学、艺术就是这样在有意与不经意间完成了对大时代下个体小人物的成长描述，或许只是微波轻澜，甚至几圈涟漪。张欣《千万与春住》保持了这种"轻描述"，再次凸显了广州女性都市写作的独一份风格与价值。

抽象的概括性的理论话语，常常无法涵盖和准确描述千变万化的现实状态，但学者长期的考察与思考却能够给予我们理论启示。法国艺术史批评家丹纳在《艺术哲学》一书中提出所谓"三大支柱"研究艺术史，即种族、地域、时代。②用此理论观察属于每个城市的都市小说，可以打通历史、种族、文化、艺术、地域、社会、环境、氛围、时代、心理、民风、民俗之间的隔膜，尽量从整体去把握一个地域的文化。比较丹纳《艺术哲学》的经典地位，爱德华·萨义德在《文化与帝国主义》里提出的"对位法"的"对位研究"的方式却颇有争议，但我认为依然有其价值：文化属性之构成不是由于它的本质特性，而是要把它作为一个有对位形式的整体。③萨义德把这种对位性的二元关系作为研究的"大框架体系"，通过考察"我"与"他"的相互塑造、相互建构的关系，来认识他们的文化身份。简而言之，不管作品有多少叹息眼泪多少爱恨情仇，只要你写都市，就不可避免地触及都市特征与文化个性。这，也是一只看不见的手啊！

《千万与春住》这部长篇新作让我欣慰处还有：再无《终极底牌》对某种献身之期待；再无《狐步杀》对案件推演之依赖，直指人心，剖析人性；再

---

① 聂莉：《乡音韵里话湘粤》，载《以美学，致生活》，花城出版社2019年版。
② ［法］丹纳：《艺术哲学》，傅雷译，人民文学出版社1963年版。
③ ［美］爱德华·W.萨义德：《文化与帝国主义》，李琨译，生活·读书·新知三联书店2003年版。

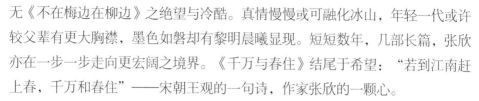

无《不在梅边在柳边》之绝望与冷酷。真情慢慢或可融化冰山，年轻一代或许较父辈有更大胸襟，墨色如磐却有黎明晨曦显现。短短数年，几部长篇，张欣亦在一步一步走向更宏阔之境界。《千万与春住》结尾于希望："若到江南赶上春，千万和春住"——宋朝王观的一句诗，作家张欣的一颗心。

百感交集与错综复杂的表达与描述之后，我们把话题再拉回都市文学代表作家的张欣，就张欣近四十年的小说创作以及整个中国内地当代文学的现状看，张欣作品具有可贵的文学史意义。结合以上张欣近作分析以及对于作家都市题材创作的追溯，我们可以自信地确认作家张欣的"广州故事"至少体现出以下特点——

1. 作品视点明显：正面描写都市；注重凡人日常；引入都市时尚，尤其是表现都市年轻女性对时尚的天然喜爱，感官享受开放，注重日常生活气息，洋溢生命活力；

2. 港台地区都市文化影响显而易见，张欣即被誉为"大陆琼瑶""广州亦舒"，但又有广州大都市独一无二的气息；

3. 张欣的广州故事多以女性为主角——也许女性天生的感性以及人性光芒，在中国内地意识形态刚从集体走向个人的历史趋势中先行苏醒——因此构成对于中国内地文学的观念冲击。具体体现于三个观照：个人情感世界，个人幸福感乃至个人价值之肯定；

4. 张欣亦是中国内地文坛常青树，三十多年紧扣广州都市，都市变化构成创作动力，与大都市一道成长，被誉为"最会写广州的小说家"；

5. 20世纪八九十年代，张欣的小说成为"文化北伐"的一部分，内地人通过她的作品了解世界背景下的香港、都市氛围中的广州，无疑是一种新城市文明自南向北进而全中国内地的文化传播，意义非凡而深远；

6. 张欣的小说首次集中推出了中国内地"都市白领女性"群体形象，并由此衍生出当代文学史上一系列新人物，呈现出文学作品前所未有的新的社会结构与新的人际关系；

7. 张欣是被当代文学史低估的作家，我们将其定位于"中国内地新时期都市文学先锋作家"；

8. 乡土文学为主流的背景下，张欣20世纪90年代先行一步都市文学未能得到足够的重视，甚至在当代文学史被"缺席"。①

简而言之，张欣的"广州故事"写作，至少在时间的提前、空间的独立、作品人物的新意、描写生活的新鲜、都市观念全方位的新颖与活跃、不断变化的都市探索等方面均有"先行一步"和"头啖汤"的文学气象。张欣的可贵之处还在于始终将镜头对准广州，无论是20世纪的小说，还是近年来的长篇小说，她的都市题材不变，人物全部活动在都市，而且集中在广州这座城，爱恨情仇俱在羊城。因此，广州大都市小街坊的气质与个性也浸染着作家。作为中国内地最早找到城市感觉的作家，张欣的坚持构成她的特色，也是她的文学先锋性所在。这既是张欣对当代文学史的一个特殊贡献，也是她的小说创作的文学史意义。

（原载于《当代文坛》2020年第2期）

---

① 江冰：《论广东女性写作的文学史意义》，《天津师范大学学报（社会科学版）》2016年第3期。

# 阿菩《十三行》：广东本土文学的重大突破

一支笔搅动西关"十三行"，一张嘴道出粤人商道经。长篇历史小说《十三行》第一部"崛起"，意外惊喜，意外突破，意外收获！造势、商道、本土，实乃广东本土文学重要收获，也是我近年来读到的广东最好的作品之一。深得岭南精神，拥有广州气场。请允许我用以下三个关键词评论阿菩这部新著——

## 一、造势

中国文学尤其是小说，与传统"说书"、粤语的"讲古"渊源颇深，一脉相承。作家阿菩深得传统之奥妙，擅长借势造势，乃最引人注目的亮点。

首先，他在作品里设了一个局，一个大险局，险象丛生，环环相扣，悬念迭起。如何把控大局构成与走向，既挑战作家本人的想象力，亦是考验作家对商战的熟悉与谋划。同时，也挑战读者的智力。读《十三行》有一种智商情商上的快感，你无法嘲笑作家的迂腐与单纯；又有读悬疑小说茅塞顿开、豁然开朗的愉悦。也许，阿菩的网络写作经历，让他深知读者与市场之不可轻慢待之。因此，他的作品远远地超越了一般作家自恋抒情、无视读者、信马由缰、失去节奏的庸常。

比如，第十四章《永定河的水》，在轰轰烈烈开场的大起大落之后，军师周怡锦与吴家三少吴承鉴有一个对话，议论谁是危机背后的敌人。对话简明扼要、点到为止。周怡锦道："能办成这件事情的人，屈指可数，这个敌人是谁？伸个手掌，就能确定了。"吴承鉴答："也可能根本没这个人，一切都是巧合。我们瞎想。"由此，吴承鉴高出一筹，心有城府。表面波澜不惊，私下开始设局试探。作家对人物的刻画于全篇作品中可谓处心积虑，力度把握、尺寸拿捏看似漫不经心点到为止，其实藏而不露深流潜伏；幽暗处滋生阴风，微澜处积蓄波澜。细节与情节，在此构成最为和谐的亲密关系。

阿菩"选势"绝不限于一城一地，善于揽天下风云，借中华局势。清朝历史背景历历在目：天子南库、贪官和珅、士林清流、高层博弈，北京大局。"十三行"保商，仅是走卒；虽富可敌国，亦为棋子。获此天下大势，商战各方力量角逐，方能势能强劲，一石激起千层浪，牵一发而动全身；也恰恰因为跌宕起伏之雄浑背景而非柔弱纤细枝蔓摇曳，使得作家阿菩的发力可以四两拨千斤、举重若轻，从而于无声处听惊雷，逆流扬帆逆袭翻盘。

由此可见，作家深知传统小说"兵法"，登堂入室，获取奥秘，既烂熟于心，又挥洒自如。

## 二、商道

"韩剧"流行的2000年前后，曾有韩国小说《商道》热卖。其中主人公对人物命运有一比喻印象深刻：权名利三足鼎立，世上人物只可取其一，当权者不可名利，名人也不近权利，而商人求利却不可弄权求名。三只可取一，为之"商道"。

香港也曾有梁凤仪"财经小说"行销内地。但内地文坛类似的商战小说远不如官场小说盛行。我认为原因有二：内地重官，权力中心，传统"读书做官"，官可光宗耀祖，倘若权钱交易即可致富。《十三行》中朝廷和珅即是历史上有名的贪官，抄没家产抵上清朝十五年国库收入。再者，统治者"重农抑商"，农工兵学商，商为末流。尽管历史事实并非完全抑制商业，但商业始终不是治国之本。历代统治者尤其恐惧海洋贸易，总是感觉海岸线存在不可控之风险。1757年"片帆不得入海"即是极致表现。

广州"一口通商"，"十三行"就是历史"奇葩"、中国特色、大陆产物。因此，如何与岭南"商道"与广东人重商务实精神沟通，如何体现广东"离中原很远，离大海很近"的地域个性？换而言之，如何讲述在商言商之

"商道"就是一个难题，具有挑战性的难题：从小说艺术传达到地域商业传统均有难度。

阿菩以历史硕士出身，巧妙地从史料中找到历史现场氛围；以文艺学博士出身，适度地学会从文化精神高度去把握分寸；加之网络作家入行，知晓读者与市场需求；更为要紧的是作者本土出身，是广东人且是岭南最重传统的潮汕人，原籍福建的1981年生人，从小打骨子里浸润商业传统，了解重商务实的广东个性……"四个出身"成就了"一张嘴讲述岭南商道"，虽未"出神入化"，却亦了如指掌、胸有成竹。

设全局造大势，推出"商道"；求赢利求品牌求信誉商业行为，与不卑不亢人格、与清朝满汉矛盾中自保求生之本能，几个关系把握拿捏，分寸得当。在投靠两广总督汉人集团，还是臣服满人朝廷之间生存选择，已然超越商战而抵达商业伦理层面，耐人寻味，发人深省。

第40章《论商》表达商道精彩而深刻。在前两章的铺垫下，濒临绝境的吴三少出人意料地拒绝了两广总督的帮助，并不选择成为"北京大局"——大清帝国最高层博弈的"一枚棋子"。他的慷慨陈词几乎言尽"商道"之使命与境界：吴家是做生意的，商贾在世人眼中乃是贱业，但其中也有国士。如孔夫子说：为富不仁，为仁不富，说的是奸商。"富而好礼"，奉行君命，为国聚财。在货中利品，商中立德；他们不止在做买卖，还要做货品；不但要做货品，还要立德业。他反对靠政策垄断致富。

吴三少自信地认为：他们的资本已经进入实业领域，不仅自己求利，而且涉及底层人民，而发展商业就是辅助底层人民。他还将国家"以农为本"与商业贸易进行比较：一个国家不但要学会做生意，而且要学会制造陶瓷、丝绸、玻璃以及种植茶树，掌握自己的技术。只有这样，才能够在世界各国竞争中，以中华国之利器，取四海之利。如此胸襟，岂不是国士？这样的陈词，以往小说行文中鲜为罕见。可谓掷地有声，十分珍贵。

这亦可视为作家阿菩对中华商业传统的一次正名，对岭南乃至中华沿海地域商业精神的一次张扬。小说有抵抗遗忘的功能，更有重新发现历史审视生活的功能。"80后"作家阿菩借小说完成了一种使命感，值得充分肯定。亦让此作拥有了纸介主流文学的品质与厚重。

## 三、本土

有两句名言相得益彰："所有的历史都是当代史""所有的小说都是作家的自传体"。当然并非定义，无需定量分析。毫无疑问，所有作家呕心沥血之作都晃动着当下生活与作家自身生命的影子，绰绰约约，或隐或显。

《十三行》的本土特色让我尤其欣喜，广东文学、广州文学要抗衡全国其他文化区域，突显本土特色乃有效路径之一。但如何突显大有讲究，阿菩对此作了有益探索。

我看重阿菩的本土身份与经历：潮汕人，祖籍福建，家族亦有由闽入粤东沿海之迁徙经历。于是，作为可以稍微摆脱"文革"阴影的"80后"，他的潮汕传统文化背景，他的求学历程与网络写作经历，赋予了他作品的本土背景与特色。

当然，阿菩的好处在于知道克制。"桃李春风一杯酒，江湖夜雨十年灯"，世事沧桑，人心险恶，危急险峻之时，很难如广东各地一批散文家敝帚自珍般地去铺陈本土文化符号，乡土气息亲切，浓浓乡愁笼罩。但"一根金不换舌头"，可知一杯好酒出处；二两茶叶泡制，可以借势扭转局面；花船簇拥珠江水面，再现清朝白鹅潭盛景；老广州"河北河南"，人烟疏密；粤人民风彪悍，土客械斗激烈；佛山尚武，"吃夜粥"聚众；闽人潮人煮粥，或浓或稀；海盗猖獗，把持海路，均是点点滴滴见出广东本土。

阿菩克制，不但知道点到为止，见好就收，而且精心运用本土元素，不是"嵌入"而是"融入"，既是羊城商人日常生活的水到渠成，更是刻画人物拉动情节的"宝物"。

比如，蔡清华、周贻瑾师徒对酌一段，引出粤省仿制之酒：三十年陈的状元红。周贻瑾举杯抿了一口，即知珍贵好酒乃"十三行"首富潘家供奉。微妙精细处透露人情世故以及江湖内幕，见出周郎才气与城府均是深不可测。师傅由此感叹他的才华，一口酒就能道破背后隐秘无数，若得此人为入幕之宾，广州城市即可了如指掌。这样的细节，十足本土元素、羊城特色。既具审美价值与生活情趣，又是"一石三鸟"般交代了周贻瑾的性格、蔡清华的意图、"十三行"的形势。小说家视角与感觉，让人击掌。

　　然即便如此用心，我仍感不足，本土文化仍然大有发挥空间。宁愿相信，阿菩只是小试锋芒，《十三行》续集还有锦绣文章，还可大展手脚。我认为，还可用闲笔表达岭南文化之容光焕发独到之处，并非我们的文化——从艺术、物象到民俗、商道，到信仰、精神——若粤语"过不了珠江"，而是我们的作家、艺术家包括评论家能否有精彩描述与传达，而这必须要以对本土文化热爱与自信前提。

　　而吴三少恰恰是这个文化土壤中成长起来的奇才，他与吴大少大哥组合成岭南商人的完整形象：既务实低调坚韧不拔，又灵活变通胸襟宏阔；既受制于中原，又面朝向大海……许久没有在广东本土文学作品中读到如此振奋精神的人物，岭南商人终于傲然崛起！

　　简而言之，商道与本土——彰显《十三行》第一部"崛起"两个方面的明显突破。前者有意为之，激情迸发；后者克制而为，方兴未艾。由衷祝贺佳作力作，以结论收尾：也许十年、二十年以后，我们方可在广东本土文学进程中确认阿菩这部作品的文学史意义。

（原载于《中国艺术报》2019年11月18日）

# 岭南文化与江南文化：对话的意义与可行性

粤港澳大湾区是中国开放程度最高、经济活力最强的区域之一，在新时代国家发展大局中具有重要战略地位。建设粤港澳大湾区，既是新时代推动形成全面开放新格局的新尝试，也是全面准确贯彻"一国两制"方针的新实践。中国两大国家战略：粤港澳大湾区与长江三角洲一体化。两大战略对应两大文化：粤港澳大湾区——岭南文化；长三角一体化——江南文化。在此背景下讨论岭南文化与江南文化比较对话的可行性与必要性，具有多方面的意义与价值。

## 一、江南文化是中华文化由北向南千年培育的结果

所谓"江南文化"，历史上涉及领域不小，边界并不十分明确。比如江苏，亦分南北，南北之中的南京可为例子——南京人不认为他们属于江南。目前公认太湖周围一带属于江南——苏南的无锡、苏州、常州，还有扬州——江南的核心地带。上海于近代崛起，对江南文化产生大的推动，也为它带来一些新质。浙江因为有了杭州，进入了"上有天堂，下有苏杭"的境界，历史上文风浩荡，与江苏同称"才子之乡"，习惯上也是同气相求，誉为"江浙"。不过，我们可以暂时不必纠结地域边界，把注意力更多地关注江南文化的特征与内涵。

中国文化有一个"北上南下"发展轨迹，到南宋以后彻底"南方化"。南来北往中，江南是南北文化交流的重要区域。这也是江南文化成为中华文化主流的重要原因。比如，江苏有一个明显特点"才子文化"。作为中国科举制度最为彰显的地区，中国科举博物馆建在南京，可谓合乎情理。江苏与浙江在历史上的进士数量，一向高居榜首。当代中国"两院"（中国工程院、中国

科学院）院士——江南占80%，比例也是最高的。明清之际，江浙一带高度发展，科举也登上顶峰。再往前，南宋时候，仅苏州地区就占了全国税收的八分之一，物产丰富，富甲天下。江苏可谓人文荟萃、底蕴深厚。

相比之下，广东在张九龄开辟南雄梅关古道以后，各方面开始有了大发展，第一位状元就出现在唐朝。科举考试在中国几乎是读书人唯一也是最重要的出路，而江南文化的一个重要的特点，就是形成了"文人文化"。江南贡院曾经是中国古代最大科举考场，鼎盛时可容纳2万余名考生同时开考，为全国贡院之冠。难怪一位江南作家有名言道："科举是第五大发明，一千三百年承传，清朝取消，国就亡了。"加之江南故国，十朝旧都，绝代风华，千年培育，蔚为大观：江南核心，江苏浙江，江南水乡；诗书传统，古代状元人数为中华之首；文化繁盛，遍地精英；名美镇，名美食，名美物，名美景；历史积淀深厚，文化内涵丰富。

## 二、岭南文化是中华文化有机组成：结构多元、独树一帜

岭南是一个明确的地理概念，五岭之南，南方的南方。五岭一词，两千多年前《史记》中已然出现。岭南，北枕逶迤五岭，南临浩瀚大海。实为"以山川之秀异，物产之瑰奇，风俗之推迁，气候之参错，与中州绝异"的人间乐土。①岭南大致指广东广西以及越南一部分；再包括海南——海南建省以前长期隶属广东，其文化也与粤西密切相关。本文主要研究的是岭南文化中的广东文化。或者说，以岭南文化的代表广东文化为主要关注对象。

世界上许多事物，当其呈现不同侧面——尤其是看似矛盾的不同指向时，常常是最具魅力的，内涵也会因此而倍加丰富——广东文化恰巧如此。应该说，涵盖广东文化的岭南文化具有看似悖论的两大特点：与中原、荆楚、巴蜀、吴越江南文化长期整合，慢慢成形；同时，由于文化结构复杂多元，地域特色鲜明而独树一帜。奇妙之处还在于拥有一个双重性：封闭性与开放性。五岭与大海一道形成地理障碍，使岭南具有一定的封闭性。但广东人很早就开始

---

① ［清］屈大均：《广东新语》，中华书局1985年版。

探索海洋，随着航海造船的进步，逐步走向世界。在封闭性中又具有开放性，看似矛盾，其实相辅相成。海上贸易至秦汉始即培养了广东人的商业传统："广东富盛天下，负贩人多。"雍正皇帝也因此斥责：广东本土贪财重利，多将种龙眼甘蔗烟草之类，致民富而米少。因此，广东"被推为华商之冠"，经商已然成为广东男人气质之一。①

广东与广西关系融洽，但生意多让广东人做了。广东人去广西买米再转卖天下。即使明清海禁之时，仍有粤人铤而走险下海贸易，成为巨商。大批广东人出洋谋生，对西方先进的文化科技大多少有拒斥。尤其到了近代，反传统超前意识凸显，与古越族的遗风旧俗奇妙并举。这恐怕也是深知中西文化交流益处的著名学者林语堂在《吾国与吾民》一书中对中国人反思却意外地高度评价广东人之缘由吧？或许林语堂这个福建人因地域近邻而读懂广东人。简而言之，广东人不受中原儒家正统学说束缚，不受"父母在，不远游"观念限制，闯大海，闯世界，通过海洋上找到"海阔凭鱼跃，天高任鸟飞"开拓进取的人生境界。

2003年，我第一次访问珠三角城市江门的开平碉楼，惊叹于碉楼的中西合璧，一座座碉楼颇有些不协调地静静屹立在田野村落。知闻开平碉楼入选广东唯一世界非物质文化遗产，第一反应：外国评委看重其中西交流特征。同时心中愤愤：依旧是一副"欧洲中心论"眼光。我的迷惑还在于在开平碉楼里看到的两幅放大照片：一幅是北美甘蔗林里戴着镣铐的华人劳工，衣衫褴褛，不堪折磨；一幅是上百名男青年聚集开平码头，准备随海轮赴国外务工，其人群蜂拥而至，其表情跃跃欲试。二者传达了完全相反的历史信息：难道码头是骗局，镣铐才是苦难真相？十年后，我在《广州文艺》杂志主持《广州人　广州事》专栏，一做就是六年半，获得的大量广州信息使得这个疑惑渐渐解开。一个结论清晰地跃入眼帘——广东：离大海很近，离世界不远。而碉楼恰恰是面向世界的物证，中外文化交流的结晶。两张照片又均为事实，同时展示了历史的不同侧面。"一枚硬币的两面"似无法囊括：一个多边形立体的多面，无数个交错的意外，抑或是并不意外的历史交错。比如海外移民，不同历史时期会呈现出不同情形，甚至截然相反的结局。

---

① 司徒尚纪：《广东文化地理（修订本）》，广东人民出版社2013年版。

2000年以来，"北上广"再加上深圳，一线城市构成热点话题，其中广州的地位始终被质疑或"唱衰"。北京首都地位不可撼动，明里暗里较劲的就是上海、深圳，现在又有杭州、天津、重庆、武汉、成都等城市，大家都急不可耐地要挤入一线城市，不争面子争口气。2017年，一套邮票选了"北上深杭"四地风景，广州的一些文化人不乐意了——他们同时埋怨：广东本地人"不争气"还不要紧，"不生气"才是麻木。在广州老城区荔湾区开会，听句话入耳：从从容容生，淡淡定定活。网上热议广东人之淡定——举例为腾讯的微信总部曾经落户广州珠江电影厂对面的TIT创意园，据说当时微信总部连牌子都不挂一个，平常安静如中低价位花园住宅区，谁料到竟卧着一条大龙，身价连城却素面朝天。对于广州人不争的态度，有人认为：老广从不稀罕荣辱，一向处变不惊，既为南大门，有风自来，面朝大海，春暖花开；文化人急，与老百姓关系不大，茶照饮，地球照样转。也有人认为：这恰是广东性格，宠辱不惊，不卑不亢，淡泊自在。

2015年以来，广东财经大学社会系师生在顺德乐从镇的鹭洲村与沙滘村，对当地的华侨问题展开田野调查。这种"不放过每一片树叶"的乡村行动，从田野起步，从历史与现实中寻求真相，不受限于当下流行观念，竭力回到历史现场。田野报告凸显了一个事实：事实基于爱国华侨资助乡民向海外求生存求发展；观念基于他们对国家边界的多重选择。世界、非洲、生存国、故土祖国，均已纳入生存活动区域，同时亦进入观念视野。麦思杰博士团队的调查中，有一位华侨堪称典型：即广东乐从沙滘村近代著名"侨商"陈泰（1850—1911）。陈泰最初在马来西亚挖矿致富，后回到沙滘村定居，他将三个儿子派往南洋、马达加斯加、留尼汪从事贸易活动，还大量资助族人在不同的地区投资贸易。在陈泰雄厚资本的支持下，沙滘陈氏族人的生意遍布南洋和东非。人员、资金、商品在这个以沙滘为中心的网络里来回流动。沙滘西村也因此成为乐从远近闻名的富裕之村。由此可见，几百年以来，广东人一直向海外向世界流动、移民，谋生存、求发展。可谓"凡有日影处，皆有广东人"。①

---

① 参见团广东省委2016"攀登计划"重点项目"清代民国时期的非洲华侨与珠江三角洲社会变迁——以顺德乐从为中心"的资助，中国社会科学网2017年3月29日，人文岭南第69期。

还有一个例子同样具说服力。即被誉为"中国第一侨乡"的广东台山，不但在海外移民与本土居民人数的比例上全国领先，而且曾经是最早的国际化区域。台山被称为"小世界语社会"，台山话夹杂英语称为习惯，台山人钱包里装着"万国货币"，历史上曾有台山一县侨汇收入占全国侨汇三分之一的盛况。不仅于此，广东还有潮州的侨批，汕头的开埠，广州的"十三行"、黄埔古港，珠海的容闳，客家的下南洋等，不胜枚举。广东人的视野早就面向大海，广东人的足迹早就遍布世界，所以，他们不会把目光局限于故乡，不会纠结于一时一地的毁誉得失。明白了这一点，也就不难明白广东人特有的从容与淡定。明白此道理，将倍感"广东社会"精彩的一面。同时，也将其视作广东文化独特的一份魅力。

岭南文化有大传统，也有小传统；有大文化，也有小文化。宏观微观，千变万化。比如，粤东的潮汕，自古有潮州八郡之范围，文化是一体的。而现在列入潮汕的汕尾，则向来不是潮汕文化的范围，汕尾是化外之地，海陆丰是多种文化交汇的地方："天上雷公，地下海陆丰"，敢作敢为，民风彪悍，汕尾自有其文化个性。走私、海盗的民间传统相当丰富，海盗在广东绝对是个重大题材。广东文化的气场强大："这座城，把所有人变成广州人。"这个省，把所有人变成广东人。——如此磅礴大气，表面不动声色，内里坚忍不拔，就是它的特殊之处。外来的文化过了五岭，就慢慢演变为广东文化。广东先秦以来的百越文化沉落在底层，仍然在发酵，或隐或现，产生影响。所以它既是相对封闭的，同时也是开放的，因为这里的人更多的不是向北方，而是向世界看。你跟他说天津、北京、秦皇岛，他说：好远！你跟他讲马达加斯加、南美、关岛，他说：很近！本土的广东人大多有海外亲戚。在广东常常听到一个类似说法：海内一个潮汕，海外一个潮汕；海内一个江门，海外一个江门；海内一个台山，海外可能有好几个台山。广东在外面的人口超过了本地人口，比如说爷爷奶奶在马来西亚，父母又跑到南美去，而他留在中国内地——因此，他的内心有多重逻辑，其优点就是"向外看世界"。

需要再次说明的是：广东这个地方虽然外来人口多，文化结构多元，但地域气场强大，文化独树一帜，明显带有海洋文化气质。上海也有海洋文化气质，但与广东有何异同？在不同历史时期有何不同遭遇？恰恰是构成具有难点的研究课题。

专研岭南文化的学者陈桥生写道："中原文化视尧舜周孔为正经，佛道为异术，岭南则合义者从，愈病者良，博取众善以辅其身，没有固执拘泥，择其善者而从，思想自由开放，兼容并包。"[①]岭学前辈刘斯奋则将岭南精神总括为"不定一尊，不拘一格，不守一隅"的"三不"主义，真是英雄所见略同。[②]可见，广东文化的最大特点就是海洋性，具备一些中华文化主体主流之外的新质，时常显出"另类"。但是，恰恰当中原文化比较虚弱时候，它就北上进一步补充。广东文化一直是中华文化的有机组成部分，它具有中华主体文化缺少的一些元素。[③]

## 三、两地文化交流对话的意义与可行性

江南之地是中华文化培育几千年的重要区域，由北向南，游牧文化与农耕文化——文化交流碰撞几千年，江南成为北往南来最为深厚的积淀区。从吴国、越国到六朝古都、南宋临安、明朝南京，几千年儒家道家佛家，加上整个西北、中原文化的支持、熏陶，江南文化愈加成熟，风姿绰约，蔚为大观。杏花春雨江南，已然成为中华雅文化以及斯文传统的代名词。我赞成这样一种说法：江南是北方南方文化交流碰撞积淀最为丰厚的区域，也是斯文传统的标志。与此对应的还有另外一种同样意味无穷的说法：岭南，尤其广东，是中华文化由北向南流动的最后一道堤坝。所谓"南宋之后无中华"也从一个悲观的方面佐证了这一说法。但是，两地文化与政治经济也有不同起伏盛衰，其内在原因是什么？文化在其中扮演了何种角色？这是值得追问的有魅力的学术问题。

以《山坳上的中国：问题·困境·痛苦的选择》一书风靡海内外的中山大学教授何博传，早在2004年就撰写了《珠三角与长三角优劣论》，具体比较了两大区域的优劣势。他的一个重要的观点：中国流域经济时代过去了，中国三千年的农业发展史正式转向，其中海港的地位上升，珠江口因此成为重要的

①　陈桥生：《唐前岭南文明的进程》，广东高等教育出版社2019年版，第149页。

②　林岗：《史实与文心》，《南方日报》2019年9月1日。

③　杨东平：《城市季风》，东方出版社1994年版，第532页。

对外窗口。两相比较，长三角地区文化积淀深厚，人才素质高。院士、重点大学、国家级重点专业等分布数量远超过珠三角。但珠三角的优势在于外地人才大批涌入，以跨省区计，当年全国约三分之一的外地人才进入珠三角。珠三角外地人数量大，除经济原因以外，还与外地人同本地人的文化隔阂相关。①这里，就涉及文化问题。从1994年广东提出"珠三角经济区"，2003年提出"大珠三角经济合作"，再到当下"粤港澳大湾区"，所有的努力，其实都落在"整合"二字。这种整合既是政治、经济的，肯定也是文化的。

因此，岭南与江南的比较，既有历史的基础，也有当下意义。当代学者就不断地从历史发展中，寻找岭南文化地位提升的理由。比如，文化学者曾大兴就认为：纵向地看，岭南文化经历了三个发展阶段，先秦土著文化阶段，秦汉至晚清的贯通南北与融合中西阶段，晚清至今的引领时代潮流阶段。并高度评价近代以来广东的崛起乃岭南文化的一种胜利，也是世界范围的大势所趋，是中国经济、政治、文化发展的内在需求。②

广州是一个"外向型"的城市，比较起来，广东的海洋性要超过江浙，它的外向型经济也超过江浙。广东的特点在于：更多地体现经济世界一体化。广东虽然在文化深厚方面可能不及江浙，但它的文化特性不差江浙。这就可能从两个地方构成彼此平衡。倘若将其视作天平，彼此对等，将有利于进行交流对话。

在这种交流对话过程中，还可以归纳出如下几种意义——

首先，可能是中国文化最具有先锋性和未来性的两大地区的文化交流。将来中国要产生思想家或者新的生活方式、新的观念，可能不是在北京产生，更不可能在边远地区产生，就可能在长三角或珠三角、粤港澳大湾区产生。所以，中国人在转型社会进行中，一定是要面向未来。而在面向未来过程中，我们不但要获得经济指标，同时我们要获得新的生活方式、新的观念。这种新的生活、新的观念，将在"90后""00后"——他们身上可能出现新的文化。我们研究"80后/90后/00后"的一个学术使命：沟通几代人。

---

① 何博传：《珠三角与长三角优劣论》，载黄树森编：《广东九章》，广东人民出版社2006年版。

② 曾大兴：《岭南文化的真相》，社会科学文献出版社2017年版。

我们应该确认一种基本态度，所有将江南文化与岭南文化进行比试抑或"打擂台"的企图，均不可取。我们是站在中国乃至世界视野下，去研究这两大地域文化——对于中国未来发展——之间的交流互动。然后，试图把它们提升到一个比较高的位置，未来的新质恰恰可能出现在这里。我们自信地认定：这两大地区将引领中国未来的新的生活方式、新的思想、新的观念的发展方向，我们是站在这样的一个历史的交叉点：既有过去，也有当下，更有未来，去研究这个大问题。我们每一位研究者，即使拥有地域标记，却不应该带有地域局限，更不应该带有地域的狭隘胸怀。重要的不是追溯谁更玄乎、更深刻、更有分量，共同的使命是拥有中华文化的大视野，去研究与展望它未来的方向。

其次，江南文化与岭南文化拥有不同性质、个性以及历史轨迹，在两者的比较中，将出现许多值得探究的学术问题。当我们写下一个"岭南文化与江南文化交流的历史可能性与未来走向"的类似话题，也就认定了两者交流的可能性。这是一个有意义的可以持续发展的工作。比如，我们可以在一个开放式的结构中，不停地观察思考上海和广州——在不断的比较中彼此深化认识。

## 四、两地文化比较应该具有广阔视野

近年来，国内思想史研究大大拓展，清楚地意识到在思想史研究中，精英与民众、中心与边缘、文本与实践的分野。在惯常的精英视角中，文化思想的"古层"以及"执拗的低音"往往被视而不见。恰如耶鲁大学斯科特在《弱者的武器》中所言，历史亦具有"公开文本"与"隐藏文本"两幅面孔。王明珂在《反思史学与史学反思》中所描述了一个"青蛙争鸣的夏夜荷塘"：这个典型的情景中一个规律洪亮的声音，也就是"典型历史"压抑了其他的蛙鸣，即"边缘历史"。在他看来，对于历史的整体了解——就在于倾听各种青蛙之间的争鸣与合鸣，并由此体会荷塘蛙群的社会生态。学者葛兆光进一步认为要尽量恢复历史的全貌，不扬善不隐恶，比较全面地让人知道什么是文化的真相。同时，我们要清醒意识到：原有的思想史描述，往往过于精英化和经典化。其实经典本来不是经典，是一个重新逐渐经典化的东西。而那些没有被经典化的思想，可能就边缘化、私密化乃至世俗化了。总而言之。我们在两地文化比较研究中，应当接受这样的一种追溯文化真相的宏阔襟怀与广博视野。①

大国大城理论也给予启示与激励。陆铭的新著《大国大城——当代中国的统一、发展与平衡》是一部回答中国内地大城市如何发展的学术著作。全书一个中心论点，就是中国的大城市并没有达到不可收拾的地步，所谓"城市病"其实是一种假象；所谓外来人口给城市的承载力予以巨大的挑战，也是一种假象。他认为，世界的经济、人才、物流和人们的幸福生活，都集中在大城市，这是一个不可阻挡的趋势，也是符合人性的。从经济地理地图来看，中国的大城市仍然没有达到极限；从国际视野来看，中国的大城市也并不是很大。经济学家用夜晚灯光的亮度取决于经济和人口的集中程度——"空间集聚"的现象，形象地说明全球的经济活动一向高度集中在少数地区。中国内地大城市生机勃勃，其包容性就在它的就业创造。从全球视野来看，中国的大城市，比如上海、北京、广州，仍然具有大容量的发展前景，而且外来的人口并非负担而是财富，城市人的养老，包括下一辈的养老，都需要不断补充的年轻的劳动力。一句话，中国的大城市还有巨大的发展空间。

大城市有很多好的发展前景，除了更高的人口密度之外，大城市的人均GDP（国内生产总值）更高，大型工业企业更多，基础教育的学校规模更大，公路更多，集中居住的排污更少。同时，在大城市可以更好地适应21世纪职业专业化的问题，可以让一个人教育水平提高了，在大城市找到相应的工作。而低技能者与高技能者，又可以产生一种良好的互补。大城市的就业机会更多，基础设施更好，信息交流更快，大中小学、图书馆、博物馆、大型商场以及各种基础设施与文化设施，既可以满足市民的受教育的需要，也可以满足日常生活的各种需求，从物质到精神的。在人口高度集中的地区，服务业在GDP中所占的比重，也将随着城市化率越高，因为消费型服务业是跟着人和钱走的，只有大量的市场需求，第三产业的发展才能够得到平台和机会。②

---

① 唐小兵：《反潮流的思想史写作》，《读书》2019年第8期。
② 陆铭：《大国大城当代中国的统一、发展与平衡》，上海人民出版社2016年版。

　　不必讳言，我们在城市里也看到歧视的原则，看到了不同阶层的固化，而且户籍也制约了消费，城市的身份问题已经提到议事日程，但是治理"城市病"宜疏不宜堵。我们不能因为城市的拥堵以及环境等问题而取消大城市发展。作者用令人信服的一系列数据，出人意料地表明，实际上那些所谓的小城市，其发展承载力远不如大城市。毫无疑问，作者陆铭是中国内地大城市发展的推动者，新著无疑是一曲中国内地都市发展的"欢乐颂"。而江南文化对应的长三角、岭南文化对应的大湾区，正是大都市与城市群的地域板块。

　　法国艺术史批评家丹纳在《艺术哲学》一书中提出所谓"三大支柱"研究艺术史，即种族、地域、时代。①用此理论观察江南文化与岭南文化，可以打通历史、种族、文化、艺术、地域、社会、环境、氛围、时代、心理、民风、民俗之间的隔膜，尽量从整体去把握一个地域的文化。爱德华·萨义德在《文化与帝国主义》里提出的"对位法"的"对位研究"的方式或许有所启发。他认为："在一种重要的意义上，我们正在讨论的文化属性之构成不是由于它的本质特性……而是要把它作为一个有对位形式的整体。"②萨义德把这种对位性的二元关系作为研究的"大框架体系"，通过考察"我"与"他"的相互塑造、相互建构的关系，来认识他们的文化身份。

　　当然，我们不能简单地照搬西方理论。也许江南与岭南，一个南方，一个南方的南方，并未形成对等的"对位"，也许两地文化的互动交流并没有我们了解的那么充分，也许两者之间历史文化种族地域尚有天壤之别乃至看不见的鸿沟……但所有这些无法阻挡我们的跨界，因为，时代亦然不同。对中国内地学术界影响深远的《万历十五年》作者黄仁宇当年在美国的研究困境不可能重演。世界经济一体化，地球互联网联结，人类向外与向内视野的拓展，让偏见与歧视逐渐云消雾散，让跨界与分享如虎添翼、水到渠成。同时，我们的跨界研究还有一个不可忽视的意义：有效抵抗世界一体化与大数据时代的负面效应。即所有地域文化同质化导致一个结局：所有的文化差异在冰冷的数字编辑与控制中走向消亡。

---

　　①　［法］丹纳：《艺术哲学》，傅雷译，人民文学出版社1963年版。
　　②　［美］爱德华·W.萨义德：《文化与帝国主义》，李琨译，生活·读书·新知三联书店2003年版。

给予我们信心的还有近代以来，岭南文化不断提升地位的现实，其中广东尤其突出。中华人民共和国成立七十年来特别是改革开放四十多年来，广东一直处在改革开放排头兵的特殊位置。2018年全省生产总值跃升到9.73万亿元，2019年预计可突破10万亿元，连续30年居全国前列；进出口总额7.16万亿元，连续33年居全国前列。与此同时，区域创新能力、网上政务服务能力均跃居全国第一，PM2.5年平均浓度下降到31微克/立方米，成为中国经济大省、外贸大省、创新大省和全球重要制造基地。[①]认真研究地域文化与历史机遇与经济持续发展之间的关系，如何形成时间和空间的匹配？也是广东留给学术界的一个值得研究的大课题。

通过以下表格与数据（表3.1），我们可以更清晰直观看到我们重点关注的两座城市与两大区域的相似性与差异性——

（一）上海与广州

表3.1　上海与广州对比

| 领域 | | 上海 | 广州 |
|---|---|---|---|
| 地理位置 | | 长江三角洲 | 珠江三角洲 |
| 所属地区 | | 中国华东 | 中国华南 |
| 简称 | | 沪、申 | 穗 |
| 别名 | | 申城、魔都、大上海、上海滩、东方巴黎 | 五羊城、羊城、穗城、花城 |
| 行政区类别 | | 直辖市 | 国家中心城市、省会 |
| 面积 | | 6340平方公里 | 7434平方公里 |
| 人口 | 常住人口 | 2419.7万人 | 1490.44万人 |
| | 户籍人口 | 1450万人 | 927.69万人 |
| | 外来常住人口 | 980.2万人 | 560万人 |

① 李希、马兴瑞：《深化改革开放，推动高质量发展》，《人民日报》2019年9月4日。

（续上表）

| 领域 | 上海 | 广州 |
|---|---|---|
| 经济地位 | 长江三角洲经济发展的核心和领头城市代表 | 珠江三角洲经济发展的主力城市，粤港澳大湾区核心城市之一 |
| 2018年全球城市竞争力 | 第14位 | 第34位 |
| 2018年中国城市竞争力 | 第3位 | 第4位 |
| 2018年地区生产总值 | 32679.87亿元 | 22859.35亿元 |
| 2018年人均生产总值 | 13.5万元 | 15.55万元 |
| 2018年财政收入 | 7108.15亿元 | 6205亿元 |
| 国家级自贸区/示范区 | 中国（上海）自由贸易试验区 | 中国（广东）自由贸易试验区南沙片区自由贸易试验区 |
| 世界500强企业 | 7家 | 3家 |
| 上市公司数量 | 323家 | 106家 |
| 高新技术企业总数 | 9200家（2019年） | 1.1万家（2019年） |
| 全国百强互联网企业 | 21家 | 5家 |
| 外资企业数量 | 4.76万家 | 2.7万家 |
| 方言 | 吴语 | 粤语/广府话/广州话、客家语 |
| 文化 | 海派文化、江南文化 | 岭南文化 |
| 地标性建筑 | 东方明珠 | 广州塔 |
| 高校数量 | 78所 | 82所 |
| 普通高等教育本、专科在校生 | 102.93万人 | 108.64万人 |
| 文化馆 | 25个 | 13个 |
| 公共图书馆 | 24个 | 14个 |
| 档案馆 | 49个 | 27个 |
| 博物馆和纪念馆 | 125个 | 31个 |
| 菜系 | 本帮菜 | 粤菜 |

　　注：以上数据根据《上海年鉴2019》、上海市人民政府网站、广州市人民政府网站、21世纪经济报道、搜狐、百度百科等网站整理。

从地理区位看，两个城市都位于大江入海口冲积平原上，地理位置优越。上海土地面积小于广州，但总人口体量却大于广州近千万人，其中户籍人口比广州多出500多万人，外来常住人口比广州多出400多万人。从经济角度看，在全球城市竞争力上，上海高于广州；中国城市竞争力上，两个城市紧挨在一起；2018年上海地区生产总值高出广州近1万亿元，经济体量比广州大，但广州人均收入高于上海2万余元，民更富。从商业角度看，上海在世界500强企业数量、上市企业数量、全国百强互联网企业数量及外资企业数量方面都远超广州，而广州在高新技术企业方面则超过上海。

文化方面，上海是江南文化特别是海派文化的核心，广州是岭南文化特别是广府文化的核心。虽然广州高校数量与在校生数量略多于上海，但在文化馆、公共图书馆、档案馆、博物馆、纪念馆等公共文化空间建设上，上海多于广州。或许我们还可以从两个城市的别名中窥见两个城市文化的差异：上海别称"魔都"、上海滩、东方巴黎，商业色彩浓厚；而广州别名羊城、穗城、花城，多与动植物、与日常生活有关。上海的是繁华是外露的，是张扬的；而广州的繁华是内敛的，日常生活烟火是它的基调。

### （二）长三角城市群与粤港澳大湾区

我们同样可以通过数据（表3.2），将长三角城市群与粤港澳大湾区，这两个中国最富裕、文化高度发达的中国经济两大"引擎"进行对比。

表3.2  长三角城市群与粤港澳大湾区对比

| 领域 | 长三角 | 大湾区 |
|---|---|---|
| 名字 | 长江三角洲城市群 | 粤港澳大湾区 |
| 地理位置 | 中国华东长江中下游平原 | 中国华南珠江下游 |
| 下辖地区 | 上海及江苏、浙江、安徽部分地级市（26市） | 香港、澳门及广州、深圳、珠海、佛山、惠州、东莞、中山、江门、肇庆（9+2） |
| 面积 | 21.17万平方公里 | 5.6万平方公里 |
| 面积占比 | 2.2% | 0.58% |

（续上表）

| 领域 | 长三角 | 大湾区 |
|---|---|---|
| 人口 | 1.5亿人 | 7000万人 |
| 概念始于 | 1982年 | 2015年 |
| 发展定位 | 六大世界级城市群之一 | 国际一流湾区和世界级城市群 |
| 中心城市 | 上海 | 广州、深圳、香港 |
| 2018年中国百强城市 | 24个 | 10个 |
| 国家战略 | 《长江三角洲城市群发展规划》 | 《粤港澳大湾区发展规划纲要》 |
| 2018年GDP总量 | 21万亿元 | 10.87万亿元 |
| 2018年GDP总量占比 | 23% | 12.4% |
| GDP万亿元城市 | 6个 | 4个 |
| 2018年人均生产总值 | 13.6万元 | 15.62万元 |
| 国家级自贸区 | 上海自贸区、浙江自贸区 | 广东自贸区 |
| 重要功能性组织 | 上海合作组织、上交所 | 广交会、深交会 |
| 证券交易所 | 上交所 | 港交所、深交所 |
| 文化产权交易所 | 上海文化产权交易所 | 深圳文化产权交易所、香港文化产权交易所 |
| 方言 | 吴语、江淮官话、徽语等 | 粤语/广府话/广州话、客家语 |
| 文化 | 海派文化、金陵文化、吴越文化、淮扬文化、徽文化、皖江文化 | 岭南文化、广府文化、殖民文化 |
| 高校数量 | 300多所 | 180多所 |
| "985""211"高校数量 | 21所 | 4所（不含香港、澳门） |
| 菜系 | 淮扬菜、浙菜、徽菜 | 粤菜 |

注：以上数据根据华顿经济研究院、新浪财经、搜狐、百度百科等网站整理。

从地理区位、人口数据对比可知，长三角城市群与粤港澳大湾区皆位于大江入海口冲击的三角平原上，长三角城市群数量为粤港澳大湾区2倍有余，面积为粤港澳大湾区的4倍，人口为粤港澳大湾区的2倍。从经济角度看，2018年粤港澳大湾区GDP总量为长三角城市群的一半，但人均生产总值比长三角城市群高出2万元。粤港澳大湾区万亿元城市数量比重高于长三角城市群，国家级自贸区比长三角城市群少，但证券交易所数量及文化产权交易所数量高于长三角城市群，重要功能性组织数量两个区域相当。虽然粤港澳大湾区经济总量为长三角城市群的一半，但人均收入更高，各类交易所数量也超过上海，商业交易比长三角城市群更活跃。从文化角度看，长三角城市群地域文化以江南文化为主，也包括了海派文化、金陵文化、吴越文化、淮扬文化、徽文化、皖江文化等地域文化，而粤港澳大湾区以岭南文化为主，融合了殖民文化（香港、澳门）；粤港澳大湾区"985""211"高校数量虽不及长三角城市群，但不包括香港、澳门部分高校，而香港、澳门两个地区的高校影响力更多体现在国际上。

关于这两个地区的一些比较以及相联系的地方，可以从以上表格①看出端倪。同时，我们还可以在比较中提出一些概念——

它们是令人瞩目的国家战略；

它们是中国经济最富裕并具有潜力的地区；

它们是中国近代史以来思想、文化、艺术最活跃的地区；

它们是中国现代史以来与世界发展中联系最多的地区；

它们是中国当代产生创新人才与创新观念与产品最多的地区；

它们是两个与市场经济发生联系最多的地区——全新大范围交流将促进文化获得大量新质——有利于文化转型去适应新的时代；

……

道路还长，方兴未艾；我们满怀信心，我们孜孜以求。

（原载于《粤海风》2020年第2期）

---

① 以上两表由广州都市文学与都市文化基地助理研究员涂燕娜完成。

# 《万福》：在时间和空间上寻找回家的路

## 一、从地理志写作传统看吴君的深圳叙事

在我的阅读经验中，中国文化具有地理志的写作传统，强调在特定时间中某一空间的重要性以及有别于其他的特殊性。即使被普遍认为富有神话色彩的《山海经》，专家经长期研究后也不断告知：其属于远古的一部"中华地理志"，神奇之下有完备与翔实。中国民间相当普遍的家谱，其中一个重要内容就是地方志——对故土的空间描述。

法国文艺史学者丹纳的《艺术哲学》尤其强调空间对于艺术形成的关系。诺贝尔文学奖得主马尔克斯的《百年孤独》写家族的历史，对马孔多小镇情有独钟；福克纳的《喧哗与骚动》宣称是写一个"邮票大小的地方"；莫言的小说写故乡山东高密，红高粱的符号就在特定空间中闪耀登场。比较起来，吴君没有写自己的故乡，而是移民深圳后，全力写深圳——这座新城，这个特定的空间。评论界认为吴君有"深圳叙事的野心"，她的小说中出现了华强北、岗厦，包括近作——长篇小说《万福》中的万福，这些地名或实或虚的属于深圳，亦可归属于地理志的叙事传统。可见，对于空间选择与强调，也是我们观察吴君小说创作的切入点。

深圳魅力何在？至少有三点特殊性：突然崛起并保持经济神话奇迹的城市；完全的移民城市，"天降飞毯"一般，年轻冲动冒险探索，内地20世纪80年代改革开放的特区，亦是"第一实验区"；作为与香港一桥之隔的"桥头堡"，深港两地相互依存骨肉相连。而具体的深圳地名，既可以看作作家"深圳叙事"的明确指向，也可以视作作家试图进入城市内部的切入口。

吴君的长篇小说《万福》显然寄予了作家吴君对深港两地特殊互动交流

的观察与思考，其对"逃港"与"回归"、"阿灿"与"港灿"的轨迹追究，包含了关于"时间"与"空间"的延续性思考。作家超越小说故事层面，试图从笔下人物内心寻找进入历史文化深层的入口。

回家的路，漫长而艰难。吴君一直在寻找属于自己的答案。

## 二、心理与现实融汇的小说叙述

吴君的小说具有一种艺术耐心与冷静的叙事态度。《万福》的开场，独一份深圳风味：香港风与深圳风交汇碰撞冲突，带出一场大戏的各个角色。因为登场的人物太多：一会儿老太太，一会儿中年男人，一会儿又是亲昵情人，一会儿又是闹事妇人。头绪繁杂，让读者一时难以招架，加之对粤语陌生，读者看得"一头雾水"。但气氛营造到位，乡村大盆菜场面热闹非凡，深港两地爱恨情仇大戏拉开帷幕。如此开场，相当难写，风波掀起大浪，一浪高过一浪。逆流而上，作者硬是扛了下来，显示了艺术挑战的勇气。在场面描写中交代人物关系，在行动冲突中人物登场，比起独白式书生自恋式的抒情开场，相当考验作家功力。粤语的进入，同时构成考验。

第二章成功地成为第一章的注脚。其中二姐妹婚前纠葛，逃港渡船以及潘寿良与陈炳根对手戏在心理活动中完成——精彩度不亚于与潘寿娥与潘寿仪的对手戏。由此可见，作家吴君的心理描写与小说叙述水乳交融，构成其小说叙述特色。心理描写不但入木三分，合乎人物性格发展，而且涓涓细流般积累能量，悄无声息地烘托主题。并无石破天惊，却是春风化雨。这一特点在她的小说《皇后大道》与《华强北》中已有呈现：前者女主角陈水英的心理与言行同步，交相辉映，异常生动；后者将乡村人在城市生活中的文明进步——最难表达的心绪——恰到好处地予以揭示。《万福》第二章潘寿良与陈炳根"情敌见面"，彼此提防揣测，两人内心独白交替呈现，毫无障碍地传达心绪，行云流水一般，堪称精彩段落。

而支撑心理与现实融汇的小说叙述的不是宣泄的自我心理流荡，而是冷静淡定的现实情状描写与丰盈的细节呈现，点点滴滴，逐渐积累，推动小说叙事。吴君的叙事耐心，有点类似日本电影导演冲田修一的喜剧电影《啄木鸟与雨》。影片充分表达的日本人两面似乎可以印证吴君的小说叙述：严谨日常与内心诗意。前者诚恳认真细致，后者则在踏实质朴基础上蕴藏着浪漫与神奇。两者相得益彰，互映生辉。譬如值得一说画面有三：开场克叔用电锯伐木，一招一式传神，役所广司表演沉着质朴，此为严谨日常；桧木椅出现三次，摆在海边已然象征；最为精彩的是大雨滂沱瞬间雨止，导演闻见耳语："天会晴"——怦然心动即为神奇一笔。

　　两相比较，吴君的耐心与细致已然具备，比如对粤语进入文本的不懈努力，开场即是"打交"（打架）、"返屋企"（回家）；比如广东民俗的生动描述，第一章"大盆菜"场面热闹非凡，地方气氛浓郁。但在艺术想象"神奇一笔"上尚有距离。我在阅读诺贝尔文学奖得主、加拿大小说家艾丽丝·门罗的小说时，多次为她在平淡日常生活场景中突然呈现的某种幻觉场面而大为惊讶。比如《逃离》夜雾弥漫的窗外"一只蹦跳的小白羊……简直就像个幽灵"，这个细节堪称神奇。既可以调整叙事节奏与情调，也加深了人物心理刻画力度，给予读者更具弹性的想象空间。

## 三、并非结语：关于深港两地时空互动的联想

　　吴君对"逃港"与"回归"、"阿灿"与"港灿"的轨迹追究，不但包含了关于"时间"与"空间"的思考，而且也面临历史价值判断。或许是无法避开的选择，长篇小说的时空巨大容量极有可能激发作家书写历史的雄心。

　　文学如何反映时代？中国内地"50后""60后"作家，包括更早的"40后"乃至"30后"作家始终纠结于这个问题，而文学的历史责任与时代使命感无法卸去，于是，加倍纠结而痛苦。整部中国当代文学史，从某种意义上也可以看作是一部作家——尤其是贴时代最近的小说家的焦虑史。从新时期开疆拓土的从维熙、张贤亮、王蒙、高晓声、邓友梅、刘心武、蒋子龙、路遥、贾平凹、莫言、阎连科、刘震云、张洁、谌容、方方等，莫不焦虑并探索于此。具有"深圳叙事的野心"的作家吴君自然也在这一传统系列之中。

　　王安忆的近作——长篇小说《考工记》（花城出版社2018年出版）比较好地运用"王安忆式"的特殊方式，恰当地解决了小说反映时代的尺度问

题。比较起来，吴君也有自己的选择和考量。比如，"逃港"与"回归"。"逃港"发生于20世纪六七十年代，在很长一段时间是一个历史与文学的"禁区"。《万福》对此却有生动的描述，将一种历史行为活化为具体人物的行动，并与人物情感、家庭生存、移民迁徙、触犯法律、冒险求生联系起来。人物命运的跌宕起伏、人物情感的纠缠纠结、前世今生、代际传递——其本身就是一部深港交流互动的历史，一部活化的深圳原住民流动历史。

又如，"阿灿"与"港灿"。当年，香港艺员廖伟雄拍《网中人》时的角色名叫"阿灿"，角色是一个从内地跑到香港的"乡巴佬"新移民，因为经济环境的落差，香港人不无戏弄地将内地人叫作"阿灿"。"阿灿"已然成为专指内地人"乡巴佬"的代名词。随着内地经济崛起并逐步反超香港，内地人开始反称香港人为"港灿"。一个社会约定俗成的称呼，其中的变化就包含丰富的社会经济文化内容。吴君把笔墨重点放在潘家三代人，展示了四十年来的社会与人心变化。其中两个重要参照即是"逃港"与"回归"。

港深互为依存，每一个"万福人"的命运均在两个时空之间。有一方有二，有"逃港"方有"回归"，有冒险求生方有余生后悔，两者很难割裂。我们在正视《万福》各式人物历史与性格合理性的同时，也应该正视香港与深圳不同时空的经济与社会繁荣。恰如吴君在书中所言：香港与深圳，这一对血肉相连的双城，从古至今缔造他们的绝不是物质上的供给互助，而是精神上的支持，还有更为具体而真实的情感依偎和守望。这恐怕也是《万福》力图传达的重要主题之一。

如何面对历史？中国古代最伟大的历史学家司马迁给我们留下深刻启示——

第一，《史记》"以人为中心"，把人召回到历史著作中去，人构成历史主题。即使侧重国家和社会，也离不开个体和群体的人。只有将每一个当事人还原为具体场景中活生生的人物，避免将其抽象化，才不至于使具体人物被"物化"。黑格尔曾这样区分哲学史和政治史："前者的特点是人格和个人的性格并不十分渗入他的内容和实质"，而后者呢？个人正是凭借其才能、情感和性格"而成为行为和事物的主体"。

第二，司马迁的伟大之处还在于《史记》并呈两种价值观，任其交错冲突。司马迁着力书写春秋战国历史巨变，同时亲历汉武帝的大变局时代，他既为时代"弄潮儿"树碑立传，但同时又把一份敬意留给失败者。被誉为"历史学之父"的司马迁明确地告诉我们：人的记忆与书写自己的历史，其意义恰恰是对历史本身的纠正和抗议。里尔克有诗云："生活与伟大的作品之间，总存在着某种古老的敌意。"壮阔的人生与现实历史之间，历史书与历史之间，亦当如此。

简而言之，司马迁在《史记》中，表达了一种对于历史和精神之间既吻合又区别的一种包容。或许，用如此思想高度观照《万福》，不无苛求。但跨越特定时空，拓宽历史视野，我们或许对深港两地相克相生、相互依存的历史境遇会有更加深广的认识。

2019年底，我应邀出席"深圳论坛"。无论是北京学者表达的"局部的祸或许是整体的福"，还是上海学者分析的"深圳国际化焦虑"，抑或深圳人表达"深港一体荣衰与共"，均给我一个强烈印象：深港关系密不可分，一直处于调整之中；且唯有不断调整，方可达至新的平衡，从而共同获得新的发展与繁荣。

就此而言，愿与作家吴君共勉：《万福》并非终点，回家的路，我们一直在探寻。

（原载于《南方日报》2020年6月3日）

# 粤港澳大湾区文化特征与文艺评论的定位

2019年我的一个重要收获，就是通过参与广州市社科联"江南文化·岭南文化"论坛，获得对粤港澳大湾区文化特征的初步认识：粤港澳大湾区是中国开放程度最高、经济活力最强的区域之一，在新时代国家发展大局中具有重要战略地位。建设粤港澳大湾区，既是新时代推动形成全面开放新格局的新尝试，也是全面准确贯彻"一国两制"方针的新实践。

中国两大国家战略：粤港澳大湾区与长江三角洲一体化；两大战略对应两大文化：粤港澳大湾区——岭南文化，长三角一体化——江南文化。在此背景下讨论岭南文化与江南文化比较对话的可行性与必要性，并由此凸显广东文艺的个性，具有多方面的意义与价值。我赞成这样一种说法：江南是北方南方文化交流碰撞，积淀最为丰厚的区域，也是斯文传统的标志。与此对应的说法同样意味无穷：岭南，尤其广东，是中华文化由北向南流动的最后一道堤坝，正所谓："崖山之后无中华。"

曾以《山坳上的中国：问题·困境·痛苦的选择》一书风靡海内外的中山大学教授何博传，早在2004年就撰写了《珠三角与长三角优劣论》，具体比较了两大区域的优劣势。他的一个重要的观点：中国流域经济时代过去了，中国三千年的农业发展史正式转向，其中海港的地位上升，珠江口因此成为重要的对外窗口。两相比较，长三角地区文化积淀深厚，人才素质高。院士、重点大学、国家级重点专业等分布数量远超过珠三角。但珠三角的优势在于外地人才大批涌入，以跨省区计，当年全国约三分之一的外地人才进入珠三角。珠三角外地人数量大，人口年轻，除经济原因以外，还与外地人同本地人的文化隔阂相关。这里，就涉及文化问题。从1994年广东提出"珠三角经济区"，2003年提出"大珠三角经济合作"，再到当下"粤港澳大湾区"，所有的努力，其实都落在"整合"二字。这种整合既是政治、经济的，肯定也是文化的。

岭南文化与江南文化交流有利于凸显广东的个性：中国的经济主战场的两个发动机，就是珠三角和长三角。珠三角有了粤港澳大湾区，更是如虎添翼，按专家的说法，整个大湾区的延伸地带和在海外、港澳比长三角更具优势，至少在世界排名前列的一线城市，大湾区有三个：广州、深圳、香港，而长三角只有上海。也许，更重要的意义还在于文化整合。广东文化的最大特点就是海洋性，具备一些中华文化主体主流之外的新质，时常显出"另类"。但是，恰恰当中原文化比较虚弱时候，它就北上进一步补充。广东文化一直是中华文化的有机组成部分，它具有中华主体文化缺少的一些元素。而香港与澳门则在塑造广东近代文化个性上起到重要的门户作用。可以说，对外文化交流的传播过程进一步强化了大湾区的海洋性与国际性。

在我的研究中，粤港澳大湾区至少有以下特征——

1. 它是令人瞩目的国家战略；

2. 它是中国经济最富裕并具有潜力的地区；

3. 它是中国近代史以来思想、文化、艺术最活跃的地区；

4. 它是中国现代史以来与世界发展中联系最多的地区；

5. 它是中国当代产生创新人才与创新观念与产品最多的地区；

6. 它与长三角是中国两个与市场经济发生联系最多的地区——全新大范围交流将促进文化获得大量新质——有利于文化转型去适应新的时代。

与此对应，粤港澳大湾区文艺的概念与内涵至少具有以下几点——

1. 令人瞩目的国家战略支持的文艺；

2. 反映中国经济最富裕并具有市场潜力的地区的文艺；

3. 具有中国近代史以来思想、文化、艺术最活跃的文艺传统；

4. 具有强大的"海洋性"；

5. 具备中国当代产生创新人才与创新观念与产品最多的地域素材与经验；

6. 中国当代最具有多元文化碰撞的文艺。

同时，水到渠成——粤港澳大湾区文艺评论的概念与内涵至少具有以下几点——

1. 鲜明的意识形态立场；

2. 多元文化互动交流的"海洋性"襟怀；

3. 与世界文学对话的强烈愿望；

4. 兼具艺术观念的先锋性与包容性；

5. 思想与艺术的创新意识；

6. 跨界兼容整合的文学场域意识。

广东的本土文化——从艺术、物象到民俗、商道，到信仰、精神——并非若粤语"过不了珠江"，而是取决于我们的作家、艺术家包括评论家能否有精彩描述与传达，从而征服广大读者。当然，必须要以对本土文化热爱与自信作为前提。在我看来，广东文学艺术的"本土叙述"重要的是在文化描述的基础上，达致一种艺术作品的存在形态。法国艺术史批评家丹纳认为："文学价值的等级每一级都相对于精神价值的等级。别的方面都相等的话，一部书的精彩程度取于它所表现的特征的重要程度，就是说取决于那个特征的稳固程度与接近本质的程度。"

目前，广东省内对于本土创作的认识还处于初级阶段，台面上众多作家，很重要的一部分是来自外省，这也构成了广东独特的"新移民文学"，出生地与生活地所构成的反差成为这些作家创作的一个兴奋点。那么，基于岭南的本土创作是不是随着广东工业化时代的崛起而渐渐消失呢？答案是否定的。在工业化时代和互联网时代，在全球化时代的背景下，重新理解自己的故乡，重新回望自己的故土，重新审视本土文化，重新寻找广东本土创作的"出口"，重新站到中华文化的前列，重新为21世纪的中华文化崛起贡献力量，正是广东地域文化"本土叙述"的最终指归、动机所在、愿望所系。

何况，在南粤这片土地和海洋上，四十年改革开放发生了那么独特的大事，可谓风云变幻，奇人奇事，空前绝后。假如我们的文艺对这段具有强烈"地域性"色彩的历史描述缺失，假如我们的作家艺术家评论家缺席，又将是怎样的历史遗憾与作家失职呢？广东一向就是移民大省，因此，作为艺术家，个人的籍贯已经不能成为描述广东的障碍，何况，所谓"写广东"，天地广阔，角度万千，绝不囿于一隅。

法国学者丹纳在《艺术哲学》一书中提出所谓"三大支柱"研究艺术

史，即种族、地域、时代。用此理论观察岭南文化下的广东，可以打通历史、种族、文化、艺术、地域、社会、环境、氛围、时代、心理、民风、民俗之间的隔膜，尽量在整体上把握一个地域的文化。这是一个属于21世纪的创新之举，一项意义深远的大湾区文化建设，广东将扮演重要历史角色。佐配如此重要文化意义与鲜明地域特征的广东文艺的创作，文艺评论正好可以乘势而上，因势利导，主动加入本土文化建设，开掘本土元素，描述个性特征，焕发岭南青春，引领时代潮流，再次塑造大湾区整体形象。力争在推动国家战略，推进大湾区政治经济文化整合中发挥作用，并为中国文化转型贡献自身的力量。

（原载于《南方日报》2020年5月17日）

# 哲理与妙趣：成就生命之书

## ——读蒋述卓新著《生命是一部书》

跨年寒潮抵达羊城，北风呼啸而至，若海浪汹涌一波接着一波，拍得玻璃窗户嘭嘭作响。此时读蒋述卓教授新著《生命是一部书》（花城出版社2020年11月第1版），别有一番人生感慨。依稀可见当年出广西入江南习斯文传统、遥看中原再折返广东的学者身影，亦曾是一位澎湃昂扬的少年。

作为学者随笔，新著以知识功底见长，博闻强记为基础——但仅有学富五车，尚不足以领略经典之妙，还需要有一颗觉悟心，透彻了解古人所见所想；但仅有学问与领悟依然不足，还需有淋漓流畅的文字，尽情抒怀，并将一己感动传达给读者。

心领神会之中得经典之哲理之妙趣；学者得其理，作家得其趣，蒋述卓兼得二长，方超越学术而进入散文"生命之书"：前者有学问底气，后者有文人气质，于是有理有趣，珠联璧合汇成佳作。开场浯溪与拉萨二文即可证明。

布达拉宫的心灵震撼，文字重心却在名扬天下的情诗圣手仓央嘉措；广州桥之美丽，热爱羊城激情洋溢；槟城暖雨，激发作者浪漫描述及随想：轻灵、欢畅，若峻岭瀑布般激荡，又似山泉溪流潺潺般深情，充满诗意的心情在暖雨中飞扬。

"给你点颜色看看"的印度，在作者的笔下有一番活色生香的呈现；五大连池随想展示了作者写景的功力——石龙石海描述如临其境、令人神往；至于书斋起名，书生清寒生存的窘迫，竟无一丝寒酸，中年回望——道来，无限乐趣，暖意满满。虽非桃花源却亦是心灵一方净土；与《花开时节又逢君》对照阅读，可见作者襟怀。说到襟怀不无庄重，而文之平衡却在"有趣"二字：比如不饮而醉，比如平生难解山水缘。由此再次感知作者的才华与情趣。

　　我偏爱《戒台读松》一文，主观与客观、个人与松树，达到了最大程度的交流。以一己视角论及诸松形象与内涵，颇得中国古典精神与趣味，理性感性完美结合，已然经典气象。结尾议论已入哲理，岂止禅意？更有不凡见识与超越世俗之见解精辟：趋名弃实者，忘却了大千世界中还有无数可作深观的风景。我读到此，回味再三，陷入沉思。

　　作者对岭南的深刻理解与真挚热爱亦是此书亮点。除了第三辑《文海情缘》中对岭南文化理论阐释外，我更看重蒋述卓"两广"、江南、中原、海外的人生轨迹。他的交叉身份以及由此获得的殊异视野与襟怀，使他能够在保有中国文人古典趣味前提下，对岭南尤其是广东广州有一份独到的认识。

　　其中不乏贴近生命体验温暖动人却又平实质朴的表达。比如《你若爱上，便是家园》：出生地广西、桂林上海求学匆匆过客、落户工作广州——真正第二故乡，继而成为"心中的家园"。广州的桥，桥下的珠江，珠江边的新城，"我走入广州的30年日子，广州也走入了我的生活。"真心喜欢的幸福感，让读者与作者一道爱上广州。

　　这本随笔集收录多类文章，但我个人最喜直抒胸臆、哲理与妙趣兼备的文人随笔。所谓生命之书，恰恰在与戒台之松、与浯溪碑刻、与不饮而醉、与拉萨情圣、与芬芳草原、与槟城暖雨中得以淋漓尽致的呈现。艺术的本质是自由，只有放开拘束的心灵，吟唱的曲子才最为动人。

# 林墉画鉴赏会：霸悍的恣丽与岭南的画风

林墉画被誉为"霸悍的恣丽"，两个极具反差的形容词，构成奇特艺术张力。这让我联想到画家的潮汕籍贯以及对他成长具有重要里程碑意义的两座城：潮州与广州。宝珍堂五幅林墉珍贵藏画进入广州白云山华远别墅——由宝珍堂与华远地产联合举办的"林墉作品鉴赏会"正式开场。

犹记得少年时观林墉作品，懵懵懂懂中感受一种尖锐的新奇，有一种奔腾冲撞。当年主要看他极富异域情调的人物画：造型灵动，色彩艳丽，眼神魅惑；记忆中画作上了中国邮票，名扬天下的林墉，当年也就三十多岁——何等意气风发。

跨过近半个世纪，再观林墉山水画：笔墨放肆，西化影子，别于传统；画面沉甸满实，色彩斑斓绚烂。人物更显突出，生命勃发，张力凸现，甚至抽象提升。宝珍堂专家大明点评到位：艺术不止于具象，亦不止于表面；我们需要去感受去体验，你内心波澜处或许就是林墉欲表达张扬之处。

20世纪70年代林墉出访，印度与巴基斯坦肖像抓眼，女性眼睛魅惑力十足，色彩类似油画厚重，具象与抽象结合，人物眼神夺人心魄。花鸟画亦有当代思维，线条肌理乱中有序；梅花图不拘一格，展现蓬勃之势。花鸟长卷甚至构成冲突，陌生化生长强烈感染力。

竟有一幅红章盖到画面中间，一幅画隐约可见中国对联趣味，仿若三幅画拼合而成；大胆落笔，肆意狂放；一改中国风：将国画空白填上大红亮色，将一枝梅花傲然挺立变成满幅枝头繁花，以闹腾奔放替代孤傲清寒。

也许，在充满桎梏的年代，年轻的林墉唯有通过绘画表达郁闷愁绪中的左冲右突；也许，唯有充满张力的线条复杂纠缠，方可稍微宣泄天才创造力的奔涌。谁也无法知晓画家心底的真切想法，唯有挣扎与冲撞的线条与色彩，留下时代的印记。

美物若山泉汩汩滋养心田，美在画面节奏与流荡中绽放。

林墉作品空降别墅，让豪宅晕染艺术色彩，熠熠生辉之时——深刻演绎岭南画派风格：立足中国传统，敞开世界怀抱，不拒八面来风，兼容古今中西。所有的思绪与联想于脑海中回到我喜欢的那句话：广东离中原很远，离大海很近。

海洋性，或许是我展开万千思绪的起点与归宿。动若鲲鹏展翅高飞，静若游子归来故乡。

鉴赏会没有止于艺术，金融大咖当堂演讲，推论艺术与财富携手的可能。当艺术遇到资本，仿若泡泡玛特贩卖惊喜与悬念；引流众多IP，做世界的泡泡玛特，股市上市。艺术在当代将全面汇入经济大潮。

对话与跨界：名声稍纵即逝，唯有艺术永恒；纵观历史轮回，资本永不休眠。艺术与资本强烈碰撞后，或许有更多的发展空间与无限的可能，亦或许国将不国，艺不成艺？

我的思想飞翔，进入未来，探索未知领域；一如林墉当年横空出世并探求创新，披荆斩棘，步履不歇；面朝大海，澎湃昂扬……

向林墉大师致敬！向岭南画派致敬，亦向推动文化收藏事业的宝珍堂与华远致敬。

# "70后"自媒体写作者的写作状态与特征

## 一、"改革开放的一代"

我在2004年开始研究"80后"文学时，代际的概念开始被中国社会接受。但"70后"有一个十分失落的提法，认为"50后""60后"有自己坚实的文化背景，"80后""90后"作为年轻一代开始引起社会的关注，但过渡时代的"70后"被冷落了。

最近我看到一个提法："70后"可以划入"改革开放的一代"。理由在于：1978年以后，中小学课本开始改革，"以阶级斗争为纲"被纠正，一些关于人性美风景美的文章进入课本。因此，他们接受了"50后""60后"所没有的中国改革开放时代的一个文化教育背景。

## 二、读书传统的延续

关于读书传统的延续，应该说"70后"延续了"50后""60后"的读书传统。"70后"开始接受教育时，纸质文化仍然强大，并没有像"80后""90后"所在的网络环境全面逐渐替代纸介，因此他们在读书上也延续了中西方古典传统、西方批判现实主义传统以及整个20世纪人文社会科学的传统，这些传统均成为他们兼容并蓄的精神和思想资源。

## 三、传统媒体与自媒体的成功过渡

今天我们讨论的三位自媒体作家均来自广州一度强盛的报业集团以及各

种传媒，也就是说，她们在年轻的时代，在传统媒体最强盛的时期，锻炼了媒介传播能力，训练了文字表达以及对于社会生活的敏锐反应。

也正是因为具有这样的能力，她们敢于走出体制，建立自己的写作市场。她们具有比体制内作家更强的市场观念与眼光，自媒体写作是一个跟市场争夺读者的工作，因此在她们的写作中，市场与读者占有重要的位置，如何获得读者赢得市场并获得生存的可能，是她们始终考虑的首要问题。

当然这种考虑，对她们也是一个考验：是否能站在时代生活的前沿，能够吸取最新的思想精神资源，而不是简单地去迎合读者——有所引导，有所提升，是她们创作成就高低的一个试金石。

我欣喜地看到陈思呈、黄佟佟、侯虹斌在当下自媒体写作浪潮中间，能够保持相对独立立场，以及相对纯粹人文知识分子精神境界的写作者——这是我们今天对她们展开研讨，以及希望她们能够成为广州女性写作中的一支生力军的前提与希望所在。

我个人还有两个思考的问题：关于广州女性写作与广州这座城的关系——广州女性写作形成气候，从20世纪80、90年代以张欣为代表的女作家群以及引起全国关注的"小女人散文"，直至今天三位女性自媒体写作者，这个女作家系列与广州这座城市有什么样的联系？精神的、生活的、文化的？

广州、广东的岭南文化氛围，是否更适应女性写作？范围缩小至广州：广州这座城市是否为女性写作提供了温床？男性写作是否与女性写作构成某种差异？广州强大的商业实业传统是否对男性构成更大吸引力？比如文学更边缘化，远不如美术设计更具有市场能力。

## 四、对三位自媒体作家近作的点评

### （一）陈思呈《私城记》

陈思呈出于潮汕，这是广东中的广东——坚守传统祭拜众神，日常生活亦保持固有特色。此特性渐渐生出结果：一批年轻的书写者浮出水面，之所以特别关注，恐怕亦与我无故乡有关。时常羡慕、嫉妒他们可以爱与恨那个出生地。

时时莞尔一笑，因为作者的过渡：花木掩映下的黑陶罐子，诗意盎然呀！一转笔，卖尿用的。大雅大俗，自然转换。或许这也是接近广东本土文化的一个路径：雅与俗亦是缠绕在一起，难分难解。找正职是货车司机的业余画家插图，好一份别有用心，画面亦是趣味横生，雅俗并呈。

陈思呈的文章多见于公众号，我尤其喜欢写潮汕食物的，橄榄一文让我有强大的代入感，让我回想童年在福州遭遇橄榄，生动活跃眼前。陈思呈比我年轻许多，却有主观进入，咀嚼出非凡滋味，不由击掌叫好！好的文字，不仅痛快淋漓，而且一语中的，打进你的心底。

她的文字有浓郁文人情调，但她克制隐忍恰好，没有一味滥情，没有不顾一切依恋，不矫情地写出一点痛、一点恍惚、一点感悟，但绝不自恋清高，以为洞察一切——这是当下写乡愁者通病。

### （二）黄佟佟《头等舱》：女性角色的强烈诉求

黄佟佟的公众号在社会上有广泛的影响，特别是那些以明星八卦为主要题材的文章，深受广大女性读者欢迎，靠近都市时尚文字。

读了她的第一个小长篇《头等舱》，感觉她与文学也靠得很近，她不但拥有自媒体写作才华，而且有小说创作能力，在艺术上也有相当旺盛的表达欲望、激情与能力。

《头等舱》中有三个细节令我印象深刻：一是开场她写头等舱里的安静——机舱后部偶尔会传来细微喧哗，却恰好衬托了头等舱静谧的完美背景音，就像油画高光部分，不用加白只需把暗部加深就好……这种感觉一下捕捉出头等舱的异样；

二是女主人公李晓枫到底要选择什么样的生活？百般纠结反复挣扎，如何寻找独立自主、自由选择的人生，那种犹豫以及犹豫之后的结局，刻画得相当生动细致。故事叙述能力，以及节奏变化、情节跌宕均有相当洗练果断的艺术处理。

三是女主人公面对嫁给一个副教授艺术男——彷徨之后被否定——之后半年见到这个副教授，她发现这个男人的头发由白变黑，而他身边的妻子却显

得委顿。让我联想到古人滋阴补阳——这个细节让人不寒而栗：婚姻恐惧达到极致。

黄佟佟写作的女性角色与女性的立场，一以贯之，比陈思呈突出，与侯虹斌相近。毫无疑问，新的都市女性正在改写传统规定的人生，所有行动与选择已难用传统伦理和道德去规范。

可以肯定地说，这种对于都市女性的真实书写，以及为女性争取生存选择权的诉求呐喊，正是《头等舱》这部作品最为重要的价值所在。作为"最懂女人心"的女作家，黄佟佟的作品出现在广州，也是对这座传统而现代、开放而包容大都市的一个鲜明注脚。

### （三）侯虹斌自媒体写作：挑战性的都市女性呐喊

侯虹斌乃体制外的自由写作者。她的标签众多且鲜明：作家、资深媒体人、自媒体人、直播节目主编、腾讯大家签约作家，创作过无数篇阅读量10万以上的文章，有微信公众号与直播节目。

侯虹斌于2019年推出的两部作品，均为东方出版社出版：《女性进化论》与《圣母病》。分别作为女性重建生活的战术指南，以及女性应该追求什么样的品质生活、中国社会的性别权力结构如何被女性打破，如何建立女性自我存在的人生等。

几乎所有女性成长的关隘与障碍，被作者悉数点到，她开门见山、单刀直入，其批判锋芒凛然，其批判勇气可嘉。她的女性角色与女性立场十分鲜明，成为广州都市女性自我诉求、自我塑造、自我寻找新时代女性角色的一个重要的呐喊，或者也可以称为代言人。

振聋发聩，坦率却诚恳。命运弄人，但她不信命运。我从未集中阅读这一类呐喊式檄文，有被冲击的震撼，尖锐，犀利，撕去面纱；但真实、痛彻、淋漓，无一丝矫情。我钦佩作者充满勇气与明朗刚健的表达。为文者，为社会披荆斩棘，为女性振臂一呼！

她的文字明朗、坦率、热情、诚恳、犀利，拥有读者，值得研究。她的写作亦可成为广州属于中国内地生活方式最为宽松多元大都市的一个醒目注脚。

## 五、疫情催生了全新的世界，我们的文坛可否做好准备？

有人研究了黑死病对欧洲的后续影响，并非全部负面，而是催生了包括工业革命与文艺复兴在内的大飞跃，欧洲转而崛起成为世界老大。

全球疫情跌宕起伏，我们有目共睹。但我们的文坛依然坚守几个标准：中外古典传统、五四启蒙新文字传统、西方诺贝尔文学奖传统，唯独没有疫情后新的变化参照，没有已经出现的互联网背景下媒介更替时代的变化参照……我们对当下反应的迟钝肯定超过体制外自媒体写作者。

就此，我将"70后"这批与传统文坛尚有瓜葛，尚有精神联系的写作者，敬为探索者与先行者。不过，我对这种想法没有把握，尚在混沌的摸索中。

但，我清楚地知道：疫情改写世界与中国，我，我们，必须重新出发。

# 苏州状元与广东"留学生之父"
## ——基于江南文化与岭南文化比较

三年前立冬飞南京，应邀参加"全国著名作家江苏采风团活动"。我分工写秦淮河，头一站是江南贡院以及中国科举博物馆。江南贡院曾是中国古代最大的科举考场，鼎盛时可纳2万余名考生同时开考，为全国贡院之冠。江南故国，十朝旧都，绝代风华。"科举是第五大发明，一千三百年传承，清朝取消，国就亡了"——一位当地作家的名句。

清三百余年，江南文化繁茂一时，苏浙徽南就是江南文化核心地带。中国科举博物馆建在南京，顺理成章。经济繁荣拉动文化教育，学而优则仕——红顶商人马太效应，政治、经济、文化三向发力赢得话语权。文化建设的延伸优势至今还在。而广东则是借助海洋的另一类优势，盛衰起伏，奥妙无穷，一言难尽。

江浙乃中国富庶地区，江南水乡，诗书传统，古代状元人数为中华之首。文化遍地，中华精英。名美镇，名美食，名美物，名美景。历史积淀深厚，文化内涵丰富。所以，多少赞美都给了江南：杏花春雨江南；日出江花红胜火，春来江水绿如蓝，能不忆江南？谁人不说江南好，游人只合江南老；若到江南赶上春，千万与春住。

按现在的辖区计算，历史上苏州曾出现过45位文状元、5位武状元。其中文状元数量占全国总量596位的7.55%，数量遥居全国各城市之首！最值得一提的是，清朝时期苏州一共出过26位状元，占该时期全国114位状元的22.81%、江苏49名状元的53.06%，而当时苏州的人口只占全国的1%左右。

所以今天苏州经济文化实力依然独步天下，江苏称雄，亦是情理之中。尤其是文化建设，需要百年功力、千年熏陶。

中华文化在南来北往，交流互动中形成各个地域的特色。江南文化就是典型的南来北往，文化积淀。要谈江南文化，科举文化是核心内容之一。对应比较广东，岭南文化则属于后来者，后发于江南。历史上广东状元共有9人，明清开始兴盛，清朝有状元3人，自然无法与千年兴盛的苏州相比。但广东自有长处：向世界看，向海洋去。

倘若从江南文化与岭南文化比较视域下探讨，值得与苏州状元比较的历史人事，我选择被誉为"留学生之父"的广东香山（现珠海）籍人士容闳，以及他所推动的近代中国首次官费赴美留学。

从1872年到1875年，清政府先后选派了120名10岁至16岁的幼童赴美留学。这是近代中国历史上的第一批官派留学生。根据当时国内需求，学生主要学习科技、工程等办洋务急需的学科。容闳负责策划、推动、组织留学，同时还制定了考试规则，合格的才能顺利进入预科，学习一年以后才可以出国留学。

留学幼童大部分出于沿海省份，尤其是广东。内陆城市的家长认为去美国留学，遥远天边，不知根底；而广东人向海洋敞开几百年，对跨洋世界并不陌生。

当时招生时还闹出来一个笑话：官员招生，说服父母把儿子送到国外接受教育，政府负责所有费用。但当地人有流言散出：西方野蛮人会把孩子活活剥皮，再把狗皮接种到他们身上，当怪物展览赚钱。报名的家长一时慌了手脚，即刻撤销申请。

可见，漂洋过海去留学，与当时国人闭关锁国的视野有不小距离。由于容闳的不懈努力，这120名留美幼童亦被时人称作"容闳留美幼童"。

显而易见，容闳力推此事具有"文化突破意义"。比如，留学实践影响了国内传统教育模式，大大提高了自然科学课程的地位，构成了对科举考试科目的一次有力冲击。

容闳一生的经历就是中外交流的生动注脚。他少年时在澳门、香港受教育，后被带往美国耶鲁大学留学，成为中国第一个在美留学生。学成归国后，

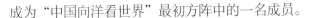

成为"中国向洋看世界"最初方阵中的一名成员。

他一生不懈探索中华自强之路：向太平天国献策、推洋务办机器局、参加维新运动；做过曾国藩幕僚、游说于李鸿章、会见孙中山，与众多历史风云人物有密切联系。他一生跌宕起伏，恰如鲁迅在中国文化迷阵里左冲右突，上下求索。

容闳后半生走向革命，紧紧追随孙中山，甚至不惜被清廷通缉。但视其一生，最为重要的历史贡献还在于促成中国近代首次官费赴美留学。

1870年，在容闳的反复劝说下，曾国藩终于表示愿意向朝廷奏请派留学生。获朝廷批准后，同治十年（1871年）成立"幼童出洋肄业局"，容闳任副委员，负责幼童的美国教育。详细的留学生档案，或许可证赴美留学功绩——

留美生中从事工矿、铁路、电报者30人，其中工矿负责人9人，工程师6人，铁路局长3人；从事教育事业者5人，其中清华大学校长1人、北洋大学校长1人；从事外交行政者24人，其中领事、代办以上者12人，外交部部长1人、副部长1人，驻外大使1人，国务院总理1人；从事商业者7人；进入海军者20人，其中14人为海军将领。

总之，容闳的卓越贡献不在少数。况且，还开风气之先。真可谓：桃李灼灼，中华英才。

我去年曾有幸参观位于珠海市香洲区南屏村的容闳博物馆，馆虽狭小，内容丰富，凸显"中国留学生之父"的热血一生，始终不渝实现教育兴国的夙愿。首位在耶鲁大学获毕业证的中国留学生，促成中国幼童留学，功载史册。先为清廷驻美副公使，官居二品，继为清廷通缉犯，最终支持孙中山：人生跌宕起伏，意志与人品堪称典范与传奇。

热血共和，转型中国，我们远不如日本大河剧对历史进程有精彩记录与艺术再现，可惜呵！感谢梅、童二位年轻人，让我走进容闳，为我印象中的珠海加一个鲜明标签。珠海也因此人功绩，多了一点历史分量。珠海南屏古村，尚有容家故居：老墙犹在，后人海外。一个民族当记住所有无私奉献者：激励后人，文化记忆。

把两个与教育有关的历史人事放在一起比较，目的在于明晰江南文化与岭南文化个性的不同：苏州的状元代表科举文化的顶峰，是江南千年繁盛的一个标志，属于中国内部的发展；而中国首次官费赴美留学，则是近代一个时间段相对短暂的教育实践，属于"打开眼睛看世界"。时间上一前一后、一长一短，文化特质上却迥异不同，各有千秋。

一个大陆内部形成的教育系统，一个向世界开放的教育行为，从不同的角度折射出中国近代文化的发展。科举完结了，留学开幕了——这或许正是中国近现代一个转折时期的重要时刻。岁月已逝，影响犹在；令人深思，回味不已。

（原载于《中国社会科学报》2021年6月30日）

# 粤西：广东"三个半文化"的半个？

粤西，指广东西部，包含4个地级市：湛江、阳江、茂名、云浮。总面积约占全省18%，总人口占广东1/5。广东向来戏称"一个省为三个省"，即指广东地域文化分三个特色显著的本土文化板块：广府、潮汕、客家。近年来，粤西地位上升，受到重视。政府承认其为独立的文化体系，也就是粤西文化。

但文化界有一种说法，称广东文化是"三个半文化"，粤西就是这"半个"。此说法让粤西人颇为不满，他们认为粤西是独成体系的。确实，我们承认粤西的前提在于，它不仅仅是四个地级市的行政区域，而且是一个文化区域。但粤西文化有没有它的核心？靠什么来统摄？沧海桑田，天翻地覆；这个问题，一向充满争议。

我对粤西的印象，可谓琳琅满目，眼花缭乱。不似广府文化，以广州为中心，珠三角为区域而耀眼；潮汕文化，潮州历史最长，汕头后来居上，但有潮汕古代八郡为基本版图；客家文化更不用说，客家领域不仅仅在广东，与福建、江西三省交界之处，有客家广大区域，广东客家以梅州为中心，没有太多异议。

粤西却大大不同。粤西文化在政府文件里，虽以雷州半岛为中心，但其无法统摄高凉文化，云浮六祖慧能的禅宗文化似乎也在雷州文化影响圈之处。还有吴川多种非遗项目，电白与高州互争嫡传的冼夫人文化，以及近代后来居上的湛江法租界文化和茂名石油城文化。此起彼伏，各有渊源。多种文化形态，均不是雷州半岛文化所能统辖或涵盖的。

不妨挑重点文化标志具体说说——

先说六祖慧能横空出世。很难找到什么兆头，或者文化土壤，六祖慧能诞生于今云浮所辖的新兴县。一个大字不识的樵夫，长年给庙宇送柴火，窗前聆听师傅布道，日有顿悟，遂告别寡母，赴湖北黄梅求佛。

初见五祖弘忍场面，至今读来称奇。五祖说：你是岭南獦獠，凭什么求学佛法？慧能颇为自信地答道："人分南北，但佛性并不分南北。"后来，他又在继承人竞争中咏出千古名句："菩提本无树，明镜亦非台。本来无一物，何处惹尘埃。"

六祖慧能最终得传衣钵。但传道历程漫漫，经过许多艰辛，甚至生命危险，最终创立禅宗南宗，并传播中华乃至世界。传世的《六祖坛经》曾受毛泽东高度评价。如此禅宗奇人，与粤西到底有什么样的关系？其人才成长的外因内因，的确是渺渺不可求矣。

再说粤西"冼夫人崇拜"。比唐朝高僧六祖慧能出生年代还要久远的——魏晋南北朝时期高州俚人首领——誉为"岭南圣母"的冼夫人，是当地土著领袖，但与汉族官僚冯氏结亲——可谓汉族统治者与当地土著俚人亲密合作的典范。

冼夫人的伟大之处，在于整个粤西以至海南岛一片将其奉为神灵，建庙祭祀千年，至今仍有几百座冼夫人庙存世。我曾在高州冼夫人祖庙祭台前伫立半小时，观察所有祭拜的男女老少，一律虔诚真挚，与世人拜菩萨佛祖道观有所不同，功利世俗之心明显减少许多。在粤西靠海一片百姓心目中，冼夫人是一位亲切的历史人物："唯一用好心"——精神实质就在保一方平安，促进俚汉文化友好相处。她是一位懂政治、晓经济、会打仗、有策略、有胸襟的巾帼英雄，顺应天命，成就伟业。其事迹历经千年而影响粤西，地方本土崇拜本身就值得重视。

雷州石狗，粤西一谜。属于雷州半岛——亦是粤西醒目的文化标志之一。石狗乃雷州人民世代繁衍生息中遗留下的宝贵文化，一种独特的民间艺术创作。整个雷州半岛，据说有一两万只石狗，分布于村庄屋舍、河流田野，随处可见，乃先秦时期当地富有神灵的祭拜物。

我曾经在雷州石狗博物馆参观，一下子看到几百件石狗雕像，大受震撼，至今难忘。石狗神态各异，千奇百怪，眼神中透露出人一般的神态与情感，艺术创作中的"拟人"状态异常凸显。但，粤西区域广大，雷州石狗作为文化符号亦难以统辖全境。

到了近现代的粤西，又有两个地方与时代接轨：一是湛江——法国人占领湛江后，误认为其就是具世界名声的广州，直接在地图上标示为广州湾——法租界对湛江有深刻的外来文化影响；二是共和国成立后，由苏联专家设计的石油城茂名。茂名年代资历很浅，在高州电白之后，但由于行政区域的划分成为地级市政府所在地。20世纪50年代石油工业的重要地位，也使这座新城快速发展，为粤西新添一抹现代工业色彩。

粤西的复杂之处还在于：既是广府、客家、潮汕文化的边界地，又融汇了千百年当地土著文化。一个历史事实十分明瞭：文化并不似行政区域那么简单清晰，文化交界处常常包含更加复杂的元素，甚至你中有我，我中有你。

相对广府、客家、潮汕方言齐整统一的状况，粤西方言亦相当复杂，是方言学者研究的富矿。而来自客家、潮汕、广府的语言，又似海浪拍击一般由近而远影响着粤西的方言。呈现出历史上移民迁徙及其文化的不同流向，交叉碰撞冲突融合的状态，比比皆是。

我对粤西的印象在模糊与清晰中沉浮：几个纪念碑式的标志难以忽略，但无法成为今天四个地级市统一的文化标志。同时，它又是广东百越土著受到外来移民挤压后的最后一块栖息地，包含了更多百越余韵与先秦遗响。

我的脑海中时常铺展一张图画：中原人、东吴人、客家人、潮汕人，他们通过南雄古道、珠玑巷、粤东海航道，或翻越五岭，或航海登陆，奔赴广东寻找新的居住地。人们为争夺森林土地河流水源等生存环境，战火连天，械斗不止，致使竞争力相对落后的百越部落原住民节节败退至粤西海边，并逐步向广西、海南岛以至更远处迁居；一部分人遁入大山，成为壮族、瑶族、黎族、畲族的祖先。粤西的文化包含了更多史料记载甚少的远古信息，文化基因与迁徙轨迹神秘莫测，变幻无穷。

对粤西文化的初步结论如下：

第一，粤西文化体系复杂，历史源头多头并举，缺少统摄一方的文化符号，更重要的还在于缺少统一的方言。

第二，因为文化多元，所以雷州半岛文化很难成为核心并统摄整个粤西地区。雷州从古至今，只是粤西文化的一部分而非中心。

第三，粤西原住民，史料少有提及俚人去向。学界认为向广西、海南，以及越南东南亚等地迁徙。其中包含了文化迁徙转移，千年流变的重要历史信息。俚人等少数民族，显然参与并融入了汉民族的历史进程。

史料与考古发现或可双向引证：唐宋后史料少提俚人；宋前后俚人文化特征有消亡迹象。看来多种文化融汇与汉文化影响进程明显。

比如粤西特有的"年例文化"就是以冼夫人文化、雷州文化为主体，受高凉文化、诸神信仰、祖宗崇拜交叉影响，历年南迁带来多元文化与土著文化交融汇合发展演化而成。"拜潘仙"信俗，也为年例注入道教元素。历史人物潘茂名为道士，治病除疫造福一方，因此头戴道观、手拿拂尘的道士身影亦活跃在年例中。今天茂名地名，就源于这位姓潘名茂名的道士。可见，文化融汇色彩斑斓，多姿多彩。

纸上得来终觉浅，绝知此事要躬行。十年来，我访问了粤西许多城乡，回到历史现场，寻找先人气息。谜语般的粤西始终诱惑着我去揭秘。访高州时，就强烈感受到古城有一魂魄，难于明言，却隐隐约约，亦真亦幻。南朝时的俚人与冼太夫人，博物馆里的瓮棺习俗从高州茂名延伸出去，俚人是出走还是同化？俚人与黎族、壮族有无血缘？千年历史之谜由此铺开，弥散粤西，直至海南广西。

简而言之，粤西文化是目前广东三大民系文化之外，尚未得到充分研究的一块最具"广东本土性"的地域文化。统一规划的广东本土文化资源，不可能轻视粤西。其远古性、复杂性、丰富性，以及珍贵的独特性，又岂止"半个文化"可以承载呢？

问苍茫大地，谁主沉浮？粤西魂归何处，中流砥柱何在？如何穿透遥远而繁茂芜杂的历史？说不清道不明的粤西文化呵。

千古之谜，文化不朽。

（原载《中国社会科学报》2021年7月30日）

# 《白蛇传·情》：
## 粤剧对新岭南文化的特殊贡献

"纵是千年，你未走远。哪天佛陀花开，你我再见"。誉为中国四大古代民间爱情传说之一的《白蛇传》，被广东粤剧院改编为戏曲电影。

观后惊奇有二：粤剧如此优美；电影艺术手段再现如诗如画江南，电影画面极致唯美，幅幅皆为中国水墨画，衬托出千古传颂不朽爱情。

"相约花城广州塔，潮撑粤剧电影《白蛇传·情》"明星空中观影礼活动在广州塔金逸影城举行。广州市原市长黎子流、《白蛇传·情》出品人兼主演曾小敏、粤港澳青年戏剧协会会长李卉茵等出席观影礼现场活动。

黎市长年已九十，依然步履矫健；"得就得，唔得翻顺德"，二十多年前，时任广州市市长的黎子流在改善民生问题时，曾霸气立下如此"军令状"，此粤语已成广州市民美谈。

曾小敏，国家一级演员，中国戏剧梅花奖获得者。现任广东粤剧院党委书记、院长。2019年荣获第十六届文华表演奖。2021年5月，其主演的中国首部4K全景声粤剧电影《白蛇传·情》上映，饰演白素贞。曾小敏乃新一代粤剧领军人，她风姿绰约，台下不输影幕——时尚大气，端庄美丽。

粤剧电影《白蛇传·情》充分利用电影舞美技术，再现西湖美景、盗仙草与水漫金山，电影特技逼真，惊心动魄，感人肺腑，滔天大水与施展法术抓人眼球。既满足现代观众观影愿望，又不失传统戏曲本色。

虚实相间，亦真亦幻，戏曲艺术与电影艺术以及现代技术不断联结，碰撞交流，产生别一番艺术魅力。其间可圈可点处甚多，探索创新随处可见。

白娘子与许仙唱腔、身段、群舞等美轮美奂，台词唱词快捷推进情节，完全突破了舞台局限。若不是字幕打出第几折，观众已然忽略，真正被剧情与真挚表演抓住。

所以，我建议删去第几折的字幕。在观众熟悉的古代经典面前，是否属于粤剧已退居其次，人们感动的是整个电影作品——整体的作品，而非原有的戏曲舞台。忘却的或许是舞台，赢得的却是天下人对古代经典的由衷致敬。

还值得一说的是，这部作品没有简单化、脸谱化地描写法海，他虽维护天规阻止白娘子，却也承认爱情；尤其是众小和尚被许仙真情感动，放他一条生路。这些对立面人物展示，也从另一个侧面衬托出白娘子与许仙真挚的爱情，突出一个"情"字。

不由地想起明代大戏剧家汤显祖所言："情不知所起，一往而深。生者可以死，死亦可生，生而不可与死，死而不可复生者，皆非情之至也。"

白娘子与许仙恰是"情之至也"，因情而生，为情而争：恋少年、盗仙草、漫金山、舍生死，千年仙修，抵不上一个"情"字。

截至2021年7月，该影片总票房已突破2000万，成功登顶中国影史戏曲电影票房榜榜首。更为难得的是，得到年轻观众喜爱，堪称粤剧界一次成功的"破圈"。

《白蛇传·情》，可谓粤剧走向电影的成功探索，其中传统戏曲如何借新媒体提升传播力，如何以现代时尚表达走近年轻观众，如何召唤出中华民族每一代人的集体意识，均有探索创新之意义。

细细想来，《白蛇传》从唐代至明代，创作年度跨越好几百年，从民间传说到文人确立，从草根口口相传到精英逐步精典化，文本的确是中华民族集体创作的结晶。

而粤剧搬上舞台并转而电影，既是向中华文化资源汲取，亦是新岭南文化的一次推动，倘若放到粤港澳大湾区视野，其意义更为深远。

一幅墨淡意深的江南画，一首粤人书写的抒情诗，一次新岭南文化的新举动。中华经典，传统粤剧，戏曲电影创新——三级跳跃，三层转换，兜兜转转，奔赴新地。其中甘苦，寸心可知。

祝贺新作品，期待好前景。

附　录

# 《这座城，把所有人变成广州人》序

卢延光

给画家写序较多，给作家写序还是第一次，写的是好友江冰。

江冰主持了《广州文艺》栏目《广州人 广州事》六年，可以说，《广州文艺》成就了江冰，江冰也以大量的心血组织、编选，更亲自观察、思考、发现、研究成全了这个栏目。今天，此栏目也打上句号，变成了《这座城，把所有人变成广州人》这本书。

单看这本书的题目，就可知其发现之独到，研究岭南文化的深刻，更高屋建瓴。历史上，好像还没有人提出和发现过，这座城的内核有如此强大的"核聚变"，以城化人，而且无论中外，来了这里，都化成广州人。这个发现也是江冰的破天荒，此书的合成乃至其研究成果，我想完全是可以存世留史，堪称对广州及岭南文化研究的新经典。

有时想想，祖籍江苏的江冰走南闯北，走遍部队大院、江西、福建、深圳，摸爬滚打，三更灯火五更鸡，最终来到广州。

到了今天，短短六年，这个新广州人爆发的能量和才气，其小说、散文，以及所在这领域之成就，忽的名满拔尖，是这个城市把他捧到高处。能不热爱和感激这块沃土吗？能不感叹——忽然地这座城也把他变成广州人哩！

唉！多处的留足寻觅，最后江冰服了，自己也变成了广州人。

这就是广州城的魅力。

而且，岂止江冰？从历朝历代流徙下来的五湖四海的各式人种，例如郑安期、赵佗、杨孚、葛洪、达摩、六祖、张九龄，周敦颐、包拯、苏轼乃至近现代的容闳、黄遵宪、郑观应、康有为、梁启超、孙中山……多了去了。

示弱与低调，包容与少年，创造与保守，贯通中外南北通通都吃，以敢为天下先的强大免疫力和消化功能，包揽万物，和谐天下。江冰在此书中探寻岭南文化的性格和特征，发现它的奥秘。我很敬佩江冰的独特眼光和哲学、思想高度，以及他的发现。

这是个比岭南更岭南，比广州更广州的作家、高手。

有时想想，长居此地此城的旧广州人，身在其内其中，司空见惯，或刺激不到其神经末梢，局中之人迷在局内，反不及外来的新客家、新广州人观察发现之敏锐、精到。

近现代，有两个人让我对岭南文化有新的启发，一个是从湖南来已成广州人的陈寅恪，另一个是江苏人，未来过广州的傅抱石。

陈寅恪云："中国文化造极于赵宋。"文化登峰造极在宋代，特别在北宋。引申开来，蒙元之际，大量宋人流徙南下于岭南，而造极之文化仍归结于思想成果。大思想家周敦颐恰是新儒家之创始人，其后之朱熹、王阳明、陈白沙皆是孙辈。周敦颐的三教合一，其实大量吸收六祖的新禅宗思想。周敦颐与六祖两位并非土著的广州人，却在羊城这片土地上大有作为！其缘由当于羊城地气有关，合乎气场，一鸣惊人，一举传世。有了这两位新广州人，中国文化的高度才能造极于赵宋矣。

此其一。

其二为傅抱石说到岭南：中国文化是从西来的，是从黄河流域发展到长江流域，再到珠江流域的。就东洋而言，从天山东走，到朝鲜，再到日本。若截开来看，现在的情况，据个人愚见，似乎可以把文化的高下，随时代看成一个反比例。即文化发展愈早的地方，现在愈不行，愈倒霉。反之，文化后起的地方愈前进，愈厉害。在东洋，日本是后来崛起的，印度最古，但也最苦；在中国，珠江流域是后起的，黄河流域的西北最古，也最苦。假如这点推想有点相似，那么中国画的革新或者要寄希望于珠江流域了。傅抱石的推理让我明白为什么六祖与周敦颐的新佛家、新儒家出在珠江流域了。两个新广州人，两个造极于中国文化的大思想家都出在这里。

由此可见，中国文化的发源地在黄河流域，中国文化新的思想领域的发源地就在珠江流域，这是中国文化一个神秘的还未开解的密码。傅抱石给予我

们提醒以及观察之眼力。

　　江冰和我，一个新来，一个旧在，同样热爱和探寻这块生养我们的沃土，看着江冰的这本沉实而满有成果的书出版，佩服他的文采与眼界，并由衷地祝贺：此书必有影响，必可留世。

# 外境犹吾境，他乡即故乡

## ——《老码头，流转千年这座城》跋
### 黄爱东西

认识江冰，是两三年前。他的《这座城，把所有人变成广州人》出版，这本厚重结实的书，是其文艺评论结集。

我和江冰算认识得晚，可是赶上社交网络时代，不需要像古早年代那样，要通过一餐餐饭或者聊天累积了解程度。微信里多了个兴致好的友人，满世界采风，出手就是几百字短文，看得出来他是洋洋洒洒表述毫无障碍阻滞的才子；兼朋友们的公号文，大多时候他都明快迅疾点评，如此随和友善的评论家，在这年头实在太难得，那应该是种与生俱来的热情和天真。

新著《老码头，流转千年这座城》仍然厚，书里大部分稿件仍和广州相关。

江冰祖籍江苏，出生成长在福州，读大学和任教在南昌，2003年从深圳来到广州，进入当时的广东商学院（今广东财经大学），重回高校学者行列。

自此之后，粤地文学和文化多了一个热情洋溢的观察和评说者。由南粤的特殊韵味和文化传统，而至要再现广东人的日常生活状态、为人处世方式、山川物象、文化符号、风俗制度、信仰崇拜和价值观，广州到底需要怎样一种"本土言说"，等等。

在"都市与生活方式：广式幸福体系模式"的课题研讨会上，我曾和他聊起过广州是个商埠港口的平台城市，铁打的营盘流水的兵，放在商贸城市衍化两千年呈现出来的生态，或许就是铁打的营盘和全世界的过江龙。

这个城市的居民生活，是保守低调实际的底子，飞扬的歌咏点评和背书，相当部分是托赖于外来人口。

而实际上，这个古老的商埠平台对外来人口一词并不敏感，说白了全都只是来早来迟的区别，来了走了，或者来了留下。留下来的，日子一长，就都是这里人。

具体缘由，江冰在《这座城，把所有人变成广州人》里，有他的观察和叙说。

而在这本《老码头，流转千年这座城》里，可以看到，他已经完全不把自己当外人，在这千年码头里如鱼得水，怡然而居。其实说怡然还是太安分了些，他的兴致和观察表述，和此地平均气温匹配，热忱。

热忱的人，能量足。

江冰的网名叫作"西岸三剑客"，问过他缘由，1994年南昌大学中文系的江冰与历史系的邵鸿、哲学系的郑晓江号称文史哲"三剑客"，他们三人曾发起"赣文化"研究，倡导建立"赣学"，编辑出版《赣文化研究》辑刊，掀起一波"赣文化"研究热潮。这是他的少年事了。

现在问他这本新书里最喜欢的稿件，说是《羊城古玩店的阿文》：

临近午时，收藏品被重新锁到保险柜。咔嗒一声，仿佛把阿文话语也锁进了暗柜。他又重新回到那个木讷寡言的人。阿文的古玩店，一片宁静。我们慢慢地饮茶，浓浓普洱茶，岁月悠悠。分手时，他挑了两件旧物送我，说是让我回家把玩：一个是肇庆收来的民国初年竹香盒，小巧玲珑又布满沧桑，先人用过；一个铁质发簪，两寸来长。阿文认为这个发簪，可能是道士所用。我小心用手托着，细细打量，花纹精美，颇有分量。尖尖双叉，让我联想古人的暗器。须臾之间，发间抽出，向敌方甩去。

阿文平和地与我握手告别，一种与他年龄不相吻的老成，与广东人特有的低调务实此刻融汇，化成别一样感受落吾心头，犹如店中古玩古董幽暗中透出隐约的光芒。

他自己喜欢这篇的理由，是"期望写作状态能够进入如此悠长岁月，静静体会，细细品味。这种感觉，古玩和老物件里有。"

粤地古玩店里的荫凉暗沉和窗外的炎热比对，褪火气的功效堪比凉茶。

"当然，我还喜欢写吃，道理相近，却是另一面：真实、鲜活、不装不假，活着真好！"

这惊叹号给的，私下揣测，如此众生忙碌谋生的元气，是他从菜市场小吃店里沾染回来的吧。

记得有首诗，前两句是："信马登程往异方，任寻胜地立纲常。"

开始的开始，是好男儿志在四方。

后两句是："年深外境犹吾境，日久他乡即故乡。"

后来的后来，我们未必猜得到，长久的落脚处也是故乡。

# 视野宏阔　卓具特色

## ——《新媒体时代的80后文学》序

### 白　烨

　　江冰领衔的广东商学院（今广东财经大学）"80后"文学与文化研究中心于2008年成立之时，就颇引起了一些争议。因为在一些人看来，有关"80后"的现象，尚在发展演进之中，这种新兴的又变动着的现象，似乎不宜纳入正规的学术序列予以郑重待之。但江冰自有定见，不为所动。他和他的团队不断拓展着新的视野，提出新的问题，就"80后"现象从各种角度进行观察，从多个层面展开研究，相继以研讨会、系列论文、重点课题等方式，推出了一批研究成果，使得他们这个"80后"文学与文化研究中心成为当下国内研究"80后"现象的名副其实的学术重镇。

　　如今，江冰和他的学术团队又推出了国家社科基金课题"80后文学与网络的互动关系研究"结项成果——《新媒体时代的80后文学》。认真拜读之后，我既很欣喜，又很敬佩，深感无论是相关资讯的积累与梳理，还是学术视野的宏阔与博大，抑或研究心得的深入与系统，这部《新媒体时代的80后文学》，都堪为有关"80后"研究中的集大成之作，着实把有关"80后"的研究在学术层面上推进到了一个新的高度。

　　《新媒体时代的80后文学》，话题新锐，内容丰沛，读来新见迭出，令人受益良多。我这里简谈三点最为突出的感受。

　　其一，紧贴"80后"现象生成的时代背景与社会环境，在各种新兴关系的互动观察与整体把握中，深入揭示"80后"作为时代产物的顺应时势性与多因综合性。

　　"80后"这一代文学人如雨后春笋般的长足崛起，除去他们自身的以文学方式顽强表现自我的主观因素之外，借助了诸多外在条件与文化势能等客观因素，是显而易见的，甚至是更为主要的。如新的传媒的兴起，特别是网络传媒的强势登场；如市场经济的确立，尤其是市场文化的全面建立，等等。文学与文化场域上出现的这些新兴力量与新型关系，都以不同的方式释放着能量，施加着影响，使得当下的文学与文化，较之以往更加混杂了，格外地繁复了，而这正给不重传统，不守成规的"80后"们，提供了良机与绝佳舞台，使得他们有了可以尽情施展自己的才情的新的可能。

《新媒体时代的80后文学》对于"80后"与网络传媒、网络文化的关系的探悉，是细致入微的，不仅把握全面，解读深入，而且有关"代际权利与社会权力""世代的文化气质与时代的文化症候""大众狂欢式的传媒与'粉丝'现象"等问题的论说，也在相互关联的问题上沿坡讨源，探赜索隐，在客观肯綮中别具新意与深意。这些有识有见的看法，在揭悉"80后"现象隐含的种种社会密码的同时，也深入读解了"80后"所置身的这个独特的文化时代。

其二，对于"80后"文学现象自身的审视与阐释，从主体到客体，从文学到文化，从内涵到外延，仰观俯察，层层递进，可以说做到了穷形尽相，擘肌分理。

可以说，"80后"是以文学方式显示出来的文化现象，是以代际形式体现出来的社会现象。因此，对于他们的认识与理解，不从文学入手不行，仅限于文学也不行，这就需要运用综合性手段，多角度地切入，多层面的解读。而文化视野与综合手段，正好是以江冰为首的"80后"文学与文化研究中心团队的长项所在。因此，我们就看到，有关"80后"的文学风格、文体特征与文化内涵，有关他们的市场化取向、亚文化特征等，江冰等课题组的作者几乎都是紧抓不放，紧追不舍，而且都以代表性的作者与文本为例证，作了精到而简要的概说和要言不烦的论证。"80后"是如何之独特，如何之复杂，如何之混血，这本论著可谓作了最为入木三分的剖解，得出了最为令人信服的结论。

其三，该著述在新媒体、新人类和新文学的理论框架下，从媒体学、传播学、文化学、社会学、文艺学等多种理论视角，以点代面地考察"80后"文学的发生与发展，及其富有的诸多内含以及延伸意义，可以说，这是出自体制内学界团队之手的第一部以论带史的"80后"文学史。

2011年间，"80后"作者许多余曾推出了他的《笔尖的舞蹈》，副题即是"80后文学见证"。这部著述属于"80后"看"80后"，从作者的观照与作品的扫描看，涉及了不同层面与不同文体，可谓全面而系统，但总体来看，长于文学现象的搜集与相关资讯的整理，理论性的观照明显欠缺，批评性的解读也显得不足。在《笔尖的舞蹈》之后出现的《新媒体时代的80后文学》，不只因为出自学界专家之手，看起来更像是一部文学史，而还因为他出自比"80后"年长的一代学人之手，在如何看待和评说"80后"文学上，以出自他们深思熟虑的意见，与"80后"们构成了一种文学对话与学术交流。而这样一点，也是很具深长意义的。

"80后"文学仍在行进着、发展着，其不断演变的走势，日益分化的倾向，不断给当下的文学研究提出新的挑战，也提出新的问题。从这个意义上说，有关"80后"文学与文化的跟踪与研究，依然任重而道远，研究正未有穷期。也是在这个意义上，我希望江冰和他的年富力强的学术团队，在已经完成的这个重要课题的基础上，再接再厉，继续前进，再给学界贡献新的研究成果，再给文坛带来新的学术气息。

是为序。

# 后　记

　　"粤派批评"丛书经多方推进，再次隆重面世，构成广东文学、艺术、文化界的一件大事。其意义深远，或许若干年以后会看得更加清楚。近年国家战略——粤港澳大湾区，再次推动广东本土文化意识振兴，此书稿也收尾在论大湾区文学评论。我有幸加入其中，生命平添一种兴奋与使命感。

　　有意义的生活，就是一种幸福。

　　整理完成书稿后，疫情缓和好转。虽然"龙舟水"在即，但我看到的不是暴雨惊雷，而是珠江边猎德村河涌中即将出水的长长的龙舟。我期待珠江上"咚咚咚"的鼓声，一年一度的扒龙舟再次呈现百舸争流、奔腾向前的欢乐场面：这是齐心的力量，也是火热的希望！

　　正是这样的火热和希望，促使我好好活，不停笔，写下去。是为后记。


江　冰

2020夏于广州琶洲

# 粤派批评丛书